Margherita Giovanni

Adria mortale – Bittersüßer Tod

Margherita Giovanni

Adria Mortale

Bittersüßer Tod

Kriminalroman

Lübbe

Dieser Titel ist auch als Hörbuch und E-Book erschienen

MIX
Papier aus verantwortungsvollen Quellen
FSC® C014496

Originalausgabe

Dieses Werk wurde vermittelt durch die Agentur Editio Dialog,
Dr. Michael Wenzel (www.editio-dialog.com)

Textredaktion: lüra – Klemt & Mues GbR, Wuppertal
Umschlaggestaltung: U1berlin / Patrizia Di Stefano
Einband-/Umschlagmotive: © BMW Group Archiv; © Ian Stewart / Alamy Stock Photo; Historical photo by courtesy of the completely renovated five stars Hotel Lorelei Londres Sorrento
Satz: Dörlemann Satz, Lemförde
Gesetzt aus der Adobe Caslon Pro
Druck und Einband: GGP Media GmbH, Pößneck

Printed in Germany
ISBN 978-3-7857-2738-6

2 4 5 3 1

Sie finden uns im Internet unter luebbe.de
Bitte beachten Sie auch: lesejury.de

Für meine Eltern

Prolog

Die Glocke von San Francesco läutete und erschreckte einen dösenden Vogel, der sich vom Sims des Kirchturms in die Luft erhob. Ein warmer Wind fuhr unter seine Flügel, trug ihn über den Hügel, auf dem sich das Dorf Pesaro del Monte piccolo Cattolica hinter die Reste alter Mauern duckte. Häuser aus lehmbraunen Steinen klebten dicht an dicht an der mittelalterlichen Hauptstraße. Wie ein Schneckenhaus gewunden führte sie zum Herz der Gemeinde, wo sich von oben betrachtet das Gewirr der ziegelgedeckten Dächer öffnete. Diese glichen den sommerlichen Feldern, die sich uneinheitlich in Form und Farbe im Westen landeinwärts erstreckten. Noch dominierte am Boden helles Grün, das jedoch bald schon verschwunden sein würde, wenn die reifen Ähren sich kurz vor dem Schnitt unter ihrer Last bogen und das Land in stumpfem Gelb und dem feinen Staub der Getreideernte versank. Hier und da unterbrachen kleinere Weiler und Olivenhaine das Bild. Weinstöcke fügten dem Farbenspiel ihren Teil hinzu, während sich gen Süden am Monte Bartolo der Wald verdichtete. Die Ebene nördlich des Hügels war stärker besiedelt und entlang des Strandes von Cattolica mit bunt gestreiften und getupften Sonnenschirmen übersäht, unter denen sich Urlauber in modischer Badekleidung auf Liegestühlen räkelten.

Der Vogel überflog die Werkstatt von Gino Tardelli, der vom Traktor bis zum Transistorradio alles in Gang zu setzen wusste, und die Backstube von Signora Tozzi, bei der es immer ein paar Brotkrümel zu stibitzen gab. Dann zog er seinen Kreis enger und erwog, zum Turm zurückzukehren oder zumindest am Brunnen auf dem Platz davor zu landen, um den sich die wichtigsten Gebäude scharten: die Kirche, das Rathaus – auch wenn der Begriff für die Amtsstube des Bürgermeisters ein wenig hoch gegriffen war –, eine Trattoria und der Kramladen. Werbung an der Fassade anzubringen war dem Inhaber untersagt worden, und so trug Signor Iannazzo täglich am Morgen außer dem Zeitungsständer und den Obstkisten auch einige Schilder nach draußen und am Abend wieder hinein. Ein stures und unnötiges Ritual, denn seine Kundschaft kannte das Sortiment ohnehin. Doch er liebte die Botschaften auf Blech, die brillanten Farben und die verschnörkelte Schrift. Ganz besonders sein neuestes Schild mit einer verzückt lächelnden Frau und einem *Mottarella*-Eis am Stiel. Die Anschaffung der Eistruhe hatte fast genauso viel Wirbel verursacht wie das erste Paar Damenstrümpfe aus Nylon, das er damals im Schaufenster präsentiert hatte. Beides reiner Luxus – und dem Pfarrer ein Dorn im Auge. Und beides nach jeder Lieferung binnen kürzester Zeit ausverkauft.

Die Glocke von San Francesco schlug noch immer. Ihr spröder Ton wehte weit hinaus aufs adriatische Meer, ein wenig schief und zu hell für ein anständiges Geläut. Eine Behelfsglocke, weil die ursprünglich im Turm angebrachte einst gestohlen worden war. Im Krieg oder von Piraten, ganz genau war es nicht überliefert und erinnern konnte sich natürlich niemand mehr, lag der dreiste Raub doch schon lange zurück. So lange, dass es Leute gab, die meinten, er habe nie stattgefunden und das mickrige Glöckchen sei schon immer da gewesen. Eine Frage, über die nicht selten Streit entbrannte, so wie auch über manch anderen Sachverhalt in Pesaro del Monte piccolo Cattolica gern und oft und laut gestritten wurde.

Der kleine Vogel flatterte weiter zum einstigen Kloster am Rand der Steilküste, das den Naturgewalten und dem Salzwasser die Stirn geboten hatte, ehe es zerfiel. Von der Existenz der Mönche zeugten kaum mehr als ein paar Grabsteine im hohen

Gras und die Einfriedung des Kräutergartens, in dem seit damals würzig duftende Pflanzen sprossen. In einiger Entfernung, etwas tiefer am Hang, unweit eines malerischen, wenn auch selten genutzten Fußweges zum Strand, ließ sich das Vögelchen im Geäst des ältesten Aprikosenbaumes von Cesare Collina nieder. Ein knorriges Exemplar, das die meiste Zeit des Jahres mehr tot als lebendig aussah.

Auf dem Weg wirbelte zwischen Ginster, wilden Orchideen und Lorbeer Staub empor, begleitet von Lachen und Gesang.

»Komm ein bisschen mit – nach Italien! Komm ein bisschen mit – ans blaue Meer!«

Zwei von Sonnenhüten bedeckte Köpfe kamen in Sicht, gerötete Schultern, an denen Badetaschen baumelten, überragt von einer aufgeblasenen Luftmatratze. Das Kissen am oberen Ende wippte bei jedem Schritt, als wolle es den Sängerinnen zustimmen.

Arglos betrachtete der Vogel den unter ihm gekrümmt auf dem Rücken liegenden Menschen, der in den leuchtend blauen italienischen Himmel starrte. Ein feuchter Schimmer glänzte in seinen Wimpern. Stöhnend bewegte er die Lippen. Aus einem Mundwinkel rann Speichel und bildete Blasen. Zum letzten Schall von San Francesco durchfuhren wellenartige Zuckungen den ausgestreckten Körper, als peitschte jäh ein Sturm übers Meer. Dann wurde es mit einem Mal still, nichts regte sich mehr. Selbst die Luftmatratze hörte auf zu nicken.

Und in die Ruhe hinein plusterte das Vögelchen sein Gefieder und begann zu zwitschern.

Kapitel 1

Einige Tage zuvor ...

Der babyblaue Motorroller wurde langsamer und langsamer, schließlich hielt die Fahrerin an. Sie konnte das hartnäckige Pochen an ihrer Schulter nicht länger ignorieren.

»Was ist denn?«, fragte sie nach hinten gewandt und klopfte ihrerseits auf die Tankanzeige. Das sah gar nicht gut aus.

»Wir haben uns verfahren, gib es zu.«

Ärgerlich schaute Elke die schmale, asphaltierte Straße rauf und runter, die sich in sanften Kurven dahinzog. Leider führte sie tatsächlich schon seit geraumer Zeit nur noch bergauf, obwohl sie doch runter wollten ans Mittelmeer. Außer ihnen war keine Menschenseele zu sehen, und der letzte Wegweiser, an dem sie sich noch sicher gewesen war, lag ein ordentliches Stück zurück. Ausgerechnet Sonja, die Straßenkarten grundsätzlich verkehrt herum hielt und kein Wort Italienisch konnte, musste sie jetzt mit der Nase auf ihren Fehler stoßen: Irgendwo war sie falsch abgebogen. Dabei hätte sie jeden Eid geschworen, dass auf dem Pfeil, dem sie gefolgt war, sowohl Pesaro als auch Cattolica genannt gewesen waren. Und nun krochen sie einen Hügel hoch, und ihrer heißgeliebten Zündapp ging die Luft aus. Der Sprit genau genommen.

»Kann sein«, sagte Elke leichthin und unterdrückte ein Seufzen. Sie schob die Sonnenbrille hoch und kniff die Augen zusammen. »Du, sieh doch mal dort!« Mit ausgestrecktem Arm deutete sie nach vorn. »Da sind Häuser, du Angsthase! Dort, über den Baumwipfeln. Wirst schon sehen, wir sind hier goldrichtig.« Sie setzte die Brille wieder auf die Nase, ließ sich die Zweifel an der eigenen Aussage nicht anmerken und hielt den Atem an, bis der

Motor ihrer Bella wieder tuckerte. Den Spritverbrauch bis Cattolica hatte sie genau, aber knapp kalkuliert – ohne unfreiwilligen Abstecher, wie sie vermutlich gerade einen machten.

Sonja schaute immer noch skeptisch drein und war es auch, einen Kommentar sparte sie sich jedoch und schlang ergeben die Arme um ihre Freundin. Es war Elkes Roller, und es war Elkes Idee gewesen, gemeinsam einen Italienurlaub zu machen. Und obwohl es ihr nicht gefiel, Angsthase genannt zu werden, musste sie sich eingestehen, dass sie einer war. Ohne Elke wäre sie weder hier noch anderswo in den Ferien, sie säße bei ihren Eltern, würde im Haus helfen und im Garten und sich schief ansehen lassen, wenn sie nur mal ins Kino wollte. Doch Elke hatte ihr die richtigen Worte in den Mund gelegt, die sie im heimischen Wohnzimmer brav wieder ausgespuckt hatte. Ihrem Vater war die Zigarette aus dem Gesicht gefallen und hätte um ein Haar ein Loch in sein Feinripphemd gebrannt. Eins von den neuen, war ja klar. Das hätte sie ihm dann ersetzen müssen.

Sonja verdiente ihr eigenes Geld – erbärmlich wenig, auch nach der abgeschlossenen Ausbildung zur Rechtsanwaltsgehilfin – und lieferte davon jeden Monat unaufgefordert ihr Kostgeld ab. Da stand es ihr doch wohl zu, von dem, was sie angespart hatte, ab und zu etwas für sich selbst zu verwenden! Sie war erst dreiundzwanzig, wollte leben, statt ständig an morgen zu denken. Der richtige Mann zum Heiraten würde schon noch kommen. Und einer, der nach der mitgebrachten Aussteuer schielte, konnte ihr sowieso gestohlen bleiben. Sonja wurde es jetzt noch heiß beim Gedanken an das versteinerte Gesicht ihrer Mutter, als sie gewagt hatte, ihre Wünsche auszusprechen. Und bei Elkes erster Berechnung war es ihr sogar regelrecht schwindelig geworden. Doch dann hatte Elke jeden einzelnen Posten geprüft und vor ihren Augen schrumpfen lassen, bis eine auch für Sonja erträgliche Summe übrig geblieben war.

»Wir brauchen kein Reisebüro, keine Zugfahrt, kein feines Hotel. Wer könnte uns besser nach *bella Italia* tragen als meine gute Bella? Mit ihr kommen wir überallhin: Rom, Venedig, Rimini! Die ganze Adria liegt uns zu Füßen.« Sie hatten im Café gesessen, und alle Köpfe waren herumgefahren, als Elke den Zündapp-Werbespruch durch den Raum schmetterte: »Herr sein – frei sein – erfolgreich sein! Wirst sehen, Sonja, das wird fabelhaft!«

Fabelhaft – so war die Fahrt bisher tatsächlich verlaufen. Am Ende des zweiten Reisetages und, wie sie hoffte, kurz vor dem Ziel, nach weit über tausend Kilometern auf dem Sozius, fühlte Sonja sich allerdings auch *fabelhaft* erschöpft. Auf sie wirkte die heiße, staubige Landschaft weniger verlockend als erhofft und die fremdartigen Bäume mit einem Mal düster und unheilvoll. Sie passierten ein einzeln stehendes Gehöft, wo ein Kettenhund anschlug und eine schwarze Katze die Straße von links nach rechts kreuzte. Ein Schaudern kroch über Sonjas erhitzte Haut. Hastig schloss sie die Augen und öffnete sie erst wieder, als Elke erneut den Motor drosselte und einen Fuß auf den Boden setzte.

Willkommen in Pesaro del Monte piccolo Cattolica. Das Schild am Ortseingang empfing Besucher gleich in mehreren Sprachen und war offensichtlich brandneu. Einzig ein Loch im letzten »o« des Wörtchens *piccolo*, das dadurch eher wie ein »a« aussah, störte den guten Eindruck ein wenig.

»Na bitte, willkommen sind wir schon mal.« Langsam steuerte Elke den Roller durch einen mittelalterlichen Torbogen aus mächtigen Steinen und ruckelte über unebenes Pflaster, vorbei an unverputzten Häusern, an denen Eisenbalkone wie Schwalbennester klebten. Blühende Topfpflanzen drängten sich dicht an dicht, und in den Seitengassen überspannten Wäscheleinen in mehreren Etagen übereinander den Durchgang. Als sie den Dorfplatz mit der Kirche erreichten, begann der Roller leicht asthmatisch zu husten, was Elke an ihre kränkelnde Tante erinnerte, der sie eine Postkarte versprochen hatte. Die Tanknadel stand jetzt deutlich jenseits des Minimums. Um die letzten Tropfen Sprit nicht unnötig zu vergeuden, paddelte Elke mit den Schuhspitzen über die Kopfsteine in den Schatten vor einem Barbier-Laden mit heruntergelassenem Gitter.

»Absteigen«, kommandierte sie.

Um den Brunnen rannte eine Schar barfüßiger Kinder, die sich wechselseitig nass spritzten und neugierig herüberguckten. Zwei fremde Frauen mit Moped, dazu noch eine strohblond, das sah man hier wohl nicht alle Tage.

Schnurstracks hielt Elke auf die Kinder zu.

»Was hast du vor? Wir können doch unsere Sachen nicht einfach hier stehen lassen.« Sonja flitzte ihr nach. »Wir sind in Italien!«, wisperte sie aufgeregt. »Mein Vater sagt, die Italiener klauen alles. Einfach alles, wenn man nicht aufpasst.«

»Dann halt mal schön deinen Schlüpfer unterm Rock fest, Sonjalein.« Elke lachte, als ihre Freundin rot wurde, und lief weiter. Wie oft hatten sie in den vergangenen Wochen gemeinsam von einem Urlaubsflirt mit einem heißblütigen Südländer geträumt? Selbstverständlich im Rahmen dessen, was sich gerade eben noch schickte. Die anderen Träume hatte Elke für sich behalten, aber sie hätte darauf gewettet, dass auch Sonja heimlich an mehr als nur Händchenhalten dachte. »Komm schon, war nur Spaß. Ist das nicht herrlich hier? Genauso habe ich es mir vorgestellt. Das ist alles so … malerisch.« Die Kinder, die Sonne und keine einzige Wolke. Fehlte nur noch eins. »*Scusi.* Wo ist das Meer?« Elke wedelte mit den Armen, während die Kinder sie umringten. »*Il mare?*«

Sonja blieb einige Schritte zurück, schaute nervös zwischen dem Brunnen und dem Roller hin und her, neben dem sich gerade ein Mann an die Wand lehnte. Seine Hose war einen Tick zu weit, Hosenträger hielten sie oben, das Hemd war leicht zerknittert. Es wirkte lässig, wie er die Schiebermütze am Schild in den Nacken rückte. Er war jung, kaum älter als sie, zwei Jahre vielleicht, so wie Elke. Weiße Zähne, sonnengebräuntes Gesicht, rabenschwarzes Haar. Das erste italienische Lächeln – wenn auch ein schüchternes – traf Sonja wie ein Blitz. Der Himmel wurde blauer, der Blumenduft süßer, und das ganze Dorf versprühte Charme, als habe sich ein Schleier gehoben. Sie blinzelte. So schnell, wie das Gefühl von drohender Gefahr sie beim ersten Anblick der Dächer von Pesaro del Monte piccolo Cattolica überfallen hatte, verflüchtigte es sich auch wieder. Was sollte an diesem wundervollen Ort schon Schlimmes passieren?

Sonja wischte sich eine Strähne hinters Ohr. Egal ob man ihr Haar rehbraun oder brünett nannte, sie fand die Farbe langweilig. Ein wenig neidisch beobachtete sie, wie Elke erst mit den Kindern diskutierte, dann auf den Hübschen zusteuerte und ihn in ein Gespräch verwickelte. Seine weiche tiefe Stimme entschädigte Sonja dafür, dass sie ihn nicht verstand.

»Zum Meer geht es da lang«, verkündete Elke schließlich. »Stell dir vor: Es gibt sogar einen richtigen Strand! Aber er meint, der Weg ist zu schlecht, um mit dem Gepäck auf dem Roller runterzufahren. Wir sollten besser zu Fuß gehen.« Die hinter der Sitzbank festgezurrten Köfferchen waren zum Platzen voll. Gut möglich, dass ein weiteres Schlagloch zu viel für sie sein würde. Grübelnd verzog Elke die Lippen, dann zuckte sie mit den Schultern. »Ach, was soll's? Ich will trotzdem dort hin. Jetzt sofort. Ich frag ihn, ob er aufpasst.«

Und das machte sie, ehe Sonja Einwand erheben konnte. »Ich verspreche, dass wir nicht lange bleiben werden. Und selbstverständlich bezahle ich Sie dafür.« Auch Elke war nicht entgangen, dass der junge Mann offenbar die Kleider eines anderen auftrug.

»*Si*, Signorina. Niemand fasst etwas an.«

Dichte Wimpern umrahmten seine schönen Augen, die die meiste Zeit zu Boden gerichtet waren. Nun aber schaute er hoch und legte zur Bekräftigung die Hand aufs Herz. »Das schwöre ich.«

»*Mille grazie!*« Elke klatschte in die Hände und trieb Sonja zur Eile. »Lass uns loslaufen, bevor er es sich anders überlegt.«

»*Mille grazie* heißt danke?«, fragte Sonja, nachdem sie einige Meter gegangen waren.

»Vielen Dank«, präzisierte Elke. »Streng genommen sogar: tausend Dank.«

Ehe sie den Platz verließen, drehte Sonja sich noch einmal um. Die Kinder hatten ihr Spiel am Brunnen wieder aufgenommen. Von der Kirche konnte sie nur das Portal und die Turmspitze sehen, den Mittelteil verdeckten in Doppelreihe stehende Platanen. In deren Schatten saßen alte Männer an einer Bocciabahn, und aus der Trattoria an der Ecke drang leise Musik. Der hübsche Bursche lehnte wieder an der Wand neben dem Schaufenster des Barbiers. Die Schiebermütze hatte er abgenommen, wilde Locken fielen ihm in die Stirn. Verwegen sah er aus, wie ein Freibeuter, und natürlich wagte Sonja sich doch nicht, ihm auf Italienisch danke zuzurufen.

Noch war es heller Tag, obgleich die Sonne sich schon zum Horizont neigte und länger werdende Schatten übers Pflaster breitete. Die Straßen, in die sie einbogen, wurden immer kleiner. Im Dunkeln konnte man sich hier sicher schnell verlaufen, denn rechte Winkel schien es nicht zu geben. Elke kamen gerade erste Zweifel an der eingeschlagenen Richtung, als sie in einiger Entfernung ein Schild mit verschnörkelter Schrift ausmachte.

»Dort müssen wir entlang!« Sie hatte sich die Beschreibung genau eingeprägt, der zufolge es gleich hinter dem Ristorante Zaccardo bergab gehen sollte. Von der Gasse aus betrachtet, ähnelte das Haus aus mausgrauem Stein einer abweisenden Trutzburg, doch von vorn wirkte es freundlich und einladend. Die etwas über Straßenniveau liegende Terrasse stützte sich auf einen historischen Mauerrest, der so alt sein musste wie das Tor, durch das sie vorhin ins Dorf gefahren waren. Unmittelbar daneben zweigte der beschriebene Weg nach unten ab, die letzte Häuserreihe lag hinter ihnen und nichts mehr davor, was ihren Blick verstellte.

Ihre Entscheidung fiel so schnell, wie einmal mit dem Kopf zu nicken. Sie fiel genau in der Sekunde, als Sonja und Elke zum allerersten Mal in ihrem Leben das Mittelmeer erblickten. Vom unteren Ende des steil abfallenden Hügels, es mochte hundert Meter in die Tiefe gehen, erstreckte es sich bis zum Horizont. Ein hauchfeiner Strich im Übergang von Blau zu Blau, der Wasser und Himmel trennte. Für einen Moment sprachlos tastete Elke nach Sonjas Hand. Zu ihren Füßen raschelte trockenes Gras, über ihnen schrien Möwen, und auf dem leicht gekräuselten Türkis der Adria dümpelten Boote mit weißen Segeln.

»Wir bleiben hier«, sagte Elke. Leise, aber sehr bestimmt. »Wenigstens für eine Nacht. Wir werden schon was finden, wo wir unterkommen.«

Und Sonja nickte.

Nach den ersten zögernden Schritten, bei denen sie noch überlegten, ob es vernünftig war, was sie taten, und ob sie dem Hübschen mit der Schiebermütze wirklich trauen konnten, flogen sie den Hügel geradezu hinunter. Der wilde Lauf zum Strand dauerte keine zehn Minuten. Übermütig kickten sie die Schuhe von ihren Füßen. Sie schauten weder links noch rechts, rannten durch den Sand, quietschend wie die *bambini* vom Dorfplatz, und hinein in die kühlen Wellen, die an ihren Zehen und Knöcheln leckten.

Sie waren am Meer, Ziel erreicht!

Sonja wagte sich weiter und weiter vor, bis erst die Knie, dann die halben Oberschenkel und schließlich der Saum ihrer kurzen Hose nass waren. Die Unterströmung des abfließenden Wassers nahm den Sand unter ihren Sohlen mit, vermittelte ihr eine Ahnung der enormen Kraft, die darin steckte. Instinktiv wich sie zurück.

Elke raffte ihr getupftes Kleid bis zur Hüfte, hielt sich aber von Anfang an näher am Ufer. Von der atemberaubenden Landschaft abgesehen, steckten hinter der Entscheidung zu bleiben auch ganz pragmatische Gründe, die sie jedoch vor Sonja verbarg: Es gab keine Tankstelle im Ort, nur eine Werkstatt, wo man ihnen natürlich aushelfen konnte. Doch die öffnete erst am nächsten Morgen wieder. Zwar hatte der Hübsche ihr angeboten, den Besitzer herauszuklingeln, aber das hatte sie abgelehnt, schließlich war es Sonntagabend und ihr der Spritmangel ohnehin mehr als peinlich. Außerdem fand Elke den Gedanken nicht allzu verlockend, bis in die Dunkelheit hinein weiterzufahren – selbst mit vollem Tank –, um erst in Cattolica nach einer Unterkunft zu suchen. Und ohne nachzutanken drohten sie irgendwo auf der Strecke liegen zu bleiben. Nein danke, auf dieses Abenteuer verzichtete sie lieber.

Sie drehte sich im Kreis, um den Strand zu begutachten. Zwei Sonnenschirme, ein eher improvisiert wirkender Schutz aus in den glitzernden Sand gebohrten Ästen und einem darüber gespannten Tuch und alles in allem nur eine Handvoll Leute, die in der Sonne und im Schatten lagen. Unter einem der Schirme heraus wurden sie von einem älteren Herrn in langer Hose beobachtet, der umständlich eine Tageszeitung faltete. An seiner Seite saß eine Frau mit breitkrempigem Sonnenhut. Etwas weiter entfernt, am Ende der lang gestreckten Bucht, baumelten neben einem umgedrehten Ruderboot Fischernetze zum Trocknen über einer Stange.

»Wo sind denn die Buden, die Lokale, das wilde italienische Strandleben?«, rief Elke verblüfft und gleichermaßen enttäuscht. »Hier ist ja gar nichts!«

Eine Männerstimme lachte laut auf, und von einem der Laken erhob sich ein braungebrannter Hüne in Badehose.

»Scusi, Signorina – bitte verzeihen Sie, dass ich gelacht habe«, sagte er auf Deutsch, während er näher kam. Dort, wo sich der feuchte Sand dunkler färbte, blieb er stehen. »Wenn Ihnen jemand versprochen hat, Sie würden das in Pesaro del Monte piccolo Cattolica finden, hat er sich einen dreisten Scherz mit Ihnen erlaubt. Und wenn ich es so sagen darf: Das ist auch ganz gut so.«

Elke zog die Nase kraus. »Ach ja?«

»Verzeihung!« Er lachte wieder, schüttelte abwehrend die Hände und legte dann eine auf sein Herz. »Das war ungeschickt ausgedrückt. Dass hier das wilde Strandleben fehlt, halte ich für gut. Denn sehen Sie, Signorina – Signorinas« – sein Blick glitt zwischen den beiden Frauen hin und her – »die Schönheit dieses Ortes liegt in der jungfräulichen Unberührtheit. Der steilen Klippe sei Dank kommen nur wenige Touristen. So bleibt die Natur ganz Natur.«

»Aha, also sollten wir Ihrer Meinung nach am besten gleich wieder gehen?« Elke ließ das geraffte Kleid los und zeichnete mit einem Finger die Serpentinen nach, die sie gerade erst heruntergekommen waren. »Über die steile Klippe verschwinden?«

Sonja hielt die Luft an. Vielleicht war es gar keine schlechte Idee zu verschwinden. Ihr war nicht wohl dabei, dass Elke den Fremden so kratzbürstig behandelte. Doch der schien sich darüber zu amüsieren.

»Nein, ganz gewiss nicht!« Sein Schmunzeln reichte von den gekräuselten Lippen über die tiefblauen Augen bis zu den fragenden Falten auf seiner Stirn. »Ich würde es vorziehen, wenn Sie noch ein wenig bleiben, Signorina – Signorinas. Erlauben Sie mir, Ihnen Gesellschaft zu leisten und etwas mehr über diesen Flecken Erde zu erzählen?« Beiläufig tupfte er mit dem Laken ein paar Tropfen von seinem muskulösen Oberkörper.

»Da bin ich aber gespannt.« Elke behielt den ironischen Ton bei. Was konnte es schon über einen Fleck zu erzählen geben, an dem es nichts gab außer Natur? Mit verschränkten Armen wiegte sie sich hin und her. Er war ihr ein bisschen zu alt, vierzig etwa oder sogar leicht drüber, aber trotzdem attraktiv und wirklich gut in Form. »Machen Sie hier Urlaub oder sind Sie ein Einheimischer aus dem Dorf da oben?«

Aus dem Augenwinkel sah sie, dass die Frau mit dem Sonnenhut inzwischen ebenfalls herüberschaute.

»Gott bewahre, nein.« Er lachte. »Weder, noch. Auch wenn es hier schön ist. Meine Heimat ist das Bozener Land, dem nichts auf der Welt gleichkommt. Aber mein Beruf hat mich nach Pesaro del Monte piccolo Cattolica geführt. Ich bin Lehrer, und im Augenblick versuche ich die Sommerferien mit Anstand totzuschlagen. Drei lange Monate bis Mitte September, von denen erst einer vorbei ist.«

»Sie Armer.« Elke schüttelte den Kopf. Drei Monate frei – da wäre ihr Besseres eingefallen, als zu jammern. »Warum sind Sie denn hiergeblieben, statt nach Hause zu fahren?«

»Vorsicht, Elke!«

Die Warnung kam zu spät. Eine hinterhältige Welle klatschte ihr in die Kniekehlen, schwappte hoch bis zu ihrem Hintern. Mit einem kleinen Aufschrei kämpfte sie um Balance.

»Darf ich Ihnen behilflich sein?« Der blauäugige Hüne hielt ihr die ausgestreckte Hand hin. »Genau vor Ihren Füßen liegt ein großer Stein.«

»Danke, aber das schaffe ich schon allein.« Schnippisch reckte Elke das Kinn und stakste demonstrativ ohne seine Hilfe ans Ufer.

»Ich kann Ihnen mein Handtuch anbieten, wenn Sie sich ein wenig abtrocknen möchten.«

Endlich dämmerte es Sonja, was da gerade vor sich ging: Ihre Freundin hatte den ersten Flirt an Land gezogen. Im Grunde wunderte es sie nicht, aber es war noch schneller gegangen als erwartet. Es lag in Elkes Wesen, andere mühelos um den Finger zu wickeln. Allerdings war Sonja sich dieses Mal nicht ganz sicher, wer bei wem angebissen hatte und an der Angel zappelte.

Als der Italiener, der so gar nicht italienisch aussah, auch ihr die Hand reichte, um sie aus den Wellen zu geleiten, griff Sonja zu.

»Kilian Rossi«, stellte er sich vor und hauchte einen Kuss über ihren Handrücken. »Sehr angenehm.«

»Sonja Mauer und Elke Wilk«, antwortete Sonja, wie es sich gehörte. Was für ein Rahmen, um eine so förmliche Bekanntschaft zu machen – ein Mann in Badehose und sie mit feuchten Klamotten, beide mit den Füßen im Mittelmeer. Sie unterdrückte ein Lachen und gönnte sich einen kleinen Augenblick diebischer Freude. Elkes verächtliches Schnauben täuschte sie nicht – deren Ablehnung war keine Frage der Emanzipation, nur reines Kokettieren.

Im zweiten Anlauf nahm Elke das angebotene Handtuch an und trocknete sich die langen Beine, nachdem sie den Rocksaum ausgewrungen hatte. »Danke, Signor Rossi«, sagte sie und drückte ihm das nasse Tuch wieder in die Hand. »Ist das nicht herrlich, Sonja? Ich glaube, ich könnte ewig aufs Meer gucken.«

»Wir sollten trotzdem besser aufbrechen.«

»Wieso so eilig, Signorina Mauer? Sie sind doch gerade mal fünf Minuten hier. Habe ich Sie verärgert? Das täte mir aufrichtig leid.«

»Nein, nein. Wir müssen«, bestätigte Elke widerwillig. Es war vernünftig, sie mussten sich schließlich noch eine Unterkunft suchen, gleichwohl fiel es schwer, sich loszureißen. Dieser erste Strandbesuch war viel zu kurz.

Die Freundinnen streiften den Sand von ihren Füßen und schlüpften in ihre Schuhe.

Rossi fasste sich an die Stirn. »Wie dumm von mir: Sie werden erwartet. Sind Sie mit der Familie im Hotel abgestiegen?«

»Im Gegenteil.« Elke setzte ihm knapp die Lage auseinander, die ihr dabei selbst wieder richtig bewusst wurde. Ihr Lachen schmeckte schal, und insgeheim schickte sie ein Stoßgebet zum Himmel, dass der hilfsbereite Signore mehr als nur ein Handtuch in petto hatte. Sie waren ohne Quartier, müde und hungrig, und all ihre Habseligkeiten – abgesehen vom Schlüssel des Rollers und ihren Papieren – befanden sich in der Obhut eines Fremden. Den konnten sie nicht ewig warten lassen und würden obendrein ein Trinkgeld zahlen müssen, über dessen Höhe sie dummerweise nicht vorher verhandelt hatten.

Signor Rossi ersparte ihnen eine Bemerkung zu ihrer Unvorsichtigkeit. Ihm war bei ihrer Beschreibung sofort klar, wen sie damit betraut hatten, auf den Roller aufzupassen, und er nannte Elke einen Lire-Betrag, den er in diesem Fall für angemessen hielt.

»Betrachten Sie auch Ihr anderes Problem als gelöst.« Kilian Rossi legte sich das Badelaken über die Schultern. »Meine Zimmerwirtin betreibt eine nette, kleine Pension mit einigen Fremdenzimmern. Dort logieren auch die Herrschaften, die da drüben unter dem Sonnenschirm liegen. Deutsche – genau wie Sie. Wenn es recht ist, werde ich Sie begleiten.« Seine Stimmung wurde immer besser. Die vorwitzige Welle, die Signorina Wilk erwischt hatte, hatte ihn zugleich davor bewahrt, auf die Frage nach seinem Zuhause antworten zu müssen. Diesen schönen Tag wollte er sich nicht verderben. Weder mit dem Gedanken, dass er bei seiner Familie unerwünscht war und sich bis auf Weiteres nicht blicken lassen durfte, noch mit dem Warum.

Während Elke auf dem Rückweg von Herzen erleichtert mit Signor Rossi plauderte, strich Sonja mit den Fingern durch blühende Gräser und sparte ihren Atem für den nach zwei Reisetagen doch beschwerlichen Aufstieg zum Dorf. Sie sah Vögel zwischen heidekrautartigen Pflanzen auf Felsen landen und Schmetterlinge, die über sattgelbem Ginster tanzten.

Auf dem Dorfplatz war Ruhe eingekehrt, und die Kinder waren verschwunden. Nur der junge Mann hockte noch brav auf dem Pflaster neben dem Roller und drehte seine Mütze zwischen den Händen. Sonjas Herz schlug einen Takt schneller.

*

Angelehnt an das Terrassengeländer ließ Federica Pellegrini den Rauch ihrer Zigarette entweichen. Ein angenehm warmer Wind streifte ihre nackten Schultern und spielte mit dem dünnen Stoff der ärmellosen Bluse. Unten am Strand strich die frische Meeresbrise durch den aufgeheizten Sand, stieg über die Stufen der felsigen Klippe auf und brachte neben der Wärme die wildaromatische Note der Sträucher mit. Im Duft dieser besonderen Strömung – den Nuancen von Salz und Tang, Salbei und Thymian – spiegelten sich die Jahreszeiten und das Wetter: das, was war, und das, was kommen würde.

Federica schnippte die Asche ins Gestrüpp vor der Balustrade. Genau diese unvergleichliche Mischung hatte sie nach Matteos Tod zum Bleiben bewogen. Allerdings wäre ein Gärtner nett gewesen, der sich um eine anständige Bepflanzung ihres Grundstücks kümmerte, doch den konnte sie sich nicht leisten, und ihr selbst fehlten sowohl Talent als auch Geduld. Ihre Gäste mussten darüber hinwegsehen. So wie sie es auch tat. Federica richtete den Blick geradeaus. Das Meer entschädigte für vieles, und die Sonne tat ein Übriges, um die Touristen bei Laune zu halten. Vorausgesetzt, sie waren an guter Laune interessiert. Der eine oder andere Gast wäre von einer perfekten Unterkunft womöglich sogar enttäuscht gewesen, weil die seine Vorurteile über den unzivilisierten

Süden zerstört hätte. Herr Schneider, der mit seiner Gattin angereist war, schien so einer zu sein. Seinen Vornamen Franz sprach er so hart und zackig aus, dass niemand seine deutsche Herkunft je bezweifelt hätte. Schon das Ausfüllen des Anmeldebogens hatte ihn puterrot und ärgerlich werden lassen. Der Grund erschloss sich Federica nicht, und sie war froh, dass ihr der Inhalt seiner dauernden Tiraden größtenteils erspart blieb. Kaum vorstellbar, dass er am Abend umgänglicher sein würde, wenn die beiden von ihrem Ausflug ans Wasser wiederkämen. Er war im Sonntagsanzug aufgebrochen – mit Jacke – und hatte das Strandgepäck seiner Frau überlassen. Eine zauberhafte und zurückhaltende Person, die vorsichtig einzelne italienische Worte aus ihrem Reiseführer ausprobierte. Außerdem hatte Signora Schneider ein Buch von Ernest Hemingway dabei, allein das nahm Federica schon für sie ein.

Im Großen und Ganzen mochte sie ihre Gäste, auch wenn sie sich die nicht aussuchen konnte. Dazu verschlug es zu wenige Besucher ins verschlafene Pesaro del Monte piccolo Cattolica. Nach dem Willen des Bürgermeisters und seiner Unterstützer sollte sich das bald grundlegend ändern, wogegen sich so selbstverständlich Widerstand erhob, wie jeder Kirchgang mit einem Amen endete. Veränderungen waren nicht jedermanns Sache, und über den richtigen Weg, den Tourismus zu stärken, ließ sich trefflich streiten. Meistens ging es dabei zivilisiert zu und blieb bei mit Verve vorgebrachten Beschimpfungen. Doch Ausnahmen bestätigen die Regel, und manche Faust saß locker in der Tasche.

Federica legte den Kopf in den Nacken. Sie hatte nicht vor, sich öffentlich auf irgendeine Seite zu stellen, das brachte nur Ärger. Ihr Haus lag am Rande des Plateaus, in einiger Distanz außerhalb der alten Mauer des Dorfes. Sehr symbolisch. Matteo war es recht gewesen, als er das Anwesen für wenig Geld erstanden hatte. Als Fremde, noch dazu als Frau, durfte sie sich ohnehin keinen Illusionen hingeben, dass ihre Meinung zählte.

Sie lebte erst seit fünf Jahren hier, und es konnte schon ein bis zwei Generationen dauern, bis sämtliche Vorbehalte ausgeräumt waren. In diesem Punkt unterschieden sich die Einwohner der Provinz Marken kein bisschen von den Sizilianern. Nur dass die Marchigiani den Sizilianern mit noch größerer Skepsis gegenüberstanden als all ihren anderen Landsleuten.

Federica hielt das Gesicht in den streichelnden Wind und zog ein weiteres Mal an der bitteren Zigarette, dann konnte sie die kleine Gruppe Menschen nicht länger ignorieren, die der Pension entgegenstrebte. Bestimmt wollten sie zu ihr, denn die vom Dorf kommende Straße endete unmittelbar am Haus. Von hier führte nur ein Fußweg weiter, der knapp unterhalb der Terrasse verlief und sich in einiger Entfernung teilte: links runter, am Aprikosenhain der Collinas vorbei zum Strand, und oben weiter im leichten Bogen nach rechts zur Klosterruine. Ganz vorn erkannte sie einen hochgewachsenen Mann, dessen dichte Haartolle golden schimmerte. Der Widerstand höchstselbst, der sich zum Schutz der Natur gegen die Erweiterung des Tourismus stemmte. *Wenn man vom Teufel spricht*. Sie seufzte. Ihr Untermieter Kilian Rossi war geeignet, ihre gerade aufgestellten Thesen zu widerlegen: Noch besser als ein Sizilianer taugte so manchem im Dorf ein Südtiroler als Feindbild. Und Rossi tat wenig, um das zu ändern. Als Lehrer nahm er eine Sonderstellung ein, die er durchaus für sich zu nutzen wusste. Sein Beruf verschaffte ihm per se den Status eines Gelehrten, was seinen Worten größeres Gewicht verlieh, obwohl er erst vor wenigen Monaten ins Dorf gekommen war. Wie lange er bleiben würde, stand noch nicht fest, darum wohnte er vorläufig in ihrer Pension. An seiner Seite gingen zwei junge Frauen, die an seinen Lippen hingen. Und hinterher ein armer Tropf, der dazu verdonnert war, einen Motorroller zu schieben.

*

Es lag nicht nur an den Münzen, die die blonde Signorina ihm in die Hand drückte, dass Mimo eingewilligt hatte, an ihrer Stelle den vollgepackten Roller zu schieben. Auch wenn er nicht kapierte, warum er Gino nicht nach Benzin hatte fragen dürfen. Auf der schmalen, unbefestigten Straße außerhalb des Dorfes gingen die anderen voraus, und er folgte. Es machte ihm nichts aus. Was Signor Rossi erzählte, interessierte ihn sowieso nicht die Bohne. Nie. Und jetzt redete der natürlich auch noch die ganze Zeit Deutsch. Mimo betrachtete so lange einfach den leichten Sonnenbrand auf den weißen Waden der schönen Signorina mit den langen, hellbraunen Haaren, die ihn nicht verstand, wenn er Italienisch sprach.

Den Weg zu Signora Pellegrinis Haus kannte er im Schlaf und er musste nicht auf seine Schritte achten. Ein bisschen, fand er, ähnelte die Signorina vor ihm der Madonna auf dem Wandbild in der Kirche. Doch ihr Lächeln war viel netter, wenn sie ihn über die Schulter ansah, was sie häufig machte, und dabei guckte, als müsse sie sich für irgendwas entschuldigen. Mimo wurde es warm bei diesem Lächeln und statt der Waden betrachtete er als Nächstes ihren Popo in der kurzen Hose. Ja, der gefiel ihm auch.

Er zuckte zusammen, als Kilian Rossi sich umwandte und ihn halblaut anzischte: »Hör auf so zu glotzen!«

Mimo biss die Zähne aufeinander und packte die Lenkstange fester. Der konnte ihn mal gernhaben. Gernhaben konnte der ihn! Sein Blick heftete sich an Rossis Hinterkopf.

Und hätte der sich nochmal umgedreht, hätte er gesehen, dass Mimo *ihn* alles andere als gernhatte.

*

Von der schmalen Straße aus betrachtet glich Federica Pellegrinis Silhouette einem feinen Scherenschnitt und mit dem Haus, dem Himmel und dem ganzen Drum und Dran einer Aufnahme aus einem Reiseprospekt. An den Fenstern der Pension Vento del mare hingen hölzerne, in sattem Grün gestrichene Klappläden. Eine Hauswand war komplett von Kletterpflanzen mit leuchtend rot-orangefarbenen Blüten bedeckt, was einen charmanten Kontrast zu den groben Steinen des Gebäudes ergab. Die Terrasse ermöglichte eine Rundumsicht zum Dorf und dem Meer, dem Abhang zum Strand, wobei Letzterer nicht zu sehen war, sowie auf der anderen Seite zur Ruine, die auf einem noch steileren Felsen thronte.

Kilian Rossi nahm die Begeisterung der deutschen Fräulein mit Genugtuung zur Kenntnis.

»Da wären wir«, sagte er mit großer Geste. »Willkommen in meinem bescheidenen Heim.«

Federica löste sich von der Balustrade, ließ die Zigarette fallen und trat sie mit einer leichten Drehbewegung aus, während Rossi Mimo anwies, den Roller abzustellen und das Gepäck abzuladen.

»Das können wir doch selbst machen.« Verlegen sah Sonja ihm zu, wie er mit den Spanngurten hantierte und sich an einem scharfkantigen Haken den Arm zerkratzte.

»Nein, nein, lassen Sie ihn nur.« Rossi schüttelte den Kopf. »Dafür haben Sie schließlich bezahlt.«

Einer der Koffer kam ins Rutschen und plumpste unsanft auf den Boden. Ein Spalt klaffte, aus dem geblümter Stoff quoll.

»Perdono«, murmelte Mimo und zuckte zusammen, als Rossi die flache Hand hob.

»Pass doch auf, *stupido*!«

Sonja bückte sich schnell. Das fehlte noch, dass sich ihre Wäsche vor allen Leuten verteilte! Sie presste ein Knie auf den Deckel, und Mimo ließ das aufgesprungene Schloss wieder einrasten. Seine Fingernägel hatten schmutzige Ränder, ihre einen frischen, roten Lack. Gemeinsam richteten sie sich auf.

»Nichts passiert«, sagte sie. »*Mille grazie.* Danke.«

»Danke?« Mimo wiederholte das ungewohnte deutsche Wort gleich mehrmals. »Danke. Danke!«

Federica begrüßte Kilian Rossi mit verhaltener Freundlichkeit. Es gefiel ihr nicht, dass er mit Mimo so ruppig umging. »Sie kommen genau richtig, das Abendessen ist bald fertig.« Im Ofen buk eine Lasagne, die sie am Nachmittag vorbereitet hatte. Frühstück und Abendessen für alle im Haus anzubieten, gehörte zu den ungeliebten Aufgaben, die ihre Pension mit sich brachte. Früher hatte Matteo gekocht.

Kilian Rossi war wortgewandt und gebildet und meistens ein angenehmer Gesprächspartner. Seine dauernde Anwesenheit hatte jedoch auch ihre Schattenseiten. Genau wie sein übergroßes Ego. Er hatte sich ausbedungen, den Service der regelmäßigen Mahlzeiten nutzen zu dürfen, und machte häufig davon Gebrauch. Ein Esser mehr bedeutete zusätzliche Einnahmen, und die kamen Federica sehr gelegen.

»Signora Pellegrini, darf ich Sie mit Fräulein Wilk und Fräulein Mauer bekannt machen? Diese bezaubernden Wesen brauchen eine Herberge für die Nacht. Wir haben doch noch Platz, oder?«

Im Ausschnitt seines nur halb zugeknöpften Hemdes kräuselte sich blondes Brusthaar. Das nasse Badetuch über der Schulter, ergänzt durch Badehose und Segeltuchschuhe, trug er mit der gleichen nonchalanten Selbstverständlichkeit, mit der er zwischen den Sprachen wechselte.

»Ich«, korrigierte Federica sanft. »*Ich* habe noch Zimmer frei, in *meiner* Pension.« Sie musterte die erhitzten und übermüdeten Gesichter der beiden jungen Frauen. Ein Magen knurrte laut. Sie lächelte. »Und ich habe reichlich gekocht. Sagen Sie ihnen das auch, Signor Rossi. Das Essen ist im Preis mit drin. Brauchen die Damen ein Zimmer oder zwei?«

»Eins, bitte.«

»Oh!« Überrascht hob Federica die Augenbrauen. »Sie sprechen Italienisch, Signorina Wilk? Wie nett.« Federica überging das nächste Magenknurren des blonden Fräuleins, das sich eine Hand auf den Bauch presste, um das peinliche Geräusch zu unterbinden. »Dann brauchen Sie ja gar keinen Dolmetscher, der an Ihrer Stelle spricht«, fügte sie hinzu, aber Rossi schien den kleinen Seitenhieb nicht zu bemerken.

»Sie haben es wunderschön hier, Signora Pellegrini. Und dieser Duft!« Elke atmete tief ein. In den Schwaden aus der Küche lag das Aroma von gebackenem Käse und reifen Tomaten. Sie wandte sich ihrer Freundin zu. »Einfach fabelhaft, das alles. Nicht wahr, Sonja?«

»*Va bene.*« Federica nickte. »Dann zeige ich Ihnen jetzt das Zimmer, oben unterm Dach. Und wenn Sie ausgepackt und alle sich ein bisschen frisch gemacht haben, wird gegessen.« Gemeinsam an einer großen Tafel, als wären sie eine Familie. Es war Matteos Idee gewesen, seine Definition von Gastfreundschaft, die sie beibehalten hatte. Dieser Abend versprach eine angenehmere Atmosphäre als der gestrige, an dem sie mit den Eheleuten Schneider allein gewesen war. Samstagabends ging Signor Rossi gern aus.

»Es ist genug für alle da«, betonte sie und lächelte Mimo zu. Dann deutete Federica auf das Gepäck. »Brauchen Sie Hilfe beim Tragen?«

Mimo packte links und rechts einen Koffergriff.

»Danke, das ist nicht nötig.« Elke schüttelte den Kopf. Wer auf einem Roller bis nach Italien fuhr, der schaffte es auch mit einem kleinen Köfferchen bis in den zweiten Stock. Andererseits wäre es schon nett gewesen. Sie biss sich auf die Zunge – ihre Arme fühlten sich lahm an und der Nacken verspannt –, aber sie wollte sich keine Blöße geben.

»Hast du nicht gehört, Mimo?« Rossi schnippte mit den Fingern vor dessen Gesicht. »Stell das wieder hin. Sie will nicht, dass du ihre Sachen anfasst«, fügte er leiser hinzu und nahm ihm die Koffer ab. »Wir brauchen dich nicht mehr.« Mit einer herrischen Kopfbewegung bedeutete er Mimo zu verschwinden. »Na, wird's bald?«

Mimos Hände ballten sich zu Fäusten, die Nase bebte.

»Nicht doch, ganz ruhig.« Beschwichtigend senkte Federica die Stimme. »Warte, Mimo. Du kannst gern bleiben.«

Er schüttelte den Kopf, machte einen Schritt rückwärts, einen zweiten, blieb unschlüssig stehen und nahm die Mütze runter. »*Ciao*«, sagte er zu der netten Signorina. »Danke, Froilain.« Dann drehte er sich um und rannte.

Zufrieden hob Rossi die Koffer an, als hätten sie kein Gewicht. Seine Muskeln spannten sich. »Dann wollen wir mal. Ich erledige das schnell für Sie, Signorinas. Das ist doch selbstverständlich. Ich habe mächtig Appetit, und so wie es riecht, scheint mir die Lasagne langsam aus dem Ofen zu müssen, Signora Pellegrini.«

Federica zwang sich zur Freundlichkeit. »Gleich, Signor Rossi. Gleich.« Sie packte seinen Arm und schob ihn mitsamt den Koffern außer Hörweite der Frauen. »Ich würde es bevorzugen, wenn Sie es mir überlassen, wen ich an meinen Tisch einlade!«

»Er ist ein … Sie wissen, was er ist«, zischte Rossi zurück und rollte die Augen, weil er keine Hand zum Gestikulieren frei hatte. Er hielt Mimo für unberechenbar, latent aggressiv und dumm – sein Äußeres täuschte. »Und Sie beherbergen jetzt zwei alleinreisende junge Damen. Wollen Sie riskieren, dass es zu einem Zwischenfall kommt?«

Natürlich wollte Federica das nicht. Doch sie sah auch keinerlei Veranlassung, etwas Derartiges zu befürchten. Mimo war ein guter Kerl, ein wirklich lieber Junge, dem das Schicksal übel mitgespielt hatte. Seufzend schaute sie ihm hinterher, wie er mit langen Schritten in Richtung Dorf davonjagte, als sei eine Meute Hunde auf seinen Fersen.

*

Der Abend in der Pension Vento del mare verlief tatsächlich weitgehend harmonisch. Federica konzentrierte sich auf ihre Rolle als Gastgeberin, trug Essen und Getränke auf und überließ ansonsten Kilian Rossi das Feld. Trotz ihrer kleinen Unstimmigkeit zuvor. Sein Vorrat an Plauderthemen erwies sich einmal mehr als unerschöpflich, genau wie sein Charme und seine Komplimente, die er großzügig verteilte. Federica musste seine Worte nicht verstehen, um das zu bemerken. Ihre Sprachkenntnisse beschränkten sich auf das Allernotwendigste, das mit den Gästen zu klären war. Ein paar englische Halbsätze, nur wenig mehr Französisch und ein holpriger Wortschatz in Deutsch, den anzuwenden sie sich scheute. Vieles davon hatte erst Kilian Rossi ihr beigebracht. Alle am Tisch schienen das Gespräch zu genießen – ausgenommen Herr Schneider vielleicht. Aber der war wohl grundsätzlich kein Typ, der etwas vom Genießen verstand.

Federica hätte sich also zurücklehnen und ihre Aufmerksamkeit anderen Dingen widmen können, aber es wollte ihr nicht gelingen. Warum, konnte sie sich nicht erklären. Und so beobachtete sie weiter die zusammengewürfelte Tischgesellschaft und nippte an ihrem Rotwein.

Kapitel 2

In aufgeräumter Stimmung fuhr Kilian Rossi am Montagmorgen die kurze Strecke ins Dorf. Die Sommerferien entwickelten sich plötzlich in überraschend angenehmer Weise. Ohne Herrn Schneider wäre er in der Pension sogar alleiniger Hahn im Korb gewesen. Wobei er sich nicht beklagen wollte: Schneider konnte ihm nicht das Wasser reichen. Er war guter Dinge, dass sämtliche Damen im Haus diese Einschätzung teilten. Seiner guten Laune verdankte es Signora Pellegrini, dass er sich spontan angeboten hatte, für sie eine Besorgung zu erledigen. Kleine Gefälligkeiten zahlten sich aus, das war nur eine Frage der Zeit.

Vor dem Dorfladen hob er seine Lambretta auf den Ständer und hängte die gefaltete Sonnenbrille in seinen Ausschnitt. Beim Eintreten schlug ihm eine vielfältige Geruchswolke entgegen, dominiert von Käse – würziger Pecorino marchigiano und Caprino, dem man die Herkunft aus dem Ziegenstall deutlich anmerkte – und dazu das reichlich aufgetragene Rasierwasser von Angelo Iannazzo.

Der Inhaber machte sich hinter dem Tresen zu schaffen und nahm keine Notiz von Kilian Rossi.

Rossi verrenkte sich den Hals. »Was tun Sie da?«

»Vorbereitung für die Gemeindeversammlung am Donnerstag.« Iannazzo drehte ihm ein auf einen Holzrahmen genageltes Plakat zu. »Daraus wird unsere Werbekampagne. Ob's Ihnen passt oder nicht.«

Iannazzo besaß Talent, wie Rossi anerkennen musste. Nur stellte er es in den Dienst der falschen Sache.

»›Campen in idealster Lage fürs Meer‹«, las er laut. »Das ist sowohl sachlich als auch grammatikalisch verkehrt, mein lieber Iannazzo«, fügte er süffisant hinzu. Für das Meer war es besser, wenn keiner zum Campen kam, und ein gesteigerter Superlativ einfach lächerlich. »Wenn Sie damit Gäste ins Dorf locken wollen, sind Sie zum Scheitern verurteilt. Da hätten Sie Ihren Sohn Giuseppe fragen können. Sogar der hätte gewusst … Ach nein, ich will ehrlich sein, bei manchen ist wirklich alle Mühe vergebens. Der jüngere, Luigi, da sehe ich noch Chancen, vorausgesetzt, er erfährt eine klare Führung. Motivation durch liebevolle Strenge.«

Das Leben verteilte keine Bonbons, es galt, sich beizeiten abzuhärten, um vorbereitet zu sein. Jedes Dorf hatte seinen Trottel, den es durchschleppte, aber einer war genug, und dieser Platz war in Pesaro del Monte piccolo Cattolica schon besetzt. Harte Worte, doch er meinte es gut. Die Evolution kannte keine Gnade mit den Schwachen. Es ging darum, die Zukunft des Dorfes in eine sinnvolle Bahn zu lenken, indem er die Pläne der Gegner torpedierte. Vielleicht auch um seine eigene Zukunft, wenn alles schiefging und er länger dableiben musste. Noch war keine Entscheidung gefallen, und er sah sich bildlich als Zugvogel auf der Durchreise. Die Suche nach einem neuen Nistplatz in den steilen Felsen war nur sein ungeliebter Plan B.

Leider konnten diese einfachen Geister weder begreifen, dass er im Interesse der Kinder handelte, noch welchen Schatz ihnen Mutter Natur mit ihrem kleinen, abgeschiedenen Hügel anvertraut hatte. Der sanfte Hang auf der Landseite, die Klippen am Meer – eine solche Oase für Flora und Fauna war an der Adria eine Seltenheit. Ein schmaler, gerade mal zehn Kilometer langer Küstenstreifen erstreckte sich um den Monte San Bartolo, dem man bislang rücksichtslos mit der Axt zu Leibe gerückt war und dabei uralte Pinienbestände vernichtet hatte. Darin eingebettet lag dieses Dorf der Ahnungslosen. Es galt zu retten, was zu retten war. Doch ein Campingplatz, wie sie ihn zu bauen gedachten, erforderte eine Zufahrt von immenser Breite, schlug eine Schneise in die schöne Landschaft. Um darin einen nicht wiedergutzumachenden Fehler zu erkennen, genügte gesunder Menschenverstand, doch an dem mangelte es hier. Seine Liebe zur Natur ließ ihm keine Wahl, als gegen die Pläne Sturm zu laufen.

Kilian tippte auf die Stelle des Plakats, wo gelbe Ginsterbüsche blühten und Möwen kreisten. »Wie lange noch, wenn ihr Horden von Touristen anlockt?«

Pesaro del Monte piccolo Cattolica war nicht Rimini, und die empfindliche Tier- und Pflanzenwelt der Klippe musste anders behandelt werden als ein öder Sandstrand.

»Was wollen Sie, Signor Rossi? Niemand wird in den Felsen klettern – das tun nur Sie. Und unsere *dummen Kinder* werden es uns danken, wenn wir für Arbeit sorgen. Denn die Büsche und den Stein, die können wir nicht essen. Nur die Vögel, aber das gefällt Ihnen ja auch nicht. Wenn wir nichts tun, dann gehen die Jungen weg – viele sind schon fort –, und es wird bald niemand mehr hier sein. Auch niemand, den Sie unterrichten können.«

»Ein Dutzend Eier hätte ich gern«, sagte Rossi. Er zählte den Lire-Betrag passend ab, während Iannazzo diese einpackte, und verbiss sich eine Entgegnung. Irgendwo gab es immer eine Schule, die einen Lehrer brauchte, und er setzte alle Hebel in Bewegung, damit die nächste wieder näher an der Heimat liegen würde. Es war der Vorteil des Wanderfalken, frei zu sein und weiterfliegen zu können – genau wie die Touristen.

»Was ihr plant, zerstört sich selbst die Grundlage. Wieso wollt ihr das nicht begreifen?«, platzte es aus Kilian nun doch noch einmal heraus, und er klopfte sich an die Stirn. »Eure Kinder werden fremd sein im eigenen Dorf, ein Fotomotiv, Lakaien und Bettler. *Va bene*, wenn ihr das so haben wollt? Nur zu, baut neu-neu-neu, weg mit dem Alten. Die Touristen werden alles verändern. Und wenn sie sich satt gesehen haben, ziehen sie weiter, und was bleibt dann? Straßen, auf denen keiner fährt, abgeholzte Bäume, in denen kein Vogel singt – und *dumme Kinder.*« Alles dem schnellen Geld geopfert. Er richtete den Zeigefinger auf das Plakat. »Donnerstagabend? Ich werde da sein.«

»Nicht nötig«, knurrte Angelo Iannazzo und fluchte dann hinter Rossi her: »*Vaffanculo!*« Er scherte sich nicht darum, ob der die derbe Beleidigung noch hörte. Dieser Wichtigtuer hatte dem Bürgermeister persönlich damit gedroht, übergeordnete staatliche Behörden einzuschalten. Zum Schutz des Grundwassers, damit der Dorfbrunnen nicht trockenfiele, wenn der Campingplatz und einige neue Gebäude verwirklicht würden. Obendrein hatte er ein Szenario aus Abfallbergen heraufbeschworen. Und einige der Frauen hörten ihm sehr aufmerksam zu. Auch Signora Iannazzo. Weil Rossi studiert hatte. Und weil er die Kinder ins Spiel brachte. Es war nur eine Frage der Zeit, bis die ersten Männer vor ihnen kapitulierten.

»Giuseppe?« Vorm Eingang pfiff er zwischen den Zähnen, und der Kopf seines Ältesten hob sich aus dem Knäuel der unter den Platanen hockenden Murmelspieler.

»Fällt dir etwas auf?«, fragte er, als der Junge angerannt kam, und zeigte ihm das Plakat. »Ist da irgendwo ein Fehler?«

Giuseppe zog die sommersprossige Nase kraus, seine Zunge fuhr angestrengt über die Lippen, dann tippte er auf einen Buchstaben, Unsicherheit in den Augen. »Da vielleicht?«

Angelo strubbelte seinem Sohn durch die Haare und klemmte sich das Plakat unter den Arm. »Das ist jetzt dein Laden«, sagte er knapp. »Pass drauf auf. Bin gleich zurück.«

Ein Kind, was wusste schon ein Kind? Er würde den Bürgermeister fragen. Dem würde er glauben. Diesem Rossi war nicht zu trauen.

*

Vorsichtig befühlte sie die kleinen, runden Früchte, die auf Tüchern ausgebreitet in der Sonne lagen. Wie immer dauerte ihr die Trocknungszeit zu lange, ließ sich mit den einfachen Mitteln, die ihr zur Verfügung standen, aber nicht weiter beschleunigen. Ihr Vater hatte auf dem flachen Dach des Hauses ein Gestell gebaut, mit zwei Gittern übereinander, durch das die Luft ungehindert hindurchströmen konnte.

»Du kannst die Aprikosen nicht trocken gucken, Carmela«, neckte er sie oft. »Auch wenn du ihnen dreimal am Tag sagst, sie sollen sich beeilen, werden sie es nicht tun.«

Dabei war Cesare Collina kein bisschen anders als seine Tochter: Wenn es um ihre Aprikosen ging, entschied immer nur das Herz, und der Verstand machte Pause.

Jede neue Ernte war ein Abenteuer mit ungewissem Ausgang. Wie hoch war der Ertrag, wie die Qualität? Was sie durch den Anbau einnahmen, reichte für ein kleines Zubrot, nicht zum Leben, und das würde sich auch niemals ändern. Doch die Bäume ihrer Familie waren etwas ganz Besonderes. Ein Schatz, den sie hüteten. Ein Geschenk der Natur, dem Carmela sich würdig erweisen wollte. Ein Geschenk verschwendete man nicht. Sie würde alles verwerten und alle Möglichkeiten ausprobieren. Marmelade, Likör, Gebäck. Zu experimentieren machte ihr Freude. In der Mischung lag das Geheimnis, wie bei so vielen Dingen.

Carmela rückte einen Schemel an den Holztisch in der geschützten Nische und setzte ihre unterbrochene Arbeit fort. Mit einem scharfen Messer schlitzte sie jene Früchte auf, die die erste Phase schon durchlaufen hatten, löste die Steine heraus, warf das Fleisch in separate Schüsseln. Der warme, mediterrane Wind und die Spur von Salz darin verliehen den süßen Früchten ein ganz eigenes Aroma. Und wie durch ein Wunder wurden immer gerade so viele Früchte gleichzeitig erntereif, dass sie die Menge bewältigen konnte.

Leise summte sie ein altes Kinderlied.

Morgen würde sie ihrer Tante einen Topf frisch gekochter Marmelade und einige der ersten fertig gedörrten Früchte in die Backstube mitbringen. Dann gesellten sich zu den wunderbaren lockeren Mandorlini und Amaretti morbi noch knusprige Cantuccini der besonderen Art. Und vielleicht – vielleicht – ein Blech mit Occhi di angeli. Das ganze Dorf war verrückt nach Süßigkeiten. Vor allem nach ihren.

Carmela lächelte. Völlerei war eine Sünde. Doch was sollte falsch daran sein, wenn sie mit den kleinen Köstlichkeiten alle glücklich machte? Wenn sie ihnen an einem gewöhnlichen Tag einen himmlischen Moment der süßen Seligkeit schenkte? Sie seufzte. Nur gut, dass niemand ihre Gedanken hören konnte. Eilig schlug sie ein Kreuz und leistete Abbitte: Auch Eitelkeit war eine Todsünde. Sie arbeitete schneller. Für die Ernte, die auf dem Gestell trocknete, hatte sie am Sonntag den Kirchgang ausgelassen. Der liebe Gott würde ihr beides hoffentlich nachsehen. Wer, wenn nicht er, hatte ihr die Idee für die Occhi di angeli – die Engelsaugen – eingegeben? Ihr Messer rutschte ab. Ein beißender Schmerz. Erschrocken betrachtete sie die Frucht und den Schnitt in ihrer Hand, aus dem hellrote Tropfen perlten. Sie ließ die Aprikose fallen. Ein kleines, besonders hartes Exemplar, das vom ältesten der Bäume stammte. Es kullerte neben der Schüssel auf ihren Schoß. Blut rann darüber. Carmela legte die Lippen an die Wunde, schmeckte süß und bitter zugleich, und den sauren Saft, der darin brannte. Und sie verstand. Den Baum, dem sie alles verdankte, durfte sie nicht verärgern.

Sie würde mehr als eine Kerze opfern müssen.

*

Im Schatten vor der Trattoria am Dorfplatz schlürfte Angelo Iannazzo einen Espresso. Seine Frau hütete heute den Laden, während er sich um Wichtigeres kümmerte. Von einer Seite schaute ihm Davide Tardelli über die Schulter, ein cleverer Bursche, der extra auf einen Sprung vorbeigekommen war, um ihm zu helfen. Auf der anderen Seite stützte sich Mimo auf seinen Reisigbesen. Das Werbeplakat lag vor ihnen auf dem Tisch. Seit Kilian Rossis gestriger Kritik zermarterte Angelo sich das Gehirn, um einen neuen Werbespruch zu finden, aber es fiel ihm keiner ein.

Davide brannte geradezu für das Projekt, mit dem der Tourismus angeschoben werden sollte. Feuer und Flamme war er, damit sich im Dorf endlich was bewegte. Er war mit Mimo zur Schule gegangen, der aber nur unregelmäßig anwesend war. Davide hatte gern gelernt und immer schon mehr gewollt. Auf die Fachschule in der Stadt oder besser noch aufs Gymnasium. Aber das war teuer, denn man brauchte eine Busfahrkarte. Pesaro war weit und Cattolica nicht zuständig, darum war auch für ihn mit vierzehn Schluss gewesen. Jetzt war er fünfundzwanzig und verdiente sein Geld damit, in der Werkstatt seines Vaters an Autos zu schrauben. Eine gute Arbeit. Doch für die eigenen Kinder, das hatte er sich geschworen, würde er alles möglich machen, was die sich wünschten. Sein bisher einziger Sohn konnte noch nicht mal laufen. Aber wenn er sich vorstellte, dass der eines Tages von Kilian Rossi unterrichtet werden sollte, dann kam ihm die Galle hoch. Wie sollte der Kindern etwas Vernünftiges beibringen? Ein Kerl, der über seltene Vögel ins Schwärmen geriet, von Schutzmaßnahmen in der Brutzeit faselte und um ein Haar einen Jungen verprügelt hätte, weil er ein Nest plündern wollte. Aus Hunger, um die Eier zu essen. Mimo war dazwischengegangen, und niemand außer ihm und ihrem Kumpel Enzo hatte von dem Vorfall erfahren. Da konnte er klug sein, wie er wollte, der Herr Lehrer – ein mieser Charakter blieb ein mieser Charakter. Rossi besaß keine

Achtung vor einfachen Menschen und hatte offenbar auch keine Ahnung, wie es sich anfühlte, mit wenig Geld eine Familie über die Runden bringen zu müssen.

Mimo dagegen hatte ein gutes Herz. Schon als Zehnjähriger war er – ob er wollte oder nicht – von seinem Vater mit rausgenommen worden, wenn der auf dem Kutter Hilfe brauchte. So war das eben, Schule hin oder her. Bis Mimo um ein Haar beim Tauchen ertrunken wäre. Davide schauderte heute noch, wenn er dran dachte, wie sein Freund am Strand gelegen hatte. Als wolle er nie wieder die Augen öffnen. Seitdem blieb er an Land. Mimos Mutter war darüber schwermütig geworden, vielleicht auch verrückt. Sogar die alte Befana, die sich auf Heilkräuter, Salben und Beschwörungen verstand, hatte nicht helfen können. Eines Nachts war Mimos Mutter dann verschwunden. Weg, ohne ein Wort. Sein jüngerer Bruder fing noch immer Fische, und ihr Vater war als Fremdarbeiter nach Deutschland gegangen. Mimo schlug sich irgendwie durch. Er redete wenig und brauchte nicht viel.

Angelo wischte mit dem Finger Zucker vom Grund der Tasse auf. »Heute ist Dienstag, nur noch zwei Tage bis zur Gemeindeversammlung. Wie steh ich denn da ohne einen Text?«

»Mach du einen Vorschlag.« Davide stupste Mimo an, der nicht ganz bei der Sache zu sein schien. »Träumst du?«

Mimo schüttelte den Kopf, und Davide ließ den Blick über den Platz schweifen, wo gerade ein Roller mit zwei jungen Frauen vorfuhr. Das mussten die neuen Gäste aus Signora Pellegrinis Pension sein. Er grinste. Mimo bewies Geschmack, die waren alle beide hübsch anzusehen.

»Pesaro del Monte piccolo Cattolica«, sagte der jetzt. »Das ist viel zu lang. Pe-mo-ca wäre besser. Von allem ein bisschen. Pe wie Pesaro, Mo wie Monte …«

»Ja!« Davide schlug Mimo auf die Schulter. »Das finde ich gut.

Also, nicht Pe-mo-ca, aber: Von allem ein bisschen. Und wir machen daraus: Von allem das Beste! Wir haben das Meer und die Klippe, und ein Rollertaxi wird beides verbinden, damit bringen wir die Leute ganz bequem vom Dorf zum Strand.«

Angelo kratzte sich den Schädel und sortierte im Geiste Buchstaben aufs Papier. Mimo dagegen hörte nicht mehr zu. Er hatte nur Augen für Fräulein Sonja, die sich am Brunnen mit kaltem Wasser erfrischte und ihm zuwinkte. Ihr Lächeln fuhr ihm in den Magen. Er vergaß den schmutzigen Besen, die Zeit und die Arbeit, die er tun sollte – und bewegte sich erst wieder, als die beiden Freundinnen wieder fort waren.

*

Franz Schneider rutschte auf dem Stuhl hin und her. Die vordere Kante der geflochtenen Sitzfläche presste sich in seine Oberschenkel, die Rückenlehne drückte ihm ins Kreuz.

»Was hast du denn?«

Auf die mitfühlende Frage seiner Frau antwortete er mit einem Schnauben und rutschte weiter. Unglaublich, wie lange sie gebraucht hatte, um sein Unwohlsein zu bemerken. Franz schob seinen Teller von sich und trank mit Todesverachtung einen großen Schluck Rotwein. »Ein Königreich für ein kühles deutsches Bier.«

Anneliese fasste seine Hand. »Gefällt es dir hier denn gar nicht?« Es war Franz' Entscheidung gewesen, an ihrem Hochzeitstag nicht in der Pension, sondern im Ristorante Zaccardo zu Abend zu essen. Sie hatte zwei Gänge ausgesucht und er den Wein bestellt. »Ich finde es ganz wunderbar.« Jedes Detail bereitete ihr Freude: die mit weißen Tischtüchern und Kerzen hergerichteten Tische unter der Pergola, die leuchtenden Blumen in den Tonkübeln, die aufregend fremden Speisen. Gegrillter Fisch,

Muscheln und lange Nudeln, die zugegebenermaßen schwierig zu bändigen waren. »Das ist genau so, wie ich es mir gewünscht habe.«

Ein Mann wanderte singend zwischen den Tischen hindurch und spielte dazu auf einem kleinen, dickbauchigen Instrument romantische Lieder.

»Der soll bloß verschwinden mit seiner jaulenden Schrumpfgitarre! Weißt du, warum er das macht? Damit wir ihm nachher was zustecken. Glaub nur nicht, der zwinkert dir zu, weil er dir schöne Augen machen will. Geld, das ist es. Den Italienern geht es immer nur darum, uns das Geld aus der Tasche zu ziehen. Wirst schon sehen, dass der nachher seinen albernen Hut abnimmt und ihn zum Sammeln herumreicht wie der Pfarrer seinen Klingelbeutel.«

Anneliese seufzte. Sie mochte den Klang der Mandoline und die weiche Stimme des jungen Italieners.

»Wie der schon aussieht! Ist hier Fasching, oder was? So ein albernes Kostüm.«

Der Musiker trug das quergestreifte Oberteil eines venezianischen Gondoliere und den dazu passenden Strohhut mit Schleife, was angesichts der Entfernung zur Lagunenstadt vielleicht nicht hundertprozentig passend sein mochte, aber dennoch landestypisch war. Anneliese ersparte es sich, ihren Mann darauf hinzuweisen, der dem Kellner einen skeptischen Blick zuwarf, als dieser an den Tisch trat.

»Was will der denn schon wieder? Frag ihn, Anneliese, du trägst doch die ganze Zeit dein schlaues Wörterbuch mit dir herum.« Es fuchste Franz außerordentlich, dass er es nicht fertig brachte, sich auch nur ein einziges italienisches Wort einzuprägen, das über *si, no, per favore* und *grazie* hinausging. Nicht dass er die je verwendet hätte. Auch jetzt hörte er nicht wirklich hin, während seine Frau sich abmühte, den Kellner zu verstehen.

»Möchtest du noch einen Nachtisch, Franz? Ich würde ja schon … Aber nur, wenn du auch noch etwas nimmst.«

»Bestimmt ist das viel zu süß und zu fett.« Franz zupfte an seinem eng sitzenden Hosenbund und warf dem verirrten Gondoliere einen bösen Blick zu, der gerade geschmeidig auf den Sockel einer weinumrankten Säule sprang, an der er sich mit einer Hand festhielt und verneigte. Dieser Kerl vereinte alles, was Franz diesem Land und diesem Urlaub ankreidete, dem er nur seiner Frau zuliebe zugestimmt hatte. Damit Ruhe war – nur deshalb war er über die Alpen und bis an die Adria in dieses gottverlassene Nest gefahren! Gut, er fuhr gern Auto und hatte auf diesem kleinen Dorf und der einfachen Pension bestanden, statt ihrem Wunsch, nach Rimini oder wenigstens in die Nähe von Rom oder Venedig zu fahren, nachzukommen. Es reichte, wenn sie Tagesausflüge dorthin machten, wo alles nochmal extra überteuert war, um die Touristen zu schröpfen. Dieser kleine Ort mit dem unaussprechlich langen Namen war preiswert und ein bisschen langweilig, was Anneliese die Flausen übers Fernweh schon austreiben würde. Außerdem gab es hier nicht reihenweise halbnackte südländische Gigolos am Strand, mit denen er sich weder messen konnte noch wollte. Nur Kilian Rossi, diesen verdammten Tunichtgut, der sich wohl einbildete, er könne alle Frauen haben, und seine Anneliese dauernd in Gespräche verwickelte, als sei er – Franz – gar nicht anwesend!

Franz brummte irgendetwas, das sie interpretieren konnte, wie sie wollte. Sein einziger Lichtblick war Signora Pellegrini, die aussah wie die Lollobrigida. Mannomann, ein Rasseweib! An der konnte er sich kaum sattsehen. Und wenn die Signora lächelte mit ihrem schönen roten Mund und den Glutaugen, dann geriet er auch ohne die verflixte Mittelmeersonne ins Schwitzen.

Franz Schneider murrte weiter vor sich hin, bis auch der Nachtisch, denn er nie gewollt hatte, restlos verzehrt war. Während der junge Kellner Enzo Mangione diskret abwartete, addierte er dessen Zahlen nach, dann beglich er die Rechnung. Auf Heller und Pfennig.

»Aber Franz – nicht eine Lira Trinkgeld?«, flüsterte Anneliese entsetzt.

»Wozu denn das auch noch? Du bist so naiv. Die schlagen das von vornherein drauf: doppelt mindestens. Und Steuern – Steuern? So was kennen die hier gar nicht, das kannst du mir glauben. Was die einnehmen, das geht alles schwarz am Fiskus vorbei!« Er untermalte seine Behauptung mit einer Handbewegung, als ob er etwas vom Tisch verschwinden ließe. »Alles in die eigene Tasche oder direkt an die Mafia. Nicht dass mich der italienische Staat was schert, aber den Gaunern mein sauer verdientes Geld noch nachwerfen, das muss ich nun wirklich nicht tun, Anneliese!«

»Ach Franz, so bist du im Urlaub doch sonst nie gewesen.«

»In Berchtesgaden. Da war ja auch alles anders.« Aber Berchtesgaden war ihr nicht mehr gut genug. Obwohl sie es all die Jahre dort so schön gehabt hatten. Sieben Mark für Vollpension – und dafür gab es Schweinebraten und Klöße oder Bratwurst mit Kartoffeln und Kraut!

Am Tisch hinter Franz wurden Stühle gerückt. Jemand lachte, und ein anderer sagte etwas auf Italienisch.

»Verschwinde, Enzo, da ist nichts zu holen. Mein Freund Rossi meinte gerade, dass der alte Geizkragen alle Italiener für Halsabschneider und Mafiosi hält. Womit er natürlich recht hat, oder?« Paolo Zaccardo legte Rossi im Aufstehen die Hand auf den Unterarm – fest, sehr fest – und zeigte ein Haifischgrinsen. »Zu neunundneunzig Prozent sind wir so – Südtiroler selbstredend ausgenommen. Wollen wir wetten, dass Signor Rossi dem zustimmt? Das tun Sie doch, geben Sie es ruhig zu.«

Kellner Enzo hob irritiert den Kopf und lächelte. Zum Glück

erwartete sein Chef Paolo Zaccardo keine Antwort von ihm. Dann nickte er Franz Schneider zu. »*Mille grazie*, Signore. *Buona notte,* Signora«, bedankte er sich artig und zog sich mit einer kleinen Verbeugung zurück.

Anneliese seufzte. So ein höflicher junger Mann, gerade erst erwachsen. Der hätte ein kleines Extra sicher brauchen können.

Als sie gleich darauf erkannte, wer die ganze Zeit Rücken an Rücken mit Franz gesessen hatte, wäre sie gern in einem Mauseloch verschwunden. So viele Beleidigungen, und Kilian Rossi hatte jedes Wort gehört. Hoffentlich ergab sich in den nächsten Tagen die Gelegenheit, ihn allein zu sprechen, dann konnte sie klarstellen, dass ihr Franz das alles gar nicht so meinte.

Im Vorbeigehen zwinkerte Rossi ihr zu und legte einen Finger an die Lippen. Anneliese atmete auf und schickte sich an, ebenfalls aufzustehen, doch Franz schüttelte den Kopf. »Wir haben noch nicht ausgetrunken.«

»Ich dachte, du magst den Wein nicht?«

»Bezahlt ist bezahlt«, knurrte Franz, der sich lieber die Zunge abgebissen hätte, als einzugestehen, dass es an diesem Abend im Grunde überhaupt nichts zu kritisieren gegeben hatte.

Rossi folgte seinem Begleiter, den er um einen halben Kopf überragte, über die mit bunten Lichterketten geschmückte Terrasse.

Franz fuchtelte ihm mit dem Weinglas hinterher. Der Rotwein schwappte bis zum Rand. »Das ist doch der Herr Lehrer aus unserer Pension!« Er stieß ein keckerndes Lachen aus, als der kleinere Mann sich zu Rossi umdrehte und heftig gestikulierend auf ihn einredete. »Na sieh mal an.« Franz kippte den Rotwein hinunter. Der Anblick gefiel ihm. Offenbar war er nicht der Einzige mit dem Bedürfnis, diesem Kerl die Meinung zu sagen.

Beinahe bedauerte Franz, zum Restaurant gefahren zu sein. Er verspürte mit einem Mal Lust, einen kleinen Spaziergang unterm

Sternenhimmel zu machen. Auf dem Weg zum Wagen bot er Anneliese galant seinen Arm an. Doch dann sah er einen Burschen bei seinem Opel Kapitän herumlungern, und der Anflug guter Laune verpuffte.

»He, was treibst du da, du Strolch? Pfoten weg von meinem Auto! Verschwinde, hopphopp!«

»Ach Franz«, seufzte Anneliese wieder und hielt ihn zurück, während der Junge auf nackten Füßen wie ein Hase davonrannte. Er verlor seine Schiebermütze, fing sie stolpernd im schwachen Licht der Straßenbeleuchtung auf, dann verschluckte ihn die Dunkelheit.

*

Zwei Stunden später machte sich auch Enzo Mangione auf den Weg nach Hause. Er arbeitete gern im Ristorante Zaccardo, obwohl er seinen Chef nicht besonders mochte. Der hatte die Augen und Ohren überall und behandelte ihn wie einen Leibeigenen. Aber Signor Zaccardo verstand eine Menge vom Geschäft, und Enzo war begierig darauf zu lernen, vor allem in der Küche. Eines Tages wollte er sein eigenes Restaurant haben. Enzo kämmte die Tolle über seiner Stirn in Form. »Er sieht aus wie Elvis Presley«, hatte er Carmela Collina einmal zu einer Freundin sagen hören. Allein das rechtfertigte die Unmengen an Haarcreme, die er für die Frisur verbrauchte. Enzo steckte den Kamm griffbereit in die hintere Hosentasche. Um am Haus der Collinas vorbeizugehen, wo Carmela allein mit ihrem Vater wohnte, musste er einen unsinnigen Umweg machen. Doch wenn sie zufällig genau in dem Moment zum Luftschnappen ans Fenster trat, weil es so warm war …

Enzo seufzte. Er hasste es, dass seltsame Dinge über sie erzählt wurden. Von denselben Leuten, die sich um ihre Occhi di angeli rissen. Angeblich nutzte sie Zauberei und magische Rituale, dabei ging sie regelmäßig zur Messe und sang in Don Pietros Chor.

Ihm war das Gebäck egal. Carmela hatte doch selbst Engelsaugen! Und jeder Blick von ihr war süßer als die süßeste Aprikosenmarmelade.

Kapitel 3

Vom Fang der letzten Nacht war keine Spur mehr zu sehen, und die auf schnelle Beute lauernden Möwen waren längst davongeflogen. Wie übergroße Spinnweben hingen Fischernetze über Holzbalken gebreitet neben den an Land gezogenen Booten. Männer besserten zerrissene Stellen aus.

Kaum zu glauben, dass heute schon Mittwoch war. Beim Frühstück am Montagmorgen hatte Elke vorgeschlagen, länger im Dorf zu bleiben – zwei Tage oder drei –, und noch am selben Abend hatte es dann gleich eine ganze Woche sein sollen. Die Zeit verging rasend schnell, und die Hälfte ihrer ersten Urlaubslektüre hatte Sonja bereits verschlungen. Den Rest von Agatha Christies *Vier Frauen und ein Mord* musste sie sich gut einteilen, denn ins Gepäck hatten nur zwei Bücher gepasst. Elke las den anderen Krimi und war viel langsamer als sie. Zur Not würde sie Frau Schneider bitten müssen, in ihrem Hemingway schmökern zu dürfen.

Sonja watete ins seichte Wasser hinaus, wo Elke mit angezogenen Beinen auf einem kleinen Felsen hockte, der wohl irgendwann von der Klippe abgebrochen sein musste. Wie eine Meerjungfrau sah sie aus, in ihrem grün und blau schimmernden Badeanzug. Wobei Elke zum Thema Jungfrau ihre ganz eigene Meinung hatte.

»Willst du etwa bis zur Hochzeit warten und dann dumm und ahnungslos sein, was dich erwartet? Oder als alte Jungfer sterben, falls dich keiner heiratet?«, hatte Elke gestern bei einem späten Spaziergang gefragt – zur Klosterruine, ausgerechnet bei diesem Thema! Dabei hatte sie vorher nur ein bisschen laut gedacht und von Mimos Augen geschwärmt, dem sie in den letzten beiden Tagen ganz zufällig immer wieder begegnet war. Weder die von Elke dargestellte Zukunft noch ihre Fragen waren besonders charmant. Und Sonja war keine wirklich gute Entgegnung eingefallen. Der Richtige sollte es sein und romantisch beim ersten Mal, wenn es nach ihr ging, und am besten sollte es für immer halten. Doch so viel Glück, das gab es wohl nur im Märchen.

Sonja setzte sich ins Wasser und schlang die Arme um ihre Knie. Die Wellen schwappten ihr bis zum Hals.

Ganz selbstverständlich griff die Nixe auf ihrem Felsen jetzt das Gespräch wieder auf. »Du wolltest was erleben in Italien! Die Gelegenheit ist günstig. Und zu Hause erfährt keiner davon. Darfst nur nicht schwanger werden.«

Wie leicht Elke sich mit solchen Sachen tat.

»Mein Bruder sagt, am Bahnhof in Frankfurt hängen auf dem Männerklo Automaten. Und sein Frisör verkauft auch welche. Ist das zu fassen? Stell dir mal vor, wir könnten einfach in den Salon von Frau Werner reinmarschieren und sagen: ›Bitte einmal Dauerwelle und Kondome.‹ Und dann würde sie uns die Dinger übern Tisch schieben, als wäre es eine Flasche Haarshampoo.« Mit verstellter Stimme spielte Elke ihr die Szene vor. »Wie viele dürfen es denn sein, Fräulein Mauer? Eins oder zwei oder gleich die Großpackung? Und nebenbei: Wer ist denn der Glückliche? Man munkelt, er hat dunkle Locken und bräuchte auch mal einen Haarschnitt.« Elke wischte mit einer Hand durchs Wasser und ließ eine Fontäne auf Sonja herunterregnen. »Vor allem braucht er eine Einladung! Der ist noch schüchterner als du. Soll ich das übernehmen?«

Sonja tauchte in den Wellen unter, doch Elkes Lachen drang trotzdem bis zu ihr durch. Blöderweise war der Einwand nicht falsch. Sie hätten keine Worte gefunden, selbst wenn sie und Mimo die gleiche Sprache gesprochen hätten. Ihr Nein blubberte in einer dicken Blase an die Oberfläche, und sie schickte ein zweites hinterher. Mittelmeerrauschen in den Ohren, brennendes Salz in den Augen. Nein, Elke sollte auf gar keinen Fall etwas zu Mimo sagen. Sonst verknallte der sich am Ende in ihre Freundin, genau wie Herr Rossi, der um sie herumscharwenzelte, dass es kaum auszuhalten war. Aber diesen Rossi konnte Elke gern behalten.

Durch das klare Wasser blitzten Sonnenstrahlen, zeichneten Kringel in den hellen Sand des Meeresbodens, hoben Steine und Muscheln hervor. Prustend kam Sonja an die Oberfläche, in ihrer Hand ein besonders schönes Exemplar, geriffelt und mit goldbrauner Musterung. Sie strich sich die Haare aus den Augen. Vielleicht kam sie bei Mimo ohne Worte zurecht. Wenn sie nur den richtigen Moment erwischte und zuschnappte. Wie bei der Muschel. Ihr Herz klopfte schnell. Dann konnte er derjenige sein. Der Erste, der Eine.

*

Kilian Rossi knallte das Schließfach zu und sperrte ab. Allmählich verlor er die Geduld. Seit mehr als zwei Wochen kam er täglich her, und immer noch war keine der ersehnten Antworten da. Er war das Warten leid und das Betteln erst recht.

»Wieder nichts?« Die freundliche Postangestellte in ihrem adretten Kostüm lächelte mitfühlend. »Vielleicht morgen, Signore.«

»Ja, vielleicht.« Mechanisch erwiderte er ihr Lächeln, stopfte den Schlüssel in die Tasche und kramte Kleingeld heraus. Auf der gegenüberliegenden Seite hingen die Fernsprecher in kleinen Kabinen. Kilian durchquerte die Halle zur Hälfte, dann überlegte er es sich anders und machte kehrt.

»Morgen?«, fragte er die Signorina mit den kastanienbraunen Locken.

Ihre vollen Lippen formten ein kokettes Schnütchen, und sie hob die Hände. »Wer weiß? Ich hoffe mit Ihnen.«

»Wenn nicht, trinken wir einen Kaffee zusammen. Versprochen? Versprochen! Sonst bricht mir das Herz.«

Lachend schüttelte sie den Kopf.

Kilian zwinkerte, ließ die Münzen zurück in die Tasche gleiten und trat aus dem Postamt auf die Straße. Dann also morgen. Länger würde er den Anruf nicht mehr aufschieben. Den Kaffee mit der Süßen konnte er auf jeden Fall anschließend trinken. Egal, bei welchem Ergebnis.

Am Straßenrand parkte seine Lambretta. Er verpasste ihr einen Klapps. Ein altes Modell, das er preiswert erstanden hatte und das dringend eine Wäsche brauchte. Die Chromteile wirkten stumpf. Ein bisschen Politur, und zumindest die waren wie neu. Das konnte er Mimo machen lassen, für ein paar Lire.

Erst nach ein paar Metern langsamen Anfahrens stellte Kilian die Füße aufs Trittbrett. Sein Plan B, sich in Pesaro del Monte piccolo Cattolica einzurichten, war längst angelaufen, obwohl er noch auf Plan A und somit eine Rückkehr nach Bozen hoffte. Es war immer besser, vorbereitet zu sein, auf das Gute wie auf das Schlechte. Konnte man einem Mann seine Weitsicht verdenken? Oder gar, dass er ein Mann war? Am besten machte er gleich noch ein paar Besorgungen in Cattolica, an die in Iannazzos Kramladen – im Schatten der Kirche und unter Don Pietros wachsamen Augen – nicht zu kommen war. Ein Grinsen lockerte seine Züge, und der Ärger verflüchtigte sich. Das Leben war zu schön für grimmige Verbissenheit. Die überließ er gern Leuten wie Franz Schneider.

Unter einer grünen Markise sah er schon das Apothekenzeichen, nicht weit davon gab es Spirituosen und modischen Schnickschnack. Kleine Gaben mit oftmals großer Wirkung. Noch sträubte sich die schöne Federica, aber es gab vorerst durchaus andere, mit denen er sich zu amüsieren gedachte. Langfristig war sie jedoch perfekt. Eine widerspenstige Herausforderung, die zum Glück nicht geheiratet werden wollte.

Einige Zeit später schlängelte er sich rechts an den wartenden Autos vorbei und überfuhr eine rote Ampel. Unmittelbar dahinter bremste er für eine Gruppe leicht bekleideter Touristinnen. Endlose Beine, nackte Schultern, erschrockenes Aufschreien. Das hinter ihm einsetzende Hupkonzert quittierte er mit einer unflätigen Geste. Unbeeindruckt brachte er den Motor zum Jaulen und pfiff den jungen Damen nach, die sich kichernd nach ihm umdrehten.

Eine Mutter scheuchte ihre Kinder vor sich her wie eine Schar Entenküken, hielt den Kleinsten, der einen Sandeimer trug, fest am Arm. Die Größeren zankten sich um einen Ball, zerrten und schubsten, Zahnlücken im Mund, ihre schmutzigen Fußsohlen patschten trotzig aufs Pflaster.

»*Avanti!* Bist du eingeschlafen?« Ein Tritt traf sein Vorderrad, dann zog eine Vespa vorbei. »*Stupido!*«

Kilian Rossi schickte dem Fahrer eine ebenso freundliche Verwünschung hinterher und konnte seine Lambretta gerade noch in der Balance halten.

Auf dem Bürgersteig breitete ein Mann die Arme aus, und die Kinder rannten ihm entgegen. Die Frau lächelte selig.

Rossi biss die Zähne zusammen und fuhr weiter. Eine glückliche Familie, wer wünschte sich das nicht? Leider waren manche Frauen verdammt nachtragend. Er konnte nicht glauben, dass sein Charme diesmal nicht ausreichte, um die Wogen zu glätten.

Doch Plan B war auch kein schlechter Plan, wenn er noch ein bisschen daran arbeitete.

*

Federica Pellegrini verbrachte den halben Tag damit, die Pension zu putzen und vor der größten Hitze das Essen für den Abend vorzubereiten. Im Zimmer der deutschen Fräulein schüttelte sie ein Kleid aus und hängte es auf einen Bügel. Weiß mit roten Punkten und wie gemacht für eine schicke Strandpromenade. Die beiden hatten sicher bald genug von der ruhigen Bucht, in der es nichts gab außer Sand und ein bisschen Grünzeug an den Klippen, in denen Vögel nisteten. Bei aller Begeisterung, die Kilian Rossi dafür an den Tag legte – zwei junge Urlauberinnen konnte das nicht lange zufrieden stellen. Das Kleid an sich gedrückt, betrachtete Federica ihr Spiegelbild, wiegte die Hüften, brachte den Saum zum Schwingen und machte zögernd einige Schritte. Tanzen … Sie drehte sich schnell und schneller, bis sie außer Atem geriet.

Wenn Rossi Ende der Woche wie versprochen seine Miete zahlte, konnte sie ihre ausstehenden Rechnungen begleichen. Und wenn sich die Fräulein dazu bewegen ließen, wirklich noch zwei Tage zu bleiben, dann reichte es, um endlich mal wieder auszugehen. Es gab nichts Besseres, als hin und wieder eine ganze Nacht durchzutanzen. *Wenig* Besseres. Aber das eine schloss das andere nicht aus. Federica drehte auf Zehenspitzen eine letzte Pirouette, dann hängte sie den Kleiderbügel an den Schrank.

»Schäm dich, Signora Pellegrini«, rügte sie die zerzauste Frau im Spiegel. »Du bist keine gute Witwe.«

Sie klemmte den Staubwedel unter den Arm, schloss schwungvoll die Tür hinter sich und tänzelte im beschwingten Mambo-Schritt die Treppe hinunter. Höchste Zeit für eine Zigarette und ein kleines Sonnenbad im Bikini, damit ihre Bräune vor dem kommenden Wochenende ein bisschen aufgefrischt wurde.

*

Das Kleid gehörte Elke und war einfach todschick. Es betonte Taille und Oberweite und spannte etwas über der Brust, denn Sonja war üppiger gebaut als ihre Freundin. Doch die hatte darauf bestanden, dass Sonja es anzog, hatte sie mit Kölnisch Wasser bespritzt und ihr den Roller geborgt. Eine ganze Weile war Sonja damit herumgekurvt. Ganz allein, auf der Suche nach Mimo. Ihre Orientierung ließ sie in den Gassen mehrfach im Stich. Es war schon fast dunkel, als sie ihn fand, mitten in einer Horde spielender Kinder, in der Nähe des Ristorante Zaccardo. Als sie die Bella abstellte, ließ er den Fußball fallen und kam sofort zu ihr rüber. Sie konnte das Blitzen seiner Augen sehen. Und sie sah das Lächeln, das breiter wurde, seine Zähne entblößte, strahlte, obwohl er den Kopf leicht gesenkt hielt und sich dagegen zu wehren schien. Als er vor ihr stand, bewegte Sonja ganz vorsichtig die Hand auf seine zu. Ein kleiner, überrascht wirkender Laut kam über seine Lippen. Dann schob er langsam seine Finger zwischen ihre.

»*Ciao*, Froilain Sonja«, sagte er mit seiner tiefen, weichen Stimme, und ihr Herz schlug wie ein Presslufthammer.

*

Die Hitze im Zimmer war kaum zu ertragen, nahm ihm den Atem. Oder war es der Gestank? Beides hing schwer über dem wuchtigen Bett. Paolo Zaccardo presste beim Eintreten den Unterarm vor Mund und Nase, steuerte den schwachen Lichtschimmer auf der gegenüberliegenden Raumseite an. Dort öffnete er die halb geschlossenen Fensterläden und klemmt sie unter dem Metallhaken fest, der die Farbe an dieser Stelle abgerieben hatte, bis aufs blanke Holz. Wann hatte seine Schwester zuletzt nach ihrem Vater gesehen? War sie nach dem Abendessen nochmal oben gewesen? Er konnte sich doch nicht um alles kümmern! Und sie hatte nichts weiter zu tun.

Unten in der Gasse verschmolzen die Umrisse eines Pärchens, für einen Moment sichtbar an einem Torbogen, dann um die Ecke verschwunden. Kinder spielten. Das Klatschen ihrer Tritte gegen einen Fußball hallte zwischen den Wänden, begleitet von johlenden Anfeuerungsrufen.

»Wie im Stadion«, sagte er und saugte die laue Abendluft tief ein, ehe er sich zum Bett umdrehte. Ein Berg aus Kissen stützte den Rücken des Alten, der halb aufgerichtet leichter atmen konnte. »Erinnerst du dich daran, als wir damals im Stadion gewesen sind? Nur du und ich.« Ganz allein, ohne die anderen Geschwister. Ein Privileg, dass jeder von ihnen nur selten genossen hatte. Er selbst nur ein einziges Mal, wenn er ganz genau überlegte.

Seine eigenen Kinder waren sicher beim Kicken in der Gasse dabei und würden erst ins Haus kommen, wenn ihre Mutter sie unter Drohungen dazu aufforderte oder wenn sie den Ball nicht mehr sehen konnten und einander im Dunkel die Beine blau getreten hatten. Dann würde Sara mit ihnen schimpfen, die Kratzer küssen und ihnen den Dreck aus den glücklichen Gesichtern wischen. Seine Kehle zog sich zusammen. Alle Kinder im Dorf spielten so – er auch früher –, den ganzen Sommer hindurch, eigentlich das ganze Jahr, seit Generationen, bis das Leben sie einholte und zu Erwachsenen machte.

Viel zu lange war diese Unbeschwertheit her. Er setzte sich auf die Bettkante, machte kein Licht.

»Bald haben wir es geschafft, Papa. Es geht voran mit unseren Expansionsplänen.« Sein Vater mochte das Wort. Noch vor ein paar Wochen hatte er dazu jedes Mal gelächelt. Jetzt regte er sich nicht. In seinem ausgezehrten Gesicht klaffte der offene Mund wie die Scharte einer Axt in einem Baumstamm. Doch dieser Stamm, der immer stark gewesen war, aus einem Holz gemacht, mit dem man Häuser baute, ganze Städte, war morsch. Es hatte den Anschein, als faulte er langsam von innen. Sehr langsam.

»Du wirst schon sehen«, versprach Paolo. »Wir haben nur noch eine kleine Hürde vor uns, aber wenn die fällt – und das wird sie –, dann geht es steil bergauf. Es wird großartig werden!«

Sein Vater furzte.

Ernüchtert ließ Paolo den Kopf hängen, dann lachte er bitter. Im Grunde waren seine Pläne dem alten Mann nie mehr wert gewesen. Egal, wie sehr er um dessen Anerkennung gekämpft hatte. Wahrscheinlich war auch sein Lächeln beim Wort Expansion keine Freude, sondern Spott gewesen.

*

Als Sonja den Roller hinter der Pension parkte, hatte der Abendwind ihre Tränen getrocknet. Auf der Terrasse saß Elke im Kerzenschein mit Herrn Rossi zusammen.

»Ich habe ihn nicht gefunden«, flüsterte Sonja ihr zu. Mit einem brüchigen Lächeln auf den Lippen schützte sie Müdigkeit vor und verkroch sich im Bett. Als ihre Freundin später nach oben kam, stellte sie sich hartnäckig schlafend und lag doch für Stunden wach.

Kapitel 4

Der Donnerstag begann wie jeder andere gewöhnliche Tag mit Vogelzwitschern in den Bäumen und Rascheln im Gras, durch das sich nächtliche Jäger auf den Heimweg machten. Fledermäuse hängten sich unter Dachsparren und falteten ihre Flügel. Am Horizont zeigte sich ein zartrosa Glimmen.

Federica Pellegrini trank in der Küche einen Espresso und bereitete das Frühstück vor. Kilian Rossi prüfte vorm Spiegel über dem Waschbecken seine Rasur und schnürte sich dann die Sportschuhe. Anneliese Schneider träumte mit offenen Augen von Venedig, begleitet vom Schnarchen ihres Mannes. Auch Elke Wilk schlief noch, während Sonja Mauer die Dämmerung auf dem Fensterbrett sitzend erlebte und die nach nächtlichem Fang an Land kommenden Fischerboote beobachtete. Sie winkte Kilian Rossi zu, als der das Haus verließ, doch er bemerkte sie nicht.

Und während die Sonne stieg, Pläne durchdacht und Arbeiten erledigt wurden – mal mehr, mal weniger enthusiastisch –, waren es zunächst nur Kleinigkeiten, die diesen Tag von anderen Tagen unterschieden.

*

Am frühen Nachmittag lag träge Stille über dem Vento del mare. Im Erdgeschoss waren alle Fensterläden geschlossen, um die Räume dahinter kühl zu halten.

Federica stieg in ihr Cabrio und schlang einen zarten Schal um Haare und Hals. Ein Fehler, das Geschenk anzunehmen, ganz sicher. Es verleitete zu falschen Schlussfolgerungen, auch wenn

Kilian Rossi sich sofort dagegen verwehrt hatte. Ein kleines Dankeschön, das er spontan in Cattolica erstanden habe, ohne Hintergedanken: für die gewaschene Wäsche, das Essen, das freundliche Heim, das sie ihm in der Fremde bot – weiter nichts.

»Daran werde ich Sie erinnern, Kilian.« Wenn es sein musste, auch mit Nachdruck. Sie nahm es ihm nicht ab, dass er mit seinem Präsent kein Ziel verfolgte.

»Ich liebe Frauen, die wissen, was sie wollen«, hatte er behauptet und sie damit zu einer weiteren Klarstellung veranlasst.

»Mir geht es um das, was ich *nicht* will. Und das müssen Sie nicht lieben, nur respektieren.«

Seine Verstimmung hatte nur einen Wimpernschlag lang angedauert, und genauso schnell war sicher auch der Rest des Gesprächs vergessen. Kilian Rossi neigte, wie so viele Menschen, zu einem selektiven Gedächtnis, in dem das Nein eines anderen, vor allem das einer Frau, keinen besonders hohen Stellenwert besaß.

Federica legte noch ein wenig Lippenstift nach. Sie musste sich ranhalten, wenn sie pünktlich zu ihrem Termin bei der Bank in Cattolica kommen wollte. Hoffentlich war ihr der Angestellte, den sie zum wiederholten Mal um Zahlungsaufschub bitten musste, auch heute wohlgesonnen. Um von niemandem aufgehalten zu werden, würde sie über eine Nebenstrecke fahren, die zwischen der Olivenplantage, dem Weinberg und dem Anwesen der Antognonis verlief, wo der alte Patriarch wie ein Krake thronte und mit seinen Tentakeln alle im Würgegriff zu halten versuchte. Einst hatte er fast die ganze Gemeinde besessen. Die Zeiten waren vorbei, doch der reichste Mann vor Ort war er noch immer. Heute litt vor allem seine eigene Familie unter seiner Tyrannei. Federica verabscheute seinen Geiz, seine Methoden, den Wucher, mit dem er seine Schuldner ausbeutete. Neben dem alten Antognoni wirkten die Halsabschneider von der Bank gleich viel sympathischer. Sie würde all ihren Charme und ihre weiblichen

Reize in die Waagschale werfen. Kein Spiel, das ihr Freude bereitete, aber es versprach Erfolg.

Federica klappte die Sonnenblende herunter und setzte schwungvoll zurück. An Rossis Lambretta und dem Roller von Signorina Wilk vorbei kurvte sie vom Parkplatz. Auch die beiden Fräulein waren spät dran, wenn sie heute noch wie geplant eine Burg im Hinterland besichtigen wollten.

Im Rückspiegel glaubte sie Mimo zu sehen und hob grüßend die Hand.

*

Die leere Fensteröffnung in der letzten verbliebenen Wand des früheren Klosters umrahmte das Blau des Himmels. Je nachdem, ob man gerade oder schräg davorstand, blickte man von der vorspringenden Klippe hinaus aufs offene Meer oder im Südosten zur höchsten Erhebung der Küste, dem Monte San Bartolo. Paolo Zaccardo sah nichts davon, er hockte rund zwanzig Meter entfernt hinter einem Ginsterbusch und zerklatschte Stechmücken auf seinem Nacken. Schließlich gab er das Warten auf. Zwanzig Minuten über der Zeit. Niemand war zum verabredeten Treffen gekommen, von dem er sich mit eigenen Augen hatte überzeugen wollen. Das sprach Bände und bestätigte ihn in der Entscheidung, seinem neuen Geschäftspartner nachspioniert zu haben. Man konnte verdammt nochmal niemandem trauen.

Ein letztes Mal ließ er den Blick über das Plateau zum Weinberg der Antognonis und zum Vento del mare schweifen. Die in der Hitze brütende Landschaft flimmerte, nur die Zikaden zirpten. Weit und breit war keine Bewegung auszumachen. Der Ärger trieb Paolo schneller voran. Er hatte seine Küche ohne Erklärung verlassen, womit ihm das Misstrauen seiner Frau sicher war. Ausnahmsweise nahm er das heute in Kauf. Er wollte für sich behalten, wo er gewesen war, und ließ sich darum besser auch im Dorf nicht sehen. Also würde er zum Aprikosenhain der Collinas absteigen und von dort den Weg entlang des Felsbandes unterhalb des Dorfs nehmen – ein schmaler Trampelpfad, der den steilen, alten Fischerweg zum Strand mit dem Hauptweg dort hinunter verband und unmittelbar an seinem Ristorante endete.

Paolo stürmte vorwärts, innerlich mit sich und der Welt hadernd, und geriet ins Schwitzen. Das Hemd würde er wechseln müssen, die schwarzen Schuhe staubten ein. Als er die Aprikosenbäume erreichte, wurde er langsamer. War da ein Geräusch? Er rutschte aus, fing sich unterdrückt fluchend ab. Einige Steinchen rollten weiter. Instinktiv duckte er sich. Und tatsächlich: Zwei Kurven vor ihm kniete jemand auf dem abschüssigen Weg und machte sich an irgendwas zu schaffen. Das war Enzo – sein Kellner und Küchenjunge –, der jetzt den Kopf hob, sich hektisch umsah, aufsprang und davonrannte! Etwas Großes, Unförmiges blieb liegen. Bevor Paolo mehr erkennen konnte, nahm er ein Stück oberhalb Carmela Collina zwischen den Aprikosenbäumen wahr. Er biss die Zähne aufeinander. Was war denn bloß los, dass er heute von einer Bredouille in die nächste geriet? War das Mädel vorher schon da gewesen? Immerhin schien sie ihn nicht bemerkt zu haben. Carmela trug ihren Aprikosenkorb am Arm, dann fiel ihr Blick auf das Bündel, das Enzo zurückgelassen hatte. Sie sprang über das Mäuerchen, das den Hain einfriedete, rannte den Abhang runter und ging an gleicher Stelle wie zuvor Enzo auf die Knie. Das wurde ja immer mysteriöser. Was da auch liegen mochte: Paolo musste es sehen. Sofort. Er hob einige Steinchen auf, schüttelte sie wie eine Hand voll Würfel am Spieltisch und machte seinen Wurf. Es funktionierte. Carmela rannte fort. Wieder hoch zu ihren Aprikosenbäumen und von dort weiter den Hügel hinauf. Sie lief noch schneller als Enzo. Paolo feixte. In seinem Versteck harrte er aus, bis er ganz sicher allein war. Zikaden, Fliegen, Stille. Sein Atem, flach und leise. Dann seine Schritte auf dem Weg – und vor ihm das geheimnisvolle Etwas, das beim Näherkommen konkrete Form annahm. Kein Ding, sondern ein Mensch, und der war mausetot. Blut glänzte oberhalb der Schläfe. Paolo sog scharf die Luft ein, als er den Mann erkannte, und er brauchte keine Sekunde, um zu begreifen, welche Folgen das hier hatte. Eine Leiche mit womöglich eingeschlagenem Schädel schadete dem Tourismus, unabhängig davon, wie es dazu gekommen war. Dennoch hätte er lügen müssen, um Kilian Rossis Tod zu bedauern.

In Paolos Kopf hakte ein Rädchen ins andere, und seine Gedanken rasten weit voraus. Vor ihm lag ein riesiges, hässliches Problem, das es, egal wie, aus der Welt zu schaffen galt. Und eine mindestens ebenso große Chance für ihn persönlich. Wenn er es richtig anstellte.

*

Unweit der Piazza Del Popolo in Pesaro saß Commissario Lorenzo Garibaldi vor seiner üblichen Trattoria beim späten Mittagessen. Während der Verkehr mit knatternden Motoren und Hupkonzert vorbeiströmte, stocherte er lustlos in seinem Dessert herum, dabei schmeckte es gut, genau wie immer. Und genau wie immer hatte ihm der Inhaber der Tabaccheria vorhin unaufgefordert seine Zigaretten gereicht, vom Verkäufer am Zeitungskiosk war er zudem mit einem höheren Dienstgrad angesprochen worden, als ihm zustand, der Sonnenschirm spendete ausreichend Schatten, und auch der vierte Espresso war perfekt: heiß und bitter.

Lorenzo verschanzte sich hinter dem aufgefalteten *Corriere della Sera,* um nicht von seinem vorbeieilenden Kollegen gesehen zu werden. Noch war eine halbe Stunde Zeit, bis er wieder am Schreibtisch sitzen musste. Eine Schlagzeile sprang ihm entgegen, die den Ausgang der Tour de France thematisierte, bei der tatsächlich der Italiener Vito Favero Zweiter geworden war. Das war ja ganz nett, aber wen interessierte das drei Tage nach dem Rennen noch? Der flaue Bericht, den er trotzdem las, brachte im Grunde seine Misere auf den Punkt: Er war fast vierzig, unterwarf sich einer armseligen täglichen Routine, und obwohl er bei der Kriminalpolizei arbeitete, war dieser Sommer in Pesaro der langweiligste, den er in seiner Dienstzeit je erlebt hatte. Vielleicht der langweiligste in seinem ganzen Leben.

*

Gino Tardelli strich seinen mächtigen Schnauzbart glatt, dann ging er leicht in die Knie. Der Mann vor ihm auf dem Boden regte sich nicht, die blauen Augen halb geschlossen, starrte er ins Leere. Eine Fliege landete am Lidrand.

»Ich denke, du hast recht.« Gino richtete sich wieder auf. »Da kann selbst die Befana nichts mehr ausrichten. Der ist hin.« Nervös sträubte er den Bart gegen die Wuchsrichtung, seine Hängebacken bebten. »Bringen wir ihn nach Hause. Hier kann er ja schlecht liegen bleiben.« Der übergewichtige Automechaniker war eher praktisch veranlagt und neigte nicht dazu, Dinge zu zerdenken. Er war dank seiner Vespa, die er eigenhändig auf ein beachtliches Tempo frisiert hatte und die erstaunlich gut mit unwegsamem Gelände klarkam, als Erster bei Paolo Zaccardo und dem Toten eingetroffen.

Über den Hügelkamm näherten sich jetzt weitere Personen. Eine respektable Schar, die Paolo selbst kaum besser hätte zusammentrommeln können, an der Spitze Mimo, der trittsicher wie eine Ziege querfeldein über die Felsen sprang. Ihm war Paolo am

Vento del mare begegnet, was sich als günstige Fügung herausgestellt hatte, denn Signora Pellegrini war nicht zu Hause, konnte also nicht mit ihrem Wagen im Dorf Hilfe holen. Im Nachhinein war er froh, denn die Frau ging ihm grundsätzlich gegen den Strich. Also hatte er den Auftrag Mimo erteilt, der immer hilfsbereit war und rennen konnte wie kein Zweiter. Paolo selbst war gleich wieder zur Leiche zurückgekehrt. Nach Mimo folgte jetzt Ginos Sohn Davide und fast gleichauf Enzo Mangione.

Überrascht spitzte Paolo die Lippen. Na sieh mal an: Enzo! Das konnte interessant werden.

Mimo und Davide waren gleich alt, Enzo ein wenig jünger, und alle drei gute Freunde. Dahinter machte er Ornella Tozzi aus, eine große, unscheinbare Frau um die fünfzig, der die Bäckerei gehörte, und zum Schluss ihren Schwager Cesare Collina – Carmelas Vater.

Enzo blieb plötzlich stehen und drehte sich um sich selbst.

»Hierher mit dir!«, rief Paolo. »Was treibst du denn da?«

»Nichts, Signor Zaccardo. Ich dachte nur …« Enzo zuckte die Achseln, nahm eine Abkürzung, um Davide zu überholen, und schlidderte das letzte Stück. Ausgerissene Grasbüschel kullerten hinter ihm her. Mit gespreizten Fingern richtete er seine Frisur. »Gar nichts.«

Enzo Mangione gab sich Mühe, nicht zu zittern, aber Paolo bemerkte es doch. Und er registrierte sehr genau, wie nachhaltig sein kleiner Angestellter darüber schwieg, dass er schon vorher hier gewesen war. Auch ohne den Grund für sein Schweigen zu kennen, gab dieses Wissen Paolo Macht. Zu gegebener Zeit würde er Enzo mit der Nase darauf stoßen. Nicht jetzt. Vielleicht gar nicht mehr heute. Genau wie beim alten Cesare Collina. Die Gelegenheit würde kommen, um einen oder beide in seinem Interesse zu lenken. Er war kein Unmensch und hatte nicht vor, der kleinen Carmela zu schaden. Doch deren Auftauchen bei der

Leiche vorhin verschaffte ihm ein Druckmittel gegen ihren Vater, und das war eine feine Sache.

Paolo setzte eine betretene Miene auf und wartete, die Hände vorm Bauch gefaltet, bis alle im Halbkreis versammelt waren. Was auch immer getan werden musste, es eilte nicht mehr. »Ein bedauerliches Unglück.«

Enzo nahm Mimo, der unruhig von einem Fuß auf den anderen trat, die Mütze vom Kopf. Ornella Tozzi wurde kreidebleich, als sei sie einer Ohnmacht nah, und wandte als Einzige das Gesicht ab. Cesare schnaufte kurzatmig, bekreuzigte sich und sprach ein Gebet. Einige Sekunden verharrten alle andächtig still, dann ging Ornella in die Hocke. Der Anblick war wahrlich kein schöner: das Blau der Iris erloschen, das Weiß der Augäpfel unnatürlich verfärbt. Sachte schloss sie dem Toten die Lider. Ein Aufatmen ging durch die Reihe wie Blätterrauschen, und für einen winzigen Moment, der nur ihr gehörte, ruhte Ornellas Hand ganz zart auf seiner Stirn.

»Bringen wir ihn nach Hause«, sagte Gino Tardelli wieder.

»Eine gute Idee.« Paolo klopfte ihm auf die Schulter. Er würde dafür sorgen, dass sich alle erinnerten, wessen Vorschlag es gewesen war. Nur für alle Fälle. Auffordernd klatschte er in die Hände. »Kommt schon, ihr habt Gino gehört.«

Mimo grub die nackten Zehen in den Boden. »Sein Zuhause ist weit weg. Nicht bei uns.«

»Ja«, sagte Gino. »Sein richtiges Zuhause.«

»Aber so weit tragen wir ihn nicht.« Davide zwinkerte Mimo kurz aufmunternd zu. »Nur dahin, wo er wohnt.«

»Zu Signora Pellegrini?« Mimo nickte. »Das ist gut.«

Für den Transport schafften sie ein langes Brett und zwei Seilstücke aus dem Aprikosenhain herbei. Die Angelegenheit sollte zügig und ohne großes Aufsehen erledigt werden. Niemand sprach es aus, niemand stellte es infrage. Und niemand drängte sich vor, den leblosen Körper auf das Brett zu legen und festzuzurren. Nur Mimo kannte keine Berührungsängste, was Enzo und Davide veranlasste, ihm zu helfen.

»Signor Rossi konnte mich nicht leiden«, murrte Mimo und verknotete das Seil über dessen Bauch. »Man kann dumm sein oder faul, hat er gesagt. Nicht beides.« Er zuckte die Schultern. »Aber so schlau, wie er immer getan hat, ist er wohl auch nicht gewesen. Sieht aus, als hat er sich ganz allein tot gestürzt. Dafür muss man eigentlich ziemlich …«

»Schluck's runter.« Enzo verpasste ihm einen warnenden Stoß in die Rippen. »Es war keiner von uns dabei.«

Mimo runzelte die Stirn, dann schluckte er tatsächlich. *»Perdono.«*

»Schon gut«, lenkte Enzo ein und half ihm mit dem letzten Knoten. *Schon gut.* Das hätte er selbst gern geglaubt, doch er fühlte sich hundeelend. Niemandem war ein Wort zu der Platzwunde über die Lippen gekommen. Als sei sie unsichtbar. Eine stumme Übereinkunft lag in der Luft, die sie einhüllte wie dichter Nebel.

Schließlich war alles bereit. Enzo und Davide übernahmen das eine, Paolo und Gino das andere Ende der improvisierten Trage. Ornella Tozzi sicherte mit Cesare die Seiten, und Mimo wurde auf Ginos Roller vorausgeschickt, weil er es nicht schaffte, sich dem Laufrhythmus der anderen anzupassen. Hinter ihm verwehte eine blaue Abgaswolke, während sie ihre Last mühsam den steilen Weg hinaufschleppten. In der flirrenden Sonne knisterte das Gras unter ihren Füßen. Insekten summten aufgeregt, im Kampf um die überreifen Früchte, die hinter dem niedrigen Mäuerchen unter Cesare Collinas Obstbäumen liegen geblieben waren.

Als sie endlich Federica Pellegrinis Pension erreichten, standen dort Paolos Schwester Nunzia und die alte Befana vor der Tür. Paolo geriet ins Straucheln. Wer zum Teufel hatte die gerufen?

Sein Blick suchte nach Mimo – niemand anderer als er konnte es gewesen sein, dem er dafür gehörig die Leviten lesen würde. Das Brett schwankte bedenklich, und für eine Schrecksekunde schien es, als erwachte der Tote wieder zum Leben. Kilian Rossis Kopf kippte, begleitet von einem leisen Seufzen, nach links. Einer der auf seiner Brust gekreuzten Arme rutschte herunter. Ein Winken, wie ein Abschiedsgruß – eine Mahnung –, dann pendelte der Arm unter dem Brett baumelnd aus. Paolo röchelte heiser.

»Ich weiß, wann ich gebraucht werde«, sagte die alte Befana, als hätte sie seine Frage gehört. »Ich spüre es in meinen Eingeweiden.« Murmelnd langte sie in die tiefe Tasche ihrer Schürze, verrieb etwas zwischen den Fingerspitzen und malte mit ihrem Daumen Zeichen auf Stirn, Augen und Lippen des Toten.

»Niemand braucht dich hier.« Paolo spuckte neben ihr aus. »Dich und deine Hexenkräuter.« Er vermied es, sie anzusehen, ihr Blick war ihm unheimlich. *»Sciò, sciò, sciò«,* murmelte er hastig, um das Übel zu bannen.

»Was ist passiert? Wo kommt ihr her? Hat er sich den Hals gebrochen?« Mit forderndem Flüstern hängte Nunzia sich an ihn, stellte sich auf die Zehen, um besser sehen zu können, was dem Brett die nächste Erschütterung bescherte. Als Jüngste der Geschwister war sie zehn Jahre nach Paolo geboren, alle anderen waren älter als er. »Oder hat jemand nachgeholfen? Wäre kein Wunder, was man so hört.«

In einer Staubwolke traf Mimo wieder mit dem Roller ein.

»Geh aus dem Weg«, raunzte Paolo seine Schwester an. Halbherzig, aber so laut, dass die Umstehenden sein Einschreiten bezeugen konnten. Ihre distanzlose Neugier war ihm peinlich. Dabei liebte er sie innig. Abgesehen von ihrer Fähigkeit, wie aus dem Nichts neben anderen aufzutauchen. Lautlos wie ein Schatten, als sei sie durch einen unsichtbaren Tunnel geschlüpft. Diesmal würde er nicht nachgeben. »Aus dem Weg, alle beide.«

»Ganz wie du wünschst, Bruderherz.« Nunzia ließ ihn los und lächelte schmallippig. »Bitte schön.«

»Und sag so einen Unsinn nicht nochmal«, zischte Paolo.

»Wo müssen wir eigentlich mit ihm hin?« Gino musterte skeptisch die Fassade. »Hoffentlich nicht unters Dach.«

»Erdgeschoss, letztes Zimmer rechts, nach hinten raus.« Einmal war Paolo hier gewesen, in einer Schulangelegenheit, und kläglich gescheitert. Sara hatte später mehr Glück gehabt. Er biss die Zähne zusammen und schob seinen Ärger beiseite, während die Befana als Erste das Haus betrat. Frauen …

Ornella hielt den Arm des Toten fest, der einfach nicht mehr oben liegen bleiben wollte. Nachdem sie das Nadelöhr am Eingang bewältigt hatten, wurde es einfacher. Direkt hinter der Tür befand sich ein breiter Flur, von dem aus die Treppe nach oben ging und an dessen Ende die Alte sie erwartete.

»Das Zimmer ist verschlossen.«

Davide stöhnte. »Auch das noch. Können wir ihn mal absetzen? Mir reißen gleich die Arme ab.«

Paolo schluckte trocken, als Nunzia sich heranschlängelte, ihre flinken Finger erst in die eine, dann in die andere Hosentasche Rossis gleiten ließ. Musste das sein, dass sie den so befummelte – vor aller Augen? Wortlos fischte sie einen Schlüsselbund heraus, und die Alte öffnete das Schloss.

Wie üblich würde die Befana sich darum kümmern, den Toten herzurichten, und seine Schwester würde ihr zur Hand gehen. Paolo schauderte. Warum Nunzia sich dieser Aufgabe seit einiger Zeit annahm, konnte er nicht begreifen. Und vielleicht wollte er den Grund auch lieber gar nicht wissen.

»Ich habe Don Pietro Bescheid gesagt.« Im Eingang zeichnete sich Mimos Silhouette gegen das Licht ab. »Weil ich – ich dachte … aber eben hat Signor Rossi sich bewegt! Also lebt er doch noch?«

Paolo schaltete schnell. »Ja, so ist es«, antwortete er und bedachte jeden Einzelnen auf dem Flur mit einem beschwörenden Blick. Dieser Einfall war perfekt. Zumindest perfekt für ihn. »Wir haben uns getäuscht. Er lebt noch. Bleib du draußen, Mimo. Wir kümmern uns um ihn. Wenn du noch etwas tun willst, dann bete.«

»Bete für ein Wunder«, fügte Nunzia leicht irritiert hinzu. »Ein großes Wunder.«

»Schließt die Tür«, sagte Paolo leiser. »Legen wir ihn aufs Bett und lassen die Frauen ihre Arbeit tun. Wir müssen uns dringend auf ein paar Punkte einigen. Ich erkläre euch gleich, wieso.« Er würde es ihnen schmackhaft machen, diese Variante mitzutragen. Es war viel besser, Rossi offiziell erst im Haus sterben zu lassen. Schließlich hatten sie sämtliche Anzeichen für einen gewaltsamen Tod fahrlässig oder vorsätzlich ignoriert. Wenn das herauskam, stand nicht nur Gino als Initiator des Transports dumm da. Zum Glück war die Wahrheit ein biegsames Ding. Und er würde dafür sorgen, dass sie sich in eine für ihn günstige Richtung bog. Die Situation entwickelte eine unvorhergesehene Dynamik. Und er war ganz in seinem Element. »Cesare – auf ein Wort vorab.« Paolo nahm ihn beiseite, und Davide stieß Enzo an.

»Verstehst du, was der Quatsch soll? Das ist verdammt nochmal gelogen. Toter als Rossi geht es nicht! Ziehen wir das mit durch?«

Enzo nickte bedächtig. Egal was dahintersteckte, es war besser, Paolo Zaccardo nicht in die Parade zu fahren. Das galt für ihn noch mehr als für andere.

*

Schwungvoll parkte Federica ihr kleines Cabrio hinterm Haus. Sie drehte das Radio ab und stieg aus, das Verdeck ließ sie offen.

Ihr Vorsprechen in der Bank, das länger gedauert hatte als geplant, war erfolgreich verlaufen. Eine kleine Pause konnte sie sich also gönnen, zur Hausarbeit, besonders zum Kochen, fehlte ihr ohnehin die rechte Lust. Sie kramte in ihrer Handtasche nach dem Feuerzeug, als sie ein seltsames Geräusch wahrnahm. Es erinnerte vage an Gänseschnattern, nur klang es tiefer und gedämpft. Und im Allgemeinen flüsterten Gänse nicht.

Federica folgte dem Geräusch um die Hausecke. Auf der Terrasse lagen umgekippt die Badetaschen der Signorinas in der gleißenden Sonne, ihre neue Luftmatratze war vom Wind bis ans Geländer geweht worden.

Das Schnattern kam von drinnen. An der Türschwelle blieb Federica stehen. Der Flur wirkte dunkel wie eine Höhle, und über den Gänsen schwebte eine Wolke aus Rosmarin und Zitrone, die viel besser zu Fisch gepasst hätte. Mindestens ein halbes Dutzend Menschen verstopften den Korridor, und zu den angenehmen Düften gesellte sich der scharfe Geruch verschwitzter Kleidung, das penetrante Rasierwasser von Herrn Schneider – und Paraffin. Samtig überzog es ihre Nasenschleimhaut, deckte alles andere zu. Kerzen am helllichten Tag. Kerzen, Zitrone und Rosmarin.

Ein Keuchen schlüpfte über ihre Lippen, dann nahm sie die Schultern zurück und atmete tief ein. »Was ist hier los?«

Die Gespräche erstarben. Am Rande registrierte sie die Gesichter der Umstehenden: betreten und aufgeregt. Ornella Tozzi wandte sich ab, Enzo und Davide starrten zur Decke.

»Seid ihr plötzlich alle stumm oder taub? Was ist los?«

Paolo Zaccardo trat vor. »Entschuldigen Sie, wir stehen alle ein wenig unter Schock. Cesare hat Signor Rossi in der Nähe seiner Aprikosenbäume gefunden, und wir haben ihn hergebracht. Die Befana ist bei ihm, aber …« Vielsagend hob er die Schultern und zog zugleich die Mundwinkel runter. »Es ist wohl sein Herz. Sie gehen besser nicht rein.«

Paolos Hand legte sich fester auf ihren Arm, als es zu seinem fast schon unterwürfigen Auftreten passte.

»Sie lassen mich sofort durch.« Federicas Stimme blieb beherrscht, doch ihr Blick schnitt scharf. Niemand versperrte ihr in ihrem eigenen Haus den Weg!

»Bitte. Aber Sie werden auch nichts ausrichten können.« Mit einer kleinen Verbeugung glitt Paolo zur Seite. »Der Pfarrer ist schon unterwegs.«

Federica spürte förmlich das Kopfschütteln in ihrem Rücken. Als sie den Raum betrat, versuchte sie ihre Gefühle draußen zu lassen, saugte auf, was sie sah, und erfasste eine Menge Dinge auf einmal: Schüsseln und Eimer, von denen einige mit heißem Wasser gefüllt waren; einen Schwamm und zerknüllte Lappen; leere Kleiderbügel am Schrank und ein Tuch, das den Spiegel verhüllte; schmutzige Wäsche auf dem Boden, wie ein Päckchen in sich selbst verschnürt. Der Schreibtisch unter dem Fenster wirkte unverändert, so wie sie ihn am Morgen beim Durchfegen gesehen hatte. Decke und Kissen türmten sich auf dem Armlehnenstuhl. In der Mitte des Zimmers drehte die alte Heilerin sich zu ihr um. An der krummen Gestalt vorbei traf Federicas Blick auf Paolos Schwester, die der eben nicht erwähnt hatte. Ein paar Herrenschuhe in Händen, verharrte diese hinter dem Bett.

»Raus«, sagte Federica tonlos. »Sofort raus.«

Kilian Rossi trug seinen besten Anzug und ein weißes Hemd. Und er lag still, ganz still.

Befana gab Nunzia einen Wink, die ungerührt die Schuhe abstellte, betont langsam ihre angeschmutzte Schürze aufknotete und auszog und dann wortlos das Feld räumte. Nicht einmal, als sie Federica im Vorbeigehen anrempelte, kam ein Ton über ihre Lippen. Nur die Schürze über ihrem Arm knisterte leise.

Die Befana blieb.

Der Geruch des Todes nahm Federica fast den Atem. Nicht

der Leichnam selbst, sondern die Kräuter, die die Alte in einer Schale auf der Kommode verbrannte, und die Kerze. Vor allem die Kerze ließ schmerzliche Erinnerungen aus der Tiefe emporsteigen. Ihr war beim Eintreten sofort klar gewesen, dass sie es mit einem Leichnam zu tun hatte. In der dumpfen Schwere der Luft gab es keine Hoffnung.

»Weißt du …«, setzte sie an, »weißt du, was ihm passiert ist?«

»Eine Menge weiß ich, eine Menge«, brummte die Alte und schüttelte den Kopf. »Nein, nein, nicht darüber, niemand weiß irgendwas Genaues. Sie haben ihn hergebracht, die Hand auf der Brust. Doch es war zu spät. Sein Herz hat aufgehört zu schlagen. Darüber habe ich keine Macht. Und einer Seele in den Himmel helfen …? Meinen Teil habe ich getan. Ob er den seinen getan hat zu Lebzeiten, weiß er allein.«

Federica trat näher heran. Vorsichtig berührte sie Rossis Haut, die noch so rosig aussah, als schliefe er nur. Ganz anders, als sie es von anderen Verstorbenen kannte, die schon kalt und bleich gewesen waren. Einen Großvater, einen Onkel und zwei Cousins hatte sie tot gesehen, und keiner von ihnen war friedlich entschlafen. In einer Welt voller Zorn sickerten Worte wie Ehre und Rache selbst aus dem Weinen der Frauen. Sie hatte fortgewollt, solange sie denken konnte. Federica wischte den Schleier beiseite, der sich mit jedem Gedanken an Sizilien über ihr Gemüt legte.

An Kilian Rossis Stirn bemerkte sie eine kleine Abschürfung, eine weitere an seiner Hand.

»Irgendjemand muss etwas wissen. Wann wurde er gefunden? Wie lange bist du schon hier?«

»Lass die Fragen, und lass ihn gehen.« Die Alte humpelte zum Fenster, um es für die entweichende Seele zu öffnen.

»Nein.« Federica entdeckte einen weiteren Kratzer. »Heute Morgen war Signor Rossi noch putzmunter.« Sie stockte. Was für ein dummes Wort. »Ihr hattet es eilig, ihn zu waschen. Sehr eilig, noch vor dem Eintreffen des Pfarrers oder eines Arztes. Paolo Zaccardo wusste eben vor der Tür noch nicht mal, dass Rossi schon tot ist!« Und Paolo war einer von denen, die immer alles als Erste wussten. »Und doch ist er bereits fertig angezogen.«

Befana verschränkte die Arme und presste die Lippen aufeinander.

Für die meisten Einwohner in Pesaro del Monte piccolo Cattolica war Eile ein Fremdwort. Abweichungen von der gemächlichen Gangart bedurften eines wirklich triftigen Grundes. Und die dort draußen in ihrem Hausflur wollten ihr diesen offenbar genauso gern vorenthalten wie die Leichenwäscherinnen. Weil sie keine von ihnen war. Aber Federica hatte nicht vor, sich damit abzufinden.

Sie wandte sich wieder Kilian Rossi zu. Seine Haare waren feucht und frisch gekämmt, nur der Scheitel saß an der falschen Stelle. Instinktiv korrigierte sie den Fehler, legte Strähne für Strähne die blonden Locken zur anderen Seite. Darunter schimmerte es rosa. Rosarot. Rot. Ihre Finger fuhren schneller zwischen die Haare, ertasteten eine Unebenheit, eine Vertiefung. Sie zuckte zurück. Kein Blut an ihren Fingerspitzen. Ein sorgfältig gesäuberter Riss klaffte in Rossis Haut. Ihr Kopf schnellte nach oben. »Was habt ihr getan? Wer war das?«

Stumm schüttelte die alte Frau ihr Haupt. War es Mitleid oder Herablassung, was sich in ihrem Gesicht abzeichnete? Federica ließ den aufkeimenden Ärger darüber nicht zu. Sie hatte keine Zeit zu verlieren.

Es war eine Weile her, dass sie zuletzt einen Mann ausgezogen hatte. Sie mühte sich mit dem sperrigen Körper ihres Untermieters ab, der sich zu sträuben schien, was zu Lebzeiten wohl anders gewesen wäre. Seine Gliedmaßen bewegten sich schwerfällig, und die Anstrengung verscheuchte Federicas unpassende Gedanken. Rossis Atem streifte ihr Gesicht. Sie erstarrte, dann rümpfte sie die Nase. Nein, das war kein Atem mehr, nur ein letzter Rest Luft aus seiner Lunge oder Gase aus dem Magen, die sie aus ihm hinauspresste. Übelkeit verschloss ihr die Kehle. Dieser Geruch …

Befana wedelte mit einem Bündel Rosmarinzweige, deren ätherische Öle Federicas Sinne vernebelten. Vielleicht wäre es angebracht gewesen, ihr dafür dankbar zu sein. Doch davon war Federica weit entfernt.

»Du törichtes Kind«, seufzte Befana. »Weißt du es immer noch nicht besser? Wem nützt es? Wem schadet es?«

»Das wird sich wohl noch herausstellen müssen.«

Befana stimmte einen murmelnden Singsang an, blies in die glimmende Asche der Kräuter und malte Zeichen in den sich kräuselnden Rauch. Dann ging sie.

Federica nahm kaum Notiz davon. Sie sah den Schmutz auf den getragenen Kleidern am Boden, sah die Rückstände von Sand und Erde, die sich in der Waschschüssel absetzten, registrierte und speicherte jede Kleinigkeit, ohne sich dessen bewusst zu sein. Machte weiter und weiter, angetrieben vom Wunsch nach Wahrheit. Ein toter Leib machte ihr keine Angst. Sie glaubte nicht an Wiedergänger, aber durchaus an Gut und Böse, an die Wissenschaft und ihren eigenen Verstand. Und an Gott. Ja, auch an den. Sie warf einen hastigen Blick zum Kruzifix in der Zimmerecke. Eine Beichte war seit Langem überfällig, und sie war sicherlich jetzt gerade dabei, ihrem Sündenregister noch ein paar Positionen hinzuzufügen. Doch der Herr, der alles sah, würde ihr vergeben, dass auch sie *sehen* wollte.

»Sie hätten ihn direkt zur Befana bringen können, ins Pfarrhaus oder sonst wohin«, sagte sie zu ihm. »Dann wäre es nicht meine Angelegenheit gewesen. Oder? Da er aber nun mal bei mir ist …« – erschien es ihr in Anbetracht der seltsamen Umstände nötig, sich um ihren Untermieter zu kümmern, denn das war er, auch in totem Zustand, noch immer.

Eine Platzwunde am Kopf, Kratzer an den Händen. Hatte Rossi sich geprügelt, oder war er verprügelt worden? Sie musste sich mit eigenen Augen ein Bild machen. Selbst wenn sie damit das gesamte Dorf gegen sich aufbrachte.

Kapitel 5

Beim Eintreffen des Gemeindepfarrers lag Kilian Rossi splitterfasernackt auf dem weißen Laken. Und Federica Pellegrini beugte sich über ihn – den Rock für die bessere Beweglichkeit ein wenig hochgeschoben, ein Knie neben dem Toten im Bett – und begutachtete dessen blanke Kehrseite.

»Du lieber Himmel, Signora – sind Sie völlig von Sinnen?« Don Pietro knallte die Tür zu. »*Porca puttana!* Lassen Sie den Mann auf der Stelle los! Sie stören seine Totenruhe, die Totenruhe!« Er brüllte, fassungslos bleich, und bedeckte seine Augen mit dem Arm – gleichermaßen erschüttert von ihrem Anblick wie auch von der unverzeihlichen Wortwahl, zu der er sich hatte hinreißen lassen. »Was fällt Ihnen ein, einen Verstorbenen auf diese Weise zu entwürdigen? Haben Sie keinerlei Schamgefühl? Verschwinden Sie auf der Stelle!«

»Aber Don Pietro …«

»Kein Wort! Kind Gottes, Sie versündigen sich.«

Federica rollte Kilian Rossi wieder auf den Rücken und der Pfarrer verfiel angesichts des krausen Schamhaares über dem Bund der heruntergelassenen Unterhose in Schnappatmung.

»Davon kann keine Rede sein. Alles, was ich …«

»Still! Verlassen Sie diesen Raum, um Signor Rossis armer Seele willen.«

Wie das seiner Seele helfen sollte, war Federica ein Rätsel. Und sie dachte gar nicht daran, zu gehen. »Hören Sie, Don Pietro, Sie werden mich verstehen, wenn Sie sich ansehen, was ich gesehen habe.«

Aber Don Pietro wollte weder hören noch sehen. Jeder Einspruch war vergebens und führte nur zu weiteren Beschimpfungen. Federica verschränkte die Arme und verbiss sich einen Gegenangriff. Die einzige Sünde, die sie erkennen konnte, war die seiner Ignoranz. »Ich soll also gehen? Gut. Dann müssen Sie Signor Rossi wohl allein wieder ankleiden. Bitte, Ihre Entscheidung.«

Der Pfarrer verstummte, starrte irritiert auf den nackten Mann und revidierte nach kurzer Überlegung seinen Platzverweis. Zudem bat er Paolo Zaccardos Schwester herein.

Nunzia war für Don Pietro ein Segen. Eine anständige und gottesfürchtige Katholikin, die ihn häufig davor bewahrte, mit der alten Befana in einem Raum zu sein. Einer von beiden, so unkte man im Dorf hinter vorgehaltener Hand, wäre in dem Fall wohl in Flammen aufgegangen.

Federica wunderte sich über Don Pietros Prüderie, der sich jetzt aufs Beten verlegte und dabei sogar die Augen schloss. Gerade einem Priester sollte doch nichts Menschliches fremd sein. Nackt kommen wir auf diese Welt und genauso gehen wir wieder. Stand das nicht in ähnlichen Worten in der Bibel?

Nunzia dagegen stellte sich sehr geschickt an. Jeder Handgriff saß, als sie Rossi sein letztes Gewand wieder anzogen. Federica musterte die blasse junge Frau verstohlen. Mit Mitte zwanzig wäre sie besser beraten gewesen, ab und an einem lebenden Mann an die Wäsche zu gehen, statt nur die Leichen der Gemeinde nackt zu sehen. Doch die spröde Nunzia schien auf dem besten Weg zur alten Jungfer zu sein. Dienend und betend, ganz dem Wohl der Familie und anderer verschrieben. Und dem Dorftratsch, an dem sie sich rege beteiligte. Federica seufzte. Der tote Rossi musste ein Fest für sie sein.

Als der Pfarrer das Zimmer wieder verließ, sein kleines Holzkreuz erhoben, einen eiligen Segen murmelnd, stoben die tuschelnden Schäfchen seiner Gemeinde vor der Tür auseinander wie Fliegen vor einem peitschenden Kuhschwanz. Einige Sekunden standen sie starr, nachdem die Robe Don Pietros wie eine wehende Fahne durch den Flur und hinaus ins Freie gerauscht war. Ihm folgte Nunzia, an deren Gesicht sich wie so oft rein gar nichts ablesen ließ.

Als Letzte erschien Federica in der Tür. An ihren Schläfen kräuselten sich Locken, die Wangen waren gerötet wie von zu viel Rouge. Ihr Tribut an das vorausgegangene Gefecht, das gerade noch einmal aufgeflammt war. Mit einem kleinen Sieg für sie.

»Cesare Collina, sind Sie noch da?« Der Vorraum erschien ihr noch voller als zuvor, dabei gab es eigentlich für niemanden mehr einen Grund zu bleiben. Es sei denn aus purer Neugier. Federica reckte den Hals und winkte ihn heran.

»Würden Sie die erste Totenwache übernehmen, solange ich beim Bürgermeister bin?« Die Bitte erschien ihr naheliegend, da er Rossi gefunden hatte. Außerdem setzte sie auf die symbolische Wirkung seiner schlohweißen Haare, die man mit Weisheit und Autorität assoziierte, obwohl Cesare die Sechzig kaum überschritten hatte.

»*Si*, Signora.« Blinzelnd schaute er an ihr vorbei. In seinem Kopf rotierte das Gespräch, das Paolo Zaccardo unter vier Augen mit ihm geführt hatte. Über Carmela und den toten Rossi und die Notwendigkeit, dass er sich als dessen Finder ausgab. Damit Zaccardo sich nicht gezwungen sah, Carmela in dieser Angelegenheit öffentlich ins Spiel zu bringen. Und damit niemand Mimo ausfragte. Das war jedenfalls Zaccardos Argument gegenüber den anderen gewesen. Mimo und die hässliche Platzwunde, aus der man viele falsche Schlüsse ziehen konnte. Mimo, der Zaccardo auf dem Weg vor der Pension von der Leiche erzählt hatte … dabei hätte Cesare geschworen, es sei eigentlich andersherum gewesen. Im Moment fühlte er sich außer Stande, die verworrene Angelegenheit zu durchblicken.

»Was wollen Sie denn beim Bürgermeister?« Paolo Zaccardo

fiel es sichtlich schwer zu entscheiden, ob er bleiben oder lieber seiner Schwester hinterherlaufen sollte, die ihm sicher brühwarm Auskunft gegeben hätte, was hinter der verschlossenen Tür passiert war. »Und was …«

»Signor Schneider, Herr Franz Schneider – wo stecken Sie?«, fuhr Federica ihm dazwischen. Vorhin war Schneider da gewesen, schwitzend in einer Rasierwasserwolke, den Hut in der Hand. Sie brauchte einen Verbündeten, der außerhalb der Dorfgemeinschaft stand. Dafür war er genau der Richtige.

Auf halber Treppe kauerten die beiden deutschen Fräulein nebeneinander, und auch Anneliese Schneider drückte sich dort an die Wand. Der Tod ihres Urlaubsbekannten musste ein Schock für alle sein, aber darauf konnte Federica gerade keine Rücksicht nehmen. »Signorina Wilk, könnten Sie so freundlich sein und für mich übersetzen?«

Elke nickte widerstrebend und folgte Herrn Schneider, der sich jetzt vom Rahmen der Küchentür löste. Sonja blieb unaufgefordert dicht an ihrer Seite. Federica lächelte beruhigend und legte eine Hand auf Elkes Arm. »Es dauert nicht lange. Ich möchte, dass Signor Schneider ein wenig für Ordnung sorgt.« Auch ihm wurde ein Lächeln zuteil. Keiner würde Hand an einen Feriengast legen. Federica sprach in normaler Lautstärke und ignorierte sämtliche Einwürfe.

In ihren Atempausen übersetzte Elke: »Sie sagt, Sie würden ihr einen großen Gefallen tun, wenn Sie vor dem Zimmer aufpassen, Herr Schneider. Sie möchte sichergehen, dass niemand außer dem weißhaarigen Mann, Herrn Collina, den Raum betritt und drinnen aufräumt oder etwas verändert. Und … einen Moment. Wie bitte? *Scusi*, Signora Pellegrini – habe ich das richtig verstanden: dass niemand Signor Rossi *stiehlt*?«

Trotz aller Tragik hätte Federica um ein Haar gelacht. Das hatte sie weder gesagt noch gemeint, aber womöglich war es angebracht, selbst damit zu rechnen. »Signor Rossi wird in seinem Zimmer bleiben, bis ein Arzt da war, um die Todesursache festzustellen.« Jetzt hob sie die Stimme um eine Nuance. »Denn nur ein Arzt kann erkennen, ob jemand einen Unfall hatte oder krank war – oder was sonst passiert sein könnte.«

Herr Schneider stieß Elke an, die beim letzten Satz ziemlich blass geworden war. »Was hat sie gesagt?«

Sonja fasste den Ellbogen ihrer Freundin und übersetzte an deren Stelle. Auch ohne Sprachkenntnisse erschien ihr die Situation eindeutig. »Mord, Herr Schneider. Ich fürchte, Signora Pellegrini meint, es könnte Mord gewesen sein.«

*

Andrea Antognoni verfolgte aus der Ferne, wie Don Pietro mit rauschendem Gewand aus der Pension Vento del mare stürmte. Genau wie er einige Zeit zuvor den merkwürdigen kleinen Umzug aus Richtung Strandweg beobachtet hatte und noch ein wenig früher den barfüßigen Mimo. Er zählte die Köpfe, notierte im Geiste die Namen, soweit er die Personen erkennen konnte, und wartete. Das alles war hochspannend, auch wenn ihm unklar war, was genau vor sich ging.

Beiläufig tätschelte er den Rücken seines Jagdhundes, der geduldig an seiner Seite saß, und belohnte ihn von Zeit zu Zeit mit einem kleinen Leckerbissen. Ihre ungeplante Jagd war von Erfolg gekrönt gewesen. Ein netter Ausgleich für den geschäftlichen Patzer, den er sich zuvor geleistet hatte. Unverschuldet, weil sein nervtötender Vater ihm wieder mal ausufernde Vorhaltungen zu seinem Lebensstil und seiner angeblich mangelnden Ernsthaftigkeit gemacht hatte. Aber der würde sich noch wundern. Bald, wenn es nach ihm ging. Dann konnte sein alter Herr ihn kreuzweise.

Wenige Minuten nach Don Pietro verließ Signora Pellegrini die Pension und musste sich einiger wild auf sie einredender Dorfbewohner erwehren. Sie stieg in ihr Cabrio, doch der Motor sprang nicht an. Andrea grinste. Offenbar dachte die Signora gar nicht dran, sich von irgendetwas aufhalten zu lassen. Sie sprang aus dem Wagen, stieß Paolo Zaccardo vor die Brust, dann nacheinander den jungen und den alten Tardelli, dessen Roller sie kurzerhand kaperte und damit davonbrauste. Jetzt lachte Andrea laut.

»Gefällt dir, was du siehst?«

Jemand hängte sich an seinen Arm und fing blitzschnell den Feldstecher auf, der seinen Fingern entglitt. »Ich kann dir verraten, was passiert ist.«

»Herrgott nochmal! Musst du mich so erschrecken?« Kein Geräusch hatte ihr Kommen verraten, nicht mal der Hund hatte mit einem Ohr gezuckt. Andrea hielt den Atem an.

»Der Tod ist schrecklich«, wisperte Nunzia. Sie war dem Aufblitzen eines Sonnenstrahls auf der Linse des Fernglases gefolgt. Eine Kleinigkeit zu erraten, wer damit das Haus beobachtete. Nur Andrea Antognoni ging einfach so auf die Jagd, wann immer es ihm passte.

Nunzia pustete in die glänzenden Federn seiner Beute, die mit dem Kopf nach unten über seinem Rücken baumelte. Ihre Haut wirkte sehr weiß im Kontrast zum rabenschwarzen Haar. »Ein Jammer«, sagte sie. »So ein schöner Vogel.«

*

In der Amtsstube des Bürgermeisters war es ebenso stickig wie im Totenzimmer, und Federica hätte nur zu gern ein Fenster geöffnet. Eine Seele, die dadurch entweichen konnte, war augenblicklich nicht zu befürchten. Sowohl sie als auch der Bürgermeister erfreuten sich bester Gesundheit. Obwohl Baresi heftig schwitzte und sich ständig die Stirn abtupfte. Lag es an der Hitze, dem Amtsanzug samt Weste, in den er sich für das Gespräch gezwängt hatte, oder an Signora Pellegrinis Beinen in den zarten Seidenstrümpfen, die sie jetzt auch noch übereinanderschlug?

Sie schüttelte eine Zigarette aus dem Päckchen, und er ließ es sich trotz der insgesamt unangenehmen Situation nicht nehmen, ihr Feuer zu geben. Federica dankte es ihm mit einem langsamen Augenaufschlag.

»Von Störung der Totenruhe kann keine Rede sein«, sagte sie zwischen zwei Zügen. »Don Pietro hat übertrieben.« Entschuldigend hob sie die Hand. Es war kein besonders guter Einfall, dem ehrenwerten und geachteten Pfarrer in Abwesenheit gleich nochmal auf die Füße zu treten. Durch den Türspalt waren noch einige andere Zeugen ihres *frevelhaften* Verhaltens geworden. Wer von ihnen dem Bürgermeister die Worte des Pfarrers umgehend zugetragen hatte, behielt dieser für sich, doch derjenige war verdammt schnell gewesen. »Natürlich muss es für Don Pietro so gewirkt haben, das verstehe ich. Doch ich versichere Ihnen, Signor Baresi, an meinen Handlungen war nichts Verwerfliches oder gar … Unzüchtiges.« Federicas Blick verfolgte ein dünnes Rinnsal an der Schläfe des Bürgermeisters, bis es zwischen Doppelkinn und Kragen versickerte. »Es ging um eine rein sachliche Betrachtung.« Der derbe Fluch des armen Don Pietro war vor der Tür für alle deutlich zu hören gewesen, und diese Entgleisung kreidete er vermutlich auch ihr an.

»Was genau erwarten Sie jetzt von mir?« Bürgermeister Baresi öffnete einen Hemdknopf und bemühte sein Taschentuch.

»Einen Anruf oder zwei.« Sie deutete auf den schweren, schwarzen Apparat auf seinem Schreibtisch. Das einzige Telefon im ganzen Dorf, Amtsgeschäften und Notfällen vorbehalten. Immerhin hatte Baresi sie ausreden und ihre Eindrücke schildern lassen. »Wir brauchen einen Arzt, der sich Rossi möglichst schnell ansieht. Und die Polizei.«

»Die Carabinieri?« Baresi schnappte so heftig nach Luft, dass sie fürchtete, er könne den Arzt gleich für sich noch dringender benötigen als sie für Kilian Rossis Leichenschau. Ein echter Herzinfarkt, aber ein lebender Patient, bei dem es noch etwas zu kurieren gab, würde jedem Doktor bestimmt besser gefallen. Doch sie wünschte dem Bürgermeister nichts Böses, und so kleidete Federica ihren nächsten Einwurf in einen besonders sanften Ton.

»Nein, keine Carabinieri.« Die Männer aus der am nächsten liegenden Station in Gradara taugten dazu, verirrtes Vieh einzufangen oder einen Dieb – vorausgesetzt, sie ertappten ihn auf frischer Tat. »Einen richtigen Commissario von der Kriminalpolizei.« Sie beugte sich vor und ließ wohlüberlegt den Rauch ihrer Zigarette entweichen. »Möglicherweise geht es um Mord.«

Aldo Baresi stöhnte gequält auf. Mord? So was hatte es in Pesaro del Monte piccolo Cattolica noch nie gegeben! Also, fast nie. Jedenfalls nicht allzu oft. Und in den meisten Fällen war es, wenn er sich recht erinnerte, eher Totschlag gewesen. Im Eifer einer Saalschlägerei oder eines Streits in der Familie oder unter Nachbarn. Aber ein Mord an ihrem Schullehrer, der erst vor wenigen Monaten die ehrenwerte Aufgabe übernommen hatte, den wilden *bambini* der Gemeinde den Analphabetismus auszutreiben? Das konnte und durfte nicht sein!

»Nein, Signora, nein. Sie müssen sich irren.«

»Soll ich selbst in die Stadt fahren, Herr Bürgermeister? Zwei, drei Stunden unterwegs, um in der Questura zu berichten, dass Sie sich der Sache nicht annehmen wollten? Bitte, wenn Sie darauf bestehen.« Sie hob die Schultern. Wenn der Appell an Baresis Ehrgefühl nicht funktionierte, musste sie Herrn Schneider oder die deutschen Fräulein um einen weiteren Gefallen bitten. Es sei denn, ihr Cabrio sprang im nächsten Versuch doch wieder an. Denn der Roller, den sie von Gino Tardelli beschlagnahmt hatte, würde ihr garantiert nicht mehr zur Verfügung stehen. »Ich werde tun, was getan werden muss. Denn glauben Sie mir, ich bin nicht aus Langeweile gekommen. Ich habe viel Arbeit.« Zum Abendessen sollte sie für die verstörten Urlauber, wenn auch mit reichlich Verspätung, möglichst etwas ganz besonders Feines zaubern. »Und ich könnte mir wirklich Schöneres vorstellen, als gleichzeitig mit Gästen auch eine Leiche im Haus zu haben. Trotzdem wird er bleiben, und ich werde heute Nacht bei Signor Rossi die Totenwache halten. Damit seine Seele Ruhe findet.« Energisch zerdrückte sie die aufgerauchte Zigarette im Aschenbecher. »Wir sind es unseren Toten schuldig, ihnen diese Ehre zu erweisen. Nicht wahr, Signor Baresi? Und wir sind es ihnen schuldig zu klären, was mit ihrem Tod nicht stimmt – wenn etwas nicht stimmt.« Federica erhob sich und streckte ihm entschlossen die Hand hin. »Ich verlasse mich auf Sie.«

Aldo Baresi erhob sich ebenfalls, doch Signora Pellegrini wartete nicht darauf, dass er sie zur Tür brachte.

Ein Hauch von Parfum und Tabak verwirbelte in der Zugluft hinter ihr. Er hatte eingeschlagen. Nun stand er in der Pflicht. Was war er doch für ein Esel.

Baresi nahm eine Mappe aus dem Schreibtisch, in der seine Sekretärin eine Liste wichtiger Rufnummern zusammengestellt hatte. Er telefonierte äußerst ungern, weshalb sie ihm diese Aufgabe normalerweise abnahm. Eine heikle Angelegenheit. Keiner aus den umliegenden Städten bemühte sich gern auf ihren Hügel, weder aus Cattolica noch aus Pesaro. Murrend drehte er die Wählscheibe. Hätte er die Signora mal besser selbst telefonieren lassen! Diese Signora, die nicht nachgeben und ihn in Schwierigkeiten bringen würde. Nun blieb es an ihm hängen, sich abwimmeln zu lassen und von einem zum anderen verwiesen zu werden, bis sich irgendwann jemand erbarmte. Er schnupperte noch einmal ihrem Duft hinterher, dachte an den Glanz ihrer Strümpfe und seufzte.

»Du wirst doch wohl nicht etwa machen, was diese Person dir gesagt hat?«

Die Stimme seiner Frau traf ihn unvorbereitet. Die Arme vor dem Leib gekreuzt stand Maria neben seinem Schreibtisch. Ihre dunklen Augen funkelten angriffslustig.

»Nun ja ... doch.« Der Telefonhörer in seiner Hand schwebte nur einen Zentimeter über der Gabel. Unschlüssig ließ er ihn sinken und räusperte sich, um Haltung bemüht. »Das war ein dienstliches Gespräch, *carissima.* Ich hatte dich gebeten, nicht mehr zu lauschen. Wie steh ich denn da, wenn jemand das bemerkt?«

Mit einer wegwerfenden Handbewegung überging seine Frau den Einwurf. »Du weißt, was man über sie sagt.«

»Nein. Was sagt man denn?« Baresi zückte einmal mehr sein Taschentuch. Eine verdammte Zwickmühle war das. Der einen hatte er sein Wort als Bürgermeister gegeben, der anderen das Ja-Wort in der Kirche.

»Tu nicht so! Jeder weiß, was das für eine ist.«

»Nun, ich bin nicht jeder. Also, was ist sie für eine?«

»Aldo Baresi!« Maria warf beide Arme in die Luft und richtete den Blick zum Himmel. »Was bist du nur für ein Bürgermeister – was bist du für ein Mann! –, wenn du das nicht weißt?«

»Ein sehr beschäftigter, meine Liebste.« Baresi knetete seine fleischigen Finger und lächelte vage. Die Pose seiner Angetrauten bereitete ihm Sorge, und es war besser, sie nicht noch mehr zu reizen. Er fürchtete sie auf eine andere Art als Signora Pellegrini. Unmittelbarer in ihrer Präsenz und ihrer Neigung, ihm aus Zorn tagelang das Essen zu verwürzen, Dinge nachzuwerfen und ihn aus dem gemeinsamen Schlafzimmer auszusperren. Er winkte sie näher. »Was interessiert mich diese Weibsperson oder was sie den ganzen Tag treibt? Ich kann mich doch nicht um alles persönlich kümmern. Heute Abend ist Gemeindeversammlung, meine Rede ist noch nicht fertig. Wobei … nein, das müssen wir absagen … verschieben. Es wäre pietätlos, ausgerechnet heute, wo Rossi jetzt tot ist. Komm zu mir, *cara mia*. Und nun erzähl deinem Bürgermeisterchen, was man so redet über die Signora.« Da er die Antwort sehr genau kannte, fiel es ihm leicht, einen Geistesblitz vorzutäuschen. Er riss Mund und Augen auf, dann tippte er sich an die Stirn. »Warte, willst du sagen, man redet über sie – und Signor Rossi? Du meinst, die beiden hatten …?« Vielsagend rieb er die Zeigefinger aneinander.

Ihr Nicken zeigte tiefe Genugtuung, und Maria setzte sich auf seinen Schoß. »Eine alleinstehende Frau – eine Witwe und all diese Männer, die bei ihr *absteigen*.« Ihre Betonung schloss jede Fehlinterpretation aus. In ihren Augen war Federica Pellegrini nichts weiter als eine Hure. »Mehr gibt es dazu nicht zu sagen.« Was natürlich nicht bedeutete, dass sie nichts mehr sagen würde. Und wäre Maria nicht die Frau des Bürgermeisters gewesen, was auch von ihr ein dem Amt angemessenes Auftreten in der Öffentlichkeit verlangte, hätte sie, wie manche andere, lieber die Straßenseite gewechselt, als mit Federica Pellegrini zu reden. Oder hinter ihr ausgespuckt.

Aldo Baresi hörte zu, nickte brav, legte sich unterdessen Worte für den bevorstehenden Anruf in der Questura zurecht und verwarf sie wieder, schaute auf seine Uhr und zum Telefon. Ob er überhaupt noch jemand erreichte? Wenn er noch ein Viertelstündchen wartete … Seufzend schalt er sich selbst einen Feigling.

»Es geht um die Ehre, *carissima*«, unterbrach er Maria entschlossen. »Um meine Ehre. Und nun lass mich allein. Ich habe zu telefonieren.«

*

Carmela Collina saß in Federica Pellegrinis Haus in der Küche und wartete. Der Korb auf ihren Knien war mit einem Tuch abgedeckt, und sie hätte ihn einfach auf den Tisch stellen können, aber dann hätte sie nicht gewusst, wohin mit ihren Händen. Also hielt sie ihn fest und zupfte gelegentlich am Stoff, der den Inhalt vor Insekten schützte. Süßes Gebäck und auch ein großes, flaches Brot – Focaccia mit Kräutern, Oliven und grobem Salz in kleinen Ölpfützen. Es war ihr selbstverständlich vorgekommen, die Sachen vorbeizubringen, und sie hatte gar nicht groß darüber nachgedacht. So machte man das eben, wenn jemand gestorben war – ganz egal wer: Man brachte Essen, damit die Trauernden sich nicht um so etwas Profanes wie das Kochen kümmern mussten. Nun saß sie ganz allein an diesem Tisch, sah den Zeigern der Uhr zu und den Fliegen, die zu dumm waren, wieder nach draußen zu finden, und mit dumpfen, kleinen Schlägen an die Fensterscheibe prallten. Vielleicht wäre sie besser erst morgen gekommen.

Es fühlte sich seltsam an, hier zu sein und zu wissen, dass Kilian Rossi nur wenige Meter weiter tot in seinem Bett lag. Bisher hatte sie sich nicht in das Zimmer getraut, in dem ihr Vater Cesare Wache hielt, und auch nicht mit ihm gesprochen. Wieso musste ausgerechnet er die Totenwache halten? Ihre Brust hob und senkte sich unter einem tiefen Atemzug. Tante Ornella hatte auf ihre Frage die Achseln gezuckt. Signora Pellegrini hatte ihn darum gebeten, da habe er schlecht Nein sagen können, auch wenn die ein bisschen verrückt geworden zu sein schien. Damit war das Thema beendet gewesen, und Tante Ornella hatte sie fortgeschickt, weil sie sich hinlegen wollte. Ihre Tante war selten krank, eigentlich nie, doch heute zeichneten die Kopfschmerzen graue Furchen auf ihre glatte Stirn, und sie hatte entschieden, die Bäckerei vorzeitig zu schließen. Nachdem Carmela ihr einen Krug Wasser ans Bett gebracht und die Vorhänge zugezogen hatte, um die späte Nachmittagssonne auszusperren, war sie hinausgeschlichen. Im Laden und der Backstube hatte sie nach dem Rechten gesehen und wie üblich die letzten Vorbereitungen für den kommenden Tag getroffen. Hoffentlich würde der für alle ein besserer werden.

Sie schluckte. Für Signor Rossi gab es keine guten oder schlechten Tage mehr. Er würde nie mehr im Laden stehen und Komplimente machen. Oder plötzlich an der Hintertür auftauchen, um für Signora Pellegrini nach Mehl zu fragen, oder weil ihn angeblich der Duft der frischen Biscotti angelockt hatte.

»Verrate mich nicht, ja?« Sie sah sein Zwinkern vor sich, seine geschmeidigen Bewegungen, wenn er hereinhuschte und sich ungeniert direkt vom Blech bediente. »Ich würde sterben für diese warmen Mandelkekse.«

Carmela zuckte zusammen. Ja, das hatte er gesagt und jedes Mal ein paar Lire dagelassen, die sie später in die Kasse legte. Exakt den Betrag, den das Gebäck auch im Laden gekostet hätte. *Dafür würde ich sterben*. Und heute Morgen …

Sie biss sich auf die Zunge und lauschte auf die Geräusche in Signora Pellegrinis Haus, das vorhin voller Leute gewesen sein musste. Doch bei ihrem Eintreffen hatte sie es praktisch leer vorgefunden. Zumindest war aus dem Dorf niemand mehr da, außer ihrem Papa Cesare. Auf dem Stuhl vor dem Totenzimmer saß ein seltsamer Mann, ein Urlaubsgast aus Deutschland, dessen abweisende Miene sie an einen Racheengel denken ließ, obwohl der Rest seiner Erscheinung nicht eben himmlisch daherkam. Seine Hose hing zu hoch, und der Bauch war zu dick.

Unterwegs war ihr Enzo Mangione begegnet, aber sie hatten einander kaum angesehen und nichts gesagt. Ihr Herz schlug schneller. Was hätten sie auch miteinander reden sollen an einem solchen Tag? Hitze wallte durch ihren Körper. Natürlich hätte es da etwas gegeben, aber das wollte wohl überlegt sein. Und vielleicht war es besser, ihren Fund zu vergessen, weil der überhaupt nichts bedeutete.

Durchs Küchenfenster sah Carmela auf die Terrasse. Dort saßen zwei weitere Pensionsgäste an einem der Tische. Junge Frauen, die ungefähr so alt sein mochten wie Enzo oder Mimo. Die meiste Zeit schwiegen sie. Aus einer Basttasche zu ihren Füßen guckten feuchte Badelaken. Eine von ihnen hatte ein Buch vor sich liegen, das sie kein einziges Mal aufschlug. Die andere fummelte an einer Luftmatratze herum, die sie zwischen ihre Knie geklemmt hatte und mal in die eine, mal in die andere Richtung wendete. Die Luftmatratze war auf einer Seite rot und auf der anderen blau.

Der Racheengel schnäuzte seine Nase in ein Taschentuch und kratzte sich an der nackten Wade. Im Stockwerk über ihnen ging jemand auf und ab. Noch jemand, der nicht zur Ruhe kommen konnte.

Carmela stand auf, nahm eine Schürze vom Wandhaken und band sie um. Dann inspizierte sie nacheinander sämtliche Schränke. Irgendwo musste es Vorräte geben. Und wenn niemand außer ihr daran dachte, dass auch die Fremden Beistand brauchten, dann würde eben sie dafür sorgen, dass alle etwas in den Magen bekamen.

Kapitel 6

Er hatte den Kürzeren gezogen. Nicht im übertragenen Sinn, sondern ganz prosaisch das abgebrochene Hölzchen aus der Hand seines Vorgesetzten. Eine Fifty-fifty-Chance immerhin, mit dem besseren Ende für den Kollegen, auf den zum Feierabend Frau und Kinder warteten. Lorenzo Garibaldi fügte sich, ohne zu murren. Dem Schicksal konnte man kein Schnippchen schlagen. Er dachte an die Kinder des Kollegen und lächelte. Vielleicht war das kurze Hölzchen die bessere Option.

Sein Jackett lag zusammengefaltet auf der Rückbank, neben ihm auf dem Beifahrersitz eine aufgeschlagene Straßenkarte. Kaum zu glauben, dass er das Dorf nicht kannte und ihm in der ganzen Questura nur der Pförtner den Weg dorthin hatte beschreiben können. Auf der Karte war es nicht mehr als ein winziger Punkt und der Name so verstümmelt verkürzt, dass er nie auf die Idee gekommen wäre, ihn richtig zu deuten: Pesaro del Monte piccolo Cattolica.

Er krempelte die Hemdsärmel bis über die Ellbogen hoch, kurbelte die Fensterscheibe herunter und schaltete das Radio an, in dem gerade das Blau des Himmels besungen wurde. Lorenzo stimmte pfeifend mit ein und trat aufs Gaspedal. Noch ein bisschen schneller, und er konnte sich tatsächlich vorstellen, wie es sein musste zu fliegen. Er gönnte sich einen seltenen Moment des Übermuts. Wenn alles glattlief, würde er bis zu den Hinterwäldlern auf dem Hügel weniger als eine Stunde brauchen. Dann schaute er sich den Toten an, von dem sich eine hysterische Vermieterin einbildete, er sei womöglich keines natürlichen Todes gestorben. Die Dame musste ihrem armen Ortsvorsteher ordentlich zugesetzt haben, dass der sich bemüßigt gesehen hatte, ihretwegen die Polizei einzuschalten. Die richtige Polizei – jetzt grinste er tatsächlich – und nicht die Carabinieri. Commissario Lorenzo Garibaldi war weit davon entfernt, grundsätzlich auf die Kollegen aus dem militärischen Zweig des Staatsdienstes hinabzusehen, aber die kleinen Scharmützel und Sticheleien untereinander gehörten irgendwie dazu. Wie das Salz in die Suppe. Auch wenn er sich üblicherweise nicht daran beteiligte. Was er jedoch auf den Tod nicht ausstehen konnte, war Überheblichkeit gegenüber niederen Dienstgraden oder die Tendenz, diese auszunutzen. Auf den ihm zugeordneten *Ispettore* hatte er daher heute großzügig verzichtet. Der Junge war ein feiner Kerl, wissbegierig und aufmerksam. Wieso sollten sich zwei Mann den Donnerstagabend um die Ohren schlagen, wo im Grunde einer schon zu viel war? Die vertrocknete Witwe würde er mit Samthandschuhen anfassen, wie es einer älteren Dame zustand, dem Toten einen kritischen Blick zukommen lassen, die Angelegenheit für erledigt erklären und sich im ersten Mondlicht auf dem heimischen Balkon ein Glas herben Roten einschenken. Allein und frei, ohne den Ballast einer Familie im Nacken. Und morgen hatte er gegen die Langeweile zumindest einen Bericht zu schreiben und vielleicht eine kleine Anekdote zu erzählen.

Lorenzo Garibaldi drehte das Radio noch eine Spur lauter, während er zu den Klängen von »Volare« durch die sanften Hügel der Marken flog. Der Plan gefiel ihm ausnehmend gut. Eine abendliche Spazierfahrt, die ihm wenig Mühe bereitete und mit der er dennoch intern punkten konnte.

Als er schon glaubte, die Grenze zur Provinz Emilia-Romagna überschritten und somit seinen Zuständigkeitsbereich verlassen zu haben, zweigte die Straße endlich ein weiteres Mal ab. Die Fahrbahn wurde noch schmaler, und bald sah er die ersten Häuser von Pesaro del Monte piccolo Cattolica. Im gleichen Moment vernahm er einen Knall. Das linke Vorderrad schlug durch, und der Wagen geriet ins Schlingern.

Lorenzo umklammerte den Lenker. Er musste einen spitzen Stein übersehen und voll erwischt haben. Holpernd steuerte er durch den mittelalterlich anmutenden Torbogen, hielt kurz dahinter vor einem der ersten Häuser an und stieg aus. Beim Betrachten des Reifens ging er in die Knie. Innerlich und äußerlich.

»Accidempoli!« Der war hinüber, und zwar vollständig. Wie eine halb abgestreifte Socke hing ein Stück der Lauffläche herunter. »Verflixt nochmal!« Damit fuhr er nirgendwo mehr hin, wenn er nicht noch mehr Schaden anrichten wollte.

»Da haben Sie sich aber hübsch was eingefangen!«

Lorenzo federte aus der Hocke hoch. Besser hätte er es nicht zusammenfassen können. Der junge Mann, der wie aus dem Nichts aufgetaucht war und nun neugierig den Wagen umrundete, verzog bedenklich das Gesicht. Mit einer Hand kratzte er sich den Kopf, die andere steckte tief in der Hosentasche. »Kann ich Ihnen vielleicht helfen? Wo wollen Sie denn hin?«

»Wie es aussieht, spielt es keine Rolle, wohin ich will. Ich muss wohl einen Reifen wechseln.«

»In dem Anzug? Entschuldigung, es geht mich ja nichts an, aber … es gibt eine Autowerkstatt gleich um die Ecke. Das wäre viel bequemer für Sie. Ich kann den Inhaber persönlich für Sie herholen. Dauert keine fünf Minuten.«

Lorenzo schaute auf seine Uhr. »Ist die Werkstatt denn noch geöffnet?«

»Die ist immer geöffnet, wenn jemand was braucht.«

Der Wagen war nagelneu. Lorenzo blutete das Herz bei der Vorstellung, irgendein dahergelaufener Mechaniker könnte einen Kratzer im Lack hinterlassen. Andererseits war auch der Anzug neu und er deutlich begabter im Umgang mit anderen Dingen als ausgerechnet mit Schraubenschlüssel und Wagenheber. Widerstrebend nickte er.

»Einverstanden.« Vielleicht konnte er auf diese Weise seinen Auftrag erledigen, ohne durch das Ärgernis mit dem geplatzten Reifen allzu viel Zeit einzubüßen.

»Machen Sie sich keine Sorgen, bei den Tardellis ist Ihr Wagen in den besten Händen.«

»Das hoffe ich.« Lorenzo Garibaldi lehnte sich an die Kühlerhaube. Wenigstens würden die Kosten sich durch das Ersatzrad im Kofferraum in Grenzen halten. Er sah dem Burschen nach, der sich nochmal umdrehte.

»Fünf Minuten, Signore. Nein: drei!«, rief der gutgelaunt. »Sie können sich auf mich verlassen. Ich bin übrigens Davide.«

Kaum war er von der Hauptstraße abgebogen, legte Davide noch einen Gang zu. Die prognostizierten drei Minuten bis zu seiner Rückkehr waren ebenso gelogen wie die fünf. Aber der Fremde würde schon warten – wo sollte er auch hin?

»Papa! Papa? Beeil dich, schnell, schnell!« Davide rannte aufs Werkstattgelände und hämmerte an das Blech der Halle. Unter der nachlässig aufgetragenen Farbe schimmerte rotbrauner Rost. Nur oberhalb des Tores war der Schriftzug *Tardelli & Sohn* frisch aufgemalt. »Wir haben Kundschaft. Ein sensationeller Wagen, so was hatten wir noch nie auf dem Hof!« Schon wieder eine Übertreibung, aber eine, die seinen Vater wie erwartet beschleunigte. Nach dem Schreck über Kilian Rossis Tod hatten sie kaum miteinander geredet und sich auf alltägliche Dinge gestürzt. Der Fremde war ein willkommener Anlass, um auch weiterhin nicht zu grübeln.

Gino Tardelli wischte die Hände an einem Lappen ab und rieb sich den Schnauzbart. »Was ist passiert? Warte – sag nicht, er hat einen Platten!«

»Aber was für einen!« Davide deutete mit beiden Händen eine Explosion an. »Den hat es in Fetzen gerissen.«

»Du liebe Güte. Wie kannst du darüber lachen? So was kann schlimm enden.«

»Ach was.« Davide zuckte die Schultern. »Freu dich lieber, dass du was zu tun kriegst.« Ihre Werkstatt brauchte die Kohle mehr als dringend.

»Wie du redest, Junge! Wie du redest. Wir müssen was unternehmen. Irgendwas stimmt nicht mit dieser vermaledeiten Straße. Dauernd macht sich dort jemand die Reifen kaputt.«

»Das liegt nur an den Touristen, Papa.« Davide legte den Arm um die Schultern seines Vaters. Es war besser, das Thema schnell abzuhandeln, ehe der Verdacht schöpfte oder die kreative Auftragsbeschaffung durchschaute. »Ist dir schon mal was passiert auf der Strecke? Oder mir? Keiner aus dem Dorf hatte je ein Problem. Das ist der Beweis!«

»Und wen hat es jetzt erwischt?«

»Einen Lackaffen.« Davide wischte sich affektiert über die nackten Arme, als beseitige er Stäubchen von edlem Stoff. »Irgendwo von hier, wahrscheinlich direkt aus Pesaro.« Dafür sprach das Autokennzeichen PS und die Aufmachung des Mannes.

»Dann macht der keinen Urlaub. Was will er bei uns?«

»Einen neuen Reifen, so viel steht fest.« Davide duckte sich grinsend weg. »Keine Ahnung, aber das krieg ich schon raus.«

Zehn Minuten später war man sich handelseinig und Commissario Garibaldi um eine Illusion ärmer: Der Schaden ließ sich nicht so schnell beheben wie erhofft, denn auch der zweite Vorderreifen verlor Luft und musste genauer untersucht werden. Während Gino Tardelli alles vorbereitete, um den Wagen abzuschleppen, fand Lorenzo Garibaldi sich unversehens auf einer Vespa wieder und hielt sich ein wenig verkrampft an Davides Schultern fest – von dessen Verwandtschaft zum Werkstattbesitzer er noch immer nichts ahnte.

Den Riemen seiner Umhängetasche trug Lorenzo Garibaldi

quer über der Brust, die Tasche selbst tanzte bei jedem Schlagloch auf seinem Rücken, und die Fahrt glich dem Ritt auf einem wilden Gaul. Er hatte sich dagegen entschieden, zuerst dem Bürgermeister einen Besuch abzustatten, das konnte er nachholen, sollten sich wider Erwarten weitere Schwierigkeiten ergeben. Darüber hinaus beschloss er, inkognito zu bleiben, um der Signora die Peinlichkeit zu ersparen, dass das ganze Dorf über ihre Mordvermutung lachte. Entsprechend verlor er auch über das Tempo des Rollers kein Wort, der definitiv weit mehr draufhatte, als er sollte.

Ein gutes Stück außerhalb des Dorfes setzte Davide ihn an der Pension Vento del mare ab. Lorenzo hatte darum gebeten, ihn nicht direkt zum Eingang zu bringen. Ein weiterer Akt der Diskretion, obwohl er sicher bereits gesehen worden war. Also kurvte Davide zu einem kleinen Parkplatz auf der Rückseite des Hauses, wo ein Roller und ein Coupé mit deutschen Kennzeichen standen sowie ein italienisches Moped und ein Cabrio mit offenem Verdeck.

»Das gehört der Signora«, erklärte Davide.

»Fährt sie selbst damit?«

»Natürlich. Signora Pellegrini bringt Sie nachher bestimmt zurück in die Werkstatt. Aber Vorsicht, sie ist oft ziemlich schnell unterwegs.« Davide grinste. »Wenn es Ihnen lieber ist, kann ich Sie auch gern wieder abholen. Was glauben Sie denn, bis wann Sie hier fertig sind?«

»Ich denke, das wird nicht nötig sein.« Lorenzo schob den Unterkiefer vor und kniff die Augen zusammen. Der Weg ins Dorf war überschaubar und leicht zu Fuß zu bewältigen. Er nestelte seine Geldbörse aus der Jackentasche. Sein Bedarf an holprigen Fahrten war für heute gedeckt.

»Nein, nein, Signor Garibaldi, das ist schon in Ordnung so.« Davide wehrte das Trinkgeld ab, schien noch etwas sagen zu wollen, doch er schwieg, hob zum Gruß einen Finger und brauste davon.

Lorenzo verschwendete keinen Blick an das Meer, den Himmel und die Farben, die zum Finale des Tages alles gaben.

Bedächtig strich er die Bügelfalten seiner Anzughose glatt, richtete Hemd- und Jackenärmel und rieb seine Schuhe sauber. Leder mit Ziernähten, eine echte Investition. *Der erste Eindruck zählt.* Jedes Mal, wenn er das dachte, hörte er auch heute noch die Stimme seiner Mutter und glaubte den Schürzenzipfel zu spüren, mit dem sie ihm Schmutz von der Wange rubbelte. Natürlich hatte sie vorher draufgespuckt. Nur ein kleines bisschen, aber genug, dass er sich davor ekelte. Ja, er achtete sehr auf den ersten Eindruck, den er bei anderen hinterließ. Umgekehrt nahm er es weit weniger genau. Er setzte eher auf den zweiten Blick. Oder den dritten. Allzu leicht ließ man sich sonst zu einem voreiligen Urteil und, noch schlimmer, zur Selbstgefälligkeit verleiten, nur weil man gelegentlich einen Zufallstreffer landete.

Ein leiser Wind zupfte an seinem Jackett. Der Name Vento del mare passte zum Haus. Auf dem Hügel fühlte sich die Luft klarer an als mitten in der Stadt oder am Strand von Pesaro, wo Lorenzo schon viel zu lange nicht gewesen war, ohne dass ihm ein Grund dafür einfiel. Er versicherte sich, dass sein Dienstausweis griffbereit in der Innentasche steckte, trat rasch um die Hausecke – und blieb abrupt wieder stehen.

Fein geschwungene Augenbrauen schwebten fragend über langen, schwarzen Wimpern. Unmittelbar vor ihm, kaum einen Schritt entfernt. Und die Augen …

Die Augen maßen ihn ungeniert von oben nach unten. »Sie müssen der Kommissar aus Pesaro sein. Ein stürmischer Auftritt. Dynamisch und entschlossen.«

Lorenzos lahmes Nicken strafte die Einschätzung lügen, aber womöglich war die Bemerkung ironisch gemeint gewesen.

»Sie sind spät dran.«

Er räusperte sich, um sein höchst unprofessionelles Erschrecken zu überspielen. Auf diese Art aus der Bahn geworfen zu werden, schätzte er überhaupt nicht. »Es gab eine kleine Verzögerung. Aber nun bin ich ja da.« Er überragte die Frau mit dem forschen Blick deutlich, was fürs Erste genügte, um ihm seine Haltung wiederzugeben. Frauen, die ihm körperlich gesehen auf Augenhöhe begegneten, machten ihn nervös. »Commissario Lorenzo Garibaldi. Wo finde ich Signora Pellegrini, die uns hat rufen lassen?«

»Die haben Sie schon gefunden.« Federica spähte an ihm vorbei, obwohl sie genau wusste, dass da sonst keiner war. »Aber wen meinen Sie denn mit *uns* – kommen etwa noch mehr?« In seinem Gesicht, das bis auf die weichen Lippen wie aus kantigem Stein geschlagen wirkte, entdeckte Federica eine leichte Irritation. »Ich hatte gehofft, Sie hätten den Arzt gleich dabei. Einen Fachmann, der die Todesursache eindeutig klärt«, fügte sie hinzu, was die Lage nicht wesentlich verbesserte. Der Mund ihres Gegenübers verhärtete sich zu einem schmalen, blutleeren Strich. Federica seufzte verhalten. Einer mit Minderwertigkeitskomplex hatte ihr noch gefehlt. Sein Schweigen sprach für sich: *Er* war der Fachmann und somit alles, was sie brauchte. Na, hoffentlich stimmte das, und seine medizinischen Kenntnisse reichten aus.

Schon fast halb acht, knappe zweieinhalb Stunden, seit sie dem Bürgermeister Dampf gemacht hatte. Und dieser Garibaldi tanzte ganz allein an, sogar ohne einen Gehilfen fürs Grobe und fürs Protokoll. Das ließ nur einen Schluss zu: Er nahm sie und ihr Anliegen nicht ernst. Federica war gewillt, ihn all das in Kürze bedauern zu lassen. Obwohl sie ihn brauchte. Sie seufzte erneut, diesmal lauter. Die Begrüßung war ihr völlig missglückt, ab jetzt sollte sie lieber auf Fakten setzen.

»Kommen Sie.« Federica verzichtete auf weitere Erklärungen und führte den Kommissar ohne Umweg zu Rossis Zimmer.

Der Wächterplatz davor, auf dem Franz Schneider mit stolzgeschwellter Brust gesessen hatte, war verwaist. Nach ihrer Rückkehr hatte Federica ihn und Cesare Collina von ihren Diensten entbunden. Auch Carmela war inzwischen gegangen, die zuvor dankenswerterweise aus Federicas Vorräten ein Abendessen gezaubert hatte.

Trotz der niedergeschlagenen Stimmung hatten alle mit großem Appetit zugelangt – draußen auf der Terrasse, denn niemand brachte es über sich, an der üblichen Tafel im Haus zu sitzen. Ein leerer Stuhl am Tisch machte das Unbegreifliche schonungslos sichtbar. Unter freiem Himmel jedoch schmeckte Carmelas Essen einfach köstlich: heiße Zuppa Stracciatella mit Ei und typisch *alla pesarese* mit Zitrone abgeschmeckt; Pollo in potacchio – mit Rosmarin und Knoblauch in Wein gegartes Hühnchen, dazu frisches, kräftiges Brot, Oliven und saftige Tomaten. Rossi, der ein echter Genießer gewesen war, hätte seine Freude daran gehabt. Ganz besonders am Nachtisch.

Energisch schob Federica die Melancholie beiseite und stieß die Tür auf. Bei guter Führung konnte sie sich vielleicht dazu verleiten lassen, dem Kommissar später einen Imbiss aus den reichlich vorhandenen Resten anzubieten. Aber dafür musste er in Vorlage gehen.

»Bitte sehr: der Tote. Was auch immer Sie wissen wollen – ich gebe Ihnen jede Auskunft, die mir möglich ist.«

Commissario Garibaldi ließ die Umhängetasche achtlos von der Schulter auf den Stuhl vor der Tür gleiten und trat ein. Endlich befand er sich wieder in seinem Element. Ein ätherischer Ölfilm legte sich auf seine Atemwege, gemischt mit leichtem Brandgeruch. Kerzen, schwarze Tücher, Schüsseln. Sein Puls beschleunigte sich. Womit hatte er es hier zu tun?

»Er liegt im Bett.« Lorenzo drehte sich zu der Signora um, die all seinen Erwartungen vollständig widersprach.

»Richtig.«

»Ist er hier gestorben, in diesem Bett, in diesem Anzug?«

»Sie wissen ja gar nichts«, stellte Federica fest. »Gar nichts? *Va bene.* Das ist nicht Ihre Schuld.« Sie murmelte einen Fluch, der Aldo Baresi hätte erröten lassen, ihn aber zu Recht traf. Seine Schilderung der Lage, die er telefonisch an die Questura weitergegeben hatte, war mehr als dürftig und ungenau gewesen. »Sehen Sie, genauso wie Sie habe ich mich auch gewundert.« In kurzen Sätzen umriss Federica, was sie selbst in diesem Zimmer vorgefunden und was man ihr erzählt hatte. »Er wurde nicht weit von hier an einem felsigen Pfad zum Strand gefunden, ohne Bewusstsein, eine Hand auf dem Brustkorb verkrampft. Man brachte ihn her, aber zu spät. Wenn ein Herz nicht mehr schlägt …« Federica hob die Achseln. »Nur sagen Sie mir, warum sollte es einfach so damit aufhören? Signor Rossi war sportlich und kerngesund. Und wenn er es mal nicht war, hat er sich ausführlich darüber beklagt.« Wie Männer das eben so machten, bei jedem Wehwehchen. Vielleicht waren nicht alle so, aber alle, die ihr je begegnet waren. »Hätte er ein Herzleiden gehabt – oder auch nur befürchtet –, jeder hätte davon gewusst. Daran ist er nicht …«

»Ein Herzleiden kann plötzlich auftreten, ohne sich anzukündigen, Signora Pellegrini. Und ein gesundes Aussehen führt uns leicht in die Irre.« Lorenzo Garibaldi deutete zum Schreibtisch. »Er war Raucher, wie ich dem Aschenbecher entnehme.« Zwar lagen keine Reste darin, doch der Anordnung aller Gegenstände nach gehörte dieser zu den regelmäßig genutzten Objekten. Mit einem um die Fingerkuppe gewickelten Taschentuch zog Lorenzo eine Schublade auf. »Zwei Päckchen in Reserve, mehrere angebrochene Streichholzbriefchen. Ein starker Raucher«, präzisierte er. Als Nächstes nahm er den Schlüssel aus der Stiftablage und öffnete das Fach auf der anderen Seite. Unauffällig ballte er die Faust. Genau der Inhalt, auf den er gewettet hätte. »Wenn Sie einen Blick riskieren wollen?«

Federica schüttelte den Kopf.

»Ich müsste mich sehr täuschen, wenn diese hübschen Flaschen etwas anderes als Alkohol enthielten. Laster sind ungern allein. Und sie neigen dazu, unser Leben zu verkürzen. Das würde Ihnen auch ein Arzt bestätigen.«

Rossi war beileibe kein Heiliger gewesen, da stimmte Federica zu. Sie kannte seine Vorratshaltung, schließlich machte sie bei ihm sauber, da blieb wenig verborgen. Und den Schlüssel hatte sie natürlich genauso schnell gefunden und ausprobiert wie dieser gestriegelte Gockel aus Pesaro.

»Es tut mir leid, Signora, aber manchmal ist die einfachste Erklärung die richtige, auch wenn wir es ungern wahrhaben wollen. Weshalb misstrauen Sie dem Urteil Ihrer Nachbarn, jener Menschen, die sich zuletzt um Signor Rossi gekümmert haben und die – wie Sie mir selbst erzählt haben – tatsächlich dabei waren, als er starb, im Gegensatz zu Ihnen?«

Federica öffnete den Mund, aber der Kommissar blockte ihre Erwiderung ab und schlug einen besonders sanften Ton an. Den gleichen, mit dem sie Aldo Baresi eingelullt hatte, mit dem man Kindern Lügen auftischte und Hunden geduldig Kunststücke beibrachte.

»Signora Pellegrini, bitte – noch eine Anmerkung. Sie haben Ihren Mann verloren, wie ich hörte. Mein aufrichtiges Mitgefühl für diesen Verlust. Kann es nicht sein, dass nun der Tod Ihres … Hausgastes …«

»Untermieter«, warf sie dazwischen und blinzelte. Wie konnte er es wagen, Matteo in einem Atemzug mit Rossi zu erwähnen? Sie schickte ein Stoßgebet zum Kruzifix an der Wand und bat um Langmut.

»Das wollte ich sagen.« Lorenzo Garibaldi ergriff die Möglichkeit zur Korrektur. »Der Tod Ihres *Untermieters* hat Sie womöglich daran erinnert und durcheinandergebracht. Das ist ganz verständlich in einer solchen Situation. Man grübelt und hadert, sucht eine Begründung für das Unbegreifliche und sieht dabei die Dinge verzerrt.«

Federica lachte bitter auf, dann applaudierte sie. »Ich dachte schon, die schicken einen aus der Questura, der mich nur belehren will, ohne richtig zuzuhören, wie unser Pfarrer und der Bürgermeister. Dass sie in Pesaro einen finden, der noch schlimmer ist, hatte ich nicht erwartet. Wirklich beeindruckend.«

»Wie bitte?«

»Sehe ich für Sie *durcheinander* aus? Eine hysterische Witwe, deren Wahrnehmung man besser nicht traut? Nun, Signor Commissario, wie wäre es, wenn Sie statt wie Sherlock Holmes nach Hinweisen in der Zigarettenasche zu suchen, einfach einen Blick ins Gesicht von Signor Rossi werfen?«

Lorenzo wurde abwechselnd rot und blass. Er konnte förmlich spüren, wie sein Blut zirkulierte und dann stockte, während das von Signora Pellegrini eindeutig kochte. »Ich wollte Ihnen nicht … Signora, hysterisch habe ich nie …«

Federica packte den stammelnden Garibaldi am Revers und funkelte ihn an. So nah, dass er das Muster ihrer Iris in jeder Einzelheit erkennen konnte. »Was Sie in meinen Augen sehen ist Zorn, keine Hysterie. Aber was sehen Sie in seinen? Und was in der gesunden Farbe seiner Haut, von der die hysterische Witwe sich nicht hat täuschen lassen?«

Lorenzo drehte den Kopf Richtung Bett, dann zurück zu ihr und wieder zum Bett. »Wenn Sie mich loslassen, würde ich Ihrem Vorschlag gern nachkommen«, sagte er beherrscht.

Sie zog die Hände fort, und er trat, darum bemüht, seine Würde wiederherzustellen, ans Bett und konzentrierte sich.

Kilian Rossi wirkte friedlich. Gewaschen und gesegnet, bereit für den letzten Gang. Und doch machte er den Eindruck, als hielte er nur ein Nickerchen. Lorenzo drückte das weiche Kissen, in das der Kopf eingesunken war, direkt daneben herunter. An der hinteren Halspartie zeichneten sich zum Nacken deutliche Flecken ab. Nein, der stand gewiss nicht wieder auf. Lorenzo schaute unter den Lidrand. Wie der Fleck im Nacken waren Teile der Bindehaut leuchtend rot. Eine derart auffällige Farbe konnte niemandem entgehen, selbst wenn er den rosig-frischen Teint falsch bewertete. Andererseits war die Beleuchtung im Zimmer nicht die beste. Er würde sich hüten, vor Signora Pellegrini einen Verdacht zu äußern, welcher Art auch immer. Oder den Leichenwäscherinnen einen vorschnellen Vorwurf zu machen.

»Könnten Sie bitte das Licht einschalten?«

Federica knipste die Deckenlampe an, rückte die Tischleuchte näher zu ihm hin und schloss Fensterflügel und Vorhang. Es dämmerte bereits. Von draußen war keine zusätzliche Helligkeit mehr zu erwarten. Höchstens neugierige Augen und Ohren.

»Es wäre wohl besser, wenn Sie mich allein weitermachen lassen. Es ist notwendig, dass ich Signor Rossi im Ganzen betrachte … verstehen Sie?«

»*Sì.* Selbstverständlich. Aber er ist schwer, kann ich Ihnen sagen. Es geht leichter, wenn man ihn zu zweit auszieht. Aber zuerst würde ich Ihnen gern etwas ziemlich Offensichtliches zeigen, was den netten Nachbarn entgangen ist. Keine Ahnung, ob das tödlich gewesen sein kann.« Sie legte die Kopfwunde unter den inzwischen getrockneten dunkelblonden Haaren frei und weidete sich an Garibaldis Verblüffung. »Ich würde gern bleiben, denn vier Augen sehen mehr als zwei. Keine Angst, es macht mir nichts aus. Ich habe Signor Rossi bereits nackt gesehen.« Sie ließ die Haarsträhne los. »Um Ihrer Fantasie zuvorzukommen: Ich meine heute, als er bereits tot war.«

Lorenzo Garibaldi fiel keine Erwiderung ein, die ihn ohne weitere Diskussionen von ihrer Gegenwart hätte befreien können. Also fügte er sich in sein Schicksal.

In der folgenden halben Stunde ging Federica ihm weitestgehend folgsam zur Hand und beschränkte ihre Kommentare auf das aus ihrer Sicht Nötigste, während sie ihn bei der Arbeit beobachtete. In seiner Umhängetasche hatte eine erstaunliche Anzahl nützlicher Utensilien Platz, die er säuberlich nebeneinander auf einem Beistelltischen aufreihte. Akribisch fertigte er in einem schmalen, in Leder gebundenen Büchlein Notizen und sogar eine Zeichnung des Leichnams an, den er überdies von allen Seiten mit einer Kamera ablichtete. Lediglich die Unterhose war dem Toten geblieben, darauf hatte der Kommissar bestanden, und Signora Pellegrini wandte sich diskret ab, sobald er sich dort zu schaffen machte. Eher ihm zuliebe als aus echter Scham.

Kilian Rossis blanker Leib erzählte eine Geschichte, die Lorenzo nicht verstand. Es gab Schrammen und Abschürfungen, Druckstellen und die viel zu hellen Flecken, die keine Anstalten machten, ins Blau-Violette überzugehen, wie es bei normalen Leichenflecken der Fall war. Eine Schlägerei konnte nur ein Teil der Erklärung sein, doch auch Hämatome waren ihm noch nie in einer solchen Farbe untergekommen. Signora Pellegrini hielt den Toten beim Fotografieren auf Position und zuckte mit keiner Wimper. Selbst dann nicht, als er mit einigem Kraftaufwand Rossis Unterkiefer herunterdrückte. Der schien die Zähne zusammenzubeißen und sich zu wehren, was auf die Leichenstarre zurückzuführen war. Ein unschöner Moment, den Lorenzo gern umgangen hätte, doch auch die Mundhöhle musste untersucht werden. Also ließ er – genau wie Rossi – nicht locker und erklärte sein Tun gleichzeitig. Seine Stimme klang angespannt, das hörte er selbst, und lauter als erforderlich. Doch er wollte sichergehen, ein eventuelles Knacken des Gelenks zu übertönen.

»Das ist eine notwendige Maßnahme, um eventuell vorhandene Fremdkörper aufzuspüren, die für einen Erstickungstod verantwortlich sein könnten. Ich bin kein Arzt, aber die Blutung im Auge deutet auf …« Der Satz blieb unvollendet. Zum einen, weil er unsicher war, ob er die Sache mit der Einblutung ganz korrekt wiedergeben konnte, zum anderen, weil Rossis Widerstand in dieser Sekunde brach. Lorenzo beugte sich vor. »Da ist tatsächlich etwas!«

»Holen Sie es raus.« Federica legte ihm die bereitliegende Pinzette in die herumtastende Hand und schob ihren Kopf unmittelbar neben seinen. »Was ist es?«

Ihre Haare kitzelten an seinem Ohr.

Vorsichtig fischte Lorenzo das Etwas von der Zunge des Toten und stöhnte auf. »Das darf doch nicht wahr sein! Dieses Zeug ist ja überall – überall!« Fast vorwurfsvoll hielt er einen Rosmarinzweig in die Höhe. Das ganze Zimmer war voll davon: zu Sträußchen gebunden, in einer Schale zerrieben – an der Tür, auf dem Boden, am Fenster, im Bett, in Rossis Anzugtaschen.

»Gegen den üblen Geruch«, erklärte Federica. Dem Toten auch etwas in den Mund zu stecken, war nur konsequent. »Seien Sie froh. Sein Geruch vorhin war schlimmer. Da ziehe ich Rosmarin deutlich vor.« Wobei sie in der Küche für einige Tage darauf verzichten würde. Das duftende Gewürzkraut musste Nunzia platziert haben, nachdem sie Rossi gemeinsam wieder angezogen hatten. Wahrscheinlich während Don Pietros abschließender Predigt über Sitte und Moral, bei der sie erneut der Leichenfledderei angeklagt und sofort schuldig gesprochen worden war.

»Sie sollten weiter hinten in der Kehle nachsehen, Signor Commissario. An dem Zweiglein auf der Zunge ist er ja wohl kaum erstickt.« Ungerührt von seinem pikierten Schnauben reichte sie ihm ein Tuch und bewegte sich keinen Millimeter vom Fleck.

Lorenzo legte den Rosmarin auf das Tuch und leuchtete dann mit seiner Taschenlampe in den rosigen Schlund. »Da ist …«

»Die Zunge ist im Weg«, stellte Federica fest und schnupperte. »Ist die angeschwollen? Ich glaube zwar nicht, dass er erstickt ist, aber wer weiß? Vielleicht steckt ja doch etwas fest. Drücken Sie sie doch mal runter. Mit dem Finger oder der Pinzette, nur ein bisschen …«

»Signora Pellegrini! Das reicht, so kann ich unmöglich arbeiten. Würden Sie mir freundlicherweise etwas mehr Platz lassen? Mir ist nämlich nicht Signor Rossis Zunge im Weg, sondern in erster Linie Ihre – ich meine – Sie, also Ihr Kopf.« Ärgerlich stieß Lorenzo die Luft aus. Der erste Ansatz war durchaus richtig: *Ihre* verflixte schnelle Zunge, die ihn schwindelig redete, war ihm im Weg. Sie hinderte ihn daran, klare Gedanken zu fassen. Und die ließen sich nicht durch ihre ersetzen. Obgleich es bemerkenswert war, das musste er zugeben, was aus ihr so alles hervorsprudelte.

»Ich rieche wirklich nur noch Rosmarin.« Ihr Zeigefinger kreiste vor Rossis Mund, zeigte dann auf Lorenzo. »Und Ihr Rasierwasser, Commissario Garibaldi.«

Mit Daumen und Zeigefinger massierte er langsam seine geschlossenen Augen. Konnte sie seinem Wunsch nicht einfach entsprechen und gehen? In der plötzlich eingetretenen Stille schaute er zur Seite, doch sie war immer noch da.

Resignierend lenkte er ein. »Na los, sagen Sie es mir: Warum glauben Sie nicht, dass er erstickt ist, und was haben Sie vorhin – vor dem Rosmarin – gerochen?«

»Was, kann ich nicht sagen.« Federica richtete sich auf. Mit einem Mal fühlte sie sich müde. Sie strich über Kilian Rossis Wange. »Es war unangenehm. Es kam von innen. Sauer und zugleich süßlich. Nein, nicht süß …«

»Nach Erbrochenem?«

»Ja, schon. Aber – anders. Da war so eine sonderbaren Note, die mich an etwas erinnert hat, aber ich krieg es nicht zu fassen.«

Erbrechen sprach gegen einen noch vorhandenen Fremdkörper in der Speiseröhre. Dennoch konnte Rossi an seinem eigenen Mageninhalt erstickt sein. Und eine zuvor verschlossene Luftröhre kam ebenfalls in Betracht, aber so weit wollte Lorenzo sich mit seiner Untersuchung nicht vorwagen. Die Gefahr, dass er dabei mehr Spuren vernichtete, als er an Erkenntnissen gewinnen konnte, war zu groß. Widerstrebend gestand er sich seine Unzulänglichkeit ein. Die weiteren Untersuchungen musste er einem Arzt überlassen. Er hatte alles an Daten gesammelt, was ihm unter den gegebenen Umständen möglich war. Langsam klappte er Rossis Mund wieder zu, doch der Unterkiefer, der sich so sehr gegen das Öffnen gesträubt hatte, wollte nicht oben bleiben.

»Auf dem Nachttisch liegt ein Gesangbuch«, sagte Federica. »Das hilft in solchen Fällen. Man klemmt es unter das Kinn.«

Lorenzo nickte und packte seine Sachen zusammen.

»Was geschieht jetzt?«

»Wir ziehen Signor Rossi an und nutzen das Gesangbuch. Morgen lasse ich ihn abholen und komme wieder, um den Fundort in Augenschein zu nehmen.« Er biss sich auf die Lippen. Den Hinweis hätte er vielleicht nicht geben sollen. Doch heute war von einem Besuch im Gelände kaum noch eine sinnvolle Erkenntnis zu erwarten. In Kürze würde es draußen völlig dunkel sein. »Es wäre mir lieb, wenn Sie das solange für sich behielten.« Eine verharmlosende Umschreibung. Es war notwendig, damit niemand auf die Idee kam, in der Zwischenzeit noch vorhandene Spuren zu beseitigen. Der Täter, wenn es einen gab, sollte sich in Sicherheit wiegen.

»Also habe ich Sie überzeugt, dass etwas nicht stimmt.«

»*Er* hat mich überzeugt.« Lorenzo Garibaldi steckte den

Fotoapparat ein. Für den Film würde er noch heute Nacht einen Kollegen aus dem Schlaf reißen. Er brauchte die entwickelten Bilder gleich morgen früh. Zum Glück hatte er einen Farbfilm eingelegt. So konnte er dem Doktor einen Eindruck vermitteln, noch ehe der die Leiche auf dem Tisch hatte. Ein Sturz und das mögliche Erbrechen mochten vielleicht die Verletzungen und sogar Rossis Tod erklären. Doch weder das noch ein gewaltsames Ersticken – Erwürgen, Erdrosseln, Erhängen, wofür die entsprechenden Male am Hals fehlten, die roten Augen aber ein Indiz sein konnten – erklärte das Aussehen der Haut. Die hätte in diesem Fall zumindest im Gesicht bläulich sein müssen. Eine typische Zyanose, wenn das Blut nicht ausreichend mit Sauerstoff versorgt wurde. Das helle Rot jedoch sprach für eine Sättigung.

»Aber ja«, murmelte er und fasste sich an die Stirn. Eine Übersättigung, die nicht abgebaut werden konnte, hervorgerufen durch ... »Kohlenmonoxyd!«

»Was?«

Lorenzo überging ihre Nachfrage. »Sie sind ganz sicher, dass er nicht im Haus gestorben ist?«

Federica verschränkte die Arme vor der Brust. »Warum?«

»Weil eine Rauchvergiftung nicht draußen passieren kann. Dieser Brandgeruch im Zimmer ...« Schnüffelnd wie ein Hund drehte er sich um sich selbst und wedelte seiner Nase Luft zu. »Wo kommt der her?« Ein Schlag auf den Kopf, der das Opfer bewusstlos machte, dann wurde ein Feuerchen entfacht, dessen tödliche Dämpfe Rossi sanft ins Jenseits beförderten.

»Das waren nur Kräuter, welche genau, weiß ich nicht. Zur Reinigung und zum Schutz vor bösen Geistern. Das ist Tradition in Pesaro del Monte piccola Cattolica.« Sie zeigte auf die Schale mit dem Aschehäufchen. »Vor allem frischer Rosmarin, vermute ich. Der qualmt besonders heftig.« Wegen des klebrigen Öls in den mattgrünen Nadeln. Trocken brannte er wie Zunder. Ihre

Mundwinkel zuckten, als der Kommissar beim Wort Rosmarin die Augen verdrehte. »Aber davon stirbt man doch nicht.«

»Nein, nicht bei dieser Menge. Das ist zu wenig. Viel zu wenig«, stimmte er nachdenklich zu. Trotzdem würde er den Raum sehr genau darauf untersuchen, ob Fensterschlitz und Türspalt vorübergehend abgedichtet worden waren. »Ich muss Ihre Küche sehen.«

»Meine Küche?«

»Reine Routine.« Einfacher als mit Rauch gelang eine Kohlenmonoxyd-Vergiftung mit Gas.

»*Va bene.*« Federica schnaubte, als sie seine Überlegung durchschaute. Das mit der Routine nahm sie ihm nicht ab. Ein billiges Manöver. »Sie tun Ihre Arbeit, das ist gut. Auch wenn mir nicht gefällt, was Sie denken. Also bitte, meine Küche gehört Ihnen. Nur müssen wir vorher Signor Rossi wieder anständig herrichten.«

Allmählich entwickelten sie eine gewisse Übung in der Koordination, durch die sie einander nicht dauernd behinderten, und das gemeinsame Ankleiden der Leiche gelang besser als befürchtet. Für einen Mann stellte sich dieser Commissario Garibaldi gar nicht so schlecht an.

Draußen knatterte ein Auspuff, kurz darauf klopfte es am Hauseingang.

»Hallo?«

Schritte tappten durch die Diele. Jemand versuchte, leise zu sein und sich dennoch bemerkbar zu machen.

»Hallo?« Zaghaft wiederholte sich das Klopfen, dann erreichten die Schritte Rossis Tür. »Ist da jemand drin?«

»Das ist Davide«, sagte Federica. »Er will sicher zu Ihnen. Gehen Sie nur, bevor er ohne Sie wieder fährt. Den Rest schaffe ich allein.«

»Danke.« Lorenzo schnappte seine Tasche und streifte den

Riemen über Kopf und Schulter. »Ich brauche in der Küche nicht lange. Davide wird nur einen Moment warten müssen.«

Natürlich. Wie hatte sie annehmen können, Commissario Garibaldi würde sich einfach auf den Roller schwingen und die weitere Inspektion auf morgen verschieben? Federica knöpfte Rossis Jacke zu und faltete ihm die Hände.

»Er traut mir nicht. Darum hat er seine Tasche und das schlaue Notizbuch gleich mitgenommen«, murmelte sie. Dumm war Garibaldi nicht. Selbstverständlich hätte sie gern die Gelegenheit genutzt, ihm noch etwas genauer in die Karten zu sehen. Mit einem Kamm zog Federica einen exakten Scheitel in Rossis Haar, die Wundränder darunter wirkten gelblich.

»Habe ich einen Fehler gemacht, Kilian?«, fragte sie leise und klemmte das Gesangbuch unter sein schlaffes Kinn. Doch auch jetzt schlug er seine blauen Augen nicht wieder auf.

Kapitel 7

Davide Tardelli bretterte mit Vollgas zurück ins Dorf und durch die engen Gassen, nachdem er seine Botschaft überbracht hatte. Auch im zweiten Vorderreifen an Garibaldis Wagen hatte sein Vater ein Loch entdeckt, nicht ganz so groß wie das andere, aber irreparabel. Und der passende Reifen fehlte selbstredend in ihrem Sortiment. Heute war da nichts mehr zu machen.

Davide schlug Haken um Fußgänger, wich im letzten Moment einer Katze aus und handelte sich die üblichen Verwünschungen ein. Sicher nicht die letzten für heute, weil er ein Trottel war – und der Tag verhext. Nichts lief rund. Klar, der Typ aus Pesaro konnte den doppelten Platten verschmerzen – hatte er zuerst ganz blauäugig gedacht. Jetzt jedoch machte es ihn nervös, dass dieser Garibaldi überhaupt da war. Zornig ließ Davide den Motor aufheulen. Wie hätte er denn ahnen sollen, dass ihm ausgerechnet ein Bulle von der Questura in die Falle gehen würde? Die Erkenntnis verdankte der dem Abholschein einer Reinigung im Seitenfach der Fahrertür, der ihm beim Stöbern in die Finger geraten war: ein Anzug, dunkelblau, Commissario Garibaldi. Dabei hätte er früher drauf kommen können. Allein wie der redete, hörte sich schon dienstlich an.

Wenn sie nur endlich ihre Tankstelle eröffnen könnten! Dann würden der Aufwand und das Risiko mit dem Reifenschlitzen überflüssig. Eine Zapfsäule und ein Auto-Wasch-Service, er sah es schon vor sich: sein Vater und er im Overall mit passender Schildkappe, darauf ihr Firmenlogo, und das Gleiche in Klein für seinen eigenen Sohn, sobald der laufen konnte – zufriedene Kunden, blitzsaubere Wagen. Und er würde Mimo einstellen. Doch damit das wahr werden konnte und sich lohnte, mussten mehr Urlauber ins Dorf kommen. Eine ganze Menge mehr.

Vor dem Ristorante Zaccardo legte Davide eine Vollbremsung hin und drückte auf die Hupe. Hoffentlich hörte Enzo ihn zuerst und ersparte ihm eine Begegnung mit Paolo Zaccardo. Er wollte seinem Freund erzählen, dass Signora Pellegrini ihren Willen beim Bürgermeister durchgesetzt hatte und die Polizei tatsächlich gekommen war. Auf Zaccardos bohrende Art hatte er keine Lust. Der quetschte bestimmt aus ihm heraus, dass der Kommissar seinetwegen über Nacht im Dorf bleiben musste. Ein schöner Mist.

Genau das dachte etwa zur gleichen Zeit auch Lorenzo Garibaldi, der eine Weile fluchend hinter Davides Roller hergestarrt hatte. *Ein schöner Mist.* Dann erst wurde ihm vollends klar, dass er festsaß. Wie blöd war er eigentlich? Davide hätte ihn rasch zum Bürgermeister bringen können. Ja, es war spät, aber nicht so spät, dass er den nicht um einen Anruf hätte bitten können. Schließlich war er auf dessen Ersuchen aus Pesaro gekommen. Ein Anruf in der Questura, wo er den diensthabenden Kollegen der Nachtschicht aus dem ersten Halbschlaf geschreckt hätte. Der wiederum hätte einen Laufburschen zu seinem Ispettore geschickt, und Giovanni Spadafero wäre sofort ins Auto gesprungen, um ihn abzuholen. Wenn er jetzt zu Fuß …

Lorenzo kickte einen Stein ins nächste Gebüsch, in dem eine Zikade verstummte, und verwarf den Gedanken. Ein lästiger Zwischenfall, der eine Anpassung erforderte und die zügige Filmentwicklung verhinderte.

»Sieh es als Chance, Garibaldi«, brummte er. »Wenn du bleibst, kannst du alles im Auge behalten.« Auch die Signora, der gegenüber er es gleich mehrfach an Professionalität hatte mangeln lassen. Eine verfluchte Dummheit.

Wie geplant nahm er sich nun die Küche vor. Ohne Eile. Neben dem Spülstein stapelte sich der unerledigte Abwasch vom Abendessen, dem er dazwischengekommen war. Er lugte unter Topfdeckel und hob Tücher über Schüsseln an. Kabel, Schalter, Gasleitung zur Kochstelle – seine Augen waren überall, seine Finger folgten. Was erwartete er zu finden, Blut und Haare des Toten an der Ofenklappe? Ein Gasherd allein bedeutete lediglich eine theoretische Möglichkeit. Zähneknirschend kramte er den Fotoapparat heraus und schoss weitere Bilder, wobei er die Motive bedächtiger auswählte als beim Ablichten der Leiche. Der Film war fast voll, und er wollte ungern einen zweiten anbrechen und womöglich zur Hälfte verschwenden. Wenn man doch nur gleich hätte erkennen können, ob eine Aufnahme gelungen war! Ein aberwitziger Wunsch, wie der nach einem Telefon, das man herumtragen und mit dem man überall telefonieren konnte. Selbst wenn man auf einem gottverlassenen Hügel wie diesem auf der vordersten Klippe über dem Meer festsaß. Er rieb sich die Stirn. Zauberei oder Zukunftsmusik? Den Russen war es vor einem Jahr gelungen, ihren ersten Sputnik-Satelliten um die Erde kreisen zu lassen. Wer hätte das vorher für möglich gehalten? Am Anfang jeder Entwicklung stand wohl immer eine verrückte Idee.

Er sammelte zwei tote Fliegen von der Fensterbank und packte sie ein. Kleines Souvenir vom Ausflug aufs Land. Vor den Kollegen im Labor in Pesaro mit ihren weißen Kitteln, Reagenzgläsern, Tinkturen und Pülverchen hatte er großen Respekt. Denen traute er so ziemlich alles zu. Er grinste. Warum nicht auch eine Fliegen-Sektion mit Kohlenmonoxid-Nachweis? Als er hinter sich einen schwachen Luftzug spürte, hob er den Kopf.

»Davide wartet ja gar nicht!« Federica, die gerade eingetreten war, fing seinen Blick in der spiegelnden Scheibe ein. »Kommt er später wieder?«

»Nein. Die Reparatur meines Wagens dauert leider länger. Es soll im Dorf ein Hotel geben, aber wenn es keine allzu großen

Umstände macht, würde ich gern bei Ihnen ein Quartier beziehen. Sie haben doch hoffentlich noch ein unbewohntes Zimmer?«

»Ja, schon.« Über die Schulter schaute Federica zu Rossis Tür. Garibaldis spontan angehaltener Atem bereitete ihr eine kleine Genugtuung. Es fiel ihr schwer, ihn einzuschätzen. Ihr erstes Urteil, dass er wohl mehr Zeit in den Räumlichkeiten eines Herrenausstatters als auf der Wache verbrachte, griff zu kurz, obwohl er trotz aller Widrigkeiten auch jetzt noch eine tadellose Figur machte. Wenn man davon absah, dass die Rosmarinasche einige Streifen auf seiner Kleidung hinterlassen hatte.

Schmeichelte es ihr, dass er sie eventuell als Mörderin in Betracht zog? Wenn es so war, musste er sie für abgebrüht halten, sich die Polizei freiwillig ins Haus zu holen. Und für clever. Ein Lächeln huschte über ihr Gesicht, das sie selbst überraschte.

»Machen Sie sich keine Sorgen: Sie bekommen eine Kammer ganz für sich allein. Haben Sie alles gesehen, was Sie heute noch in meiner Küche sehen wollten?«

Er wandte ihr immer noch den Rücken zu und behielt den indirekten Blickkontakt bei. »Ja. Danke.«

»Und Sie haben nicht vor, mich sofort zu verhaften, das ist gut. Was wollen Sie morgen früh zuerst tun?«

»Verstärkung anfordern«, erwiderte er und ließ den Fotoapparat in die Tasche gleiten. Beiläufig schloss er die Schnalle. »Ich werde wohl den ganzen Tag bleiben müssen.«

»Wenn ich helfen kann, stehe ich Ihnen gern zur Verfügung.« Federica lächelte. Commissario Garibaldi hatte Blut geleckt und war dabei, sich festzubeißen. Genau wie sie.

»Danke, sehr freundlich. In der Tat könnte ich Ihre Hilfe jetzt schon gebrauchen.« Lorenzo drehte sich um. »Bekomme ich als verspäteter Hausgast noch eine Mahlzeit? Ich begnüge mich mit einer Kleinigkeit. Was auch immer Sie entbehren können.«

Federica lächelte unverbindlich. Er wusste ganz genau, dass

ihr Hilfsangebot nicht auf hauswirtschaftliche Belange bezogen war und sie nicht gewillt, sich auf diese zu beschränken. Sie würde ihm bei jedem Schritt über die Schulter sehen.

»Ich habe Signor Rossi eine Totenwache versprochen«, sagte sie. »Aber der Arme hat bisher noch wenig von der Ruhe gehabt, die ihm zusteht. Wenn Sie bei ihm so lange übernehmen, richte ich Ihnen etwas her.« Das hatte sie ja sowieso schon in Erwägung gezogen. Ihre vage Handbewegung schloss Topf und Pfanne ein. Huhn und Suppe ließen sich schnell wieder aufwärmen.

»Dann machen wir das so.« Mit einem knappen Nicken ging der Kommissar an ihr vorbei, hielt an der Tür kurz inne. »Leisten Sie mir beim Essen Gesellschaft. Essen regt die Denkfähigkeit an, also werde ich neue Fragen haben. Und Signor Rossi wird Sie noch für ein paar Minuten entbehren können.« Diesmal wartete er ihre Antwort nicht ab und verließ die Küche.

*

In ihrem Zimmer im oberen Stock der Pension Vento del mare starrte Elke Wilk dumpf vor sich hin. Ihr schöner Italienurlaub entwickelte sich zu einem Albtraum. Zwar schien es, als habe die resolute Signora Pellegrini alles und jeden im Griff, aber ihr war nicht wohl dabei.

»Was machen wir denn jetzt?« Elke kauerte auf der Bettkante und schaukelte nervös vor und zurück. »Am liebsten würde ich mich auf meine Bella schwingen, und dann nichts wie weg. Das hätten wir schon viel früher machen sollen.« Sie sah Sonja am dunklen Fenster stehen, die kurz zuvor das Licht gelöscht haben musste. Hatte sie nicht eben noch auf einem der zierlichen Stühle am Tischchen gesessen und Postkarten geschrieben? Bunte Urlaubsgrüße, an einem Tag wie diesem! »Wie kannst du nur so ruhig bleiben?«

»Pscht«, zischte Sonja. »Hör doch mal.«

Das unvermeidliche Zikaden-Zirpen füllte den Raum, scheinbar an- und abschwellend, wie das Meeresrauschen am Strand. Doch die leiseren Töne waren nur die Antworten anderer Zikaden auf die Laute des Tiers im Ginsterbusch am Hang vor dem Haus. Die Männchen markierten akustisch ihr Revier und lockten mit ihrem Gesang Weibchen an, wie Kilian Rossi Elke noch am Abend zuvor erklärt hatte. Gesang – darüber hatte sie gelacht, weil dieses Geräusch für sie kein bisschen melodisch klang. Da hatte er selbst ein Lied angestimmt und mit ihr gelacht. Elke hielt sich die Augen zu, dann die Ohren. Das Dauertrommeln ihrer Gedanken übertraf das Zikaden-Spektakel um ein Vielfaches. Sie nahm die Hände herunter. »Was soll ich denn hören?«

Sonja bedeutete ihr näher zu kommen. »Frau Pellegrini ist auf der Terrasse und der Mann, der mit dem Roller abgesetzt wurde, ist bei ihr.«

»Ja und?«

»Die waren ganz lange zusammen in Herrn Rossis Zimmer. Mensch, nun komm endlich, Elke, die reden – vielleicht verstehst du irgendwas.«

Barfuss huschte Elke an die Seite ihrer Freundin und neigte sich übers Fensterbrett. Signora Pellegrini und der Fremde saßen einander gegenüber.

»Wie kann sie nur!« Elke rümpfte die Nase. »Kilian ist tot, und sie vergnügt sich bei einem Stelldichein.«

Sonja stieß sie in die Rippen, etwas unsanfter als gewollt, aber mit voller Absicht.

»Au!«

»Pscht«, zischte Sonja und hielt Elke den Mund zu. »Das sieht vielleicht so aus, aber das ist kein Rendezvous. Zähl doch mal zwei und zwei zusammen. Oder zwei und drei.« Ihre kluge Freundin, die so gut war im Rechnen, runzelte die Stirn. Dabei kam es bei der Redensart auf die Zahlen gar nicht an. »Wie auch immer.« Sonja nahm die Hand von Elkes Mund und lauschte kurz nach unten, doch dort klapperte nur Besteck auf einem Teller. »Dieser Mann dort könnte der Arzt sein, den sie rufen wollte, oder …« – mit wichtigem Gesicht machte sie eine Atempause – »oder von der Polizei.«

Elke kaute an den Fingernägeln. Sie war schon den ganzen Tag weit entfernt von ihrer üblichen Form. Was natürlich kein Wunder war, die Situation allerdings für Sonja noch schwieriger machte.

»Der auf dem Roller war vorhin nochmal da, hat mit ihm gesprochen, ist aber allein wieder weg. Ich habe sie zusammen vor der Tür gesehen. Das ist doch seltsam, findest du nicht? Und seine Tasche nimmt er nicht mal beim Essen von der Schulter. Also wenn ich jetzt zwei und drei zusammen …«

»Eins und eins«, flüsterte Elke. »So heißt es richtig. Und ich hab schon verstanden, worauf du hinauswillst. Wir haben einen Polizisten im Haus, der einen Mörder sucht.« Oder eine Mörderin, aber das wagte sie nicht auszusprechen. »Ein Ermittler ohne Uniform und Polizeiwagen, damit sich der Täter in Sicherheit wiegt.«

Jenseits der Terrasse verschwand die Umgebung im Dunkel. Land, Meer und Himmel wurden eins, wurden zum Nichts, in dem die ersten Sterne blitzend wie Leuchtbojen zwischen ihren Tränen schwammen.

»Wir können nicht einfach abhauen.« Sonja legte den Arm um Elke. »Wie würde das denn aussehen? Hm, sag selbst.« Sie wischte ihr mit einem Zipfel ihres Kleides übers Gesicht. »Die Polizei würde uns sowieso finden, wenn sie unsere Aussage haben wollen. Die wissen doch, wer wir sind. Steht alles auf dem Anmeldebogen, sogar die Ausweisnummer.«

Elke schniefte stumm.

»Weißt du, vielleicht irre ich mich ja auch. Ja, gut möglich. Dann ist der Mann doch ein Arzt – oder ihr Geliebter. Alles ist in Ordnung, und es war wirklich nur ein Herzinfarkt. Und niemand wird uns irgendetwas fragen.« Ein naiver Wunsch, an den Sonja selbst weder glaubte, noch sich darauf verlassen wollte. »Ach, hör mal, sie reden wieder.«

Unten wurden ein Stuhl verschoben und ein Streichholz angerissen. Signora Pellegrini lehnte sich zurück, streifte die Schuhe ab.

»Also gut«, wisperte Elke. »Sieht aus, als bleiben die da noch ein Weilchen sitzen.« In ihren verheulten Augen regte sich Entschlossenheit. »Ich weiß, wo die Mappe liegt.«

»Welche Mappe?«

»Wir nehmen das Blatt raus. Nur für alle Fälle.«

Entsetzt sah Sonja sie an. »Das kommt nicht in Frage!«

»Doch, und zwar genau jetzt. Ich lausche und passe von hier oben auf. Du holst den Anmeldebogen. Und morgen früh verduften wir.«

*

Lorenzo Garibaldi schwenkte das Glas in der offenen Hand hin und her. Der Rotwein schmeckte süffig, leichter als jener, den er für diesen Abend auf seinem Balkon eingeplant hatte. Ein schlichter Landwein aus der Region. Auf der bauchigen Flasche im Weidenkorb klebte kein Etikett. Er schmeckte köstlich, wie alles, was Federica Pellegrini ihm aufgetischt hatte. Fast alles. Denn ihre Behauptung, sie habe keinen Verdacht, was einen Täter anbelangte, schmeckte fad. Nein, sie traue es niemandem aus dem Dorf zu. Nein, es gebe keine offene Feindschaft. Womöglich war ihr erst bei seiner ausdrücklichen Nachfrage richtig klar geworden, dass sie durch das Einschalten der Kriminalpolizei die Menschen um sie herum indirekt des Mordes bezichtigt hatte.

»Was können Sie mir über Ihren Untermieter erzählen – wer war Kilian Rossi?«

Federica klopfte langsam eine Zigarette aus der Schachtel. Das Streichholzbriefchen, das sie mit darin aufbewahrte, rutschte hinterher. Garibaldi erhob sich, um ihr Feuer zu geben. Die züngelnde Flamme entfachte die Glut, und er schüttelte das Hölzchen, bis es erlosch. Für den Moment verzichtete er darauf, sich ebenfalls eine anzustecken. Es lag noch etwas Gebäck auf einem kleinen Teller, das er lieber unverfälscht kosten wollte.

Federica suchte sich eine bequeme Haltung und legte schließlich die nackten Füße in eine der Aussparungen des Terrassengeländers.

»Denken Sie nicht über eine Reihenfolge nach, Signora. Es ist unerheblich, womit Sie anfangen. Mich interessiert alles – denn ich weiß nichts.« Abgesehen von den sehr mageren Eckdaten – Name, Alter, Beruf –, die man ihm vor seinem Aufbruch in der Questura an die Hand gegeben hatte. »Ich möchte das gern ändern, bevor morgen meine Kollegen eintreffen und ich meinem Vorgesetzten einen ersten Bericht erstatten muss.« Unabhängig davon war es Lorenzo wichtig, mehr über Rossis Persönlichkeit zu erfahren und Signora Pellegrinis Vertrauen zu gewinnen.

»Er kam als Ersatz für den verstorbenen Dorfschullehrer, den Anfang des Jahres der Schlag getroffen hat.«

»Zwei tote Lehrer innerhalb so kurzer Zeit.«

»Oh … Ja, aber sein Vorgänger war wirklich alt. Sein Tod kam zwar überraschend, aber es war nichts zweifelhaft daran. Er dürfte im Dorf jeden unterrichtet haben, der jünger als fünfzig ist, und er war sehr beliebt. Es hat ihn beim Fußballspielen mit seinen Schülern erwischt. Nicht schön für die Kinder, aber standesgemäß für ihn.«

Lorenzo Garibaldi räusperte sich. »Und Rossi?«

»Es gab nach dem Tod des alten Lehrers eine Menge Reibereien mit der Schulbehörde, wie in Pesaro del Monte piccolo Cattolica üblich. Eine Weile sah es so aus, als würde die Schule ganz geschlossen, aber dann wurde eine Übergangslösung bis zum Ende des Schuljahres ausgehandelt, von der man hoffte, sie stillschweigend auf Dauer beibehalten zu können und …« Federica unterbrach sich und zog an der Zigarette. »Tut mir leid, es fällt mir schwer, mich zu konzentrieren. Was ich über Kilian Rossi weiß ist, dass er im Februar eintraf. Seine Familie stammt aus Bozen, dort ist er aufgewachsen. Aber wann er fortging oder warum, hat er für sich behalten. Die Vergangenheit, hat er mal gesagt, sei genau das: vergangen. Dahin wie ein Schluck verschütteter Wein. Wir Menschen nähmen uns so wichtig, dabei vergesse die Welt uns im Handumdrehen. ›Das lernt man in den Bergen, Signora‹, sagte er. ›Im Schatten der erhabenen Gipfel Südtirols.‹« Sie bewegte ihre Zehen im Takt der Worte. »Na ja, solche Dinge, das war sein Stil. Ein bisschen viel Pathos, vor allem, wenn er etwas getrunken hatte. Im Grunde war er sehr lebenslustig. Ja, so kann man es sagen, lebenslustig und der Zukunft verschrieben.«

»Ganz ähnlich wie Sie, was die Sache mit der Zukunft betrifft. Kann man das auch so sagen?« Eine Mutmaßung, mit der er sich weit aus dem Fenster lehnte. Doch sie war jung zur Witwe geworden, ohne verbittert zu wirken. »Sie mochten ihn.«

Rauch kräuselte sich vor der aufglühenden Zigarette, stieg dann kerzengerade in den fast windstillen Abend auf. Ein hauchzartes, flüchtiges Gebilde, das Rossis Worte auf subtile Art unterstrich.

»Ja«, sagte sie. Und es stimmte. Gleichwohl führte die Antwort in die Irre. Worauf genau ihr Ja sich bezog, konnte der Kommissar sich aussuchen.

»Ein kleines Dorf ist wie eine große Familie«, sinnierte Lorenzo. »Auf die beste und die schlechteste Weise. Es wird viel geredet, wenn zwei unter einem Dach wohnen, die nicht verheiratet sind. Egal, wie harmlos es in Wahrheit ist.«

Federica stellte die Füße auf den Boden und neigte sich vor. Der Kommissar hatte sie genötigt, sich ebenfalls einen Wein einzuschenken, aber bisher hatte sie nur einen kleinen Schluck genommen.

»Fürchten Sie um Ihren guten Ruf?« Sie hob ihr Glas und stieß es gegen seines, sodass es heftig klirrte. »Zu spät. Da ist wohl nichts mehr zu machen. Sie hätten besser ins Hotel gehen sollen. Es wird *immer* geredet. Über mich. Über mich und Rossi. Über mich und jeden anderen Mann in meinem Haus – jeden Mann im Dorf, dem ich angeblich den Kopf verdreht habe. Und morgen über Sie und mich. Oder schon jetzt. Ja, jetzt, in diesem Moment, sind Sie und ich vielleicht schon das getuschelte Thema in irgendwelchen Schlafzimmern, in denen man sich gern das Maul zerreißt.«

»Warum über Sie?« Er hob die Hand. »Nein, nein – die Frage ist ernst gemeint. Welchen Grund gibt es noch, außer dem offensichtlichen? Sie sind nicht von hier?« Noch eine Gemeinsamkeit mit Rossi. Unausgesprochen, sogar unbemerkt, konnte eine solche Übereinstimmung Nähe erzeugen, Menschen zu Verbündeten machen.

»Eine Fremde aus Sizilien.« Das Glas schlug an ihre Schneidezähne, und sie lachte hinein, was ein wenig hohl und gespenstisch klang. »Das bin ich und werde es immer sein.«

»Sie sind nicht glücklich.«

Federica hob die Schultern und ließ sie langsam wieder sinken. »Ich frage mich manchmal, ob wir Menschen überhaupt fähig sind, Glück zu empfinden. Es zu spüren, solange es andauert. Mir kommt es vor, als ob wir dazu verdammt sind, es abwechselnd in der Ferne vor uns zu sehen oder ihm hinterherzutrauern, wenn es längst weg ist. Hören Sie nur! Jetzt ist Rossis Pathos schon auf mich übergesprungen.« Ihre Hand zitterte, als sie die Zigarette ausdrückte. Wie viele Stunden hatte sie sich zusammengerissen, keine Schwäche und kaum ein echtes Gefühl zugelassen? Verschanzt hinter dem kühlen Schutzwall des Notwendigen, der abgeklärten Fassade einer Frau, die gelernt hatte, im Zweifelsfall als Erste zu beißen, noch bevor sie attackiert worden war. Über Kilian Rossi zu reden war schwierig genug, ihr eigenes Leben ging den Kommissar nichts an. »Wenn ich ehrlich bin, würde ich mich jetzt gern zurückziehen. Der Tag war anstrengend.«

»Selbstverständlich. Ich habe Sie schon viel zu lange aufgehalten … wie gedankenlos von mir.«

Eine leichte Bö raschelte durch Gras und Ginster, im Haus rumpelte etwas. Bei den Schneiders brannte noch Licht. Aber von dort war das Geräusch nicht gekommen. Eine vom Wind zugeschlagene Tür? Federica schlüpfte in ihre flachen Ballerinas und stand auf.

»Bleiben Sie ruhig noch. Ich räume nur das leere Geschirr ab, die Süßigkeiten lasse ich Ihnen hier. Die passen wunderbar zum Wein. Das müssen Sie probieren.«

Lorenzo Garibaldi nickte, schon halb aus dem Sitz erhoben. »Wenn das so ist: Bitte.« Er deutete zum Teller. »Auf einen letzten Schluck. Wir haben beide noch Wein übrig.«

Sie wählten das gleiche lockere Plätzchen, führten es nahezu synchron zum Mund, kauten. Lorenzo setzte das Glas an. Herbfruchtiger Wein, luftige Süße und ein kräftig nussiger Abgang. Er war nie auf die Idee gekommen, Amaretti morbi mit Wein zu kombinieren statt mit Kaffee.

»Eine Offenbarung, Signora!« Er lächelte wohlig seufzend und stutzte. Sie kaute immer noch, ganz konzentriert, die Nasenflügel leicht gebläht. »Was haben Sie?«

Mit unbewegter Miene stellte Federica das Glas ab, ohne getrunken zu haben, schließlich schluckte sie.

»Das ist er, der Geruch – diese Nuance, die ich vorhin nicht beschreiben konnte. Nur war er bei Signor Rossi viel stärker und – unangenehm. Jetzt weiß ich, warum ich es als süßlich empfunden habe, es erinnert an Marzipan.« Federica nahm ein weiteres Plätzchen und roch daran, dann reichte sie es an den Kommissar weiter. »Schließen Sie die Augen, dann wird es deutlicher.«

»Marzipan?«, wiederholte Lorenzo und gab sich alle Mühe, roch aber nichts Außergewöhnliches. Dann wurde ihm sein Denkfehler bewusst. Sie meinte diese spezielle Note, die er niemals identifizieren würde, weil er sie einfach nicht wahrnehmen konnte. Ein Defizit, das er mit vielen Menschen teilte. Gezielt hakte er nach: »Erinnert es nicht noch mehr an eine der Flaschen, die er in seinem Schreibtisch aufbewahrt – an Amaretto?«

»Ja, genau! Für den hatte er eine Schwäche. Denken Sie etwa, er war betrunken?« Federica hielt kurz inne, dann fuhr sie damit fort, Geschirr ineinanderzustapeln. »Nein, so einer war er nicht. Es war heller Tag. Und die Flasche im Schrank, in der fehlt nicht viel. Das konnte ich sehen, als Sie sie vorhin hochgehoben haben.«

»Nun, jemand könnte eine leere Flasche aus dem Zimmer entfernt haben. Oder Rossi hat woanders getrunken, was viel wahrscheinlicher sein dürfte. Schließlich sagten Sie, er war fort und wurde dann zurück ins Haus getragen.«

Sie ließ den Geschirrstapel los. Was ihr durch den Sinn ging, war schrecklicher als die dummen Gerüchte, die im Dorf hinter ihrem Rücken getratscht wurden. War das schon Verleumdung, wenn sie es offen aussprach? Besser war es, ihre Frage so zu stellen, dass sie einen Hauch von Unschuld darin bewahrte. Eine Hypothese, als Ahnungslosigkeit getarnt.

»Wenn der Amaretto das Letzte gewesen wäre, was Kilian

Rossi zu sich genommen hat«, begann sie vorsichtig, »dann würde das erklären, weshalb ich Alkohol gerochen habe, ohne dass er viel getrunken haben muss. Da er noch lebte, als er hergebracht wurde, hat man ihm vielleicht erst hier einen Schluck gegeben. Ich möchte nicht, dass ein schlechtes Licht auf Signor Rossi fällt und er für einen Trinker gehalten wird, der sich im Vollrausch in den Tod gestürzt hat.« Hatte sie den letzten Satz richtig betont? Ich möchte nicht. *Ich* nicht. Aber ein anderer vielleicht.

»*Maledetto*«, knurrte Lorenzo Garibaldi und rieb sich die Stirn. »Wir brauchen einen Arzt, wir brauchen wirklich einen Arzt, der all das aufklären kann.« Fand sich Alkohol im Magen, dann hatte Rossi noch geschluckt. Fand er sich nur in der Speise- oder Luftröhre, sah das anders aus und konnte für Gewaltanwendung oder eine Verabreichung *post mortem* sprechen. Wenn sich dieser verfluchte Geruch, den er nicht riechen konnte, bestätigte, eröffnete das eine völlig neue Option. Bittermandeln assoziierte wohl jeder sofort mit Mord. Lorenzo hoffte inständig, dass die gedankenschnelle Signora müde genug war, um seiner Überlegung diesmal nicht folgen zu können. Auf seiner Zunge zerbröselte ein weiteres Plätzchen.

Er verwünschte die Bürokratie, die schwerfälligen Entscheidungsträger und die Gleichgültigkeit, mit der vielerorts Anfragen abgeschmettert oder weiterverwiesen wurden. Genau diesem Umstand war es zuzuschreiben, dass trotz berechtigter Zweifel an einem natürlichen Tod Kilian Rossis der von Signora Pellegrini angeforderte Arzt bisher ausgeblieben war. Jeder schob die Arbeit weiter, und unterwegs ging ein Teil der Informationen verloren. Und sein Vorgesetzter ließ seine Leute am Ende zum Spaß Hölzchen ziehen. Fahr mal eben hin, Garibaldi, und erledige das. Wo käme man denn hin, für das Hirngespinst einer überspannten Witwe gleich einen vielbeschäftigten, studierten Dottore zu bemühen? Er knirschte mit den Zähnen. Genau das war zugegebenermaßen auch sein Gedanke gewesen, als er sich ins Auto gesetzt hatte. Jetzt beurteilte er die Sache anders. Er könnte schon um so vieles schlauer sein, wenn gleichzeitig mit ihm ein Arzt eingetroffen wäre! Dann wäre längst alles im Gang oder der ganze Fall verworfen. Und mit absoluter Sicherheit stünde er nicht hier auf dieser Terrasse unter dem aufgehenden Mond einer eigenwilligen Frau gegenüber, die im Augenblick so zerbrechlich wirkte, dass er nicht umhin konnte, ihr den klugen Schachzug zu verzeihen, mit dem sie ihn auf die gewünschte Fährte gesetzt hatte – ohne diese deutlich zu benennen: Einem fast Toten in guter Absicht etwas einzuflößen, das kam vor. Aber Amaretto aus einem verschlossenen Schrank zu verwenden, dessen Schlüssel man suchen musste und den man anschließend wieder zusperrte? Das war mehr als ungewöhnlich: Es war unwahrscheinlich. Es sei denn, es steckte das genaue Gegenteil dahinter – eine schlechte Absicht, um Tatsachen zu verdrehen und beispielsweise einen Tod unter Alkoholeinfluss glauben zu machen. Hatte jemand spekuliert, dass unter diesen Umständen auf Nachforschungen verzichtet werden würde, um Rossis Ruf zu schützen? Lorenzo dachte einen unbequemen Schritt weiter. Signora Pellegrini hätte in diesem Fall den Vertuschungsplan – der ebenfalls für Mord sprach – durchkreuzt, und das Erscheinen eines Kommissars tat ein Übriges, um den Täter unter Druck zu setzen. Ein weiterer Manipulationsversuch noch in dieser Nacht erschien daher durchaus logisch – angefangen mit verschwundenen über hinzugefügte Spuren bis zum alles vernichtenden Feuer.

»Gehen Sie zu Bett, schlafen Sie sich aus, Signora. Die Nachtwache übernehme ich. Mir genügt ein Kissen.« Der Schreibtischstuhl in Rossis Zimmer hatte einen soliden Eindruck gemacht und versprach dank der Armlehnen minimalen Komfort. Es kam nicht in Frage, Signora Pellegrini einer möglichen Konfrontation mit dem Täter auszusetzen. Oder ihr selbst eine

Gelegenheit zu geben. Ein kleiner Restzweifel an ihrer Motivation saß wie ein Dorn in ihm fest. »Morgen reden wir weiter. Dann möchte ich gern mehr von Ihnen hören als eine vage Andeutung.« Er lächelte, doch im Heben seiner Augenbrauen lag etwas Unmissverständliches.

»*Si,* Commissario Garibaldi.« Eine neue Last legte sich auf Federicas Schultern. Der konkreten Aussage, wer Kilian Rossi hätte Schaden zufügen wollen oder ihm den Tod gewünscht haben könnte, war sie bisher ausgewichen. Natürlich gab es eine ganze Handvoll Hitzköpfe im Dorf, darunter einige, die Rossi wohl kaum einen Freund genannt hatten. Doch je länger sie darüber nachdachte, desto klarer wurde ihr, dass sie dem Kommissar auch morgen keine Namen nennen wollte. Sie hatte sich in eine Sackgasse manövriert, aber für den Rückwärtsgang war es zu spät, und sie hatte keine Ahnung, was sie jetzt tun sollte.

*

»Hast du es?« Elke wartete mit einem Fuß auf dem Flur und zog Sonja so heftig ins Zimmer, dass die sich an Tür und Rahmen die Ellbogen anstieß. »Wo warst du denn so lange?«

»Auf dem Klo. Ich habe mich eingesperrt, weil ich Angst hatte, sie erwischen mich.« Sonja fummelte ein gefaltetes Blatt Papier aus ihrem Ausschnitt. »Die blöde Schublade hat geklemmt, den Lärm beim Zuschieben müsstest du bis hier oben gehört haben. Ich dachte, mein Herz bleibt stehen!«

»Du hättest das Ding gleich runterspülen sollen.«

»Ich war doch nicht wirklich auf dem Klo, nur hinter der Tür, damit mich keiner bemerkt. Und diese Spülung kann man gar nicht *nicht* bemerken! Frau Pellegrini hat genau zum Fenster geguckt, als ich in der Küche war, ich habe mich so erschreckt!« Sonja wischte mit dem Blatt Krümel von ihrer Bluse und setzte sich aufs Bett. In der anderen Hand hielt sie ein zerdrücktes Stück Brot, das sie dort stibitzt hatte. Zum Glück war ihr die Idee noch rechtzeitig gekommen. »Im ersten Stock ist mir auch noch die Schneiderin begegnet. Aber die ist kein Problem.« Die sanfte Anneliese war zuerst ebenso erschrocken, dann erleichtert hinter ihrer Tür verschwunden, mit einem kleinen Fingerzeig zum Lichtschalter, nachdem Sonja selbst wortlos auf das Brot gedeutet hatte. Immerhin war ihre Verlegenheit echt gewesen. Ja, es war leichtsinnig, im Dunkeln durchs Treppenhaus zu schleichen – und unnötig, wenn man nur das gemopste Brot betrachtete, das die Signora wohl nicht gekümmert hätte. Gedankenverloren nagte sie an der Kante, dann fiel ihr Elkes Schweigen auf.

»Frau Schneider ist kein Problem«, wiederholte sie nachdrücklich. »Wirklich nicht.«

Elkes Kleid mit den Pünktchen lag wie hingegossen über einem Stuhl und reflektierte das Mondlicht, das durchs Fenster fiel. Die Zikaden zirpten. Auf der Terrasse redete niemand mehr.

»Ich konnte nicht alles verstehen«, sagte Elke und ließ sich neben Sonja plumpsen. »Aber es ist genau, wie wir befürchtet haben. Er ist ein Kommissar, und sie denken, dass Signor Rossi ermordet wurde. Morgen kommt Verstärkung.«

»Ach du liebes bisschen.«

»Das ist noch nicht alles. Sie haben von dem Amaretto in seinem Zimmer gesprochen. Und dass er davon kurz vor seinem Tod getrunken hat.« Elke holte Luft. »Die sperren mich ein.«

»Wieso das denn? Es ist doch nichts dabei, mal zusammen einen Likör zu trinken. Außerdem war das … Warte – du meinst, er wurde damit vergiftet? Sind etwa deine Fingerabdrücke auf der Flasche?«

Elke nickte. »Ich habe eingeschenkt.«

»Und im Zimmer?«

»Nein! Was denkst du dir? Da war ich nie drin.«

»Fabelhaft«, brummte Sonja. Wenigstens etwas. »Dann müssen wir nur die Flasche auch noch verschwinden lassen.«

»Fabelhaft?« Elkes Stimme kiekste. »Willst du mich veralbern?«

Sonja biss sich auf die Zunge. Es war ihr einfach so rausgerutscht. Dabei war *fabelhaft* Elkes Wort, das sie nie ironisch meinte. Und irgendwie war es auch Elkes Ärger: ihr falsches Abbiegen, ihr Vorschlag, eine Nacht zu bleiben, ihr Flirt mit Rossi und ihre Entscheidung, aus der einen Nacht am besten eine ganze Woche zu machen. Trotzdem kam Sonja für keine Sekunde der Gedanke, ihre Freundin im Stich zu lassen. Weil sie ihr nie widersprochen und sich selbst in Pesaro del Monte piccolo Cattolica verguckt hatte. Ein fataler Fehler.

»Es ist wirklich sehr, sehr gut, dass im Zimmer keine Fingerabdrücke von dir sein können.«

»Wie sollen wir das bloß anstellen mit der Flasche?«

»Ich werde sowieso nicht schlafen können, da habe ich bis morgen früh genug Zeit, meine *kleinen grauen Zellen* anzustrengen.«

Elke zeigte keine Reaktion. Wenn nicht mal die Anspielung auf ihren Lieblingsdetektiv Hercule Poirot sie erreichte, stand es wirklich schlimm. Sonja pulte eine schwarze Olive aus dem Brot, sie mochte die grünen lieber, und gab sie an ihre Freundin weiter. »Jedenfalls können wir die Flasche nicht durchs Klo entsorgen.« Auch dieser Scherz verpuffte. »Es wäre viel zu auffällig, sie wegzunehmen. Wir müssen sie dort lassen und gründlich abwischen.« So machten es die Täter im Kriminalroman, und dann konnte die Polizei gar nichts beweisen. Eine Tatwaffe oder ein verwendetes Gift bei sich zu behalten oder beim Beseitigen erwischt zu werden, das passierte nur Dummköpfen! Sonjas Leidenschaft fürs Lesen, die ihr Vater nutzlose Zeitvergeudung nannte, zahlte sich eben doch aus. An die Flasche ranzukommen, würde allerdings schwieriger werden, als den Anmeldebogen zu stibitzen. »Weißt du, wo Herr Rossi den Amaretto aufbewahrt?«

»Im Schreibtisch.« Elke drehte die Olive zwischen den Fingern, als sei sie ein kostbares Artefakt oder etwas ihr gänzlich Unbekanntes. »Können wir nicht doch sofort losfahren?«

»Nein. Und du weißt genau, warum.«

»Weil wir uns verdächtig machen und sie die Fingerabdrücke an der Flasche mit denen aus unserem Zimmer vergleichen«, leierte Elke missmutig herunter. Sie steckte die Olive zwischen die Zähne und saugte sie mit einem scharfen Plopp ein. »Wobei wir den Anmeldebogen haben und sie darum keine Adresse.«

»Dein Roller parkt hinterm Haus, den hat man aus Herrn Rossis Fenster direkt im Blick. Die Signora hat gesagt, sie wird in seinem Zimmer heute Nacht die Totenwache halten, und wenn sie uns wegfahren sieht …«

»Ich will es nicht wissen.« Elke hielt sich die Ohren zu.

»… dann weckt sie den Kommissar, und der verfolgt uns. Es sieht nämlich nicht danach aus, dass der wieder aufbrechen will. Der bleibt! Oder er meldet das Kennzeichen an alle Polizeistationen in Italien und Deutschland, weil er es bestimmt längst aufgeschrieben hat.« Sie mussten höllisch gut aufpassen und fix sein, sobald sich eine Chance ergab. Auch ein Kommissar wurde irgendwann mal unaufmerksam, musste aufs Klo oder wollte frühstücken. Ja, das Frühstück war vielleicht die beste Gelegenheit. Eine von ihnen lenkte ihn und die Signora im Esszimmer ab, und die andere vernichtete unterdessen die belastenden Spuren … Sonja schauderte. Was waren das bloß für absurde Spinnereien? Sie würden nichts dergleichen tun. Gar nichts! Behinderung polizeilicher Ermittlungen war ganz sicher auch in Italien eine Straftat. Sie stöhnte leise. Den Anmeldebogen zu klauen, kam wohl aufs Gleiche raus. Eine Schnapsidee und völlig umsonst, weil sie sich die Flucht gerade selbst erfolgreich ausgeredet hatte.

»Da haben wir unser Abenteuer«, sagte sie düster. Egal, wie sehr sie Krimis liebten, sich selbst mitten in einem Mordfall wiederzufinden – und dann auch noch auf der Seite der Verdächtigen –, das ging zu weit. Am besten war es, wenn Elke einfach mit dem Kommissar redete und ihm die Sache mit der Flasche erklärte. Es war doch nichts dabei. Sicher gab es andere, die es gewesen sein und den Amaretto vergiftet haben konnten. Ja, ganz bestimmt. Fingerabdrücke allein waren kein ausreichender Beweis. Woher sollte Elke denn das Gift haben? Und überhaupt: Was war ihr Motiv? Da sollte der Kommissar erstmal eins aus seinem schicken Hut zaubern. Mit ihrem Charme wickelte ihre Freundin den garantiert um den Finger. Sie besaß gute Nerven. *Fabelhafte*. Normalerweise zumindest.

Klamm schob sich Elkes Hand unter ihre.

»Steht in Italien auf Mord eigentlich die Todesstrafe?«

*

Leise klopfte Cesare Collina am Zimmer seiner Tochter und wartete, bis er den Lichtschalter knacken hörte. Er umschloss den Knauf fester, blieb auf der Schwelle stehen. »Hast du schon geschlafen?«

»Nein, Papa.« Carmela setzte sich auf. »Komm rein.«

An der Wand hinter ihrem Bett hing ein buntes Bild, das sie aus einer Zeitschrift ausgeschnitten hatte. Vor der Silhouette einer Großstadt posierte eine elegant gekleidete Dame auf der Motorhaube eines Wagens und lächelte kokett. Eine Schauspielerin, deren Namen er sicher irgendwann schon mal gehört hatte. Sie trug eine Perlenkette um den Hals und einen Hut mit Pelzbesatz. Carmela liebte das Kino. Eine Filmvorführung in Cattolica zu besuchen war für sie jedes Mal ein Fest. Sie machte ihm ein Stück Platz und zog die Decke über das dünne Nachthemd bis zur Brust.

»Wie geht es dir?« Er setzte sich.

»Ich bin müde.«

Cesare nahm ihre Hand, die schmal und klein in seiner lag. Mit jedem Tag erinnerte sie ihn mehr an ihre tote Mutter, die er schmerzlich vermisste. Und jetzt drohte ihm auch noch sein kleines Mädchen zu entgleiten.

»Du bist früh zu Bett gegangen«, sagte er. »Ohne ein Wort. Wir haben nicht mal zusammen gegessen.«

»Ich hatte keinen Appetit.« Ihre Kehle schnürte sich auch jetzt noch zu, wenn sie nur daran dachte. Signora Pellegrini hatte darauf bestanden, dass sie für sich und ihren Vater eine große Portion Essen einpackte. Eine Mahlzeit aus einem Trauerhaus mitzunehmen erschien ihr wie ein schlechtes Omen. In diesem Fall ganz besonders. Sie hatte das Essen weiterverschenkt, in der Hoffnung, so Schaden abzuwenden. Mimo und sein Bruder konnten es gut gebrauchen, die waren schlechter dran als sie. Obwohl deren Vater Geld aus dem Ausland schickte, fehlte es an allen Ecken und Enden.

Zu Hause hatte sie für Cesare frisch gekocht und dann auf dem Dach Aprikosen sortiert. Sie war regelrecht nach oben geflüchtet. Die Früchte zwischen den Fingern zu spüren, die je nach Reifegrad unterschiedliche Beschaffenheit der Haut, beruhigte ihre Nerven. Der Duft eines immerwährenden Sommers war in ihnen gefangen und wirkte in der lauen Nacht fast berauschend. Er nahm ihr die Angst und vertrieb für eine Weile die Schrecken dieses Tages. Sie scheute die Nachfrage, weshalb ihr Vater am Mittag bei den Aprikosenbäumen gewesen war. Es war ihre Aufgabe, und eigentlich hätten sie einander begegnen müssen … Warum fragte er nicht, wo sie gewesen war?

»Ich konnte auch nicht viel essen.« Cesare seufzte. »Mein kleiner Engel, du weißt, dass ich dich über alles liebe. Das weißt du doch? Und das du mir alles sagen kannst. Egal was dich bedrückt.«

»Ja, Papa, natürlich.« Das Beben in seiner Stimme jagte ihr einen eiskalten Schauer über den Rücken.

»Wenn ich zu viel von dir verlange, die ganze Arbeit mit den Bäumen, wenn du dir etwas anderes wünscht in deinem Leben …« Er schüttelte den Kopf, dann schaute er sie eindringlich an. In seinen Augen sammelten sich Tränen am unteren Lidrand. Rechts trübte ein feiner grauer Schleier die Linse. »Niemand, hörst du, niemand zwingt dich. Die Aprikosen haben mein Leben ausgemacht, und wenn du nicht daran hängst, dann lass sie mir. Ich werde sie weiterpflegen. Ja, ich bin ein sentimentaler alter Mann und ich glaube an merkwürdige, noch ältere Bräuche. Aber junge Menschen brauchen Träume, eigene Träume, das verstehe ich. Ich kann dir nicht viel bieten, Principessa. Schon gar nicht das Leben eines Filmstars. Wenn du also fortwillst …«

»Papa!« Empört entzog Carmela ihm ihre Hand, dann schlang sie die Arme um seine knochigen Schultern. »Was redest du denn da? Wo sollte ich denn hinwollen? Ich gehöre hierher, zu dir. Und ich liebe diese Bäume!«

Sie spürte einen Rest der Kraft, die einst in seinen Muskeln gesteckt hatte, als er sich aus ihrer Umarmung löste.

»Du würdest sie also nicht verkaufen?«

»Madonna, nein! Nie im Leben würde ich daran auch nur denken – ich schwöre es!«

»Dann ist es gut.« Cesare streichelte ihre Wange. »Gibt es etwas anderes, das ich wissen sollte?«

Carmela schluckte. »Nein, Papa. Alles ist gut.«

»Alles ist gut«, wiederholte er und nickte langsam. Genau so hatte Paolo Zaccardo ihre Reaktion vorausgesagt. *Natürlich wird sie es abstreiten und jeden Eid schwören. Aber frag sie ruhig, wenn du mir nicht glaubst.* Sie hätten sich verabredet, auf Carmelas Wunsch, um über einen Verkauf des Aprikosenhains zu sprechen. Doch dem Gespräch war Rossi in die Quere gekommen. Der tote

Rossi, wohlgemerkt, neben dem Paolo Carmela gesehen hatte. Als Gegenleistung für Paolos Schweigen sollte Cesare sich als Rossis Finder ausgeben – damit Paolo wiederum keinen Ärger mit seiner Frau bekam, die von der Verabredung nichts wissen sollte. Wie hätte er, Cesare, diese kleine Gefälligkeit ausschlagen können? Paolo hatte ihn in der Hand. Ihn, die Bäume und Carmela. Cesare wischte mit dem Handballen über seine Augen, die die Tränen nicht mehr halten konnten. Das alles war schlimm. Doch dass sein kleines Mädchen, sein Engel, ihn anlog, das war schlimmer.

Kapitel 8

Der Freitagmorgen trieb alle zeitig aus den Betten, nach einer für die meisten ungemütlichen Nacht, in der das Haus von Seufzern der Schlaflosen, auf- und abgehenden Schritten und dem Matratzenknarren unter sich wälzenden Körpern erfüllt gewesen war. Gespenstern gleich, blasser als Kilian Rossi, schlichen sie in den Speiseraum, wo Federica ein üppiges Frühstück auftrug.

Ausländische Gäste, das hatte sie schnell gelernt, wollten am liebsten jeden Morgen so ausgiebig frühstücken, als wäre ein Feiertag. Ganz anders als in Italien üblich, wo ein schneller Caffè und gestippte Biscotti vor der Arbeit reichen mussten, kleingeschnittene Polentawürfel vom Vorabend mit einer Tasse warmer Milch oder ein Cornetto in der Bäckerei. Aber Urlauber arbeiteten eben nicht, sie gönnten sich was, ob nun Deutsche, Engländer oder Franzosen. Sie wollten es authentisch, aber nicht zu exotisch und am besten doch wie daheim. Mit Matteo war Federica seinerzeit übereingekommen, beim *prima colazione* etwas mehr als das traditionelle Hörnchen anzubieten. So fanden die Gäste im Vento del mare neben frischem Obst abwechselnd Panini oder Tramezzini, Käse, Schinken oder gegrilltes Gemüse vor.

Heute nahmen alle ungewohnt still ihre Plätze ein. Nur Rossi fehlte, der sonst meist als Erster da gewesen war, nach einem zügig absolvierten Spaziergang, bei dem er zusätzlich gymnastische Leibesübungen zu vollziehen pflegte. Nicht einmal an Schultagen hatte er auf seinen Sport verzichtet. Ein Gewohnheitstier – worin ihm Franz Schneider nicht unähnlich war, der unter seinem fehlenden Ritual, dem Lesen der Morgenzeitung, litt. Ohne die Lektüre fühlte er sich nur als halber Mensch. Keine Politik, keine

Wirtschaftsnachrichten, keine Sportergebnisse – wie sollte man da seinen Geist auf den Tag vorbereiten? Und dazu dieses Gebräu, das Signora Pellegrini ihm als *caffè* präsentierte! Entweder war es ein klitzekleiner Schluck, dessen Duft zwar Kaffee vortäuschte, der aber schmeckte, als lutschte man die ungemahlene Bohne – oder sie kippte so viel Milch dazu, dass Franz sich wie ein Kind vorkam.

»In Berchtesgaden«, grummelte er, »da verstehen sie was von Frühstück.«

In Bezug auf anständigen Filterkaffee war er sich mit Rossi einig gewesen, dass man den mit diesem Espresso nicht vergleichen konnte. Kein Wunder, als Südtiroler war Rossi ja eigentlich Österreicher – wohl noch als solcher geboren, kurz bevor 1920 die Region Italien zugesprochen wurde –, und die Österreicher waren ja bekanntlich um ein Haar Deutsche. Nun ja, kurzzeitig waren sie alle ein Volk gewesen, ob freiwillig oder nicht, da schieden sich die Geister, aber einander ganz sicher näher als den Italienern. Hand aufs Herz: Mit den Sizilianern war man sich nun wirklich fremd! An der Stelle war das Gespräch ins Stocken geraten. Als Rossi den Mund wieder aufmachte, plapperte Anneliese dazwischen – belanglos, wie nur eine Frau das fertigbrachte. Über Bücher oder Kunst, eine Kirche in Bozen? Er hatte es vergessen. Diesem Rossi schien es recht zu sein. Aber der war ohnehin ein Schwätzer gewesen. Und scharf auf jeden Rock. Auf jeden, das hatte er beobachtet und auch Anneliese gesagt. Mehrfach! Dass sie sich besser nichts darauf einbilden sollte, wenn der ihr die Tür aufhielt – völlig unnötigerweise –, ihr die Hand küsste und dergleichen. Am Strand, sogar im Wasser war er an ihrer Seite aufgetaucht, etwas weniger oft, seit die beiden jungen Dinger im Haus waren. Auch das hatte er ihr gesagt. Siehst du, hatte er gesagt, so ist er, der Italiener. So ist er! Und Rossi war keine Ausnahme.

Franz musterte den Mann, der soeben den Raum betrat. Anständiger Anzug, aber unrasiert, und das Hemd, darauf hätte er gewettet, hatte der schon am Abend getragen.

»Commissario Garibaldi«, sagte Anneliese.

»Was?«

»Der Herr im Anzug, er kommt von der Polizei aus der Provinzhauptstadt Pesaro. Ich habe ihn schon vor über einer Stunde ins Dorf laufen sehen, und jetzt ist er wieder da.«

»Na, dass er da ist, sehe ich selbst.« Franz packte ein Brötchen auf seinen Teller und ein Hörnchen dazu.

»Das bedeutet dann wohl, dass die Signora recht hatte und Herr Rossi ermordet worden ist.« Die Ungewissheit machte Anneliese verrückt, weshalb sie vorhin ein holpriges Gespräch mit der Signora versucht hatte. Aber mehr als Name und Dienstgrad des Kommissars war dabei für sie nicht herausgekommen. »Ich habe die Mädchen aus Frankfurt eben etwas von Gift flüstern hören. Dabei hieß es gestern, er sei wegen Herzproblemen in den Felsen abgestürzt. Zumindest hatte ich das so verstanden.« Eine schreckliche Situation war das gewesen, mit all den Leuten auf dem Flur, dem Pfarrer und ihrem Mann als Wachtposten für eine Leiche.

Franz stieß einen irritierenden Laut aus.

»Alles in Ordnung, Schatz?« Anneliese rückte ihre Sonnenbrille zurecht. Ein Wunder, dass er deswegen nicht ärgerlich wurde. Seiner Meinung nach trugen nur exzentrische Menschen im Haus getönte Gläser und solche, die sich einbildeten, dadurch wie Exzentriker zu wirken. Franz verabscheute die einen wie die anderen. Wichtigtuer, die um Aufmerksamkeit buhlten.

»Rüsselsheim«, knurrte er. »Nicht Frankfurt.«

»Ja. Natürlich.« Sie blinzelte und war froh, dass niemand ihre geschwollenen Augen sah. Kilian Rossis plötzlicher Tod ging ihr nahe, vielleicht näher, als er sollte. Franz ignorierte die von ihr vergossenen Tränen, falls er sie überhaupt bemerkt hatte. Anneliese wusste nicht recht, ob sie das gut oder schlecht finden sollte, und doch war sie in diesem Moment dafür dankbar. Sie würde tunlichst vermeiden, ihn weiter zu reizen, was am sichersten gelang, wenn sie vorläufig schwieg.

»*Mille grazie*«, sagte sie leise, als Federica ihr einen cremigen Milchkaffee brachte, und rührte reichlich Zucker hinein. Essen konnte sie nichts. Von der Brille verborgen folgte ihr Blick der Signora zum Kommissar, der mit einem Teller am Fenster stand. Ein gut aussehender Mann mit dunklen Augen und der klassischen Nase einer römischen Skulptur. Sie glaubte, eine Spur Melancholie um ihn wahrzunehmen. Flüchtig, wie der zarte Dunstschleier, der manchmal morgens über dem Meer lag, kurz vor Sonnenaufgang. Vielleicht nur eine Einbildung, ihrer eigenen Stimmung geschuldet.

Lorenzo Garibaldi biss in ein mit Marmelade gefülltes Hörnchen und dehnte seinen Nacken. Die vergangene Nacht ließ ihn spüren, dass er aus der Übung war. Früher war nur ein Caffè nötig gewesen und eine Handvoll Wasser im Gesicht, um eine zwölfstündige Observierung aus den Knochen zu schütteln. Das war vorbei. Kurze Träume hatten ihn eher heimgesucht als erfrischt, was an seinem kalten Zimmergenossen gelegen haben mochte. Und in der ganzen Nacht war rein gar nichts passiert. Im Morgengrauen, als er Rossis Tür von außen abgesperrt hatte, war Federica Pellegrini bereits wieder in ihrer Küche bei der Arbeit gewesen. Emsig und konzentriert, die Haare hochgesteckt, dezent geschminkt.

»Caffè?«, hatte sie gefragt, und er hatte stumm genickt. Die schmal geschnittene Hose ließ ihre Knöchel sehen, die Bluse darüber betonte zusätzlich ihre Kurven. Unaufdringlich und gleichermaßen umwerfend. Kein Wunder, dass sich an ihr Fantasien jedweder Art entzündeten. Sie war außergewöhnlich attraktiv. Und überdies besaß sie einen scharfen Verstand.

»Lässt es sich arrangieren, dass ich meine Befragungen in Ihrer Pension durchführe? Das wäre sehr hilfreich.«

»Grundsätzlich ja. Im Sinne meiner Gäste würde ich mir jedoch eine andere Lösung wünschen. Die haben schon genug Unannehmlichkeiten.« Sie füllte Pulver ein und setzte die Kanne auf die Herdplatte. »Zudem wird niemand aus dem Dorf Ihre Fragen gern beantworten. Rechnen Sie nicht mit Entgegenkommen, schon gar nicht, wenn Sie die Leute hierherbestellen. Ich habe einen schlechten Ruf. Schon vergessen?«

»Mag sein, aber der kümmert mich nicht. Außerdem möchte ich ungern von Tür zu Tür ziehen wie ein Hausierer.«

»Verstehe. Sie könnten Bürgermeister Baresi um Hilfe bitten. Zu ihm müssen Sie ja sowieso, um zu telefonieren. Er kann Ihnen schlecht eine Stube im Rathaus verwehren. Die Bürgermeisterei liegt ganz zentral am Dorfplatz bei der Kirche. Das ist bequem für alle.« Ein feines Schmunzeln hatte auf ihren Lippen gelegen. »Ein Ort, an dem man ohnehin fast jedem täglich begegnet, zum Sehen und Gesehenwerden.«

Der Vorschlag hatte ihm gefallen, inklusive der kleinen Spitze, die Befragten der allgemeinen Aufmerksamkeit auszusetzen. Die Macht der Öffentlichkeit durfte nie unterschätzt werden, im Positiven wie im Negativen. Und so hatte er sich nach dem ersten Espresso zum Bürgermeister aufgemacht, um den weiteren Tagesablauf und die Ermittlungen zu koordinieren. Zu seinem Missfallen hatten weder Aldo Baresi noch irgendein anderer bisher Kontakt zu Rossis Angehörigen aufgenommen. Ein ärgerliches Versäumnis, gehörte das doch zu den Aufgaben, die in einem Todesfall als erste zu erledigen waren. Jetzt war auch das in die Wege geleitet.

Nun also würde in weniger als einer Stunde sein Ispettore bei ihm in der Pension sein, mit ein paar weiteren Männern – und auch mit frischer Wäsche und Rasierzeug, was ihm ein ebenso großes Anliegen war wie die Verstärkung an sich. Sobald sein Kinn von den lästigen Stoppeln befreit war, war er einsatzbereit. Es drängte ihn geradezu danach.

»Danke, Sie sind meine Rettung«, sagte Lorenzo jetzt, ans Fenster des Esszimmers gelehnt, und nahm von Federica den nächsten Espresso entgegen. Den Schlüssel zu Rossis Zimmer trug er immer noch bei sich. Niemand sollte ihm nachsagen, er ließe es an Vorsicht mangeln – schon gar nicht gegenüber der Signora. »Haben Sie die Liste?«

Sie übergab ihm die gewünschte Aufstellung der Leute, die sich am gestrigen Tag in und um Rossis Zimmer eingefunden hatten. »Bei den genauen Adressen kann die Sekretärin des Bürgermeisters Ihnen weiterhelfen.«

»Hm, hm«, machte der Kommissar mit dem letzten Bissen des Aprikosenhörnchens im Mund und gab ihr den Zettel schon nach einem flüchtigen Blick darauf zurück. »Das sind alles Dorfbewohner? Ist vielleicht am Vormittag noch jemand in der Pension gewesen – ein Postbote, ein Lieferant …? Egal, wie unlogisch es Ihnen erscheint, ich muss jeder Möglichkeit nachgehen, auch den *unmöglichen*. Dass die Hausgäste fehlen, ist ein Versehen, nehme ich an? Oder ich hatte mich unklar ausgedrückt, wen ich mit *alle* meine.« Nur ein vollständiger Überblick gewährleistete ein optimales Arbeitsergebnis. »Und ich brauche jemanden, der mir das Gelände zeigt, wo Signor Rossi gefunden wurde. Wen frage ich da am besten?«

»Mich nicht«, antwortete Federica und täuschte ein Lächeln vor, ohne auf seinen kleinen Vorwurf zu ihrem Versäumnis einzugehen. »Ich war nicht dabei.«

Sie nahm ihm die Tasse aus der Hand und ließ ihn stehen. Mit Rossis Tod stimmte etwas nicht, da waren sie sich einig. So weit, so gut. Sein Verlangen nach der Wahrheit stand ihrem in nichts nach. Die Tatsache, dass Lorenzo Garibaldi sie für klug genug halten könnte, eine raffinierte Mörderin zu sein, hatte allerdings im Morgengrauen jeden Reiz verloren.

Die Stimme der alten Befana schlich sich in ihr Ohr. »Wem nützt es, wem schadet es?«

Den Gedanken hatte sie an Rossis Totenbett nicht zu Ende gedacht.

*

Vor dem Eingang des Vento del mare ging Elke Wilk in Position. Schmiere stehen, aber anders, als noch am Abend gedacht. Sie lauerte auf Franz Schneider, um ihn abzufangen, wenn der die Stiege wieder runterkam. Damit Sonja in Ruhe mit Anneliese reden konnte, die sie eben nach dem Frühstück im Esszimmer festgehalten hatte.

Die halbe Nacht war Sonja mit ihr aufgeblieben, um ihr gut zuzureden, erst am Fenster mit Blick in die Sterne, dann gemeinsam in einem Bett, bis die Zikaden sie schließlich in den Schlaf gezirpt hatten. Elke hätte Sonja jetzt noch für den entscheidenden Satz küssen können: »Die Frau Schneider hat auch mit Kilian Rossi Amaretto getrunken.«

Das stimmte. Und nicht nur einmal. Am Abend ihrer Anreise war Rossi mit der Flasche um den Tisch gegangen, und nur Franz Schneider hatte grummelnd abgelehnt. Überhaupt hatte der ziemlich finster dreingeschaut. Vielleicht weil die sanfte Anneliese so viel fröhlicher wirkte, wenn sie mit Rossi sprach. Lebendiger irgendwie.

Am Montag waren sie nach dem Abendessen lange draußen geblieben, angelockt von der Wärme und den Düften, die der Dunkelheit etwas Magisches verliehen. So anders im Vergleich zur sommerlichen Hitze in Rüsselsheim, der es an Leichtigkeit fehlte. Als sei die Luft von Motoröl getränkt und würde vom

Gummi der Autoreifen und den Metallspänen aus dem Karosseriebau zu Boden gedrückt. Natürlich war das eine der Urlaubsstimmung geschuldete, maßlose Übertreibung. Und doch: Leuchtete hier nicht alles viel bunter? Sogar das Grau der schäbigen Häuser in den engen Gassen Italiens wirkte wie eine Verheißung auf Elke, während ihr Zuhause verblasste.

An jenem zauberhaften Abend waren Sonja und sie spazieren gegangen, und bei ihrer Rückkehr war Anneliese Schneider mit Herrn Rossi allein auf der Terrasse gewesen. Allein zu zweit, hatte Sonja es genannt. Flüsternd und lachend, die Köpfe eng zusammengesteckt und die Flasche mit dem dunklen, schweren Likör auf dem Tisch und in den Gläsern. Wer konnte es ihr verdenken? Im Vergleich zur Gesellschaft ihres muffeligen Franz schnitt Kilian Rossi um Längen besser ab. Hatte sich damals nicht oben am Fenster die Gardine bewegt? Jede Wette, dass Herr Schneider sich dort im finsteren Zimmer hinterm Vorhang versteckt hatte. Und wenn *sie* gestern Signora Pellegrini und den Kommissar erfolgreich belauscht hatte, dann war es Herrn Schneider eine Etage tiefer erst recht geglückt. Je länger sie in der Nacht darüber geredet hatten, desto verdächtiger erschien ihnen die Begebenheit. Und sie lieferte Herrn Schneider ein fabelhaftes Mordmotiv.

Ungeduldig pustete Elke in die Luft, eine Haarsträhne flatterte über ihre Stirn. Eine Zigarette wäre jetzt nett gewesen, aber sie konnte ihren Platz nicht verlassen, schließlich musste sie Herrn Schneider abfangen und ihn in ein Gespräch verwickeln. Ihn aushorchen, ob sich ihr Verdacht erhärten ließ, und dann die Aufmerksamkeit des Kommissars auf ihn umlenken. Sie kaute an einem Fingernagel. Ob Sonja das bessere Los erwischt hatte? Schneiders braves Anneliesschen war jedenfalls ordentlich derangiert und mit Sonnenbrille zum Frühstück erschienen. »Ich fress 'nen Besen, wenn die nicht geheult hat!« Sonjas geflüsterte, messerscharfe Analyse zwischen zwei Bissen Hörnchen passte genau in ihre Theorie von einem kleinen Techtelmechtel. Unangenehmerweise konnte es Elke gewesen sein, die dieses beendet hatte. Ganz unbeabsichtigt. Denn sowohl am Dienstag als auch am Mittwoch war sie es gewesen, die vor dem Zubettgehen noch ein Likörchen mit Kilian Rossi getrunken hatte. Hätte sie geahnt … Ihr Fingernagel brach unter dem Einsatz ihrer Zähne. Sie wünschte, sie hätte es nicht getan.

Durch das Küchenfenster drang das Gluckern von aus dem Spülstein abfließendem Wasser, und gleich darauf trat Signora Pellegrini in den Flur, wischte die Hände an ihrer Schürze trocken und schaute zu ihr herüber.

»Alles in Ordnung?«, fragte sie und gab gleich selbst die Antwort. »Nein, natürlich nicht. Wie dumm von mir.«

Sie kam nach draußen und legte einen Finger unter Elkes Kinn. In den dunklen Augen ihrer Zimmerwirtin lag mehr als nur Verständnis: Wohlwollen und eine beunruhigend wissende Aufmerksamkeit. Elke blinzelte.

»Da fahren Sie in den Urlaub, um sich zu erholen, und dann?« Federica Pellegrini lehnte sich neben ihr an die Hauswand. Schon jetzt fühlten die Steine sich sonnenwarm im Rücken an. Der Tag würde heiß werden und wolkenlos. »Dann werden Sie mit dem Tod konfrontiert.«

»Glauben Sie, dass es wirklich Mord war? Wer tut denn so was, und wieso? Selbst wenn jemand ein schlechter Mensch ist, der es vielleicht sogar verdient, ist ein Mord doch nur … nur dumm! Denn wenn man erwischt wird, was hat man dann gewonnen?«

»Gute Fragen.« Federica fischte ihre Zigaretten aus der Schürzentasche und bot Elke eine an, die dankbar zugriff. Der Geschmack von Freiheit und Abenteuer war im Falle der Nazionali reichlich bitter und brachte Elke zum Husten.

»Gewalt übersteigt die weibliche Vorstellungskraft. Um das Böse und die Zusammenhänge so gut zu verstehen, dass man einen Mordfall klären kann, muss man wohl Polizist sein oder wenigstens ein Mann«, sagte Federica, als Elke wieder zu Atem gekommen war. »Nein, nein – das meine ich nicht ernst! Aber viele Männer denken das und trauen uns den klaren Blick nicht zu. Dabei würde ich wetten, dass es weniger schwierig ist, als sie uns glauben machen wollen. Wenn wir dieselben Informationen hätten, würden wir mindestens genauso klar sehen, davon bin ich überzeugt.«

»Mindestens?«

»Ihre Fragen, Signorina Wilk, sind doch genau die, die sich ein Ermittler stellen muss.« Federica schloss die Augen. »Was wird durch den Mord gewonnen? Was ist ein so hohes Risiko wert? Fakten sind schön, aber Einfühlungsvermögen macht den Unterschied. Die Fähigkeit, sich in andere hineinzuversetzen, Gefühle nachempfinden zu können – was nicht damit verwechselt werden darf, Mitleid zu haben –, also zu verstehen, wieso jemand auf eine bestimmte Weise reagiert … Tun wir Frauen das nicht andauernd? Ich bin fast sicher, dass wir es besser können.« Unter ihren Lidern wich die Dunkelheit einem feurigen Rot, das in Orange und Gelb überging, bis sich alle Farbe in gleißender Helligkeit verlor. »Was Signor Rossis Tod betrifft, sollten wir Commissario Garibaldi natürlich vertrauen. Andererseits …« Sie schlug die Augen auf und löschte die Glutnester auf ihrer Netzhaut im kühlenden Blau der Adria. Langsam drehte sie den Kopf, drückte die nackten Oberarme an die raue Hauswand, deren Beschaffenheit sie vollends zurück in die Realität holte. Sie hatte sich hinreißen lassen, dieser kleinen, empfindlichen Kränkung Ausdruck zu verleihen, die nur am Rande mit Polizeiarbeit oder dem Kommissar zu tun hatte.

Federica inhalierte einen letzten tiefen Zug. Nein, die alltägliche Missachtung Frauen gegenüber war alles andere als *klein*, und sie schalt sich dafür, sie selbst in Gedanken heruntergespielt zu haben.

»Andererseits kann es nicht schaden mitzudenken«, führte sie ihren Satz zu Ende und trat die Zigarette aus. »Falls Ihnen etwas einfällt oder auffällt … ich habe immer ein offenes Ohr und bin genauso für Sie da wie der Commissario.« Schon im Gehen korrigierte sie sich mit einem Zwinkern. »Fast genauso.«

Völlig perplex blieb Elke zurück. Ahnte Signora Pellegrini etwas von ihrem Geheimnis? Oder hatte die Signora sie gerade aufgefordert, gemeinsame Sache mit ihr zu machen – am Kommissar vorbei? Höchst uneindeutig, und doch ein willkommener Ansporn, ihren Plan, auf eigene Faust nachzuforschen, umzusetzen. Sie konnte kaum erwarten, Sonja davon zu berichten.

Schritte knarrten auf den Holzdielen im ersten Stock, und durch die Stäbe des Treppengeländers sah sie Socken in Sandalen und blasse Beine. Na endlich. Elke warf die Zigarette weg. Rauchende Frauen waren Franz Schneider ein Graus. Sie zwang sich zu warten, bis er die vorletzte Stufe erreichte, dann machte sie einen Schritt ins Haus. Ihr Zusammentreffen sollte möglichst zufällig erscheinen.

»Ach, Herr Schneider – wie gut, dass Sie da sind!«

Schon halb dem Esszimmer zugewandt rückte Franz seinen Hut am Kniff hin und her. Er gab sich keine Mühe, Höflichkeit vorzutäuschen. Seine Frau war ihm zu langsam, hockte da drinnen immer noch am Tisch herum, schwätzte und trödelte, dabei wollte er weg. Und er war nicht gewillt, sich von Fräulein Wilk weiter aufhalten lassen.

»Ob Sie mir wohl kurz helfen könnten? Es geht ganz fix, versprochen. Normalerweise hätte ich ja Herrn Rossi um seinen männlichen Beistand gebeten.« Gekonnt brachte sie ihre Unterlippe zum Zittern und schluckte den Kloß, der sich schlagartig in ihrer Kehle bildete. Gerade noch war sie euphorisch gewesen, jetzt rang sie tatsächlich um Fassung. Es stimmte: Wäre Rossi noch am Leben und das Problem real gewesen, hätte sie ihn und niemals Franz Schneider gefragt.

»Herrn Rossi? Tja, der … fällt ja nun aus. Lassen Sie hören, was ich für Sie tun kann, Fräulein.« Schneider kratzte sich unter der Krempe. Sicher ging es um Muskelkraft. Einer der wenigen Punkte, bei dem er Rossi zugestimmt hatte: Kraft war Männersache und die Gleichstellung der Frau eine Schnapsidee. Brust raus, Bauch rein. »Was ein Lehrer hätte regeln können, das schaffe ich schon längst.«

Ein Stofftaschentuch tauchte vor Elkes Augen auf.

»Unter meinem Roller ist ein Fleck«, sagte sie und schniefte. »Vielleicht muss nur eine Schraube angezogen werden oder eine Leitung ist undicht.« Sie tupfte sich mit dem Tuch die Lider und zog wieder die Nase hoch.

»Na, nun schnäuzen Sie halt richtig.« Schneider drehte den Kopf. »Anneliese! Anneliese?«, bellte er über die Schulter, schimpfte dann leiser weiter. »Ist es zu fassen? Wo bleibt diese Frau? Dabei mache ich das doch alles nur für sie.«

Elke zerknüllte das Taschentuch und guckte diskret zu Boden. Hoffentlich musste sie sich nie so von ihm anschnauzen lassen. Schneider fuhr ganz schön leicht aus der Haut. Und sie fragte sich, was genau er wohl alles für seine Frau machte. Eins war jedenfalls sonnenklar: Kilian Rossi trieb bei beiden Schneiders den Blutdruck hoch, aus sehr unterschiedlichen Gründen.

*

Das schmiedeeiserne Tor mit dem Wappen der Familie Antognoni machte kein Geräusch, als Paolo die eingelassene, kleinere Pforte durchquerte. Rechterhand führte die breite Auffahrt zum

Haus, vor dessen Veranda Palmen und sogar einige Bananenstauden wuchsen, allerdings nicht hoch genug, um den gedrungenen Bau zu verdecken, der den Anschein eines kolonialen Herrschaftssitzes wahrte. Ein Relikt aus vermeintlich besseren Zeiten, von denen die Antognonis noch immer zehrten. Angewidert spuckte Paolo aus.

Er ging links um ein kleineres Gebäude herum, in dem früher Angestellte gewohnt hatten. Eine Reihe schmaler Zypressen flankierte den Eingang zum parkähnlichen Garten dahinter. Der Jagdhund schlug an, ein dumpfes Bellen mit steil aufgerichteter Rute. Ob er so auch ein erlegtes Wildtier anzeigte? Paolo fühlte sich unwohl unter dem triefäugigen Blick. Er rieb die feuchten Handflächen an den Hosennähten ab. Der Hund bellte erneut.

»Aus!«

Der kurze Befehl seines Herrn ließ ihn verstummen.

Andrea Antognoni peilte über Kimme und Korn entlang der Horizontlinie und drehte sich, bis das Gewehr auf Paolo zeigte.

»Nennst du das jemanden überzeugen?«

Gleichgültig senkte Andrea den Lauf. »Du bist mir direkt vor die Flinte geraten, einfach so. Das kann ins Auge gehen. Gewöhnlich kündigt man sich an und schleicht nicht in fremde Gärten.«

»Lass den Scheiß. Ich meine Rossi. Euer Treffen.«

»Er ist nicht gekommen.«

»Das weiß ich. Und ich weiß, dass du auch nicht zur verabredeten Zeit an der Ruine gewesen bist.«

»Also spionierst du mir nach? Dabei sind wir doch … Partner. Wo bleibt dein Vertrauen?«

»Vertrauen!« Paolo schnaubte abfällig. »Traust du mir etwa? Wer von uns hat denn ein Gewehr in der Hand? Ich bin nur vorsichtig. Wir hatten ein Problem mit Rossi, jetzt haben wir ein neues. Ich will nur wissen, was passiert ist.«

»Nichts, verdammt. Mir kam was dazwischen, und dann war

er tot.« Der Hund knurrte, bis Andrea ihm die Hand auf den Kopf legte. »Was ich zutiefst bedauere.«

»Wie wir alle, selbstverständlich.« Paolo hatte sich zwingen müssen, Andrea nicht unmittelbar nach Rossis Tod zur Rede zu stellen. Doch galt es, das eine Übel gegen das andere abzuwägen. Es war besser, nicht gemeinsam gesehen zu werden, jetzt vielleicht noch mehr als zuvor. Offiziell standen sie in Sachen Tourismusausbau weiterhin auf unterschiedlichen Seiten. »Es dürfte Commissario Garibaldi brennend interessieren, dass du mit Rossi verabredet warst.«

»Kein Wort zu ihm, Paolo! Kein Wort, sonst …«

»Machst du mich als Nächstes kalt?« Paolo grinste herausfordernd. »Ein kleiner Schlag mit dem Gewehrkolben an die Schläfe?«

»Du weißt genau, dass ich es nicht war. Und du wirst es bitter bereuen, wenn …«

»Hallo Andrea.«

Erschrocken fuhr er herum.

»Hast du meinem Bruder gerade gedroht?« Aus dem Schatten der Zypressen trat Nunzia in den Garten.

Andrea stieß den angehaltenen Atem aus. Der Hund hatte nicht angeschlagen, gab auch jetzt keinen Laut von sich. Wie machte sie das nur? »Das ist geschäftlich. Eine Sache unter Männern. Oder brauchst du Verstärkung, Zaccardo?«

»Nein, ganz bestimmt nicht. Verschwinde, Nunzia, du störst.« Paolo unterdrückte einen Fluch. Ihre Anhänglichkeit wurde allmählich zum Problem, er musste ernsthaft mit ihr reden. Dennoch war es falsch, sie so anzufahren. »Alles in Ordnung, Sorellina. Geh schon.«

»Willst du gar nicht wissen, warum ich hier bin?« Seine kleine Schwester verzog die Lippen. »Das wäre dumm. Weil ich aber nett bin, auch wenn ihr unhöflich seid, sage ich es dir trotzdem.

Der Commissario lässt dich in Baresis Amtsstube bitten, Bruderherz. Dich und alle Helfer, die den armen Signor Rossi bei seinem Tod begleitet haben. So bald wie möglich. Wobei er zuerst noch das Gelände besichtigen will. Und jetzt verschwinde ich.« Sie drückte ihm einen Kuss auf die Wange. »Dir zuliebe.« Sie ließ Andrea nicht aus den Augen, als sie wiederholte: »Dir zuliebe.«

Andrea unterdrückte ein Grinsen und wartete, bis sie außer Sicht war. Nunzia bescherte ihm nicht zum ersten Mal eine Gänsehaut. Einen irgendwie prickelnden Schauer. »Du hast Rossi also bei seinem Tod begleitet, Paolo? Sieh an.«

»Wir haben ihn in die Pension gebracht, wo er verstarb.«

»Und ihr habt ihm ein bisschen geholfen – vom Diesseits ins Jenseits? Einen Grund hattest du allemal, und eine gute Gelegenheit, ihm ordentlich eins mitzugeben, wenn du an der Ruine mit ihm in Streit geraten bist. Also pass gut auf, was du dem Kommissar erzählst. Du fällst mit mir, wenn du versuchst, mir etwas anzuhängen. Sobald ich dich loslasse, macht mein Vater dich fertig. Dann verlangt er all deine Schulden bei ihm auf einmal zurück. Für so was ist der harte Knochen richtig gut, auch wenn er mich ansonsten ankotzt und ich ihm die Pest wünsche. Die Familie geht ihm über alles, auch wenn einer aus der Reihe tanzt. Übrigens, ich habe ein Alibi.«

»Jemanden, der für dich lügt.«

»Höre ich da Neid?« Andrea lachte. »Ja, den hätte ich, wenn es nötig wäre. Ist es aber nicht.« Ein Meineid war nur eine Frage der Bezahlung – oder des Charmes. Da konnte Paolo nicht mithalten. »Und du? Wer kann deinen Aufenthaltsort bestätigen – deine spröde Frau, dein siechender Vater? Deine verrückte Sorrelina? Das wird den Commissario beeindrucken. Bleib auf dem Teppich, Paolo.« Er machte einen Schritt auf ihn zu, packte ihn am Hemd. »Du und ich, wir hängen am selben Seil«, sagte er leise. »Wir brauchen diesen Campingplatz, und Rossis Tod ist keine schlechte Lösung. Weißt du eigentlich, dass es Nunzia war, die mir als Erste davon berichtet hat?« Er stieß Paolo ein Stück von sich. »Mir ist's egal, ob du die Finger im Spiel hattest. Aber droh mir nochmal, und du wirst teuer bezahlen.«

Kapitel 9

Langsam ging Cesare Collina dem Kommissar voraus, bei jedem Schritt sicher wie einer, der denselben Weg sein Leben lang gegangen ist.

»Schon als Kind ganz oft und noch davor im Bauch meiner Mutter«, bestätige er auf Lorenzo Garibaldis Frage. »Damals sah hier vieles anders aus. Das Haus von Signora Pellegrini war schon da, aber der Weg nur ein Trampelpfad, dünn wie die Spur einer Schlange. Genau wie die Verbindung rüber zum Hauptweg. Außer den Fischern ist früher niemand auf dieser Seite vom Dorf zum Meer runtergegangen. Zu gefährlich. Später hat man den Weg gezähmt. Es gab eine Menge Pinien, aber die meisten sind nach und nach abgeschlagen worden. Dabei bringt der Hang wenig Ertrag für viel Plackerei. Fast alle haben wieder aufgegeben.«

Vereinzelt sah Lorenzo Garibaldi verwilderte Weinstöcke und kleinwüchsige Olivenbäume, aber auch Pinien, die sich ihren Platz zurückeroberten. Weiter vorn fiel die Böschung zum Meer hin steiler ab, ohne dass er den weiteren Geländeverlauf einsehen konnte. Der Küstenabschnitt war bekannt für seine teils schroffe Erscheinung. Pesaro del Monte piccolo Cattolica bestätigte das.

»Aber *Sie* haben nicht aufgegeben?«

Cesare hielt an. Die Haare im Ausschnitt seines Achselhemdes waren weiß wie die auf seinem Kopf. Denjenigen, der den Verunglückten gefunden hatte, als Führer im Gelände heranzuziehen, war Lorenzo sinnvoll erschienen, daher hatte er ihn von seinem Ispettore abholen und zur Pension bringen lassen. Gleich nach dem Rasieren waren sie aufgebrochen. Und nach einem weiteren Caffè und einer kurzen Begegnung mit dem Bürgermeister noch auf der Türschwelle. Er seufzte. Von *gleich* konnte eigentlich keine Rede sein. Und an Collinas Alter hatte er vorher auch nicht gedacht. Dessen Brust pumpte nun doch schwerer vom Laufen und gleichzeitigen Reden.

»Doch, doch – ich auch! Wie alle anderen.« Cesare grinste verschmitzt. »Aber nach ein paar Monaten habe ich das Aufgeben aufgegeben und es nochmal versucht. Immer und immer wieder. Bis das Wunder passierte und meine Aprikosenbäume Früchte trugen. Sagen Sie selbst, ist das Dummheit, Starrsinn oder Glaube?« Er deutete auf die Bäume jenseits des knapp kniehohen Mäuerchens. Die Äste bogen sich unter der süßen Last. »Nichts anderes wollte hier je wachsen. Wissen Sie, meine Aprikosen sind meine Glücksseligkeit. Die – und meine Tochter.« Jäh drehte er sich mit einer fast ärgerlichen Handbewegung weg. »Was rede ich denn? Man könnte meinen, wir wären zum Vergnügen hier. Kommen Sie, dort hinunter, wir sind gleich da.«

Zwei Serpentinen weiter blieb er wieder stehen. »Hier«, sagte er. »Genau hier hat er gelegen.«

»Genau hier?«

»Dort«, korrigierte Cesare und wies zu einem Busch. »Halb dadrunter.«

Wenige Schritte neben dem schmalen Weg sank Lorenzo in die Hocke, hob einen Ast an, befühlte geknickte Grasbüschel. Es schien plausibel, dass Rossi an dieser Stelle von mehreren Menschen umringt und transportfertig gemacht worden war.

»Sie waren oben bei Ihren Aprikosen, als Sie ihn bemerkten?« Er kniff ein Auge zu und peilte über den gestreckten Zeigefinger. Wenn er Collinas Größe berücksichtigte, die Uhrzeit und den damit verbundenen Sonnenstand sowie Rossis eher unauffällige Kleidung, dann konnte Cesares Aufmerksamkeit nicht ausschließlich seinen Aprikosen gegolten haben. »Waren Sie verabredet?«

»Sie meinen mit Rossi? Nein, wieso? Ich kannte ihn kaum.«

»Erwarteten Sie jemand anderen?«

»Nein. Niemanden.«

»Kilian Rossi lag also unter dem Busch, und Sie haben ihn gefunden. Er war am Leben, und Sie sind losgelaufen, um Hilfe zu holen. Welchen Weg haben Sie genommen – zum Vento del mare oder den unterhalb? Wen trafen Sie zuerst? Sie kommen sicher sehr oft raus zum Aprikosenhain. Jetzt, wo man den Früchten dabei zusehen kann, wie sie von einer Stunde zur anderen reif werden. Bestimmt jeden Tag. Sie gehen immer dieselbe Strecke, hm? Immer dieselbe.« Eine Bö strich über den Hügel, fing sich in den Bäumen und brachte die samtige Süße mit. »Was für ein Aroma!« Lorenzo sprach unaufgeregt und langsam, doch ohne Pausen für eine Antwort zu lassen. »Wie viele Kinder haben Sie, Signor Collina?« Diesmal wartete er.

»Eine Tochter, Carmela.«

»Richtig, Carmela. Sie hat gestern für die Gäste von Signora Pellegrini gekocht. Ganz wunderbar, ich kam auch in den Genuss. Macht sie das regelmäßig?« Fragen zu stellen, auf die er die Antwort kannte, half ihm dabei, die Glaubwürdigkeit eines Menschen einzuschätzen.

»Nein, Sie arbeitet in der Bäckerei meiner Schwägerin.«

»Verstehe. Die Cornetto mit Aprikosenfüllung sind Carmelas Werk, ja? Und die Plätzchen auch – mit Aprikosen aus dem eigenen Hain gebacken. Ihre Tochter beherrscht ihr Handwerk, das merkt man sofort. Da steckt Liebe drin. Sie müssen sehr stolz sein.«

Cesare nickte.

»Eine große Hilfe, wenn sie Ihnen den Weg manchmal abnimmt. Nimmt sie den unten, der hier abzweigt, oder den von oben?«

»Oben, der ist kürzer.«

»Dann sind Sie gestern auch nach oben gelaufen, um Hilfe zu

holen? So wie wir hergekommen sind, nur umgekehrt – bis zur Pension und dann weiter ins Dorf?«

»Ich … ja. Ja, so war das.«

Während der Unterhaltung hatte Lorenzo damit begonnen, eine Skizze in seinem Notizbuch anzufertigen. »Das ist alles sehr unübersichtlich.« Er drehte die Zeichnung zu Cesare und tippte mit seinem Bleistift von einem Punkt zum anderen. »Stimmt das so? Da ist das Dorf, dort das Meer, Signora Pellegrinis Haus, und hier sind wir.« Mit Collinas Hilfe ergänzte er weitere Details, bis er ein realistisches Bild vor sich hatte.

»Gut, sehr gut. Sie sind also gestern gegen zwei Uhr oder kurz danach zu Hause aufgebrochen und kamen zwanzig oder dreißig Minuten später bei den Aprikosenbäumen an.« Begleitet von Cesares Nicken spielte er den Ablauf durch, prüfte Festigkeit und Reife der Früchte, ließ den Blick schweifen, fand den noch atmenden Rossi und eilte an der Pension vorbei ins Dorf. Lorenzos Bleistift tippte und kreiste. Dann schüttelte er den Kopf, sog Luft zwischen den Zähnen ein, um sein Grübeln zu verdeutlichen. Plakativ, aber wirkungsvoll: Cesare Collina schwitzte. Seine Augen, das eine milchig trüb, blinzelten angespannt.

Vom Aprikosenhain verlief ein flach ansteigender Querweg oberhalb eines Felsbandes, der schließlich wenige Meter vom Ristorante Zaccardo entfernt auf den Hauptweg zum Strand traf. Zur Pension stieg man dagegen vom Aprikosenhain aus steiler auf, was einen Vorteil brachte, wenn man tatsächlich dorthin wollte oder zu den Collinas nach Hause. Um zu Fuß schnelle Hilfe aus dem Dorf herbeizuschaffen, war es gestern jedoch definitiv die falsche Entscheidung gewesen, dort entlangzugehen.

Lorenzo steckte sein Notizbuch ein. Das musste rein gar nichts bedeuten.

*

In der Diele des Vento del mare ging es zu wie in einem Taubenschlag. Entfernte Nachbarinnen und Nachbarn gaben einander die Klinke in die Hand, seitdem der Kommissar das Haus verlassen hatte. Als hätten sie gemeinsam hinter einem Busch darauf gewartet. In aller Eile hatte Federica letzte Hand an Rossis Zimmer gelegt, die schmutzige Wäsche, in der er gestorben war, für die polizeiliche Untersuchung zusammengepackt und außer Sichtweite gebracht, ein heruntergefallenes Papierfetzchen aufgehoben und den schwarzen Stoff über dem Spiegel geradegerückt. Die Männer nahmen ihre Mützen ab, die Frauen bedeckten ihr Haar und murmelten Beileidsbekundungen.

»Danke, vielen Dank. Wie aufmerksam.« Federica trug Töpfe und Schüsseln in die Küche, stets bemüht, alle Gaben angemessen zu würdigen. Der Andrang überraschte sie. Ganz offensichtlich hatte sie ihre Mitbürger unterschätzt. War es echte Anteilnahme, oder ließ die Neugier sie über ihren Schatten springen? So oder so, Federica würde tagelang nicht selbst kochen müssen. Ein Lichtblick in dem Durcheinander.

Doch sie fühlte sich unwohl in der Rolle, in die man sie drängte. Sie war keine Angehörige, die Anteilnahme ihr gegenüber war in diesem Umfang weder angemessen, noch stand sie ihr überhaupt zu. Vor zwei Jahren, nach Matteos Tod, waren sie nicht so zahlreich erschienen … Aber das war etwas anderes gewesen. Sie drängte die Erinnerung beiseite und beschränkte sich auf wenige Sätze, die sie regelmäßig wiederholte: »Der Commissario wird Ihre guten Wünsche an die Familie weitergeben. Natürlich können Sie Signor Rossi nochmal sehen, um sich zu verabschieden. Das ist kein Problem.«

An dieser Stelle übernahm der zweite Lichtblick des Tages das Kommando.

Ispettore Giovanni Spadafero war noch keine dreißig, blass wie eine Altarkerze und genauso dünn. Seine hagere Statur und die Mütze ließen ihn größer erscheinen, die Uniform verschaffte ihm trotz seines jungen Alters den nötigen Respekt. »Bitte nur einzeln eintreten und nichts anfassen.«

In Anbetracht der Paradehaltung des Ispettores erwies man dem Toten die letzte Ehre deutlich schneller als üblich. Und doch ließ kaum einer die Gelegenheit aus, Rossi ins Gesicht zu sehen, als ob sein Tod erst dadurch wahr wurde.

Ein Umstand, den Federica nachvollziehen konnte. Die Leiche selbst schloss die Kluft zwischen Wissen und Verstehen. In der greifbaren Endgültigkeit lag eine gewisse Form von Frieden, wenn auch kein Trost. Sobald der Doktor eintraf, den Garibaldi am Morgen mit hoher Dringlichkeit angefordert hatte, würde das nicht mehr möglich sein. Sie hoffte, dass die Fräulein Wilk und Mauer sich rechtzeitig entschließen konnten, von Kilian Rossi Abschied zu nehmen. Signora Schneider war schon vor dem Frühstück bei ihm gewesen. Ohne ihren Mann.

Für einen stillen Moment hatte Anneliese den Toten angesehen, an den humorvollen Gleichmut gedacht, mit dem er Franz begegnet war, und an die charmante Aufmerksamkeit ihr gegenüber. Es überraschte Federica und Anneliese gleichermaßen, dass Franz Schneider nicht darauf bestanden hatte, sofort abzureisen. Doch der dachte gar nicht daran, was keineswegs mit der Aufforderung des Kommissars zusammenhing, sich für ein Gespräch bereitzuhalten.

Von all dem ahnte Federica natürlich nichts, als sie den jungen Ispettore mit einem Caffè und einem dick belegten Panini versorgte.

»Danke, Signora.« Giovanni Spadafero aß mit Heißhunger, nachdem ihm am Morgen keine Zeit dazu geblieben war. In aller Frühe, noch vor dem eigentlichen Dienstbeginn, hatte man ihm die ersten Anweisungen des Commissarios übermittelt. Und er war Hals über Kopf losgerannt. Wie immer nur seinen Auftrag im Blick. Schnell aufs Revier, schnell in die Wohnung des Kommissars, mit Vollgas übers Land und in die Pension auf den Hügel, dann im Dorf mit einer Liste von Tür zu Tür, um die Zeugenbefragung und die Ortsbegehung zu organisieren. Nun knurrte der Magen, und das Panini war mehr als willkommen. Vor einem Totenzimmer zu essen machte ihm nichts aus. Lieber so, als unter den Augen derer, die sich im Anschluss an die Abschiednahme in der Küche versammelten. Dort war es dauernd voll. Bis zu vier Leuten klemmten nebeneinander auf der Bank am Fenster, zwei weitere saßen auf den Stühlen, der Rest musste stehen. Doch ein richtiges Gespräch kam nicht in Gang. Trotz wechselnder Besetzung wusste niemand eine der sonst üblichen Anekdoten zum Besten zu geben oder etwas, woran man sich besonders gern in Zusammenhang mit dem Toten erinnerte. Rossi würde als strenger Lehrer im Gedächtnis bleiben, für den Disziplin, Ordnung und Pünktlichkeit ganz oben auf dem Lehrplan standen und der nicht gezögert hatte, den Kindern vor ihren Eltern Dummheit zu attestieren. Kein einziges würde je eine höhere Schule besuchen, darauf gab er Brief und Siegel. Es sei denn, man zog die Zügel härter an. Zuckerbrot und Peitsche zum Wohl der Kinder. Nur ohne Zuckerbrot. Ein Mann mit streitbarem Charakter.

»Ein sturer Hund«, brachte Bürgermeister Baresi es auf den Punkt und hob gleich entschuldigend die Hand, obwohl ihm niemand widersprach. Er saß breitbeinig auf einem der Stühle, lockerte seine Krawatte und schwitzte unter der Beobachtung seiner Gattin. Die verharrte mitten im Raum, ihre Arme vor der Brust gekreuzt, die Augenbrauen angespannt nach oben gezogen, als fürchtete sie, sich bei der geringsten Berührung eines Möbelstücks eine ansteckende Krankheit einzufangen. Federica nahm das eine wie das andere zur Kenntnis. Immer auf dem Sprung lehnte sie in der offenen Tür.

»Rossi stand für seine Meinung ein. So was erkenne ich an, auch wenn mir nicht gefällt, was derjenige sagt.«

Im leisen Raunen der anderen lag Uneinigkeit, aber Aldo Baresi blieb dabei. »Der hätte es bei uns noch zu was bringen können.«

»Klar. Bis zum Bürgermeister.« Der Einwurf von Angelo Iannazzo, dem Ladenbesitzer, löste kurzes Gelächter aus.

»Der Posten ist besetzt«, zischte Maria Baresi. »Gut besetzt! Und das bleibt er auch.«

»Carissima, bitte.« Aldo tätschelte ihren Arm. »Wir sind nicht im Wahlkampf«, fügte er leise hinzu, was ihm einen bitterbösen Blick einbrachte.

»Wir sind *immer* im Wahlkampf.«

Auf dem Flur wischte der Ispettore sich über die Mundwinkel, stellte den leeren Teller ab und zog eine schmale Kladde hervor, um Notizen zu machen.

Federica lächelte verhalten. Ein ambitionierter Mann, der seinem Vorgesetzten nacheiferte, ohne dabei anbiedernd zu wirken. Spadafero war ihr sympathisch.

»Ich muss wieder los, die Pflicht, die Pflicht!« Baresi drückte Federica die Hände. »Fast hätte ich es vergessen, der Commissario lässt ausrichten, dass er Ihre Gäste um die Mittagszeit erwartet. Am besten alle gemeinsam. Schlag zwölf, wenn es keine Umstände macht.«

»Und wenn doch, dann auch«, ergänzte Paolo Zaccardo von seinem Platz auf der Bank. Es schmeckte ihm überhaupt nicht, dass er ebenfalls in die Bürgermeisterei einbestellt worden war. Wie sah das aus? Mitten am Tag, wenn er eigentlich im Restaurant sein sollte! Er hatte gehofft, bei Signora Pellegrini vorher den einen oder anderen anzutreffen, der gestern bei Rossis Transport dabei gewesen war, um sich ein letztes Mal abzustimmen. Aber der Plan ging wohl nicht auf. Nur Ornella Tozzi, Cesares

Schwägerin, hockte stumm in der Ecke und wich ihm beharrlich aus. Nach dem unerfreulichen Besuch bei Andrea Antognoni, der immerhin mit einer Art Waffenstillstand zu Ende gegangen war, stand es schlecht um Paolos Laune und Beherrschung. Pausenlos wälzte er düstere Gedanken. Und der Bürgermeister plapperte vor dem Ispettore drauflos, wie es dümmer kaum möglich war, redete sich und das halbe Dorf um Kopf und Kragen und merkte es nicht mal. *Ein sturer Hund mit abweichender Meinung*. Wenn das für die Polizei keine Steilvorlage war … Unauffällig stieß er seinen Sitznachbarn Lucio an und verdrehte die Augen.

»Ich werde den Wunsch weitergeben«, versprach Federica und lauschte auf ein undeutliches Geräusch. Kam das von oben? Eigentlich konnte das nicht sein, Franz und Anneliese Schneider waren längst in ihrem Kapitän davongebraust. »Falls ich sie sehe«, fügte sie hinzu. Sie war nicht das Kindermädchen ihrer Gäste, und der Kommissar hatte alle bereits beim Frühstück informiert, dass sie sich für ein Gespräch bereithalten sollten.

Vor dem Fenster fuhr ein langgestreckter, schwarzer Wagen vor. Den musste sie gehört und das Rumpeln in den Schlaglöchern auf dem Weg für Schritte gehalten haben.

»Sie entschuldigen mich?«, sagte sie rasch. Die Gelegenheit, der Unterhaltung für eine Weile zu entkommen, nutzte sie nur zu gern.

»Deutsche«, spuckte hinter ihr Lucio Monza in den Raum. Ein vom Leben auf See gezeichneter Mann, den man selten anderswo als in der Trattoria oder beim Boccia antraf. Die meiste Zeit verbrachte er allerdings noch immer am Steuer seines Kahns. »Alles voll mit Deutschen. Und schon gibt es Ärger. Denkt mal drüber nach.«

»Wie meinen Sie das?« Spadafero gab den Platz vor Rossis Zimmer auf und stellte sich in die Tür zur Küche.

»Gar nichts meinen wir«, sprang Paolo Zaccardo dem Fischer

bei, den er leicht zu seinem Einwurf hatte motivieren können. In seiner Stimme lag beißender Spott. »Wir werden uns hüten, etwas zu meinen oder zu denken.«

»Nein, natürlich nicht«, schnappte Monza nach. »Ich denke grundsätzlich nie, schon gar nicht, wenn eine Amtsperson in der Nähe ist. Oder zwei. Bin ja nur ein Fischer.«

»Nun übertreib mal nicht.« Der Bürgermeister lachte nervös und wiegelte ab. »Ein Scherz, Ispettore, ein Scherz. Lucio ist ein Witzbold.«

»Na ja, schon ...«, sagte Paolo gedehnt und witterte eine gute Gelegenheit. »Andererseits muss man feststellen, dass es nicht falsch ist. Ich hab mit eigenen Ohren gehört, wie der Deutsche, der gerade hier im Haus Urlaub macht, über uns Italiener geredet hat. Und das war nicht nett. Nein, nein – kein einziges gutes Wort. Ich weiß, was ihr sagen wollt: Wir verdienen gut an ihnen. Und das stimmt. Hand aufs Herz, Bürgermeister: Sie wissen genau, ich bin für den Tourismus. Das wisst ihr alle. Aber was ist mit unserer Ehre, unserer Würde? Müssen wir uns alles gefallen lassen?« Er kannte die Befindlichkeiten, die er ins Spiel bringen musste. »Die tragen die Nasen hoch – so hoch, als hätten sie den Krieg nicht verloren. Als hätten sie Italien eingenommen! Und bald hissen sie ihre Fahne an unserem Strand.«

»Wie willst du das denn gehört haben, Paolo? Du kannst doch gar kein Deutsch!« Aldo Baresis Bass übertönte alle anderen. Er schüttelte den Kopf und lachte übertrieben. »Da sehen Sie es, Ispettore! Ein Witz – schon wieder ein Witz. So ist das bei uns, wir machen Witze, wenn wir traurig sind, um uns abzulenken. Nicht wahr, Paolo?«

»*Si*, Bürgermeister.« Paolo Zaccardo simulierte Reue. »Tut mir leid. Ich will niemandem etwas unterstellen.« Fast sah es aus, als hätte Baresi beim Stichwort Tourismus endlich kapiert, aber sicher war er nicht. Noch waren sie nicht handelseinig über

Baresis Wiese, die Paolo für den geplanten Campingplatz pachten wollte. Doch konnte man dem Bürgermeister aus dem Ganzen womöglich einen Strick drehen. Einen doppelten sogar: Er zog schließlich einen privaten Vorteil aus dem Tourismusausbau, den er politisch vorantrieb – und gegen den Rossi Sturm gelaufen war.

»So falsch kann ich wegen der Deutschen aber nicht liegen«, bemerkte Lucio Monza mit Genugtuung. »Der Commissario hat die ja wohl schon im Visier, wenn er sie alle zum Verhör bestellt. Erinnert euch an meine Worte. Erinnert euch dran.« Er tippte sich vielsagend an den Kopf, doch diesmal flammte keine neue Diskussion auf.

Maria Baresi bekreuzigte sich mit Blick aus dem Fenster. Das Gespräch verstummte. Ein Sarg wurde ausgeladen, schwere Schritte füllten den Flur. In der Küche formten Hände das *corno* zur Abwehr, und einige Männer griffen sich instinktiv ans Gemächt, um sich der eigenen Lebendigkeit zu versichern. *Verschone mich, Tod, ich bin noch nicht dran.* Keiner bewegte sich, bis Rossis Zimmertür hinter den Trägern von innen geschlossen wurde.

Mit einem Mal herrschte Aufbruchstimmung, eilig wurden Stühle gerückt.

»Ich weiß es übrigens von Rossi«, raunte Paolo dem Bürgermeister im Vorbeigehen zu. Gerade eben laut genug, dass der junge Ispettore aufmerksam wurde. Ihm war jede Fährte recht, die den Kommissar und seinen Gehilfen von ihm wegführte. »Der Deutsche konnte ihn nicht ausstehen. Wir Italiener sind für ihn allesamt korrupte Halsabschneider und Schürzenjäger.«

Während Baresi nach Luft schnappte, huschte Paolo davon, wie es seine Schwester kaum unauffälliger geschafft hätte.

*

Federica schaute dem Leichenwagen nach, der ein unangemessen hohes Tempo an den Tag legte und Kilian Rossi in seinem Zinksarg sicher ordentlich durchrüttelte. Pietät ging anders, aber der Rechtsmediziner in Pesaro wartete nicht gern und sah keine Notwendigkeit, sich persönlich herzubemühen. Für ihn zählte nur die Leiche, das Drumherum vor Ort war Sache der Polizei. Rossi war die holprige Fahrt wohl egal, neue Blessuren musste er nicht mehr fürchten.

Einen tiefen Atemzug lang verharrte Federica mit gefalteten Händen und wünschte ihm eine gute Reise, dann kehrte sie ins Haus zurück. Der Ispettore hatte das Totenzimmer abgesperrt und sprach mit seinen soeben eingetroffenen Kollegen aus Pesaro, um sich dann seinerseits auf den Weg ins Dorf zu machen.

In der Küche saß nur noch Ornella Tozzi auf der äußersten Ecke der Bank, mit dem Rücken zum Fenster. Ganz allein, aufrecht und ein bisschen steif, die Knie aneinandergepresst, die Füße leicht einwärts gedreht. Auf dem Schoß hielt sie das zarte Tuch, das Rossi aus Cattolica mitgebracht hatte.

»Das lag auf dem Boden«, sagte sie. »Gehört es Ihnen oder Signora Baresi?« Sie strich über den seidigen Stoff, den sie zu einem kleinen Quadrat gefaltet hatte. »Hübsch, wirklich.«

Federica kippte den ausgekühlten Kaffee in den Spülstein, um eine neue Kanne aufzusetzen. Ohne Eile füllte sie Wasser ein, drückte Pulver in den Siebeinsatz, schraubte Ober- und Unterteil zusammen. Mit einem Streichholz entzündete sie das Gas und stellte die Caffettiera auf. Dann holte sie aus dem Oberschank einen abgedeckten Teller mit Carmelas Occhi di angeli, die sie vorhin zurückgehalten hatte. Diese kleinen Kostbarkeiten wollte sie nicht an jene verfüttern, die nur kamen, um ihre Neugier zu befriedigen oder sich aufzuspielen. Sie stellte zwei kleine Gläschen und eine Flasche Anislikör auf den Tisch, setzte sich Ornella gegenüber und schob ihr den Teller zu. Normalerweise wurde in einem Trauerhaus kein Alkohol angeboten. Ein Wein allerhöchstens, aber nichts Stärkeres. Im Dorf war es verpönt wie so vieles andere. Und im Grunde war es vernünftig, weil es Hinterbliebene für eine Weile davon abhielt, ihren Kummer zu ertränken. Aber Federica war keine Hinterbliebene, und ihr Kummer, das war ihr wohl bewusst, saß nicht besonders tief. Sie füllte die Gläschen bis zum Rand. Ihr Gefühl sagte ihr, dass der Likör ihnen beiden guttun würde, genau wie der extrastarke Espresso, der an Mokka erinnerte. Obwohl Mokka streng genommen weniger stark war. Ein schwaches Lächeln streifte über Ornellas Gesicht, als Federica den Unterschied erläuterte, den sie natürlich ganz genau kannte. Es lag an der Bohnenmischung, die beim Mokka kräftiger geröstet wurde, was den Koffeingehalt verringerte und ihn noch besser verträglich machte. Weil er außerdem feiner gemahlen war, wurde er in der Caffettiera aber leicht zu bitter. Abschließend erwähnte Federica die Crema, die beim Mokka fehlte und oft auch beim selbstgekochten Espresso. Die richtige Crema, dieser besonders feinporige Schaum, war den großen Maschinen in den Bars vorbehalten.

»Das klingt ganz nach Kilian Rossi«, sagte Ornella.

»Er hat sehr gern erklärt.« Federica lächelte zurück. Auf dem Herd gluckerte und gurgelte es. »Auch das Bekannte und Offensichtliche.« Was für einen Lehrer sicher eine gute Eigenschaft war, wie auch sein selbstsicheres Auftreten, mit dem er sich Respekt verschafft hatte.

Durch ihren kleinen Vortrag schien Ornella allmählich aufzutauen. Ziel erreicht.

»Er wusste viel, sehr viel.« Sie spielte beiläufig mit den Ecken des Seidentuchs.

Im Stillen ergänzte Federica, dass er sich gelegentlich eingebildet hatte, *alles* zu wissen. Besser als andere, und dass er dann sehr schnell ungeduldig und zu einem anmaßend arroganten Ekel geworden war. Was einem Lehrer deutlich weniger gut zu Gesicht stand.

Die Kanne stieß ein leises Fauchen aus, verbreitete den typischen kräftigen Geruch aus würzigen Bitteraromen und einem Hauch Säure.

»Man redet nicht schlecht über Tote«, ermahnte Federica sich selbst und stand auf.

»Aber das habe ich doch nicht!« Ornella starrte sie entgeistert an.

»Nicht Sie, Signora Tozzi. Du liebe Zeit, nein!« Mit dem Holzlöffel in der Hand hielt sie inne, rührte dann das Gebräu im Kocher um, ehe sie es in die kleinen Tassen goss.

»Ich«, erklärte sie beim Abstellen. »Ich war in Versuchung. Bitte, nehmen Sie eins.« Sie rückte den Teller mit den Engelsaugen noch einen Zentimeter näher. »Nach denen war er verrückt.«

»Nach allem, was sehr süß war oder bitter.« Ornella stippte ein Plätzchen in den Espresso und schüttelte sich. »Er mochte sogar Absinth.«

»Bitter ist eine seltene Vorliebe.« Federica beobachtete den Krümel, der in Ornellas Tasse obenauf schwamm und Kreise drehte, während sie rührte. Schnell und schneller, obwohl sie auf Zucker verzichtet hatte und es nichts zu rühren gab.

»Signor Rossi hatte als Kind eine Krankheit, die ihn für viele Wochen ans Bett gefesselt hat. Danach war es lange das Einzige, was er schmecken konnte: süß und bitter. Alles andere schmeckte für ihn gleich.«

»Ach? Interessant.« Das hatte er Federica gegenüber nie erwähnt. Aber es passte zum Amaretto, der beides in sich vereinte. Die Härchen an ihren Unterarmen stellten sich auf, als ob es sie fröstelte. Nachdenklich schnupperte sie am Likör. Auch der war nicht jedermanns Sache. »Anis ist ein klassischer Bestandteil von Absinth, soweit ich weiß.«

»Dann ist es wohl ein angemessenes Getränk.«

»Sie kannten ihn gut, Signora Tozzi?«

»Nein, nein.« Ein paar Tropfen schwappten über Ornellas Finger. »Eine kleine Plauderei hat sich dann und wann ergeben. Wie schon erwähnt: Er war verrückt nach Süßem und daher oft in der Bäckerei. Das war alles. Wegen mir kam er nicht.« Sie tunkte die Oberlippe ins Glas, leckte mit der Zunge darüber, dann leerte sie es ganz. »Er schätzte süße, kleine Dinge.«

Federica warf ihr einen schnellen Blick zu und schenkte nach. »Bei Carmelas Mandelplätzchen kann niemand widerstehen. Oder? Das Geheimnis ihrer Zutaten würden bestimmt viele gern kennen.«

»Ja, ja.« Ornella wischte sich flüchtig über die Stirn. »Dabei gibt es gar kein großes Geheimnis. In den Occhi di angeli sind neben Mandeln auch geriebene Aprikosenkerne, die machen den Hauptanteil aus, und sie verwendet Persipan an Stelle von Marzipan. *Ecco*, mehr steckt nicht dahinter: nichts außer Cesares Aprikosen!« Eine wegwerfende Bewegung unterstrich ihre Worte. »Aber wissen Sie was? Ich könnte ihr Rezept mit allen Einzelheiten an die Kirchentür nageln, die Leute würden mich eher als Ketzerin auf den Scheiterhaufen werfen und es mit mir verbrennen, als es auszuprobieren.« Sie schlug ein Kreuz angesichts der eigenen Blasphemie. »Denn sie wollen viel lieber glauben, dass Carmela magische Kräfte hat und in Vollmondnächten dunkle Rituale abhält.«

In schneller Folge trank Ornella Espresso und Likör. Federica füllte nur ein Glas nach und holte die Kanne vom Herd. Es war besser, sie erhöhte ihre Frequenz beim Kaffee.

»Verstehen Sie mich nicht falsch: Ich liebe sie wie mein eigenes Kind. Sie ist die Tochter meiner Schwester, die viel zu früh gestorben ist. Carmela ist jung und schön und mit einer Gabe gesegnet, um die ich sie beneide. Jeder beneidet sie darum!« Ruppig schob Ornella den Gebäckteller auf die andere Seite des Tisches. Es war, als starrten die Engelsaugen sie an. »Egal, was geredet wird, sie ist ganz gewiss keine Hexe. Und sie bringt niemandem den Tod.«

»Wer sagt denn so was?« Federicas Erstaunen war echt, doch sie bemühte sich um einen unaufgeregten Gesichtsausdruck. Ihr Pulsschlag beschleunigte sich.

Mit einem Mal versiegte Ornellas Redefluss, und sie schüttelte den Kopf. »Verzeihen Sie. Ich sollte jetzt gehen. Das arme Ding steht schon den ganzen Morgen allein im Laden, und ich vertrödele mich. Dabei muss ich nachher ja noch zur Bürgermeisterei.« Ihre Wangen verfärbten sich. »Bitte, Signora, könnten Sie ... Kann das unter uns bleiben, dass ich eben ... Ich weiß auch nicht, was in mich gefahren ist. Das war nicht so gemeint.«

Federica deutete das Verschließen ihrer Lippen an und zeigte dann auf die volle Tasse, fast so, wie der Kommissar es am Abend mit ihr gemacht hatte. »Zwei Minuten? So lange wird sie es noch aushalten.« Ornella Tozzi erschien ihr zu aufgewühlt, als dass sie sie einfach ziehen lassen konnte. Doch das allein war es nicht. Unter der Oberfläche spürte sie beunruhigende Schwingungen. Was wusste sie eigentlich über diese Frau und ihre Familie? Ornellas Haar war voll und dunkel, ohne einen Ansatz von Grau. Einige Fältchen im Gesicht und am Hals verrieten, dass sie wohl um die fünfzig sein mochte. Eine zierliche Kette lag um ihren Nacken, verschwand im Ausschnitt der Bluse. Kein weiterer Schmuck. Alles an ihr wirkte zurückgenommen, als sei sie eine stille Beobachterin, darauf bedacht, nicht bemerkt zu werden. Eine Zuschauerin, die ein Stück aus der zweiten Reihe betrachtete.

Federica atmete langsam aus. Das Stück, das gespielt wurde, war das Leben. Jemand hatte es ihr entrissen, und Ornella hatte es geschehen lassen, war dem Weg gefolgt, den zu gehen man von ihr erwartete, während Federica an der gleichen Kreuzung anders abgebogen war. Sie beugte sich vor und legte die Hand flach auf den Tisch, ohne Ornella zu berühren.

»Sie können jederzeit wiederkommen, Signora Tozzi. Auf eine kleine Plauderei.«

Der Tod durfte nicht das Ende für die sein, die noch lebten. Vielleicht war es für sie beide an der Zeit, einen neuen Schritt zu gehen. Freundschaften hatte Federica seit Matteos Tod keine geschlossen. Doch die ließen sich durch flüchtige Liebschaften nicht ersetzen.

Als sie gemeinsam vor der Tür standen, reichte Ornella ihr das Tuch, an dem sie sich die ganze Zeit festgehalten hatte.

»Behalten Sie es«, sagte Federica und legte es ihr um. »Es steht Ihnen viel besser.« Und sie fühlte sich wohler, wenn sie es nicht mehr im Haus hatte. Wahrscheinlich war es ohnehin nie für sie gedacht gewesen und Rossis Geschenk an sie nur eines seiner opportunistischen Manöver.

Kapitel 10

Auf dem Schreibtisch des Bürgermeisters arrangierte Lorenzo Garibaldi akribisch seine Unterlagen und Schreibutensilien. Alles brauchte seinen festen Platz – es gab ihm Sicherheit, wenn er ohne lange Sucherei auf Anhieb jedes Objekt herauspicken konnte. Souveränität auszustrahlen erforderte in seinen Augen eine Kombination aus der entsprechenden Geisteshaltung und kleinen Zaubertricks. Wieso sonst hätte Aldo Baresi für ihn seinen Bürgermeistersessel geräumt? Es kam ihm sehr zupass, dass er nun den Telefonapparat im unmittelbaren Zugriff hatte. Ein Umstand, der Baresi zunächst sichtlich Kopfschmerzen bereitet hatte. Bis Lorenzo ihm glaubhaft versicherte, dass er den Umgang damit auch ohne die Hilfe einer Sekretärin beherrschte. Er rechnete nicht damit, dass das Telefon im Allgemeinen häufig klingelte. Und heute galten die Anrufe vermutlich ohnehin ihm. Das hatte Baresi nicht bestreiten können und samt Sekretärin – auf deren Stenokünste Lorenzo ebenfalls verzichtete – das Feld geräumt.

Der Kommissar schob das Telefon genau auf Armeslänge einige Zentimeter nach hinten. Den Film aus seiner Kamera hatte Spadafero auf dem schnellsten Weg ins Labor nach Pesaro bringen lassen – ganz pragmatisch als Beigabe im Leichenwagen und mit der Anweisung, Abzüge der Fotografien an den Rechtsmediziner weiterzuleiten. Bis zum Nachmittag musste Lorenzo sich wohl oder übel gedulden, was ein Sektionsergebnis anbelangte. Das Letzte, was der Dottore verzeihen konnte, war angetrieben zu werden, dicht gefolgt von der Einmischung in seine Arbeitsweise oder der Anmaßung eines Widerspruchs. Leidige Erfahrungen, die Lorenzo ungern wiederholen wollte.

Während er sich noch einrichtete, setzte ihn der Ispettore detailliert über die Vorkommnisse in Kenntnis, die sich in der Pension zugetragen hatten, während Lorenzo zu seiner Ortsbesichtigung mit Cesare Collina unterwegs gewesen war.

»Es scheint demnach etwas vorgefallen zu sein, was den deutschen Gast – Franz Schneider – gegen Signor Rossi aufgebracht hat«, schloss Spadafero. »Und es scheint außerdem, als ob es dem Bürgermeister lieb wäre, wenn wir davon nichts wüssten. Bei dem Thema ist er Paolo Zaccardo ordentlich über den Mund gefahren. Rossi nannte er übrigens einen sturen Hund, das sollte offenbar ein Kompliment sein. Wobei … ganz sicher bin ich nicht. Baresi wollte auf jeden Fall, das alles ganz nach Harmonie aussieht, sowohl im Bezug zu deutschen Touristen als auch zu Rossi.«

»Geben wir uns mit dem, was irgendwie zu sein *scheint*, zufrieden?« Lorenzo trommelte mit dem Zeigefinger auf die Tischplatte. »Ich denke, nein. Gut aufgepasst, Spadafero. Die Zeugen von der Liste Signora Pellegrinis sind alle persönlich einbestellt?«

»Soweit das möglich war, Commissario Garibaldi. Ich habe nicht alle direkt angetroffen, und dann musste ich in die Pension, weil Sie gesagt hatten, ich solle die Kondolierenden im Auge behalten, bis der Tote abgeholt ist. Die ersten warten bereits draußen, und es sollten inzwischen alle Bescheid wissen.« Spadafero stolperte über das eben eingestrichene Lob, das ihm die nächsten Sätze noch schwerer machte. Es würde im Anschluss spurlos verpuffen. »Von den fraglichen Personen wurden zwei mittels naher Verwandter informiert, darunter eine der Leichenwäscherinnen. Äh, ja, und die zweite … Ich weiß nicht, ob da ein Fehler vorliegt. In der Liste steht nur Befana. Das ist mir in der Früh wohl durchgerutscht. Ich denke, vielleicht war das ein Scherz von der Signora? Ich meine, es kann ja wohl kaum *die* Befana sein.«

»Durchgerutscht?« Lorenzo runzelte die Stirn, und Spadafero lief rot an. »Geben Sie mal her.«

Befana, da stand es. Konnte er es seinem Ispettore verübeln, dass er sich nicht mit der Frage nach ihrer Adresse hatte lächerlich machen wollen? Nein. Er konnte nicht: Er musste. Bei allem Verständnis. Lorenzo rang sich einen strengen Blick ab. »Ein Ispettore der Polizia di Stato kneift nicht, Spadafero. Einen Scherz – hm, ja, den trau ich unserer Signora Pellegrini selbstverständlich zu. Doch das hätten Sie leicht sofort klären können, finden Sie nicht?« Ein bisschen Spott hatte Spadafero verdient. Lorenzo grinste von einem Ohr zum anderen. »Oder fürchten Sie sich davor, dass es doch *die* Befana ist und sie Ihnen keine Geschenke mehr bringt, wenn wir sie vernehmen?«

»Sie ist nicht die Befana, wir nennen sie nur so.«

Lorenzo schnellte herum. Eine junge Frau mit sehr großen, dunklen Augen schaute ihn unverwandt an. Wieso hatte er sie nicht gehört? Über ihrer Stirn hielt ein schmales Band die schwarzen Haare zurück, die in einem straffen Zopf den halben Rücken hinunterreichten. Ihr formloses Kleid hatte die Farbe verblühter Malven mit einem Stich ins Bräunliche, zu oft gewaschen und ausgebleicht. Es passte seltsam gut zu ihrer fahlen Haut, die im Gegensatz zum Kleid offensichtlich zu wenig Sonne abbekam.

»Aha. Und wer sind Sie?«, fragte Lorenzo unfreundlicher als nötig. Sein Pulsschlag trommelte ihm in den Schläfen. Er hasste es, überrumpelt zu werden. »Und wie sind Sie hereingekommen?«

»Durch die Tür. Sie war offen, und ich habe wenig Zeit, mein Vater braucht mich.« Sie setzte sich unaufgefordert, faltete die Hände im Schoß, die Knie sittsam eng beieinander. »Nunzia Zaccardo.«

Den Namen kannte Lorenzo von der Liste, aber Spadafero war schneller. »Die andere Leichenwäscherin, Commissario.«

*

Alles drehte sich um Kilian Rossis Tod. Im ganzen Dorf gab es kein anderes Thema. Gerüchte brodelten, die sich in Windeseile verbreiteten. Feuer in trockenem Gras, das darauf wartete, in Flammen aufzugehen.

Carmela Collina hielt sich tapfer hinter der Theke der Bäckerei, wo sich heute viel mehr Leute gleichzeitig einfanden als sonst. Ein Brot zu kaufen, Biscotti oder einen Kuchen, bot einen willkommenen Anlass, um sich auszutauschen. In Iannazzos Kramladen auf dem Dorfplatz ging es genauso hoch her. Es stellte sich nicht die Frage, ob man beide Orte aufsuchte, lediglich in welcher Reihenfolge.

Wenn man den Berichten Glauben schenken konnte, belagerten ein Kommissar aus Pesaro und eine ganze Horde von Handlangern in Uniform die Straßen und Gassen. Und ihr Papa Cesare war einer der Ersten gewesen, bei dem ein Ispettore an die Tür geklopft und ihn gleich mitgenommen hatte. Carmela machte sich keine Illusionen: Sie stand unter Beobachtung. Jeder im Laden lauerte auf ihre Reaktion, ein unbedachtes Wort – Öl, das den Brand nährte.

Auch Enzo Mangione war wie jeden Morgen schon auf einen Caffè da gewesen. Ein zartes Kribbeln erfasste sie. Er hatte wieder mal kaum den Mund aufbekommen und nur ganz wenig gelächelt, was sie ziemlich schade fand, denn er hatte hübsche weiße Zähne. Und einen kleinen Sprachfehler, weil seine Zähne wohl auch ein bisschen zu groß waren, oder es lag an seiner Zunge. Jedenfalls lispelte er, und irgendwie hörte sie das gern. Wie konnte sie jetzt bloß an so was denken? Das Kribbeln ballte sich in ihrem Bauch zusammen. Heiß wie Lava, die auf einen Schlag zu Stein erstarrte. Sein verlorener Kamm lag in ihrer Wäscheschublade. Und sie wusste immer noch nicht, was sie damit machen sollte. Einfach zurückgeben und darüber schweigen, dass sie ihn auf dem Weg bei Rossis Leiche gefunden hatte?

Ahnte Enzo, dass sie ihn gestern in aller Frühe bemerkt hatte, als sie aus der Backstube gerannt war? Oder hatte sie sich heute Morgen das Flackern in seinen Augen nur eingebildet, bei der unbeabsichtigten Berührung unter dem Teller mit dem Hörnchen? Seine Finger über ihren. War es falsch, darin ein Zeichen zu sehen, als teilten sie ein Geheimnis? Der Lavabrocken glühte schmerzhaft.

»Ich sagte, zwei Ciabatta-Brote, nicht eins. Wo sind deine Gedanken, Carmela?« Die Signora vor der Theke wedelte ungeduldig mit der Hand und beugte sich gleichzeitig vertraulich näher, in den Augen geheucheltes Verständnis und unverhüllte Neugier. »Wenn dein Papa noch bei der Polizei ist, dann versteh ich das natürlich. Du weißt, ich halte viel von ihm, und deine Mutter – Gott hab sie selig – war eine so anständige Frau.«

Carmela übergab wortlos das zweite Ciabatta. Die Ehefrau des Bürgermeisters kam herein, und Signora Eliza, eine gute Freundin von Maria Baresi, hob die Stimme.

»Sag, wo steckt eigentlich deine Tante?« Umständlich zählte sie ihr Geld ab und spähte an Carmela vorbei nach hinten zur Backstubentür. »Sie sollte dich im Laden nicht allein lassen – an so einem Tag.«

Unter den Wartenden wurde zustimmendes Murmeln laut.

»*Stia bene,* Signora«, sagte Carmela betont – alles Gute. Eine rettende Floskel, um die einseitige Unterhaltung höflich zu beenden. »Das ist kein besonderer Tag.« Dann wandte sie sich der nächsten Kundin zu. »Was kann ich für Sie tun?«

Hinter ihrer Stirn tobte ein Sturm, während sie äußerlich unbewegt weiterarbeitete. Sie musste mit einem vernünftigen Menschen reden! Dafür kamen weder ihr geliebter Papa noch Tante Ornella in Frage, die vor Stunden ohne eine Erklärung fortgegangen war. Don Pietro schied aus, weil … weil eben. Der war sicher ein guter Priester und gottesfürchtiger Mann, aber was wusste er schon vom echten Leben? Es war einfach unmöglich, ihn ins Vertrauen zu ziehen, selbst im Rahmen einer Beichte. Sie dachte an das kleine Baumwollsäckchen, das sie stets bei sich trug – ein Amulett, das Glück und Schutz versprach –, an die Kerzen und Räucheropfer im Aprikosenhain. Daran hatte ihre Mutter geglaubt, und ihr Vater tat es noch. Rituale der Befana, der sie angeblich ihr Leben verdankte und die Carmela zutiefst verunsicherten.

Mit der Holzschütte füllte sie staubfeines Mehl ab, traf die Menge aufs Gramm genau, ohne nachbessern zu müssen.

»Gibt es heute keine Occhi di angeli?«

»Nein, Signora. Es sind keine mehr da.«

»Auch nicht für den Bürgermeister?« Maria Baresi packte das Mehl in ihren Korb. Die Nachfrage mit Verweis auf die Position ihres Gatten war ihr keineswegs peinlich. Der gelegentliche Erfolg gab ihr recht. »Wie schade. Dann nehme ich von den Cantuccini, die mag er auch. Ich finde es ja unglaublich, was dieser Commissario sich herausnimmt. Von dem möchte ich mich nicht befragen lassen müssen. Ein Mord – pff – das steht ja nicht einmal fest! Aber mein Aldo ist eben ein Herzensguter und hat ihm sogar sein Amtszimmer überlassen.« Sie plauderte, ohne Carmela oder die Umstehenden direkt anzusprechen. Jeder durfte sich eingeladen fühlen zuzuhören. »Was es da bloß einen ganzen Tag lang zu ermitteln geben soll, möchte ich wissen! Eine Platzwunde an der Schläfe, heißt es. Nichts als eine kleine Platzwunde.« Maria warf den Kopf zurück und lachte affektiert. »Na ja, wer nichts getan hat, muss auch nichts fürchten.«

In den Krümeln auf der Arbeitsfläche sah Carmela mit einem Mal Kilian Rossis Gesicht. Blut rann unter seinen Haaren heraus und über das rechte Ohr. Sie spürte seinen Atem im Nacken, hörte das Flüstern, als er in dem engen Raum hinter ihr stehen geblieben war und ihre Schultern berührt hatte. »Ich würde sterben für diese warmen Mandelkekse. Die riechen wie du, Carmela, ganz genau wie du.« Sie erkannte ihn in der aufgeworfenen Kruste eines Brotes und auf dem Geldschein in Signora Baresis Hand. Mit dem Klingeln der Registrierkasse krochen deren Worte in ihr Ohr, aber es war Rossis Stimme, die sie sprachen: »Wer nichts getan hat, muss nichts fürchten, Carmela.«

»Grüß deine Tante Ornella von mir. Wir hatten vorhin bei Signora Pellegrini gar keine Gelegenheit, uns zu unterhalten.« Maria Baresi warf ihrer Freundin Eliza einen vielsagenden Blick zu und kostete die Situation demonstrativ schaudernd aus. »Eine ungemütliche Totenwache war das. Aber man weiß ja, was sich gehört – wir sind alle geblieben, bis sie ihn abgeholt und nach Pesaro gebracht haben.« Und endlich, endlich wurden die Fragen gestellt, auf die sie gewartet hatte und die sie mit makaberer Lust beantwortete. Die Leiche, das Haus, die deutschen Gäste ... Ein kleiner Schubs setzte Spekulationen in Gang. Eine Kopfwunde konnte durchaus tödlich sein. Und ein Schlag im Eifer eines Gefechts ... Laut geflüstert flogen Namen durch den Raum, von all jenen, mit denen der Commissario reden wollte – oder sollte. Letztere würde ihm natürlich niemand verraten und eigentlich wollte sie auch jetzt niemand gesagt haben. Darin war man sich einig. Es waren nur Gedanken, ganz absichtslos geäußert – im Vertrauen. Maria packte sie wie die Cantuccini in ihren Korb, als Geschenk für ihren Mann. Ein Bürgermeister musste am Ball bleiben und wissen, was seine Leute dachten.

»Sagen Sie, Signora Baresi, weiß man schon, wann die Gemeindeversammlung nachgeholt wird?« Nunzia Zaccardo war nach der Befragung in der Bürgermeisterei direkt herübergekommen und hatte sich in der Schlange vor der Theke hinter Andrea Antognoni eingereiht.

Eliza, die eigentlich längst wieder in ihrem Frisiersalon sein sollte, mit ihren Ciabatta-Broten jedoch noch immer an der Tür stand, rückte ein Stück von ihr ab. »Dass du dich nicht schämst, Nunzia! So kenne ich dich gar nicht. Wo Signor Rossi jetzt tot ist … verdient er wenigstens ein bisschen Respekt. Das hat der Bürgermeister ganz richtig entschieden.«

»Madonna, habe ich das etwa bestritten?« Nunzia verschränkte die dünnen Arme vor der Brust. »Das wollte ich nicht. Ich dachte nur, es muss ja irgendwie weitergehen. Oder werden jetzt alle Pläne aufgegeben – aus Respekt?«

»Das fällt hier niemandem ein.« Andrea Antognoni zwinkerte ihr zu. »Es sei denn, es ist Kilian gelungen, außer Signora Eliza noch mehr Leute auf seine – und meine – Seite zum Schutz der Natur zu holen. Sie vielleicht, Signora Baresi?« Andrea gab einen Dreck darauf, was die anderen von ihm dachten. Das war eine perfekte Gelegenheit, sich öffentlich zu positionieren. Ganz im Sinne seines allmächtigen Vaters, als dessen Erfüllungsgehilfen ihn alle kannten. Er grinste breit und hob kurz die Stimme: »*Cara* Carmela, wenn das stimmt, brauche ich einen Caffè corretto mit Grappa! Die Dorfgemeinschaft nimmt Vernunft an? Dann ziehe ich vor Rossi posthum den Hut.« Er klappte die Hacken zusammen und deutete eine Verbeugung vor Eliza an, die einen empörten Laut ausstieß und sich zu einem umständlichen Widerspruch hinreißen ließ, was eine neue Diskussion entflammte.

Niemand schien Notiz davon zu nehmen, dass Carmela zu alldem kein einziges Wort verlor. Doch Andrea bemerkte ihre abwesende Haltung, und Nunzia wiederum bemerkte seinen Blick, der sehr lange auf den zart geröteten Wangen und den weichen Locken ruhte.

Carmela schaute zur Uhr, sehnte den Mittag herbei. Wenn sie erst bei ihren Bäumen war, würde alles gut werden. Aus dem Brotkorb lachte es ihr höhnisch entgegen, und ihre Knie wurden weich. Nein, nichts würde dort gut sein und niemals wieder wie vorher. Kilian Rossis Tod änderte alles. Ihr Zufluchtsort war verloren. Vielleicht für immer.

*

Die Glocke der Kirche San Francesco läutete hell in ihrem Turm am Dorfplatz. Elke und Sonja tauschten einen stummen Blick. Die Sonne stand hoch, fast senkrecht, genau wie gestern, als ihnen bei den Aprikosenbäumen jäh das Singen im Hals stecken geblieben war. Ein Moment, den sie spontan aus ihrem Gedächtnis zu löschen beschlossen hatten, um nie wieder daran zu denken oder darüber zu reden. Doch stattdessen taten sie kaum etwas anderes, kreisten um das Thema wie Wellen um einen ins seichte Wasser geworfenen Stein.

Doppelt nervös schaute Sonja sich um. Hier war sie letzten Sonntag Mimo zum ersten Mal begegnet und wie vom Blitz getroffen seinem Lächeln erlegen. Und nun, nach dem Erlebnis am Mittwochabend, wollte sie ihn am liebsten nie wiedersehen. Ein Vogel landete auf dem Pflaster, um aus einer vom Überlauf des Brunnens gefüllten Pfütze zu trinken. Alle anderen saßen im Geäst der Platanen, suchten unter den großen gezackten Blättern Schatten. Keine Schiebermütze in Sicht. Sie hatte den Vorfall weggelächelt und Elke belogen. Doch zu vergessen, das wollte ihr einfach nicht gelingen. Weder bei Mimo noch was den Anblick von Herrn Rossis Leiche betraf.

Die Außentür der Bürgermeisterei fiel gleichzeitig mit dem letzten Ton des Geläuts ins Schloss, setzte einen finalen Donnerschlag. Abgetretene Stufen führten zur kleinen Eingangshalle hinauf, die lediglich mit einigen Stühlen ausgestattet war. Kühler Steinboden und eine hohe Decke unterstrichen den Eindruck von Leere. An der Wand neben dem Amtszimmer prangte als einziger Schmuck ein geschnitztes und bunt bemaltes Wappenschild.

Den entwendeten Anmeldebogen hatte Elke höchstpersönlich doch wieder zurück in die Mappe aus der oberen Schublade der Anrichte gesteckt. Im Trubel des Vormittags war es kinderleicht gewesen. Es hätte nur Argwohn erregt, wenn das Fehlen bemerkt worden wäre. Und zu den Fingerabdrücken auf der Flasche würde ihr schon etwas Passendes einfallen, sofern jemand fragte. Zuerst der Nachweis, dann die Erklärung. Die Reihenfolge war wichtig. Vorauseilende Auskünfte wirkten wie Lügen, hatte Sonja ihr eingeschärft, die sich besser mit Kriminalistik auskannte. Von Agatha Christie bis Edgar Wallace – Sonja hatte fast jeden Krimi gelesen. Anneliese Schneider wegen ihres Flirts mit Rossi anzuschwärzen, war die allerletzte Option. Aber dafür mussten sie schon arg in Bedrängnis geraten.

»Weißt du, wenn das alles vorbei ist, werden wir drüber lachen«, sagte Elke leise, aber entschlossen. Ihr Flüstern hallte von den Wänden wider. Seit sie nicht mehr ihre sofortige Exekution befürchtete, entwickelte sie zunehmend einen seltsamen Galgenhumor. »Sieh es mal so: Von einer heißen Nacht mit einem feurigen Italiener – die ja noch kommen kann – würden wir zu Hause niemandem erzählen. Und im Grunde ist das ja auch nichts Besonderes, man erwartet es doch sogar! Aber in einem Mordfall verhört zu werden, von einem echten Commissario, das ist garantiert ein Urlaubserlebnis, das sonst keiner vorweisen kann.«

Sonja brachte keinen Ton heraus. Ihre Kehle war so eng, dass sie kaum schlucken konnte. Eingeschüchtert kauerte sie auf dem unbequemen Holzstuhl, dessen Sitzfläche zwar mit dunkelgrünem Stoff bezogen, aber nicht gepolstert war. Die Schnitzereien der Lehne drückten sich zwischen ihre Schulterblätter, zwangen sie gerade zu sitzen. Einem Kommissar Rede und Antwort stehen zu müssen … Auf solch eine Urlaubsanekdote hätte sie lieber verzichtet. Und das in diesem Aufzug! Ihre Hose war so kurz, dass ihre Mutter einen Herzanfall bekommen hätte, und auf den

Knien hielt sie ihren Sonnenhut. Lächerlich groß kam er ihr vor mit seiner breiten weißen Krempe. Mondän war Elkes Bezeichnung dafür gewesen, und sie hatten beide das gleiche Modell erstanden. Ebenso unüberlegt gekauft wie die Luftmatratze. Wie sollten sie das alles jemals auf dem Roller nach Hause transportieren? Wegen der Hüte waren sie zur Bürgermeisterei gelaufen, statt zu fahren. Wenn schon, denn schon, und das Beste daraus machen … Sonja stöhnte unterdrückt. Ihr Mut schwankte wie ein Ruderboot auf dem stürmischen Mittelmeer. Mal gelang es ihr, angefeuert von Elke, die Paddel zu greifen und ein paar Schläge zu tun, dann verlor sie den Halt, und ihre Nussschale kreiselte, trieb fort vom rettenden Ufer. Es schien, als könne immer nur eine von ihnen die Nerven behalten. Und leider war es meistens nicht sie.

Natürlich war es verlockend, sich vorzustellen, ihre Plauderei am Morgen sei so etwas wie Ermittlungsarbeit gewesen – und zudem geschickt eingefädelt, Anneliese und Franz zu trennen, um ihnen irgendwas zu entlocken: einen Fehler, einen Versprecher, ein unbedachtes Wort, aus dem sich ein Motiv ableiten ließ. Herausgekommen war dabei wenig. Eine Liste mit Romanempfehlungen, die sie unbedingt lesen sollte. Einige erstaunliche Details über Ernest Hemingway, den sowohl Frau Schneider als auch Signora Pellegrini verehrten, sowie die Erkenntnis, dass Herr Schneider glaubte, sich als Mann unter Beweis stellen zu müssen, sobald der Name Rossi erwähnt wurde. Er hatte sogar tatsächlich versucht, das angebliche Leck an Elkes Roller zu finden. Doch im Grunde war Schneiders Groll gegenüber Herrn Rossi ein alter Hut. Es sträubten sich ihr jetzt noch die Nackenhaare, dass sie im Zimmer der Schneiders herumgeschnüffelt hatten, nachdem die nach Rimini aufgebrochen waren und während unten die Nachbarn unter Aufsicht des dünnen Ispettore dem Toten ihre Aufwartung machten. Doch aus Elkes Mund hatte die Idee, die

Gelegenheit zu nutzen und nach Belastungsmaterial zu suchen, so logisch geklungen. Und so fabelhaft einfach.

Ein Mann verließ die Amtsstube, rieb sich den dichten, schon fast ergrauten Schnauzbart. War der nicht gestern im Flur vor Herrn Rossis Zimmer auch dabei gewesen?

Gino Tardellis Blick streifte Sonja mit flüchtigem Erkennen. Ein Sonnenstrahl schlüpfte hinter ihm herein und verschwand wieder, als der nächste Donner der Außentür den Raum erschütterte.

Geschlagene zehn Minuten starrten die Freundinnen auf die gebogene Klinke, bis Elke als Erste hereingerufen wurde.

Commissario Lorenzo Garibaldi saß hinter dem wuchtigen Schreibtisch des Bürgermeisters und kam nach wenigen einleitenden Worten zügig zur Sache. Wie gut sie Kilian Rossi gekannt und wann sie ihn zuletzt gesehen habe, ob ihr etwas an ihm aufgefallen sei oder anders gewesen als sonst.

»Beim Frühstück war alles ganz normal, denke ich. Wir haben uns kurz unterhalten. Nur mit seinen Haaren war irgendwas …« Wie sah das aus, dass sie auf so unwichtige Äußerlichkeiten achtete? Das interessierte den Kommissar garantiert nicht. »Na ja, vielleicht waren sie auch nur noch nicht ganz trocken nach dem Frühsport, und er hat sich beeilt, weil er ein bisschen spät dran war. Er ist auch etwas früher aufgebrochen als sonst und gleich mit dem Moped weggefahren.«

»Wann kam er wieder?«

»Das weiß ich nicht. Auch nicht, wo er gewesen ist. Meine Freundin und ich, wir sind zum Strand runtergegangen und bis zum Nachmittag dort geblieben. Und als wir an der Pension eintrafen, hatte man ihn schon in sein Zimmer gebracht. Kurz danach war er tot.« Redete sie zu schnell oder doch zu viel? Der Kommissar ließ keine Regung erkennen, sein Blick wirkte freundlich und interessiert.

»Worüber haben Sie sich mit ihm unterhalten?«

»Ausflüge«, antwortete sie prompt. »Burgen im Hinterland, Sehenswürdigkeiten und natürlich Venedig. Weil wir dort unbedingt noch hinwollen. Frau Schneider übrigens auch, wegen Hemingway, glaube ich.« Schon vermochte sie mit Sonjas neuen Informationen zu punkten. »Ich kann mit Hemingway ja nichts anfangen. Einmal hab ich es versucht, aber mir ist es zu trocken, wie er schreibt. Jedenfalls war Hemingway wohl ganz verliebt in die Stadt – La Serenissima, die Erhabene, nicht wahr? Überall Wasser statt Straßen, das würde ich wirklich gern sehen. Und dort Eis essen!« Echtes italienisches Eis, cremig und süß, das mit der Aussicht auf die Lagune bestimmt noch tausend Mal besser schmeckte als in der kleinen Eisdiele zu Hause.

»Sie sprechen ein ausgezeichnetes Italienisch, Signorina Wilk. Wie kommt das?«

»Ach, so gut auch wieder nicht.« Bestimmt wollte er nur höflich sein. »Eine lange Geschichte.«

»Um die zu hören, bin ich hier. Haben Sie Familie in Italien?«

»Nein.« Sie kaute kurz an ihrer Lippe. Seine entspannte Ruhe irritierte sie. »Meine Familie stammt aus Siebenbürgen, wir sind Sachsen.« Wenn ihre Eltern das sagten, schwang immer eine Mischung aus Stolz und Wehmut darin mit, und das Festhalten-Wollen an Verlorenem. »Eine deutsche Minderheit in Rumänien.« Was kümmerte es Herrn Garibaldi, auf welchem Weg ihre Familie nach Deutschland gelangt war? Am Ende eines unseligen Krieges, in dem Recht und Unrecht, Sieg und Niederlage die Seiten schneller wechselten als Kinder, die über plätscherndes Wasser im Rinnstein springen. Ihr war der Sprung ins neue Leben besser geglückt als ihren Eltern, die gern von Traditionen sprachen, aber nie vom Krieg.

Elke setzte sich gerade hin, die Hände auf dem Tisch ineinandergelegt. »Mir fällt es leicht, Sprachen zu lernen, und das

Rumänische ist dem Italienischen sehr ähnlich.« Sie hatte alles gegeben, um den Zungenschlag und die eigenwillige Grammatik des Siebenbürgisch-Sächsischen loszuwerden, die ihr den Stempel eines Flüchtlingskindes aufgedrückt hatten. Nur das rollende R war geblieben, was ihr Italienisch so authentisch klingen ließ. »Und ich habe ein bisschen Übung, seit bei uns im Opel-Werk die ersten Gastarbeiter beschäftigt sind. Wenn von denen einer im Personalbüro zu tun hat, dann rufen sie mich dazu.«

»Bravo. Das ist eine gute Tat.«

Der Kommissar lächelte, und diesmal lächelte sie zurück.

»Dürfte ich Sie darum bitten, mir den gleichen Gefallen zu erweisen und bei der Befragung Ihrer Landsleute als Dolmetscherin zu assistieren? Sprache ist etwas Diffiziles, genau wie eine Mordermittlung. Fehler aufgrund von Missverständnissen möchte ich gern vermeiden.«

Lorenzos Mundwinkel zuckten amüsiert, ihm gefiel sowohl die eigene Formulierung als auch der kleine Kniff, der ihm gleich mehrere Vorteile verschaffte. Signorina Wilk nickte benommen. Sie konnte ihm seine Bitte schlecht abschlagen. In leichtem Ton stellte er seine restlichen Fragen, mischte ab und an eine persönliche Bemerkung dazwischen, harmlose Kleinigkeiten zum Reisen und zum Wetter sowie zu ihren Ausflugsplänen, bis sie sich entspannte.

Im Hintergrund saß Ispettore Spadafero, die schlaksige Gestalt auf einen Stuhl gefaltet, protokollierte still und konzentriert, auch als das zweite deutsche Fräulein ins Zimmer gerufen wurde.

»Der Kommissar will wissen, ob wir den ganzen Tag am Meer gewesen sind und die ganze Zeit zusammen waren«, übersetzte Elke wenig später. »Das habe ich ihm natürlich schon gesagt, aber er will unbedingt, dass du ihm das bestätigst.«

»Den ganzen Tag?« Sonja zögerte. »Also von morgens an?«

»Na, das stimmt doch. Mittags haben wir eine Weile im Schatten unter den Bäumen am Weg gesessen, weil es so schrecklich heiß war. Nur ein paar Meter weg vom Strand. Etwa eine halbe Stunde lang, richtig?«

Sonja nickte lahm und lächelte, damit der Kommissar die Lüge glaubte. Diese halbe Stunde war ihr länger vorgekommen, viel länger. Hätten sie in der Zeit doch nur wirklich im Schatten gesessen!

»Davor und danach waren wir schwimmen, haben uns in der Sonne gebräunt und gelesen.«

»Und morgens bin ich eingeschlafen.« Im warmen Sand, weil sie die halbe Nacht im Bett wach gelegen hatte.

»Genau.«

»Aber du nicht. Und als ich zwischendurch aufgewacht bin, warst du nicht da – und auch nicht im Wasser.«

»Das musst du geträumt haben.«

»Ganz sicher nicht, weil …« Von dem, was sie geträumt hatte, wollte Sonja auch jetzt nichts erzählen. Eine höchst unanständige, kleine Fantasie, wegen der sie danach alles andere zunächst wieder vergessen hatte. Aber jetzt sah sie es klar vor sich: Das Strandlaken neben ihrer Luftmatratze war leer, in den leise rollenden Wellen spielten ein paar Kinder, weit draußen blitzte ein weißes Segel. Und unter dem Sonnenschirm der Schneiders hatte Anneliese mit ihrem Buch gelegen. Nur Anneliese. Weit und breit weder Elkes Nixenbadeanzug noch Franz' praller weißer Bauch in Sicht. »Wo warst du?«

»Bitte, nicht jetzt«, stöhnte Elke. »Sag einfach ja.«

»Wo warst du?« Sonja ließ nicht locker.

»Meine Güte, damit du Ruhe gibst: Ich musste mal in die Büsche, okay? Das war alles. Und ja, es hat etwas länger gedauert.«

»Hast du da Herrn Schneider gesehen?«

»Himmel nein, zum Glück nicht.«

»Signorina Wilk – bitte. Was gibt es da zu diskutieren? Übersetzen Sie ausschließlich meine Fragen und die Antworten von Signorina Mauer. Keine Privatgespräche.«

»Kein Schneider?« Sonja fixierte Elke, bis die begriff, worauf sie hinauswollte: Während sie geschlafen hatte, war Anneliese an den Strand gekommen – ohne ihren Mann, der erst deutlich später gefolgt war. Kam da zum Motiv die Möglichkeit?

Sonja wandte sich dem Kommissar zu. »*Si* – ja, wir waren zusammen. Die ganze Zeit.« Sie unterlegte ihre Aussage mit Gesten, deutete auf ihre Armbanduhr, über der sie den Finger kreisen ließ.

Lorenzo Garibaldi strich mit der Zunge an seinen Schneidezähnen entlang. Den Rest der Unterhaltung schienen ihm beide vorenthalten zu wollen. Er ließ es darauf beruhen, würde es jedoch nicht vergessen. »Und während der ganzen Zeit war Signor Rossi nicht da. Auch nicht ganz kurz? Nachdem er mit dem Roller aufgebrochen ist, haben Sie einander nicht mehr gesehen?«

Diesmal verneinte das brünette Fräulein sofort.

»Es ist nämlich so …« Er nahm seine Skizze vom Weg zwischen Strand und Pension zur Hand, die er – am Schreibtisch und auf frischem Papier – noch einmal neu gezeichnet und Signorina Wilk bisher absichtlich vorenthalten hatte. Er schob sie über den Tisch, die stumpfe Seite seines Bleistifts tippte aufs Meer, dann auf die Pension. Aufmerksam beobachtete er die beiden Augenpaare, die seinem Stift folgten, registrierte jeden Atemzug, jede winzige Veränderung des Gesichtsausdrucks.

»Er wurde an dieser Strecke gefunden.« An der kürzesten Verbindung runter zum Strand, die Signora Pellegrini all ihren Gästen zeigte. »Und ich frage mich, was er dort gewollt hat. Er lag genau hier.« Sein Stift klopfte auf die Stelle, die er inzwischen traf, ohne hinzusehen. »Tot, unter einem Busch. Übersetzen Sie«, forderte er. »Bitte.«

Signorina Wilk redete schnell. Ihr rollendes R verlieh dem

harten Klang der fremden Sprache eine weiche Note, unter die sich diesmal noch etwas anderes mischte. Ein Missklang, der auf der Stirn von Signorina Mauer eine eigentümliche Resonanz auslöste – bei dem Versuch, keine Miene zu verziehen. Sie schwieg, bis sie angestupst wurde, dann glitt ihr Zeigefinger über den weiter rechts verlaufenden Hauptweg hinunter zur Bucht. Ein kaum merklicher Seitenblick zu ihrer Freundin hatte Rückendeckung in Form eines ebenso unauffälligen Nickens zur Folge. Sehr diskret und doch nicht diskret genug.

»Wir sind gestern dort vom Strand hochgegangen, Signor Garibaldi. Sehen Sie? Direkt ins Dorf, um Ansichtskarten zu kaufen.« Elke Wilk tippte nun ebenfalls auf den Plan, von dem er den Stift längst zurückgezogen hatte. »Bei den Aprikosenbäumen sind wir also gar nicht vorbeigekommen.«

»Welches Motiv?« Lorenzo schaute von einer zur anderen. »Hat es sich gelohnt?«

»W… wie bitte?«

»Der Umweg für die Postkarten.« Den sie mit vollem Strandgepäck in der größten Nachmittagshitze auf sich genommen hatten. Nach eigenen Angaben waren sie gegen 15:30 Uhr in der Pension eingetroffen. »Welches Motiv haben Sie gekauft?«

»Ach so, also, die Karten waren für Sonja. Ein Sonnenuntergang oder Segelboote? Da müsste ich sie fragen.«

»Unwichtig.« Lorenzo Garibaldi winkte ab. Darauf konnte er später zurückkommen, sie sich in der Pension zeigen lassen und natürlich den Ladenbesitzer dazu befragen. »Ich habe nur überlegt, ob es Postkarten von Pesaro del Monte piccolo Cattolica gibt. Als kleines Andenken an meinen Besuch.« Flüchtig streifte ihn der Gedanke, was sich darauf abzubilden lohnen könnte. Ein maroder Kirchturm, Schlaglöcher, freilaufendes Geflügel? Doch der Moment war zu kurz, um ihm auch nur ein Schmunzeln zu entlocken.

Sein letzter kleiner Zweifel, ob die beiden deutschen Fräulein ihm die volle Wahrheit sagten, verflog. Zurück blieb die Gewissheit, dass dem nicht so war.

*

Nach dem Frühstück und der kleinen Hilfeleistung an Fräulein Wilks Roller war Franz Schneider dem Kommissar entwischt, was ihm diebisches Vergnügen bereitete. Genau in dem Moment, als ein spargeldünner Polizist an der Pension eingetroffen war, hatte er seine Frau in den Kapitän gepackt und dann nach Rimini kutschiert. Seit Weihnachten hatte sie ihm von der Stadt vorgeschwärmt, und auch wenn er ihr das Gefühl gegeben hatte, nicht zuzuhören, war doch eine ganze Menge an Informationen bei ihm hängen geblieben. In Rimini war schon im vorigen Jahrhundert das erste Seebad der Adria eröffnet worden. Ein luxuriöser Kurort für Adlige und Reiche, den ihre Familien sich damals nie hätten leisten können. Sie hatten sich erst hocharbeiten müssen, unter ungünstigsten Bedingungen. Eltern, Kinder, Kindeskinder.

Anneliese zuliebe besichtigten sie eine Kirche und die Ruinen eines römischen Theaters. Franz hasste die Bilder, die er damit in seinem Kopf heraufbeschwor. Vierzehn Jahre waren seit den Luftangriffen auf Koblenz vergangen, von dem fast nichts übrig geblieben war. Die Stadt hatte sich erholt und er auch, weil er mit Anneliese in Bad Ems neu angefangen hatte. Seitdem wollte er nur noch schöne Dinge um sich herum haben, Ruhe und Ordnung. Ein bisschen Idylle, wie in Berchtesgaden, das war wohl nicht zu viel verlangt.

Im Zentrum von Rimini suchte er in einer Boutique einen Badeanzug für Anneliese aus, dessen Preis ihm Schweißperlen auf die Stirn trieb, aber er bestand darauf, ihn zu kaufen, obwohl sie versuchte, es ihm auszureden. Er konnte sich Rimini leisten. Und heute wollte er es auch.

Zu Mittag aßen sie in einem Lokal, in dem Deutsch gesprochen wurde, was Franz ein wenig mit der Welt versöhnte, auch wenn das Schnitzel dem heimischen Maßstab nicht gerecht wurde. Das Bier dazu war angenehm herb und wunderbar kühl, und in den Augen seiner Frau verschwand allmählich die Rötung von den Tränen, die sie um Kilian Rossi vergossen hatte.

Franz knirschte mit den Zähnen, während er ihr zulächelte. Widrige Umstände suchten seinen Urlaub heim. Dieser Mann war nichts anderes gewesen, dann sein Tod und nun der lästige Kommissar. Fürs Erste hatte Franz ihm ein Schnippchen geschlagen, und die Genugtuung konnte ihm keiner mehr nehmen. Italienischer Staatsdiener, Prost Mahlzeit, da steckte der Fehler doch schon im Namen. Er wusste doch, wie diese Brüder tickten. Schluderig im Dienst, der fast nur aus Pausen bestand, und bloß den Feierabend rechtzeitig beginnen. Na, den würde er vorführen, das saß er heute locker aus. Der sollte ihn in Ruhe lassen und lieber unter seinesgleichen nach einem Täter suchen, der diesem penetranten Schwerenöter den Garaus gemacht hatte. Impulsiv waren die Italiener doch alle und Anlässe zum Mord an Rossi gewiss so zahlreich vorhanden, wie es Frauen und gehörnte Ehemänner in der Gemeinde gab. Und darüber hinaus. Man musste kein Genie sein, um das zu herauszufinden.

Der letzte Schluck Bier stieß ihm auf, und er winkte dem Kellner. Das Casanova-Problem hatte sich erledigt. Gleich würde er Anneliese an den breiten Strand begleiten, von dem sie zu Hause so oft geträumt hatte. Er würde den Sand in seinen Schuhen und Socken ertragen, die unsägliche Hitze ignorieren und einen Sonnenschirm mieten.

Anneliese hielt während des gesamten Ausflugs seine Hand, wie früher, als sie frisch verliebt gewesen waren. Ob sie ahnte, was in ihm vorging, und welche Schlüsse sie aus seinem Verhalten zog, behielt sie für sich. Sie forderte nichts, widersprach nur, wenn er sie ihrer Meinung nach zu sehr verwöhnte. Und sie war klug genug, ihm keine einzige Frage zu stellen.

Kapitel 11

Probeweise ließ Federica den Motor des Cabrios an. Dessen Aussetzer, als sie gestern zu Baresi gewollt hatte, um zu telefonieren, gab ihr Rätsel auf. Das war nie zuvor passiert, und auch jetzt schnurrte der Zweitakter sofort los. Anscheinend war es ihr Fehler gewesen, ausgelöst durch die Aufregung. Grübelnd zog sie den Schlüssel ab und stieg wieder aus. Neben dem Cabrio stand Kilian Rossis Roller. Irgendwer würde sich darum kümmern müssen, wie überhaupt um den Verbleib seiner Sachen. Ihre Hand strich über die getrennten Sitze der Lambretta, auf der sie einmal mitgefahren war. Alt, aber gut in Schuss und blitzblank. Sie wischte über den Korpus, dann übers Schutzblech, bückte sich zur Felge. Kein Schmutz. Dabei war er gestern Morgen noch unterwegs gewesen, da war sie ganz sicher. Sie schloss die Augen, sah sich selbst mit dem Wagen zur Bank losfahren, das Tuch um die Haare geschlungen, die Sonnenbrille auf der Nase, ihren Blick in den Rückspiegel. Beide Roller waren da gewesen, Rossi also schon zurück von seiner morgendlichen Ausfahrt. Sie stöhnte leise auf. Der Rückspiegel! Darin war für einen Moment auch Mimo aufgetaucht. Himmel, wieso hatte sie nicht früher begriffen? Der frisch polierte Roller war bestimmt mit seinen Fingerabdrücken übersäht. Nur mit seinen. Welche Schlüsse würde der Kommissar daraus ziehen? Langsam ließ sie Sand und Erde zwischen ihren Fingern zu Boden rieseln, die sie unbewusst aufgehoben hatte. Eine Hand voll Dreck würde nicht reichen, um Garibaldi abzulenken. Und es war nicht richtig. Sie schluckte hart. Aber was war dann richtig?

Durch das Fenster sah sie zwei Beamte, die Rossis Sachen

durchsuchten und mit Puderpinsel und Pinzetten Spuren sicherten. Für eine Sekunde zog sie in Betracht, gleich mit dem Kommissar zu reden. Bevor einer von ihnen von selbst darauf kam, den Roller unter die Lupe zu nehmen, und sich über die Sauberkeit wunderte. Dann verwarf sie die Idee. Sie wischte die schmutzige Hand an ihrer Hose ab. Zuerst musste sie klären, ob sie mit ihrer Vermutung richtiglag. Unbemerkt, wenn möglich, und daher ohne das Cabrio.

Zwischen Kisten mit Werkzeug und alten Ackergeräten aus dem Bestand des Vorbesitzers schlängelte sie sich ins Halbdunkel des Schuppens. Es drang gerade ausreichend Licht durch Ritzen und Astlöcher in den Brettern, dass sie sich zurechtfand. Eines Tages würde das Dach über ihr einstürzen, wenn sie den maroden Zustand weiter ignorierte. Kletterpflanzen rankten an der einen Stelle hinein, wuchsen an einer anderen wieder hinaus und halfen womöglich sogar, das fragile Konstrukt aufrecht zu halten. Im Glasballon einer Korbflasche schwappte schwarz gebrannter Grappa. So stark, dass man ihn bestenfalls zum Desinfizieren oder Abbeizen von Möbeln verwenden konnte.

Sie nahm Matteos graumelierte Mütze vom Haken, die ihre gesamten Haare verdeckte, und schob sein Fahrrad ins Freie. *Wem nützt es, wem schadet es?* Sie schwang das Bein beim Aufsteigen über den Gepäckträger; der Sattel knarrte und die Pedale ächzten unter ihrem harten Antritt. Die alte Befana wusste es. Zumindest wusste sie sicher mehr als Federica.

*

Lorenzo Garibaldi war es leid, sich für dumm verkaufen zu lassen. Es war gleich zwei Uhr, früher Nachmittag, doch gelegentlich musste er sich kneifen angesichts der gleichförmigen Antworten auf seine Fragen. Steckte er in einer Zeitschleife? Ohne sich etwas anmerken zu lassen, piekte er seinen Bleistift in die Lageskizze und achtete wachsam auf jedes Blinzeln oder Zögern.

»Kilian Rossi war also noch am Leben, als Sie mit ihm in der Pension Vento del mare eintrafen?«

»*Sì.* Genau so war es.« Gino Tardelli hatte an der Stelle schnell eine Bemerkung zum Stand der Reifenbeschaffung für Lorenzos Wagen eingefügt, um die er sich sofort persönlich weiter kümmern wollte, sobald er gehen durfte. »Signor Rossi hat geseufzt und seinen Kopf und den Arm bewegt, da können Sie jeden fragen.«

Was Lorenzo getan hatte, wie Spadaferos Protokolle belegten, in denen auch exakt dieselbe Reihenfolge – erst Seufzen, dann Kopf, zuletzt Arm – verzeichnet war.

Davide Tardelli, der ihm so freundlich bei seiner Panne geholfen hatte, hatte sich als Sohn von Werkstattinhaber Gino entpuppt – welch ein Zufall. Cesare Collina war Ornella Tozzis Schwager und Leichenwäscherin Nunzia die Schwester von Restaurantbesitzer Paolo Zaccardo. Bei den engen familiären Verflechtungen derer, die sich um Rossi gekümmert hatten, fiel nur Enzo Mangione aus dem Rahmen. Doch der arbeitete für Zaccardo und befand sich somit in direkter Abhängigkeit. Seine Aussage stand noch aus, und auch die Schneiders glänzten weiter durch Abwesenheit. Alle bisher Befragten erwiesen sich jedoch entgegen Signora Pellegrinis Vorhersage als ausgesprochen kooperativ und auskunftsfreudig und hatten nie von Problemen mit Kilian Rossi gehört. Es stank zum Himmel.

»Vier von sechs befragt«, sagte er zu Spadafero, als Ornella Tozzi gegangen war. »Wollen wir wetten, dass auch die letzten beiden Ersthelfer sich bei ihrer Schilderung nicht verplappern?«

Eine rhetorische Frage, die der Ispettore unbeantwortet ließ. Seit der Fehlleistung zum Thema Befana, die an seinem Ego kratzte, wirkte er angeschlagen.

Giovanni Spadafero war kein Kind mehr, das an die Existenz der guten Hexe glaubte, die zu Epifania – dem Dreikönigstag am 6. Januar – Geschenke brachte. Früher hatte er sich vor der hässlichen Alten gefürchtet und zur großen Erheiterung seiner älteren Brüder ihretwegen stundenlang unterm Bett oder im Schrank versteckt. Und egal, wie sehr er sich anstrengte, brav zu sein, war es über Jahre immer nur Kohle gewesen, was sie ihm dagelassen hatte. Keine echte Kohle natürlich, nur schwarz gefärbtes Zuckerwerk, aber beschämend. Unabhängig davon, dass seine Brüder ihm später gestanden hatten, seine Süßigkeiten gegen *ihre* Kohlestücke ausgetauscht zu haben, hing es ihm bis heute nach. In einer der vielen Legenden hieß es, dass die Befana dem heiligen Stern folgen wollte, um dem neugeborenen Christuskind ihre Gaben zu bringen. Doch es war zu spät, der Stern verlosch, und sie konnte das Kind nicht finden. Untröstlich mühte sie sich weiter und zog seither von Haus zu Haus. Bei all den fröhlichen Feierlichkeiten, die sich daraus entwickelt hatten, wurde die Befana auch gern den Trödlern als Mahnung vorgehalten: einmal zu spät, rannte sie zeitlebens ihrem Versäumnis hinterher. Und deshalb bemühte sich Giovanni krampfhaft, immer einen Schritt voraus zu sein.

Hätten der Ispettore und der Commissario je darüber gesprochen, wären wohl beide von der Interpretation des anderen überrascht gewesen. Denn Lorenzo betrachtete die mythische Figur der Legende als Ansporn, niemals aufzugeben. Die Suche der Befana dauerte an, weil sie ihr Ziel klar vor Augen hatte, und sie ließ sich von nichts aufhalten. Weder von der Zeit noch von den Gesetzen der Logik.

Jene Befana, mit der sie es in ihrem Fall zu tun hatten, schätzte Lorenzo als höchst reales und irdisches Wesen ein – und als eine Schlüsselfigur, wenn er der Wahrheit näher kommen wollte. Sie war eine Institution im Dorf, das kristallisierte sich deutlich heraus. Für die üblichen Krankheiten oder kleineren Unfälle fuhr niemand zum Doktor in die Stadt oder ließ gar einen kommen. Das kostete nur unnötig Zeit und Geld. Das galt auch im Fall Rossi. Die eine sichtbare Platzwunde fiel eindeutig in den Aufgabenbereich der Befana, die im Handumdrehen zur Stelle gewesen war.

»Auf ihrem Besen«, war Lorenzo beim ersten Gespräch herausgerutscht. Später hatte er es absichtlich wiederholt. Nunzia Zaccardo war der Bemerkung mit kühlem Lächeln begegnet, alle anderen mit leiser Nervosität und heimlich abgespreizten Fingern zur Abwehr des Bösen. Er konnte das Flüstern in ihren Köpfen geradezu hören. *Sciò, sciò, sciò!* Obwohl die Befana von Pesaro del Monte piccolo Cattolica selbstverständlich keine Hexe war und die Bezeichnung nur ein kleiner Spaß. So klein, dass sämtliche Zeugen an ihrem wahren Namen gescheitert waren, für den Bürgermeister Baresi schließlich das Melderegister herangezogen hatte.

Inzwischen war auch die fünfte Befragung fast erledigt. Lorenzo ließ den Bleistift fallen und sprang auf. Er musste raus aus dieser Amtsstube, sich die Beine vertreten und einen klaren Kopf bekommen. Er wollte gern bei der kriminaltechnischen Untersuchung an Rossis Fundort dabei sein, falls das noch nicht geschehen war. Die offizielle Version der Ereignisse aus Signora Pellegrinis Sicht wollte er ebenfalls persönlich aufnehmen und außerdem …

Vor seinem Schreibtisch schauten Aldo Baresi und Paolo Zaccardo ihn fragend an. Momentan fehlte Lorenzo der Faden, was er von den beiden zuletzt gehört hatte. War es die Beteuerung gewesen, dass keinem je etwas von ernsthaften Streitigkeiten mit Rossi zu Ohren gekommen war? Der *sture Hund*, wie der Bürgermeister ihn genannt hatte, war letztlich doch ein ganz harmloser gewesen. Wenn überhaupt, dann kam in ihren Augen nur jemand aus Rossis Südtiroler Heimat in Frage, der ihm schaden wollte. Ja, das war ihr

Thema gewesen und die nächste Unwahrheit. Niemand verdiente sich den Titel sturer Hund, ohne jemals angeeckt zu sein.

Mit einem Achselzucken steckte er den Zettel mit dem Namen und der Adresse der Befana ein. Hier kam er nicht weiter.

»Kann mir jemand den Weg zu der Dame erklären?«

»Kein Problem, das macht Mimo«, sagte Baresi. »Um diese Zeit sitzt er meistens am Brunnen. Ich sage ihm, er soll Sie begleiten.«

»Nicht nötig, Herr Bürgermeister.« Zaccardo legte beide Hände aufs Herz und neigte den Kopf. »Wenn ich schon mal da bin, mache ich mich gern nützlich. Das liegt ja fast auf meiner Strecke.«

In seiner Freundlichkeit schwang etwas Anbiederndes mit, ölig, wie die glänzend zur Seite gekämmten Haare. Das ganze Gegenteil seiner Schwester. Die hatte gradlinige Distanz gewahrt, unter der ein Hauch von Humor aufblitzte und etwas, das Lorenzo nicht näher definieren konnte.

Er mahnte sich zur Vorsicht. In jeder Beziehung.

Der Bürgermeister legte die Stirn in Falten, als wolle er noch etwas sagen, aber Zaccardo drängte zum Aufbruch – ewig konnten Restaurant und Personal nicht unbeaufsichtigt bleiben, die er während des Mittagsgeschäfts allein gelassen hatte –, und so schloss Lorenzo sich ihm an. Sorgfältig knöpfte er das Jackett zu und setzte den Hut auf. Auch die Weihnachtshexe hatte ein Recht darauf, dass er sich von seiner besten Seite zeigte. Er hängte die Aktenmappe um und klopfte Spadafero auf die Schulter. Den Burschen hätte er vierteilen müssen, um ihn alle Aufgaben gleichzeitig erledigen zu lassen: das Telefon bewachen, eigenständig Befragungen durchführen, Ohren offen halten und ein Stimmungsbild einfangen, wie er es schon am Morgen in der Pension gemacht hatte.

Rasch und leise erteilte er ihm seine Anweisungen. Verschwiegenheit und Neugier gingen in Pesaro del Monte piccolo Cattolica Hand in Hand. Es verlangte nach Fingerspitzengefühl und Talent, beides gegeneinander auszuspielen, ohne dabei in die eigene Falle zu tappen.

*

Mimo fegte das Pflaster vor dem Kirchenportal. Don Pietro mochte es sauber und ärgerte sich über die Vögel, die in den Nischen an den Wänden hockten und über die Kante auf seinen Vorplatz kackten. Mimo kratzte sich den Nacken und guckte nach oben. Er hatte Don Pietro vorgeschlagen, die Vögel mit einer Zwille zu verjagen, aber das hatte der Pfarrer dann auch nicht gewollt. Dabei verstanden es die dummen Tiere doch nicht anders. Und er hätte sie ja nur erschreckt, nicht getötet, wie Andrea Antognoni, der sie mit seinem Gewehr ein für alle Mal vom Himmel holte. Vielleicht wollte Don Pietro ihnen lieber predigen, dass sie verschwinden sollten. Aber ob das etwas nutzte? Mimo grinste. An die Dummen war das Wort Gottes verschwendet, hatte Signor Rossi mal gesagt. Um Vögel war es ihm dabei aber nicht gegangen. Also irgendwie schon, aber gemeint hatte er dumme Menschen wie Signor Antognoni. Und noch einige andere. Ihn ausnahmsweise nicht. Obwohl Rossi ihn oft beschimpft hatte. Wegen nichts.

Mimo lehnte den Besen an die Kirchenwand und hockte sich auf die breite Stufe vor dem Portal. Spatzen hüpften übers Pflaster. Wenn man still saß, kamen sie näher, und manche fraßen ihm aus der Hand, wenn er Brot dabeihatte. Dumm waren die ganz sicher nicht. Die merkten ganz schnell, wenn er versuchte, sie dranzukriegen, und nur so tat als ob. Dann neigten sie die Köpfe zur Seite und zwinkerten mit ihren kleinen, schwarzen Knopfaugen. Die Tauben kapierten langsamer. Die waren wie er.

Vielleicht konnte er sie deshalb weniger leiden. Er wäre lieber ein Spatz gewesen.

Nachdenklich stützte er das Kinn in die Hände. Signor Rossi hatte viel über Vögel gewusst. Schön und erhaben hatte er sie genannt, unschuldig und rein. Wenn man sich die pummeligen Spatzen anguckte oder den Taubendreck, der mit dem Schrubber statt dem Besen beseitigt werden musste, konnte man darüber wirklich streiten.

Paolo Zaccardo kam gemeinsam mit einem Fremden aus der Bürgermeisterei. Automatisch machte sich Mimo noch ein bisschen kleiner. Der Mann im Anzug konnte nur der Kommissar sein, dem er aus dem Weg gehen sollte. Dabei hätte den Rossis Streit mit Andrea Antognoni wegen der Vögel vielleicht sogar interessiert. Aber was wusste er schon? Seine Worte waren so nutzlos wie Vogeldreck.

*

Nachdem der Kommissar mit Paolo Zaccardo gegangen war, verließ auch Aldo Baresi sein Amtszimmer. Ganz in Grübelei versunken, schlüpfte er durch den Hinterausgang. Was kümmerte es ihn, ob Zaccardo einen Umweg machte oder wieso? Andererseits fiel es dem normalerweise im Traum nicht ein, sich der Befana freiwillig zu nähern. Vielleicht war sein Angebot nur ein Vorwand, um den Kommissar unter vier Augen zu sprechen? Paolo hatte bekanntlich den eigenen Vorteil jederzeit genau im Visier. Aldo fehlte die nötige Fantasie, um die Lage einzuschätzen.

Sein Magen knurrte. Ob Maria wohl etwas gekocht und für ihn aufgehoben hatte? Wenn ja, standen seine Sterne günstig. Er würde seine Frau fragen, was sie von der Angelegenheit hielt. Das war eine sehr gute Idee! Seine Stimmung heiterte sich auf. Es würde Maria gefallen und gleichzeitig helfen, die kleinen Dissonanzen zwischen ihnen zu beseitigen.

Seine Schritte wurden schneller. Nachdem er sich versichert hatte, dass er nicht beobachtet wurde, pflückte er im Vorbeigehen eine Blüte aus einem fremden Blumentopf. Rot wie die Liebe. Beschwingt summte er ein Lied. Vor ihrem Haus in der Via Carretta tupfte er Schweiß von seiner Stirn und schloss die Knöpfe am Jackett. Maria mochte es, wenn er den Anzug trug.

In der Küche klapperte Geschirr, und er sog seufzend den Duft von Fischsuppe ein. Sein Wunsch wurde Wirklichkeit.

»*Carissima!*« Er küsste die Blüte, klemmte sie hinters Ohr und trat ein.

*

In weitem Bogen umfuhr Federica die Dorfstraßen, holperte mit dem Rad über Schleichwege und wurzeldurchzogene Pfade. Am gegenüberliegenden Ortsende duckte sich die Kate der Befana an die Reste der mittelalterlichen Mauer, die einst zum Schutz der Bewohner errichtet worden war, umgeben von dichtem Gestrüpp, das zu beiden Seiten über einen Zaun wucherte. Hier und da guckten Pfosten heraus und rostige Stacheldrahtspitzen. Federica war nie zuvor bei ihr gewesen. Niemand besuchte die Befana. Offiziell.

Sie ließ das verräterische klappernde Rad an einen Baum gelehnt zurück und ging das letzte Stück zu Fuß. Obwohl die Befana ihr kaum davongelaufen wäre und wohl, wenn man dem Dorftratsch Glauben schenkte, sowieso längst wusste, dass Federica zu ihr unterwegs war. Ob durch den Blick in eine Glaskugel, gewürfelte Knöchelchen oder ein anderes heidnisches Ritual – ihre Fähigkeiten gingen über das Erklärbare hinaus.

Durch ein brusthohes Tor betrat Federica das Grundstück.

Ackerwinden kletterten, ringelten sich überall empor, die rosaweißen Blütentrichter zur Sonne gewandt. Intensive Süße hüllte sie ein.

Am Haus rührte sich nichts. Dennoch fühlte Federica sich mit jedem Schritt stärker beobachtet. Wildbienen summten vorbei, Schmetterlinge tanzten über den Brennnesseln auf dem Mist, und der beißende Geruch nach Ziegen setzte sich gegen die Ackerwinden durch.

»Hallo?«

Ein Tier gab meckernd Antwort und brach hinter einem Busch heraus. Weitere folgten. Kräuter ragten aus ihren malmenden Mäulern. Unwillkürlich wich Federica zurück.

»Fürchtest du dich vor ihren Hörnern?« Ein dünner Schleier verdeckte das Gesicht der Befana, die in einer kleinen, nebligen Wolke an ihre Seite trat. Sie schlug den Schleier nach oben über den breitkrempigen Strohhut und paffte an einem Pfeifchen. »Wegen der Bienen«, erklärte sie. »Die Ziegen tun nichts, die sind dumm. Noch dümmer als Menschen. Solange sie genug zu fressen haben, ist ihnen alles egal. Ihre Hörner setzen sie nur ein, wenn es um Macht geht.« Sie lachte glucksend. »Um Macht und um die Paarung. Es gewinnt der Bock, der sich am wildesten gebärdet und am ärgsten stinkt. Ja, so ist das, auch bei den Ziegen.«

Federica sammelte sich. »Wem nützt es, wem schadet es«, sagte sie und konnte nicht verhindern, dass ihr Tonfall zornig klang. »Wieso hast du es mir nicht einfach gesagt?«

»Was hätte das geändert?«

»Alles!« Zumindest vielleicht.

Die Befana wiegte den Kopf. »Ich denke, da irrst du.«

»Du hast mir die Möglichkeit genommen, mich anders zu entscheiden – auf die Polizei zu verzichten –, weil du mir Dinge vorenthalten hast.«

»Habe ich das? Soso. Und nun weißt du Bescheid?«

Federica warf die Arme in die Luft und schnaubte. Davon war sie Meilen entfernt. Und eigentlich war sie auch nicht gekommen, um der alten Frau Vorwürfe zu machen. Das nützte nämlich wirklich niemandem. Sie schüttelte den Kopf.

»Du willst also mein Geheimnis hören?« Die Befana legte eine knorrige Hand auf Federicas Arm. »Ich verrate es dir: Niemand weiß alles.« Sie tippte erst sich, dann ihr an die Stirn. »Etwas Schlechtes ist passiert, und das Böse kann ich spüren. Aber die Quelle kenne ich nicht. Es kriecht um unsere Beine, wie die Winden, sucht einen Ort zum Festhalten. Klammert, treibt Blüten. Schön, ja, ja, manchmal schön, bis es alles verschlingt – anderes wuchert im Verborgenen.« Ansatzlos bückte sie sich und riss mit einer einzigen Drehung des Handgelenks eine leuchtend blaue Distel aus. Die lange Pfahlwurzel verästelte sich in unzählige dünne Fädchen. »Ihre Stacheln an den Blättern kannst du sehen. Böse Stacheln – doch dienen sie nur zur Abwehr, nicht zum Angriff. Aber siehst du ihr auch an, dass sie heilt? Das Gute täuscht uns nicht weniger als das Böse.« Befana warf die Distel den Ziegen zu, die sich meckernd darum zankten. »Alles, was ist – Pflanze, Tier, Mensch –, trägt alles in sich. Lass dich nicht täuschen. Suche, was sich nicht zeigt. Ich habe dir die Frage gegeben, finde du die Antwort.«

»Ach – und wie soll ich das machen? Du hast mich töricht genannt«, presste Federica heraus. Unter der Mütze wurde es heiß. Schweiß rann aus ihren Haaren.

»Nicht mein Zweifel an dir hat dich hergeführt, sondern dein eigener.« In den Augen der Befana blitzte es. »Nur die Guten zweifeln und verfangen sich in den Fallstricken ihres Gewissens. Also: Wem schadet, was du entschieden hast?«

Federica wischte sich über den feuchten Nacken. »Mimo …?« Als sie den Namen aussprach, verpuffte ihr Zorn. Es war nur eine Vermutung. Doch es schien logisch, dass er sich in der Nähe aufgehalten hatte, als Rossi starb. Obwohl er bei dem Menschenauflauf vor dessen Zimmer nicht dabei gewesen war. Hatte er etwas oder jemanden gesehen? Kannte er den Täter, und was wusste der Täter von ihm? Wenn Garibaldi Mimo in die Finger bekam, waren die Folgen nicht abzusehen. Spätestens dann würde auch der Täter auf ihn aufmerksam werden. Sie seufzte. Und er gab einen guten Verdächtigen ab. Einen, der sich schlecht verteidigen konnte.

»Schlaues Mädchen, gutes Mädchen.« Aufmerksam sah die Befana sie an, nickte und tätschelte ihr die Wange, als hätte Federica all ihre Gedanken ausgesprochen. Doch das hatte sie nicht. »Du sorgst dich. Ja, ja. Viele sorgen sich. Das ist gut. Und ist es nicht.« Die alte Frau kniff die Augen zusammen, drehte das Gesicht in den Wind. »Unbedachte Eile, die ist töricht. Doch nun musst du gehen. Sofort.«

»Wie? Nein!« Ungläubig rang Federica nach Worten. Sollte das alles sein? Ein paar rätselhafte Sätze, die rein gar nichts erklärten? »Was soll ich denn tun?«

Unmissverständlich drängte die Befana sie zum Tor und erwies sich dabei als unerwartet kräftig.

»Sei wachsam und weise. Das Böse ist noch da. Es wächst. Geh jetzt. Geh!«

Leicht benommen fand Federica sich auf dem Pfad vor dem Stacheldrahtzaun wieder.

Aus Richtung des Dorfes näherte sich eine hochgewachsene Gestalt. Das graue Jackett trug er über dem Arm, die Krawatte saß locker, und er schritt zügig aus. Quer über der Brust erkannte sie den Riemen einer Ledertasche. Nur der tief sitzende Hut, der sein Gesicht vor der Sonne schützte, verhinderte, dass Lorenzo Garibaldi sie ebenfalls bemerkte. Von der Befana war nichts mehr zu sehen.

Blitzschnell drehte Federica sich um und rannte los. Sie

sprang auf Matteos Fahrrad, drückte mit einer Hand die Mütze fest und dankte ihrer Intuition, dass sie die aufgesetzt hatte. Eine Tarnkappe, die sich jetzt hoffentlich auszahlte. Sie wollte dem Kommissar garantiert nicht erklären, was sie an diesen Ort geführt hatte.

*

Dampf aus den Kochtöpfen nebelte Enzo Mangione ein, der seine Hand am Spülstein in kaltem Wasser badete. Signor Zaccardo konnte jeden Moment zurück sein, und er hangelte sich von einem Unfall zum anderen. Es war zum Verrücktwerden. Je mehr er sich anstrengte, desto schlimmer wurde es. Das galt für die Arbeit und für Carmela gleichermaßen.

Wie hübsch sie heute Morgen wieder ausgesehen hatte! Es verschlug ihm jedes Mal die Sprache und eigentlich auch den Appetit. Aber er konnte schlecht einen der Stehplätze in der Bäckerei beanspruchen, ohne ein Hörnchen zum Caffè zu essen. Denn der war in zwei Schlucken getrunken, und dann hätte er keinen Grund gehabt, noch zu bleiben. Also bestellte er jeden Morgen das Gleiche, zwängte das Cornetto durch die enge Kehle, ohne den Geschmack angemessen zu würdigen. Auf dem Teller jedoch, da löste es seltsame Gefühle in ihm aus, denn *ihre* Hände hatten es geformt und gefüllt …

Enzo zitterte. Das kalte Wasser betäubte den Schmerz. Aus dem Augenwinkel sah er, wie jemand hereinkam, ein Kleid, eine Schürze, streng zurückgebundenes Haar. Vor der Chefin sollte er sich besser zusammenreißen.

»Ist was passiert?«

»Nein, Signora Zaccardo.«

»Wieso so förmlich?« Prustend beugte Nunzia sich über seine Schulter. »Zeig mal her, du Lügner.«

»Ach, du bist's.« Enzo atmete auf. »Ich hatte deine Schwägerin erwartet.« Paolos Frau Sara, mit einem neuen Arbeitsauftrag oder um ihn zu kontrollieren.

Nunzia umsorgte ihren alten Vater, bereitete sein Essen jedoch nie in der Restaurantküche zu. Und sie kam selten, wenn ihr Bruder nicht da war. Enzo musste bei den beiden Frauen immer zweimal gucken, denn auf die Entfernung sahen sie einander ziemlich ähnlich. Bis auf den Bauch. Nunzia war flach wie ein Brett und Sara dauernd schwanger.

Enzo biss die Zähne zusammen, als Nunzia seine Hand versorgte. Die Verbrennung war weniger schlimm als befürchtet.

»Wahrscheinlich kriegst du nicht mal eine Blase. Ein bisschen Salbe und ein kleiner Verband, das reicht. Glück gehabt.«

»Danke.«

Trotz der Hitze im Raum hielt sein Zittern an. Er würde heute noch mehr Glück brauchen. Beim Gedanken an den Gang zum Kommissar, der ihm bevorstand, machte er sich fast in die Hose. Er hasste es zu lügen, und doch tat er es unentwegt. Sogar sich selbst log er an. Enzo drehte die Temperatur der brodelnden Töpfe herunter und schichtete vorbereitetes Gemüse in einen Tontopf.

Natürlich hatte Signor Zaccardo recht gehabt, als er sie alle an Rossis Totenbett auf die gleiche Version des Geschehens einschwor: ein Sturz in Folge eines Herzproblems, an dem Rossi erst im Haus verstorben war. Noch vor der Pension habe er ein letztes Lebenszeichen von sich gegeben. Dabei war Rossi schon lange vorher so tot gewesen, wie man nur tot sein konnte. Aber es macht ihn nicht wieder lebendig, wenn seinetwegen noch mehr Leute ins Unglück stürzten, hatte Zaccardo gesagt – egal, was wirklich passiert war. Es durfte kein falscher Verdacht aufkommen, wegen der Platzwunde. Enzo hatte die Luft angehalten. Das war fast zu schön gewesen, um wahr zu sein. Keiner konnte so blöd sein, ernsthaft anzunehmen, dass die Verletzung vom Hinfallen stammte. Das musste man glauben *wollen*. Zumal nirgendwo Blut gewesen war, nicht mal ein passender Stein. Na ja, Gino Tardelli war vielleicht naiv genug. Der kam ja auch nie auf die Idee, dass sein Davide Nagelbänder und Scherben auslegte, um der Werkstatt Kundschaft zu verschaffen. Jeder mit etwas Grips wusste Bescheid und vermied es, über die Hauptstraße aus dem Dorf zu fahren. Aber das war eine Kleinigkeit, verglichen mit dem, was sie gemeinschaftlich zu vertuschen beschlossen hatten.

»Ich verlass mich auf dich, Enzo.« Sein Chef hatte ihn angesehen, und ihm war der Magen in die Kniekehlen gerutscht. »Du musst ein Auge auf Mimo haben. Sorge dafür, dass er die Klappe hält. Je weniger mit ihm darüber geredet wird, desto besser. Er sollte vergessen, dass er überhaupt da war. Wir tun das vor allem für ihn.«

Jeder wusste von Rossis gemeinen Sticheleien gegen Mimo. Folglich hatte es einen seltsamen Beigeschmack, dass ausgerechnet er Rossi gefunden und sich um ihn gekümmert hatte, ohne für seinen Zustand verantwortlich zu sein. Darum war Zaccardo auf die Idee gekommen, Cesare Collina zum Finder des verletzten Rossi zu erklären, was einfach und plausibel war, durch die Nähe des Fundorts zu seinen Bäumen.

Und alle waren einer Meinung gewesen. Er auch. Aber die anderen wussten nicht, was er wusste. Und sie hatten keine Ahnung von dem, was er getan hatte.

Unter dem Druck seiner Finger splitterten die Knochen eines Hähnchenschenkels. Er hatte Kilian Rossi nie den Tod gewünscht, aber er fühlte auch kein echtes Bedauern darüber. Nur Zorn, weil dieser Kerl selbst tot noch Ärger machte. Und er, Enzo, war es, auf den es jetzt ankam. Er musste Mimo beschützen. Und Carmela.

*

Am Ende des verwunschenen Gartens kauerte ein runzliges Mütterchen auf einer Bank an der Hauswand. Es sah aus, als schliefe sie. Ein Korb voll erdiger Wurzeln und Knollen stand auf dem grau verwitterten Holztisch, eine Kanne mit sämiger Milch, daneben lag ein Bündel Kräuter.

Lorenzo räusperte sich, um die Alte nicht zu erschrecken, doch stattdessen erschrak er, als sie die Augen aufschlug. Kleine, sehr blaue Augen, von großer Leuchtkraft und Tiefe, so hellwach, dass er sich seltsam ertappt fühlte.

»*Buon giorno*. Sind Sie Signora Benedetta?«

»Als ich jung war und hübsch. Das ist lange her. Heute nennt man mich Befana.« Sie beugte sich vor und fischte eine zappelnde Mücke aus der Milch. »Was willst du?«

»Mein Name ist Lorenzo Garibaldi, ich bin Commissario aus Pesaro und …«

»Fragst du ein Schaf, ob es ein Schaf ist? Ich weiß, wer du bist. Was du von mir willst, sollst du sagen.«

Die Mücke putzte sich die Flügel.

»Der Mann, der eben bei Ihnen war, hatte es sehr eilig.« Das Fahrrad war in wilden Sprüngen über den Pfad gescherbelt, wie ein ungezähmtes Pferd, auf dem sich der Jockey mit Mühe im Sattel hielt.

»Welcher Mann?« Die Alte verzog den Mund und lachte glucksend. »Da war kein Mann, bei meiner Seele. Und wäre da einer gewesen, würde ich schweigen. Keiner, der meine Hilfe in Anspruch nimmt, will gesehen werden. Du hättest ihm nachlaufen sollen, wenn er dich interessiert.«

Sie lehnte sich zurück, und einen Moment lang fürchtete er, sie könne die Augen wieder schließen und das Gespräch beenden.

»Ich will die Wahrheit«, sagte er schnell. »Die Wahrheit über Kilian Rossis Tod.«

»Siehst du, das war doch ganz leicht.« Zufrieden brummend

wies sie ihn an, sich zu setzen. »Viele kommen wegen ihrer Maneskraft. Nachdem sie oft genug zu Don Pietro in die Kirche gerannt sind. Sie beten und beichten, beichten und beten, aber was nutzt es, wenn sie bis zum Jenseits warten müssen?« Ihre Musterung fiel wohlwollend aus. »Du brauchst kein Kraut für deine Lenden. Nur eine Gelegenheit.«

Lorenzo zog seine Hand weg, als sie danach griff. Er wollte keine weitere Diagnose, die ihn von seinen Fragen ablenkte. Es reichte ihm, dass er einmal in die Fänge einer Hellseherin geraten war, am Rande eines Festes, in einem schummrigen Zelt voll schwerer orientalischer Düfte. Eine Lücke in seiner Lebenslinie hatte *sie* zum Verstummen gebracht und *ihm* eine Reihe schlafloser Nächte beschert. Erst als seine üblichen Albträume ihn wieder plagten, war ihm der Gedanke gekommen, dass die Lücke vielleicht längst hinter ihm lag. In einer Vergangenheit, in die er so wenig blicken wollte wie in seine Zukunft. Niemand sollte das.

»War Rossi auch Kunde bei Ihnen?« Egal, ob er sie als Hexe oder Heilerin betrachtete, die Befana war ihm unheimlicher, als er jemals zugegeben hätte.

»Rossi – und mein Hokuspokus? Er war wie Sie, ein moderner Mann.« Ein Huhn flatterte auf ihren Schoß, legte sich wohlig gackernd zurecht. »Wer kein Herz hat, für den gibt es keine Heilung.«

»Ich habe kein Herz?«

»Er hatte keins. Nur ein pumpendes Ding im Körper.«

Vertrauensvoll schloss das Huhn unter ihren Händen die Lider, steckte den Schnabel in die weichen, braun und weiß gesprenkelten Federn.

»Hätten Sie ihm helfen können?«

»Nein. Zu keinem Zeitpunkt, Commissario. Sein Herz, das Organ, war nicht krank. So was sehe ich an den Augen.«

»Und was haben Sie gestern in seinen Augen gesehen?«

»Den Tod.«

*

Nunzia lehnte mit den Schultern an der Wand, ein Bein angewinkelt, den überschlanken Körper durchgedrückt wie einen vorgespannten Bogen. Gelangweilt spielte sie mit dem Ende ihres Zopfes. Sie wollte Paolo vor dem Restaurant abpassen, wenn er endlich aus der Bürgermeisterei zurückkam. Nochmal entwischte er ihr nicht. Ein Lächeln ließ ihre Züge aufleuchten, als er endlich um die Hausecke eilte und mit gesenktem Kopf die Stufen der Terrasse heraufsprang.

»*Ciao*, Brüderchen.«

Paolo wurde langsamer, runzelte die Stirn, schaute auf die Uhr an seinem Handgelenk. »Was macht unser Papa?«

»Schlafen, was sonst? Und sich nach dem Essen in die Hosen scheißen.«

»Nunzia! So sollst du nicht reden!«

»Was soll ich denn sonst sagen? Es ist die Wahrheit.« Und es war ihre Aufgabe, sich um seine Bedürfnisse zu kümmern. Hatte sie sich je darüber beklagt? Es wäre ihr im Traum nicht eingefallen. Sie schnellte nach vorn und versperrte Paolo den Weg. »Du hast mir was versprochen.«

»Was soll das sein?«

»Alles zu erzählen, was du über Rossis Tod weißt. Den Teil, den du vor der Befana zurückgehalten und Commissario Garibaldi garantiert genauso verschwiegen hast.«

»Ich kann mich nicht erinnern, etwas Derartiges versprochen zu haben. Außerdem ist da nichts, Sorellina. Macht dir keine Gedanken.« Er griff nach dem Türknauf. »Dieser Garibaldi hat mich lange genug aufgehalten. Ich muss ins Restaurant.«

Nunzia schob sich ihm in den Weg. Diesmal würde er sie nicht abwimmeln. »Das Restaurant kommt immer zuerst. Natürlich, bei dir ist ja alles ein Geschäft. Kein Problem, von mir aus, dann biete ich dir eben auch eins an. Du kommst sonst wohl nie auf die Idee, dass ich dir nicht nur bei Papa nützlich sein kann.« Sosehr sie es liebte, von ihm Sorellina genannt zu werden, so wenig wollte sie für ihn auf ewig nur die kleine Schwester sein. Sie verstand mehr vom Geschäft, als er dachte. Gemeinsam – gemeinsam konnten sie alles erreichen. Wenn er sie endlich ernst nahm. »Ich habe etwas für dich. Und als Gegenleistung sagst du mir, wen von den Trotteln, die Rossi mit dir zur Pension geschleppt haben, du erpresst – und womit.«

Seine Verblüffung brachte sie zum Lachen. Er hatte keine Ahnung, was sie alles sehen konnte, wenn sie Menschen in die Augen sah. Bei Enzo zum Beispiel war es nackte Angst gewesen. Und der war normalerweise kein Feigling. Sie würde ihre Kenntnisse wohldosiert preisgeben und nicht so dumm sein, alle Karten auf einmal auf den Tisch zu legen. Paolo war ein gewiefter Verhandlungspartner, der auch sie austricksen würde, wenn sie nicht aufpasste. Dabei war alles, was sie wollte, zu seinem Vorteil. Sein Wissen und ihr Wissen vereint!

Während sie Kilian Rossis Leiche gewaschen hatten, war die Befana ungewöhnlich still gewesen. Nunzia hatte ihre Fürbitten und Psalme aufsagen können, rauf und runter, ganz ungestört. Eine wahre Freude! Und das nur, weil der Befana gleich zu Anfang das Wort Gift herausgerutscht war. Ohne große Erklärung: Rattengift. Ein Verdacht, von dem sie niemandem erzählt hatten, weil Signor Rossi seinen Frieden haben sollte. Natürlich würde es jetzt doch herauskommen.

Sie nahm Paolos Hand, drehte die Handfläche nach oben, legte etwas hinein. »Rate, was das ist«, haucht sie ihm ins Ohr. »Und wo ich es gefunden habe.«

Kapitel 12

»Mein Mann war heute Morgen bei Ihnen.« Die Frau, die Federica steif wie eine Statue auf der Terrasse erwartete, kam gleich zur Sache. »Und gestern auch.«

»Er war in meinem Haus. Wenn Sie das meinen.« Federica lehnte das Fahrrad ans Geländer. Sie klemmte Matteos Mütze unter den Gepäckträger, fuhr sich mit beiden Händen ordnend durch die wilden Locken, um sie am Hinterkopf zu einem Dutt neu festzustecken. »Beide Male wegen Signor Rossi. Nicht meinetwegen.«

»Ich weiß.« Paolo Zaccardos Ehefrau blähte die Nasenflügel und musterte Federica, ohne ihr ins Gesicht zu sehen. Die schlanke Figur, die ausdrucksstarken Augen, ganz zu schweigen von ihrem offenherzigen Dekolletee – alles an Federica weckte Sara Zaccardos Neid. Sogar der leichte Schweißfilm auf ihrer Haut, nach der schnellen Bewegung auf dem Rad. Einem Herrenrad! Sie konnte weder Fahrradfahren, noch trug sie jemals Hosen, obwohl sie beides ungemein praktisch fand. Sara war die Jüngere, und doch schien es umgekehrt zu sein. »Denken Sie, ich will Ihnen eine Szene machen – aus Eifersucht?«

Federica befestigte die letzte Haarklammer. »Wollen Sie?«

Ihr kurzes Zögern und die darauf folgende wegwerfende Geste offenbarten Sara Zaccardos tiefe Verunsicherung.

»Nehmen Sie es mir nicht übel, aber ich bin an Ihrem Mann nicht interessiert. Wir haben keine Affäre, und dazu wird es auch nie kommen, das kann ich garantieren. Und offen gesagt, habe ich auch keine Lust herumzurätseln. Würden Sie mir also einfach verraten, was Sie sonst noch von mir wollen?«

Verärgert presste Sara die Lippen aufeinander. Sie packte die Sache völlig falsch an. »Ich will nur wissen, wann und wie lange er hier gewesen ist. Er ist in letzter Zeit so …« Hastig wandte sie das Gesicht ab. Tränen füllten ihre Augen. »Verstockt.« Es lag ihr fern, vor dieser Person ihre Probleme ausbreiten oder sich gehen lassen zu wollen. Warum bloß konnte sie nicht den Mund halten? »Er geht manchmal mitten am Tag weg oder am Abend, und wenn ich ihn frage, wohin …« Sie hob die Schultern. »Geschäfte. Davon verstehst du nichts.«

Federica begriff sofort. Eine Affäre hätte bedeutet, dass Paolo sich noch für etwas anderes als seine Geschäfte interessierte. Dass es noch Hoffnung gab. Sara Zaccardo war bereit, um ihn zu kämpfen. Aber dazu musste sie ihre Gegner kennen. Und Federica begriff noch mehr – im selben Moment, als auch Sara klar wurde, dass ihre Zweifel an Paolos Tagesablauf ihn in Schwierigkeiten bringen konnten.

»Ich weiß gar nicht, was in mich gefahren ist.« Sara lachte gekünstelt. »Manchmal schwirrt mir der Kopf. Und jetzt, ja, da fällt es mir wieder ein. Vier Kinder und das Restaurant, dazu mein kranker Schwiegervater, da kann man weiß Gott schon mal was durcheinanderbringen. Heute, gestern, vorgestern … Da belästige ich Sie mit so einer dummen Frage, obwohl doch alles klar ist. Puh!« Sie drückte den Handrücken an die Stirn und spielte die Erleichterte. »Mein Paolo hat schon recht damit, dass er geschäftliche Dinge von mir fernhält. Er ist ein guter Mann, ein guter Vater.«

Federica nahm die Kehrtwende trotz der dürftigen schauspielerischen Leistung schweigend zur Kenntnis. Was sie beeindruckte, war die Leidenschaft dahinter. Davon abgesehen, dass es ihr schwerfiel, diese nachzuvollziehen, denn von Paolo hielt sie wenig. Allerdings war er tatsächlich ein Familienmensch, das musste sie ihm zugestehen. Ein guter Sohn, ein guter Bruder, ergänzte sie für sich. Ein leichtes Frösteln überlief ihre Arme, für das sie die verschwitzte Bluse verantwortlich machte und den auffrischenden Wind.

»Es war sehr anständig von ihm, dass er Signor Rossi zu Hilfe gekommen ist und ihn heute verabschiedet hat. Wo sie doch sonst eher uneins gewesen sind.« Federica schlug einen versöhnlichen Ton an und merkte zu spät, wie leicht der Nachsatz missverstanden werden konnte. »Richten Sie ihm bitte meinen Dank aus – und auch Ihrer Schwägerin.«

Bildete sie sich nur ein, dass Signora Zaccardo bei der Erwähnung Nunzias gequält das Gesicht verzog? Zwei Frauen in einem Haushalt, das machte Kompromisse nötig. Vielleicht war Paolo in Saras Augen ein allzu guter Bruder. Der zu oft für seine Schwester Partei ergriff, statt sich auf ihre Seite zu stellen.

»Viele Leute waren mit Signor Rossi uneins.« Sara Zaccardo wandte sich zum Gehen, überlegte es sich dann aber anders. Ein schwerer Atemzug brachte ihre schmalen Schultern zum Beben. »Ich habe etwas beobachtet. Am Tag vor seinem Tod – am Mittwoch.«

Unter ihrem zweckmäßigen Kleid, das nach Seife und Sauberkeit roch, zeichnete sich eine leichte Wölbung ab. Um Ostern herum musste Paolos Interesse also noch ihr gegolten haben. Federica tippte auf einen Geburtstermin für Spross Nummer fünf zum Ende der Weihnachtszeit.

»Commissario Garibaldi ist in der Bürgermeisterei.«

»Dort kann ich nicht hin. Unmöglich.«

Offenbar wollte sie die Angelegenheit lieber inoffiziell halten. Kein Wunder, die Fragen des Kommissars waren nichts gegen die, die ihr im Anschluss blühten. Maria Baresi hatte ihre Augen und Ohren überall. Und ihre Neugier kannte keine Grenzen. »Wenn Sie hier auf Garibaldi warten wollen, bitte. Oder Sie reden mit einem seiner Leute. Ich kann jemanden für Sie herholen.«

Sara schüttelte energisch den Kopf. »Ich sage es Ihnen, und Sie geben es weiter. Falls es überhaupt von Belang ist.«

Etwas in ihrem Tonfall ließ Federica aufhorchen.

»Ich kam vom Einkaufen und wollte am Dorfbrunnen schnell einen Schluck trinken. Signor Rossi hat mich nicht gesehen, er war sehr aufgebracht und hat mit Mimo gestritten, wegen der deutschen Fräulein, von denen Mimo die Finger lassen sollte. Mimo hat die Fäuste geballt wie ein Preisboxer. Da dachte ich noch, das soll ein Witz sein und Rossi nimmt ihn hoch, was ich gemein fand.« Sie schaute Federica direkt an. »Aber später, als es dunkel war, da habe ich Mimo nochmal gesehen. In der Straße vor unserem Haus. Eine junge Frau war bei ihm. Und sie haben einander geküsst.«

Federica musste keine Sekunde überlegen, ob die Geschichte der Wahrheit entsprach. Alles passte. Kilian hatte es kommen sehen und Ärger prophezeit. Sie kannte seine unnachgiebige Art Mimo gegenüber – und Mimos Reaktion, wenn er sich ungerechtfertigt angegriffen fühlte. War das für Garibaldi von Belang? Auch da gab es nichts zu überlegen.

»Paolo würde mir die Hölle heiß machen, wenn ich dem Commissario davon erzähle. Was geht es uns an oder ihn? Ich bin mir nicht sicher. Würde ich dem Commissario nur wertvolle Zeit stehlen? Denn was sollte es mit Signor Rossis Tod zu tun haben, ob Mimo irgendein Mädchen küsst? Rossi hat sie wohl kaum für sich selbst gewollt oder von dem Kuss erfahren. Was meinen Sie?«

»Davon würde ich ausgehen«, sagte Federica mit wenig Überzeugung. »Vielleicht war es ja auch ein ganz anderes Mädchen. Oder konnten Sie sie im Dunkel erkennen?«

»Sie nicht, aber den Roller mit dem deutschen Kennzeichen. Kann sein, dass sie gemeinsam weggefahren sind. Vielleicht in Ihre Pension?«

Sara Zaccardo reizte die Situation aus, und Federica überließ ihr den kleinen Triumph. Sie hatte die Frau unterschätzt. Jedes weitere Vorgehen musste gut überlegt sein. Denn den Vorwurf der Kuppelei wollte sie ungern entkräften müssen.

»Wie Sie vorhin richtig sagten: Manchmal schwirrt einem der Schädel, und Dinge werden falsch aufgefasst.« Es schien Federica ratsam, Sara in dem Glauben zu lassen, sie befänden sich in einer Art Patt-Situation, mit der Übereinkunft zu schweigen. »Meine Bemerkung mit der Eifersucht und der Affäre, die Ihr Mann sicher *nicht* hat, tut mir leid. Dabei hätte die Befana eher helfen können als ich, und Sie wären gleich zu ihr gegangen, das hatte ich nicht bedacht. Dieses Missverständnis zwischen uns ist aus der Welt, ja?«

Sara Zaccardo nickte knapp. Ob sie den umständlich verpackten Rat verstanden hatte? Ihre breiten Absätze neigten sich einander entgegen, als sie mit schnellen Schritten davonstapfte. Das Kleid schaukelte beschwingt um ihre Waden. Kein Zweifel, sie fühlte sich als Siegerin.

Federica speicherte das Gespräch bei all den anderen ab, die wie ein stetiger Regen seit gestern auf sie einprasselten. Ein unsortiertes Wirrwarr, aus dem sie schon wieder Mimos Name ansprang. Auf der Liste für den Kommissar hatte sie ihn ausgelassen. Obwohl Mimo jeden Morgen ihre Bestellung aus der Bäckerei vorbeibrachte. Meistens hatte er es so eilig, dass er nicht mal reinkam, sondern die Lieferung auf der Schwelle ablegte. Diese Woche jedoch war er in die Küche gekommen. Sie hatte ihm wenig Beachtung geschenkt, was sie jetzt bedauerte. Unmöglich zu sagen, ob er etwas auf dem Herzen gehabt hatte. Sie glaubte sich an hastige Blicke über die Schulter zu erinnern. Hoffnungsvoll wegen der Fräulein oder furchtsam wegen Rossi, vielleicht sogar beides? Federica richtete das angelehnte Fahrrad auf. In Matteos Mütze waren graue und braune Wollfäden zu einem schlichten

Muster verwoben. Er hatte sie oft weit ihn den Nacken geschoben und dauernd getragen, um die fehlenden Haare zu verstecken. Fast kahl schon mit Mitte zwanzig, er hatte es gehasst. Seine Augenbrauen und die restlichen Körperhaare waren dagegen dicht und dunkel gewesen wie das Fell eines Bären.

Federica zupfte eine Klette ab, deren kleine Widerhaken sich in den Stoff krallten. Ein blinder Passagier aus Befanas Garten. Trübte Sentimentalität ihre Sicht, weil Mimo mit einer ganz ähnlichen Mütze herumlief?

Mit einer Hand beschattete Federica ihre Augen. Sara Zaccardo war bereits außer Sicht. Über den trockenen Gräsern der Wiese kreiste ein Raubvogel. Ein Schemen, weit oben im wolkenlosen Blau, der klein und unscheinbar wirkte. Doch das täuschte. Mit hoher Präzision peilte er seine Beute an, die keine Chance hatte, das Unheil kommen zu sehen. Schön, gefährlich und emotionslos. Was zählte, war das eigene Überleben.

Federica schob das Fahrrad über die Terrasse, dann vorbei an den Polizeiwagen aus Pesaro und dem Roller von Signorina Wilk, die wohl heute wieder nicht zu ihrem geplanten Ausflug kam. Eigentlich hatten die beiden Freundinnen schon den gestrigen Nachmittag in Gradara verbringen wollen. Ob der Kommissar sie immer noch in der Bürgermeisterei aufhielt? Sie waren bereits vor Stunden aufgebrochen – überpünktlich.

Der Schuppen stand offen, und aus dem Innern hörte sie Geräusche. Jemand machte sich an den Regalen zu schaffen. Besser gesagt: darunter. Ein Uniformierter, dessen Kehrseite und Schuhsohlen sie sah. So leise wie möglich bugsierte Federica das Fahrrad zurück an seinen Platz, dann erst sprach sie ihn an. »Suchen Sie etwas Bestimmtes?«

Sichtlich überrascht drehte er den Kopf und stemmte sich hoch, umwirbelt von dicken Staubflocken. Er hustete.

»Ach, Sie sind's.« Mürrisch klopfte er seine Knie ab. Auf dem dunkelblauen Stoff klebte Schmutz, und er rubbelte daran herum, was die Flecken verschlimmerte. »Verdammter Mist.«

»Dass der Commissario Sie hier so im Dreck herumkriechen lassen muss!« Ausgerechnet den ältesten Kollegen. Federica schüttelte demonstrativ missbilligend den Kopf, ohne das Argument mit dem Alter zu erwähnen. Das kam nicht bei jedem gut an. »Das hätte ich Ihnen gern abnehmen können, Signore …?« Es hätte ihr besser gefallen, ihn mit seinem Namen ansprechen zu können. Doch niemand hatte ihr die Herren vorgestellt, die sich in ihrem Haus und drumherum zu schaffen machten. Und auch jetzt holte er das Versäumnis nicht nach. »Das sieht nach Öl aus, fürchte ich. Wenn Sie wollen, wasche ich es gleich aus. Trocknet ganz fix in der Sonne.«

Einen Moment lang schien er zu überlegen, ob er auf das Angebot eingehen konnte, ohne Ärger zu riskieren oder sich lächerlich zu machen, wenn er vor ihr die Hosen runterließ. Dann hielt er ein Einmachglas ins Licht und schüttelte es. »Verraten Sie mir, was da drin ist. Das reicht fürs Erste.« Hinter schmutzig-braunen Streifen wirkte der Inhalt weiß und so fein, dass er kaum ein Geräusch verursachte.

»Seifenpulver?«, mutmaßte Federica, ehrlich überfragt. »Wonach sollten Sie denn suchen?«

»Substanzen«, sagte der Polizist bedeutungsschwer und schüttelte das Glas erneut. »Gefährliche Substanzen.«

»So was besitze ich nicht.«

»Aber das hier gehört Ihnen.« Sein Fingernagel stieß klackend gegen das Glas. »Was – ist – das?«, fragte er gedehnt und kam näher. Etwas Lauerndes schlich sich in seine Stimme. »Und wieso war es unter einem Regal versteckt?«

»Keine Ahnung, wirklich nicht. Dieses Glas habe ich noch nie gesehen und ich denke nicht, dass es versteckt war – vielleicht nur vergessen?« Sie zuckte die Schultern. »Der Schuppen ist voll mit altem Plunder. Das Meiste, was hier herumsteht, war schon da, als wir das Grundstück gekauft haben. Ein paar Sachen gehörten meinem Mann. Ich komme normalerweise gar nicht herein, fast nie seit seinem Tod.«

»Ihr Schuppen, Ihr Glas«, sagte der Mann unbeeindruckt und machte sich am Deckel zu schaffen, unter dem sich eine puderige Wolke bildete. »Wollen Sie mal dran riechen – oder besser gleich davon kosten, wenn es ja ganz ungefährlich ist? Na los, kommen Sie.«

Unwillkürlich wich Federica zurück, bis sie raues Holz hinter sich spürte und den Metallbeschlag einer Kiste, der sich in ihre Wade drückte. »Lassen Sie das!« Der Polizist war größer und breiter, als ihr zunächst aufgefallen war.

»Sie werden ja nervös.« Er feixte. »Das wird Garibaldi interessieren, denke ich. Sieht aus wie Zucker. Ist das Gift? Das Zeug gegen Ratten, würde ich wetten.« Er hatte aufgehört, am Deckel zu fummeln, und kam ihr aufdringlich nah, bewegte das Glas zwischen ihnen rhythmisch wie eine Rassel. »Sagen Sie, woran genau ist denn eigentlich Ihr Mann gestorben?«

Die Ohrfeigen klatschten links und rechts auf seine Wangen, ehe sie einen klaren Gedanken fassen konnte. Und ebenso schnell rannte sie aus dem Schuppen ins Freie und weiter über die Wiese. Kein Blick zurück, keine Zeit verschwenden. Der wütende Aufschrei des Polizisten mischte sich mit dem heiseren Raubvogelschrei am Himmel, ließ sie schneller laufen. Sie wollte keine Beute sein. Das Bild von Maus und Raubvogel in ihrem Kopf ergab Sinn, überschlug sich, brachte sie zum Stolpern. Wem nützt es, wem schadet es? Das war nur eine Frage der Perspektive. Auf die Wiese folgte ein Acker, dann überquerte sie den holprigen Fahrweg zu den Olivenhainen der Antognonis. Jäger und Gejagte. Das Blatt konnte sich blitzschnell wenden. Eine Hand in die schmerzhaft stechende Seite gepresst, hielt sie an und sah sich nun doch um. Kein Raubvogel im Anflug. Hatte sie eine Maus vor dem Vogel gerettet oder vielleicht den Vogel vor Andrea Antognonis Gewehr? Keuchend atmete sie durch, erkannte vor der Pension zwei gestikulierende Gestalten. Ihr kopfloses Davonrennen musste geradezu wie ein Schuldeingeständnis wirken. Eine Dummheit, die es schnellstmöglich bei Commissario Garibaldi persönlich geradezubiegen galt. Dabei durfte sie nicht gleich den nächsten Fehler begehen, bereitete sich besser gründlich vor. Was würde der bissige Polizist ihm erzählen, was würde Garibaldi denken, welche Fragen stellen?

Federica humpelte weiter auf die ersten Häuser zu. Ihr Knöchel pochte nach einem ungeschickten Tritt in eine Kuhle. Aufgewühlt horchte sie in sich hinein. Was wusste sie über Rattengift? Sie hatte nie welches benutzt und erinnerte sich auch nicht, dass Matteo je etwas dergleichen erwähnt hätte. In Sizilien jedoch war ihre Großmutter rigoros gegen alle Nager vorgegangen, um ihre Vorräte zu schützen. Kartoffeln, Getreide, Obst, je nahrhafter und süßer, desto lieber fraßen die Tierchen davon. Ihre Nonna war einfallsreich gewesen und nicht zimperlich, hatte ihre Köder mit Zucker versetzt und Verwünschungen ausgestoßen, im Namen der heiligen Mutter Maria. Mäusespuren im Mehl waren die schlimmsten von allen.

»Madonna!« Federica verschluckte den Fluch, der nun ihr auf den Lippen lag. Es wäre ein Leichtes für sie gewesen, eine Prise Gift in Rossis Essen oder seinen Amaretto zu mischen. Und ebenso leicht für jemand anderen, ihr ein Glas mit der entsprechenden *gefährlichen Substanz* unterzujubeln. Trotz des Riegels konnte jeder den Schuppen betreten. Garibaldi würde das wissen. Er war zu klug, um sich hinters Licht führen zu lassen. Ganz egal, was sein Kollege ihm erzählte. Hoffentlich war er noch in der Bürgermeisterei, dann konnte sie ihrem potenziellen Ankläger zuvorkommen. Sie biss die Zähne zusammen und schritt schneller aus.

»Madonna!«, seufzte sie wieder und bat um ein Zeichen. Sie erreichte die Gartenmauer der Collinas, hinter der sich weiße Laken auf der Leine blähten, wie gefangene Wolken, aufgeregt flatternd, als wollten sie sich losreißen und mit der nächsten Bö in den Himmel aufsteigen. Wenn das ein Zeichen war, verstand sie es nicht. Cesare Collina war gestern auf dem Weg zu seinen Aprikosenbäumen an ihrer Pension vorbeigekommen. Folglich musste er Mimo gesehen haben, wenn der dort gewesen war. Nur kam Mimo ganz bestimmt nicht als Giftmörder in Frage. Im Gegensatz zu ihr. Die Maus auf der Flucht vor dem Jäger tat wohl gut daran, zunächst an ihre Eigensicherung zu denken und sich selbst zu entlasten.

Federica schlüpfte aus den zum Rennen ungeeigneten Ballerinas, reckte die Zehen und drehte den Knöchel. Die heilige Madonna durfte gern ein wenig deutlicher werden. Für subtile Hinweise war sie wohl gerade zu durcheinander. Aus der Dorfmitte läutete die Glocke von San Francesco drei zitternde Schläge, und ein irritierter Hahn stimmte krähend ein. Zeitgleich flog neben Federica das Hoftor auf und wieder zu, jemand prallte mit ihr zusammen, und die Ballerinas landeten klatschend auf dem Pflaster.

»Du liebe Zeit!« Carmela Collina stieß einen erschrockenen Schrei aus. »Wo kommen Sie denn her?«

Unnötigerweise deutete Federica über die eigene Schulter. »Du hast es ganz schön eilig.«

»Ich muss wieder in die Bäckerei. Tut mir leid, dass ich Sie umgerannt habe.«

»Ist doch nichts passiert.« Federica sammelte ihre Schuhe auf. »Lass uns ein Stück zusammen gehen. Ich möchte mich nochmal bei dir bedanken. Du warst mir gestern eine große Hilfe. Ich hätte kaum etwas Essbares zustande gebracht, was ich meinen Gästen hätte vorsetzen können.«

»Das habe ich gern gemacht.«

Hitze stieg vom unregelmäßigen Pflaster unter Federicas nackten Sohlen auf, strömte aus den Mauersteinen, staute sich zwischen den Hauswänden und unter den Dächern. Obwohl sie sich auf der schattigen Seite der Gasse hielten, schien es mit jedem Schritt wärmer zu werden.

Carmela kratzte mit dem Daumen an der Nagelhaut ihres Zeigefingers. Jetzt oder nie. Jetzt oder nie! »Darf ich Sie was fragen, Signora?«

»Nur zu.«

»Im Geschäft, da erzählen sich die Leute so allerhand Dinge … und ich dachte mir, weil Sie den Commissario doch gerufen haben und er bei Ihnen übernachtet hat … da wissen Sie vielleicht … Stimmt es, dass Signor Rossi ermordet wurde?« Flüchtig berührte sie ihre Schläfe. »Totgeschlagen?«

Interessant. Federica ließ das Wort nachhallen.

»Hat der Commissario … also weiß er, wer oder warum?«

»Nein, noch ist alles völlig offen.« Federica hätte gern etwas Tröstliches gesagt. »Der Commissario wird die Wahrheit schon herausfinden. Du musst dich nicht vor ihm fürchten, wenn du mit ihm reden willst. Er ist im Grunde ein umgänglicher Mensch.« Meistens jedenfalls.

Carmela nickte schwach.

Rossis Tod schien sie deutlich mehr zu treffen, als Federica gestern bemerkt hatte. Er war, wie sie von Ornella Tozzi wusste, ein regelmäßiger Kunde in der Bäckerei gewesen. Und er hatte seinen Charme bei jeder Frau spielen lassen. War Carmela trotz des Altersunterschieds in Rossi verliebt? Eine Schwärmerei, die sie jetzt in dumpfe Trauer und Verzweiflung stürzte – eine Herzensangelegenheit? Für eine Weile gingen sie in Gedanken versunken nebeneinanderher.

Wenn Federica es recht überlegte, war Sara Zaccardos Besuch bei ihr letztlich auch eine Herzensangelegenheit gewesen. Wohlwollend formuliert hatte Sara einen Schweigepakt zugunsten ihres Ehemannes ausgehandelt. Dank des Kuppeleivorwurfs würde Federica Paolos Alibi – wie auch immer es aussehen mochte – dem Kommissar gegenüber nicht anzweifeln. Eine egoistische Entscheidung, die sie schwer vor sich selbst rechtfertigen konnte. Langsam fing sie an, die knarrende Stimme der alten Befana zu fürchten, die sich schon wieder in ihre Gedanken drängte, und ihre eigene Bemerkung zur Wahrheit stieß ihr unangenehm auf. Welche Wahrheit sollte der Kommissar denn herausfinden? Eine, die ihr angenehm war? Und wie überhaupt sollte er etwas finden, wenn sogar sie an der Wahrheit drehte? Sie setzte darauf, dass Garibaldi sich an den Inhalt seiner Aktenmappe, an Fakten und die Wissenschaft halten würde, und dass dieser Weg ihn an allen Lügen vorbei zur Lösung führte.

Wahrheit … war dieser Anspruch nicht ohnehin viel zu groß für das, was der menschliche Geist zu erfassen vermochte? Es war besser, sich auf das Naheliegende zu konzentrieren, und das war im Augenblick Carmela. Sie warf einen forschenden Blick in das junge Gesicht. Täuschte sie sich, was Carmelas Gefühle betraf? Belastete sie vielmehr ein geheimes Wissen, wie Sara Zaccardo – eine Ahnung –, oder traf beides zu?

Federica zwang sich zu einem Lächeln. Wenn dem so war, brauchte Carmela Hilfe. Denn wie und vor wem sollte sie eine bloße Vermutung in Worte fassen? Die Erinnerung an die Tage, als Gefängnis oder Tod hinter jedem unbedachten Satz lauerten, war zu frisch. Mussolinis Erbe, das ihnen allen in den Knochen steckte, selbst den Kindern, die in jener Zeit erst gezeugt worden waren. Was nicht bedeutete, dass sich niemand mehr zum Denunzianten machte. Verräter starben niemals aus. Doch Carmela würde nie im Leben zu Garibaldi gehen. Die Gewissheit lag im Beben ihres Atems, im Blut am Riss in ihrer Nagelhaut. Angst färbte ihren Schweiß mit dem säuerlichen Geruch wilder Beeren.

»Es ist schwer, sich vorzustellen, dass jemand, den wir wahrscheinlich kennen, etwas so Schreckliches getan hat«, sagte Federica mitfühlend. »Noch viel schwerer ist es zu verstehen, wieso. Wobei ... Menschen sind kompliziert, sie streiten, ein Wort gibt das andere, Unfälle passieren ...«

»Ein Unfall?«

Einen klassischen Unfall hatte Federica gleich zu Beginn an Rossis Bett vehement ausgeschlossen und glaubte auch jetzt nicht daran. Dennoch ein verlockendes Wort, ein möglicher Ausweg, wenn sie wollte, dass Carmela sich ihr anvertraute.

Sie kreuzten die Hauptstraße und bogen gleich darauf in eine enge Gasse ein, die den Weg abkürzte. Wasser tropfte aus einem Blumenkübel vom Balkon über ihnen. Auf der Schwelle eines Hauseingangs putzte sich eine Katze, vor der eine Frau mit Fotoapparat kniete.

»*Oh, Darling, look at this! It's so cute, isn't it?*«

Ihr Begleiter kaute Kaugummi und tippte sich grüßend an die Stirn, während sie nicht einmal aufsah.

»Was ich meine, sind unbeabsichtigte Dinge«, nahm Federica den Faden wieder auf. »Die niemand geplant hat, die man hinterher bereut. So was kommt vor, und dann ist es kein Mord, sondern vielleicht nur ein Totschlag.« Konnte sie die Kopfplatzwunde als Todesursache ausschließen, nur weil dieser Polizist in ihrem Schuppen von Gift gefaselt hatte? War damit auch Garibaldis Überlegung zu einem Erstickungstod durch Rauch oder Gas hinfällig? Beurteilen konnte das nur ein Arzt. Dem wollte sie nicht vorgreifen und dazu beitragen, dass sich noch mehr Falschinformationen verbreiteten. »Im Augenblick ist noch rein gar nichts erwiesen.«

»Gar nichts?«

Federica schaute in weit geöffnete Pupillen. *Spiegel der Seele.* Im tiefen Dunkel rangen Hoffnung und Furcht. »Gar nichts«, bestätigte sie mit gemischten Gefühlen. Commissario Garibaldi durfte ihr gern dankbar sein. Was auch immer die Furcht auslöste, war für Carmela zu deutlich, als dass sie es ignorieren konnte, und zu überwältigend, um damit umzugehen. Diese Herzensangelegenheit ging tief.

»Sag mal, denkst du etwa, dass dein Vater verdächtigt wird?« Ungläubig legte sie die Hand auf Carmelas Arm. »Er hat Signor Rossi gefunden und sofort Hilfe geholt. Sonst wäre der Arme an Ort und Stelle gestorben, und das ganz allein. Selbst wenn er nicht mehr ansprechbar war, hat er diesen Beistand vielleicht noch gespürt …«

Ein winziges Blinzeln, ein Zucken des Augenlids. Federica stutzte. Warum war eigentlich Cesare an diesem Tag bei den Aprikosenbäumen gewesen und nicht Carmela? Hatte sich die stets zuverlässige Tochter ein Pflichtversäumnis geleistet und wurde nun vom schlechten Gewissen geplagt? Ja, ganz gewiss. Doch schien es mehr zu sein, was sie beunruhigte. Glaubte Carmela etwa selbst, dass ihr Vater Rossi etwas angetan haben könnte?

»Du musst dir nicht so viele Sorgen machen«, versicherte Federica entgegen ihrer Überzeugung. »Ich werde sehen, was ich aus Commissario Garibaldi herausbekommen kann. Und du kennst den Weg zum Vento del mare. Ich könnte durchaus häufiger jemanden gebrauchen, der mir in der Küche zur Hand geht. Heute Abend vielleicht?«

Vor ihnen lag der Dorfplatz im gleißenden Licht. Am Ende des schmalen Durchgangs blieb Carmela stehen. Dort, wo der letzte Hausschatten sie vor den Augen der anderen unsichtbar machte. Unter der Markise vor Iannazzos Kramladen warteten Frauen mit über den Arm gehängten Körben. Die Neugier trieb die Leute aus dem Haus. Vor der Trattoria rückten alte Männer ihre Stühle zurecht. Sie trafen sich zum Kartenspiel und zum Morra, für das sie sich allerdings hinter verschlossene Türen zurückzogen. Don Pietro zuliebe, dem das Geschrei dabei ein Graus war, und wegen der Wetteinsätze. Das Verbot erhöhte den Reiz.

»Geh du zuerst.« Federica nickte Carmela zu. Es war unnötig, das Offensichtliche auszusprechen. Gemeinsam gesehen zu werden, würde einen neuen Ansturm auf die Bäckerei auslösen, dem sie nicht gewachsen war. Carmela wandte sich ab und drehte sich wieder zurück, unschlüssig wie ein Papierdrache an der Schnur, der nicht entscheiden konnte, welchem Wind er folgen sollte. Ihr schlichtes Kleid erinnerte an eine Schwesterntracht. Hellblau und makellos wie der Sommerhimmel. Bei der Arbeit trug sie dazu eine Schürze mit gerüschtem Rand um den Leib, reinweiß, passend zum gestärkten Kragen. Adrett sah das aus und unschuldig. Das war gut fürs Geschäft, und ihre Tante bestand darauf, obwohl sie selbst es nicht leiden konnte.

»Danke, Signora«, sagte sie leise. »Ich … ich wäre gern wie Sie.«

Federica lachte auf und blickte an sich hinunter zu ihren nackten Füßen. »Wie ich? Das solltest du dir gut überlegen.«

Carmela schüttelte den Kopf. »Sie sind stark und Sie fürchten sich vor nichts. So wäre ich gern.«

Verblüfft schaute Federica ihr nach, bis sie um die Ecke in Richtung Bäckerei verschwunden war, dann stopfte sie den Blusensaum fester in den Hosenbund. Der Stoff spannte sich straffer, sie drückte die Brust raus. Na bitte, sollten die Nachbarn doch bekommen, was sie erwarteten. Sie würde einmal mehr für Gesprächsstoff sorgen. Federica behielt die Schuhe in der Hand und schlenderte erhobenen Hauptes über den Platz zum Portal der Bürgermeisterei. Doch ihr Herz raste. Denn leider irrte Carmela sich gewaltig.

*

Lorenzo Garibaldis lässige Haltung trog. Er lehnte mit dem Hintern am Schreibtisch, die Beine ausgestreckt. Das Wippen seiner überkreuzten Füße hinderte ihn daran aufzuspringen, wie er es bereits drei Mal getan hatte, und sich wieder in der Telefonschnur zu verheddern. Drei Uhr vorbei, ein endgültiges Obduktionsergebnis lag noch nicht vor, und der Mediziner zierte sich mit einer konkreten Aussage, wann er damit rechnen durfte. *Prioritäten mussten gesetzt werden. Anderweitige Verpflichtungen verhinderten eine sofortige und umfassende Expertise seinerseits. Entscheidungen politischer Natur, die die Abläufe verzögerten.* Bla, bla, bla. Lorenzo hätte den Redeschwall gern unterbrochen, doch Unhöflichkeit führte zu nichts. Wenn sich ein mögliches Mordopfer hinten anstellen musste, dann ging es bei der vom Doktor bevorzugt behandelten Angelegenheit um Geld, so viel war klar. Und alle Erklärungen waren nur Ausflüchte. Floss das Geld in die Kasse des Rechtsmedizinischen Institutes zur Anschaffung neuster Labortechnik? Oder zu einem guten Teil daran vorbei, um ins neuste Sportwagenmodell investiert zu werden? Der Dottore besaß bekanntermaßen ein ungesundes Faible für schnelle Autos und war sogar in Buenos Aires beim 1000-Kilometer-Rennen dabei gewesen, als der Testarossa von Ferrari den ersten Sieg des Jahres eingefahren hatte. Es war Lorenzo von Herzen egal, was der Doktor mit dem erhofften Geldsegen vorhatte und wem er dafür wie tief in den Arsch kriechen musste. Ein Fall von Korruption, so alltäglich wie der Sonnenaufgang, und folglich vollkommen nutzlos, sich deswegen aufzuregen. Doch was es auch war, das für den Dottore höchste Priorität hatte, es beeinträchtigte seinen Fall, und das nahm er übel.

»Bei diesem Toten war Zyanid im Spiel, Commissario Garibaldi, darauf hätte ich mich auch ohne Bluttest festgelegt – zu neunundneunzig Prozent. Für die Diagnose muss man niemanden aufschneiden. Ein Erstsemester erkennt das an der typischen

Hautfärbung. Recht herzlichen Dank übrigens für die Fotografien, die Sie mir haben zukommen lassen. Multicolor – vorbildlich! Selbst wenn ein Schlag oder Sturz ursächlich zum Tode geführt haben sollte, wäre dies dem Gift nur beschleunigend zuvorgekommen.«

»Sie sprechen von Zyankali?«, versicherte sich Lorenzo.

»Zyanid, Zyankali, Blausäure – nennen Sie es, wie Sie wollen. Es ist effektiv, aber äußerst unangenehm. Der charakteristische Geruch dürfte Ihnen kaum entgangen sein.«

Lorenzo Garibaldis Aufmerksamkeit litt unter Federica Pellegrinis Präsenz. Unaufgefordert war sie gleich mit dem Klopfen durch die Tür geschlüpft, einen Finger auf den Lippen, und hatte sich vor ihm auf den Stuhl niedergelassen. Dort saß sie nun und massierte einen ihrer Knöchel, kommentierte einzelne Worte, die er aus den umständlichen Ausführungen des Doktors herausgriff, mit dem Heben einer Augenbraue.

»… findet sich in bitteren Mandeln«, sagte der und hob gewichtig die Stimme, »sowie in anderen Fruchtkernen, was nur wenig bekannt ist. Nun, wir werden sehen, was uns Magenschleimhaut und -inhalt morgen verraten.«

»Danke, Dottore«, sagte Lorenzo abschließend und bekundete artig sein Verständnis für den Aufschub der Angelegenheit. Tod durch Gift, bedeutete das eindeutig Mord? Und wenn nicht, dann mit welcher Wahrscheinlichkeit? Morgen würde er persönlich in den Katakomben der Rechtsmedizin vorstellig werden und nicht weichen, bis alle Unklarheiten ausgeräumt waren. Obwohl … Das Wochenende stand vor der Tür und wenn der Doktor *morgen* sagte, meinte er vermutlich eher Montag. Einiges an seinen ausweichenden Auskünften – und ganz besonders das Lob für die Fotografien – sprach dafür, dass der Doktor nicht selbst das Skalpell angesetzt, sondern auch das delegiert hatte. Wenn überhaupt schon mit der Sektion begonnen worden war.

Die Magenschleimhaut hätte er in diesem Fall schon gesehen haben müssen.

Einen Fluch auf den Lippen drehte Lorenzo sich zur Seite und legte den Hörer auf. Die Telefonschnur ballte sich zu einem krausen Knoten, der dem seiner Gedanken verblüffend ähnelte.

Federica hörte auf, ihren Knöchel zu reiben. Das plötzliche Ende des Telefonats und Garibaldis umständliches Hantieren machten sie hellhörig. Sein Blick glitt von ihrer schmutzigen Fußsohle zu den Schuhen, dann zu ihrem Gesicht.

»Signora Pellegrini, was verschafft mir die Ehre Ihres unerlaubten Eindringens?«

»Zyankali?«, sagte sie. Sein Sarkasmus prallte an ihr ab, im Gegensatz zu dem, was sie gehört hatte. »Verwendet man das auch als Rattengift?«

»Hm.« Beiläufig biss er in ein Biscotti. »So ist es.«

»Dann verhaften Sie mich am besten sofort.« Sie streckte ihm die Arme entgegen. »Das erspart Umstände. Sie haben auf meinem Grundstück nach gefährlichen Substanzen suchen lassen. Tja, Ihr uniformierter Kollege ist fündig geworden – nicht Ispettore Spadafero, der andere –, und er ist sehr überzeugt zu wissen, was er vor sich hat. Ich bin ihm ausgebüchst, bevor er mir Ketten anlegen konnte.«

»Ist das ein Witz?«

»Leider nein.« Immer noch die Handgelenke aneinandergedrückt, stand sie auf. »Weder das eine noch das andere.«

»Wenn das so ist: Verraten Sie mir Ihr Motiv?«

»Oh, das müssen Sie schon Ihren Kollegen fragen. So weit habe ich ihn mit seiner Anklage nicht kommen lassen.« Ihr Lachen fühlte sich verkrampft an. Die Ohrfeigen zu erwähnen hätte bedeutet, seine ungeheuerliche Anschuldigung zu Matteos Tod zu wiederholen. Sie hoffte, dass auch der Geohrfeigte keinen Wert darauf legte.

»Nun nehmen Sie schon die Hände runter.« Lorenzo verdrehte die Augen angesichts ihrer Pose. »Wie wäre es damit: ein attraktiver Mann, eine attraktive Frau …«

»Ich war an Kilian Rossi nicht interessiert. Das wissen Sie. Er wusste es auch.« Auf dem Tisch standen ein unangetasteter Krug Wasser und ein Espresso. »Darf ich?«

»Bitte.«

Der Caffè war noch warm. »Werden Sie von Baresis Sekretärin umsorgt, oder kümmert sich seine Frau persönlich?«

»Fürchten Sie etwa einen Giftanschlag auf mich?« Leicht irritiert ließ er den angebissenen Keks sinken, der auf dem Unterteller beim Caffè gelegen hatte.

Federica hob das Kinn in Richtung des Nebenzimmers, zupfte sich am Ohr und flüsterte: »Eher einen Lauschangriff.«

Lorenzo stieß sich vom Schreibtisch ab. Die Tür war tatsächlich nur angelehnt.

»Hallo?« Seine kleine Warnung, um niemanden im Wortsinn vor den Kopf zu stoßen, blieb unbeantwortet, und er öffnete die Tür mit einem Ruck. Der Raum enthielt eine Reihe Büromöbel, eine Kochgelegenheit sowie ein Schreibpult, auf dem eine monströse Schreibmaschine thronte. Eine moderne Sitzgruppe am Fenster zum Innenhof, bestehend aus einem dreibeinigen Tischchen und zwei Sesseln, darauf die nachlässig gefaltete Tageszeitung. Alles in allem wirkte der Raum recht gemütlich, aber verlassen. Noch hing der Duft von Kaffee in der Luft – und eine blumige Parfumnote.

»Niemand mehr da«, verkündete er und nahm eine Schale aus schwerem, dunkelgrünem Rauchglas mit. Kleine Lufteinschlüsse gaben ihr einen trügerischen Anschein von Leichtigkeit.

»Vielleicht habe ich mich getäuscht.« Federica angelte mit den Zehen nach einem Schuh. »Jeder kann sich irren. Alles, was ich hatte, waren … Indizien.«

Aha. »Cantuccini?« Er hielt ihr die Schale hin und bemühte sich, sein Lächeln zu verbergen. Ihre Intelligenz faszinierte ihn. »Welche Indizien?«

»Als ich hereinkam, haben Sie telefoniert und Sie waren ungeduldig, was darauf hindeutet, dass das Gespräch schon lange genug dauerte, um Ihnen die Laune zu verderben. Die Karaffe ist voll, Sie hatten also bisher keine Gelegenheit, davon zu trinken. Genau wie bei dem Caffè, der noch nicht ausgekühlt ist. Also wurde Ihnen beides während des Telefonats gebracht. Als das Telefon klingelte, haben Sie den Dottore bestimmt namentlich begrüßt. Außerdem wusste Signora Baresi, dass Sie auf seinen Anruf warten, und hat die Gelegenheit genutzt, ein paar Neuigkeiten aufzuschnappen.«

»Bravo. Wobei die letzten Punkte schon zu den Schlussfolgerungen zählen, nicht mehr zu den Indizien. Und wer gelauscht hat, können Sie so auch nicht nachweisen – nur die Wahrscheinlichkeit feststellen, *dass* gelauscht wurde.«

»Si.« Federica trank den lauwarmen Caffè und drückte ihm die leere Tasse in die Hand. »Berücksichtigen Sie das, wenn Ihr Kollege Ihnen von seinem Fund in meinem Schuppen berichtet. Falls es Rattengift ist und falls Rossi damit getötet wurde: Der Name seines Mörders lässt sich daraus nicht ablesen.«

»Das werde ich bedenken, versprochen. Und ich gebe zu, Briatore ist manchmal etwas schwierig.« Lorenzo grinste verhalten. Der ältere Kollege litt unter seiner mangelhaften Ausbildung, die ihn weder für die Kriminalpolizei noch für die Spurensicherung qualifizierte. Er war im Rang eines Vice Ispettore hängen geblieben, während jüngere Männer wie Spadafero an ihm vorbeigezogen waren. Ihn mit dem etwas höheren Dienstgrad zu titulieren, hatte sich schon oft als kluger Schachzug erwiesen, da es sich positiv auf Briatores Stimmung auswirkte. »Was glauben Sie, was Signora Baresi gerade macht?«

»Die Nachricht vom Zyankali verbreiten«, mutmaßte Federica.

Womit sie genau richtiglag.

In genau diesem Moment schwappte die Botschaft bereits über den Dorfplatz, drehte mit Signora Baresi eine Runde durch Iannazzos Laden und flog ihr voraus zur Trattoria.

Federica nahm nun doch ein Cantuccini.

Kapitel 13

Mimo saß auf dem Boden vor der Bäckerei und schaukelte mit den angewinkelten Beinen. Als er Carmela kommen sah, sprang er auf. Das schönste Mädchen der Welt, behauptete Enzo, aber das konnte der ja gar nicht wissen. Dazu hätte er jedes einzelne Mädchen kennen müssen.

»Ciao, Mimo«, sagte sie. »Heute habe ich nichts mehr für dich zu tun.«

»Weiß ich doch.« Er wischte die Hände an der Hosennaht ab und nahm die Mütze runter. »Auslieferung immer nur morgens.«

»Hör zu, ich hab wenig Zeit, ich muss aufschließen. Also sag schon, was du willst.« Sie schaute an der Fassade nach oben, wo die Vorhänge vor dem Schlafzimmer ihrer Tante fest zugezogen waren. Nichts rührte sich. »Hast du Hunger?«

Er schüttelte den Kopf. Schwierig war das. Total schwierig. Wie fing er denn bloß an?

»Alle sind so komisch«, murmelte er. »Wegen Signor Rossi.« Auch seine besten Freunde Davide und Enzo. Ganz besonders Enzo, wenn er so darüber nachdachte. Der wollte, dass er schwieg. Er sollte so tun, als sei er nicht dabei gewesen, als Signor Rossi zur Pension gebracht worden war. Was ja irgendwie stimmte, weil er den Roller gefahren hatte. Aber das sollte er auch nicht sagen. Tu es für mich, hatte Enzo gebeten. Und für Carmela. Du weißt doch jetzt, wie das ist mit der Liebe. Dann hatten sie einander rumgeschubst, bis sie lachen mussten und ganz zerrauft waren, und Enzo hatte geflucht, weil sein Kamm weg war und die schöne Frisur aussah wie ein altes Vogelnest. Das war witzig gewesen. Aber was Signor Rossis Tod mit Carmela zu tun hatte, hatte er trotzdem nicht kapiert und sich nicht getraut, Enzo nochmal zu fragen, was eigentlich los war. Doch sein Freund hielt Carmela nicht nur für das schönste, sondern auch für das netteste Mädchen der Welt. Und nett war sie auch zu ihm wirklich immer.

»Also, Enzo sagt, ich soll mit niemandem reden, wie das mit Signor Rossi war – mit dir eigentlich auch nicht, aber … Weil er dich doch heiraten will und so. Und da dachte ich …« Er hob die Schultern und sah Fräulein Sonja vor sich. Eine peinliche Hitze schlängelte sich durch seinen Körper, und er presste die Fäuste gegen beide Schläfen. Das mit der Liebe kapierte er noch weniger als alles andere. Doch dass Enzo verdammt sauer auf Rossi gewesen war, weil der sich an Carmela ranmachte, das verstand er gut.

»Komm.« Sie packte seine Hand und dirigierte ihn weg von der Ladentür und der menschenleeren Straße zur Rückseite des Hauses. Auf ihren Wangen leuchteten Flecken so rot wie der Klatschmohn in den Fugen zwischen den Gehwegplatten. »Du musst auf Enzo hören«, sagte sie beschwörend. »Das ist wichtig. Aber mir kannst du trotzdem sagen, was dich bedrückt. Und dann schweigen wir beide. Einverstanden?«

Es irritierte ihn, dass auch sie plötzlich so geheimnisvoll tat. Mit einem Mal schien seine Idee, mit ihr zu sprechen, weniger gut als noch vor fünf Minuten. Aber gesagt war gesagt und konnte nicht zurückgenommen werden. Hoffentlich würde Enzo ihm verzeihen. Zieh's durch, hörte er Davide in seinen Gedanken. Das war sein liebster Ratschlag. Nicht immer ein guter, wie Mimo wusste. Doch was hätte er sonst tun sollen? Er holte tief Luft.

»Warum lügen alle, wenn es um Signor Rossi geht? Dein Papa, Enzo – einfach alle.« Er knautschte die Mütze und senkte den Kopf. »Kannst du mir das erklären?«

*

Lucio Monza zog einen Stuhl an den Tisch der Kartenspieler und setzte sich. Unaufgefordert schob ihm jemand ein Glas Rotwein hin, während er seine Meinung zum Besten gab. Einige jüngere Männer, die nur auf einen Sprung für eine kurze Pause vorbeigekommen waren, schlürften am Stehtisch neben dem Eingang der Trattoria ihren Caffè. Lucio war ganz in seinem Element. Alle hörten ihm zu. Auch Maria Baresi, die sich an seiner Seite positionierte und zufrieden die Lippen spitzte. Ihre amtliche Information zum tödlichen Zyankali – sozusagen aus erster Hand vom Gerichtsmediziner in Pesaro – fiel bei Lucio auf mehr als fruchtbaren Boden. Sein Ansatz, dass keiner aus dem Dorf, sondern ein Fremder hinter Kilian Rossis Tod steckte, hatte ihr gleich gefallen.

Auch jetzt legte Lucio Monza sich mächtig ins Zeug: Zyanid, so was trugen Deutsche in Kapseln bei sich. Die Nazis hatten das bei Kriegsende reihenweise geschluckt und ganze Familien damit ausgerottet. Und Rossi … der war schließlich Südtiroler, wer wusste schon, was der damals in dieser finsteren Zeit getrieben und auf welcher Seite er gestanden hatte! Rache erforderte manchmal einen langen Atem.

Vendetta! So was gab es vielleicht auch auf Deutsch.

Don Pietro, der sich einen kleinen nachmittäglichen Schoppen gönnte und gleichzeitig ein Auge auf die ihm anvertrauten Sünder hielt, schüttelte unwillig das Haupt.

»Lucio«, mahnte er sanft. »Du sollst nicht falsch Zeugnis ablegen wider deinen Nächsten.«

»Der ist nicht mein Nächster. Und ich überlege ja auch nur laut. Oder habe ich behauptet, dass es eindeutig so gewesen ist? Allerdings könnte dieser Deutsche aus der Pension für Rossi der Nächste gewesen sein – nun ja, genau wie so manch anderer im Dorf. Ich bin ja zum Glück nicht verheiratet.« Feixend hob Lucia Monza sein Glas. »Das Gebot mit dem Weib des Nächsten, meine ich«, fügte er genüsslich hinzu, obwohl ihn alle Anwesenden längst verstanden hatten. *Du sollst nicht begehren …*

»Nur weil Rossi etwas wollte, heißt das nicht, dass er es bekommen hat!« Maria Baresi knuffte ihn ungehalten. Dieser Teil seiner Theorie ging definitiv zu weit. »Zum Ehebruch gehören immer zwei. Du willst doch wohl keiner Frau aus Pesaro del Monte piccolo Cattolica unterstellen, sie habe sich hinreißen lassen?«

»Wie käme ich dazu? Ich sage nur, er hat es versucht und hatte die Finger überall.« Betont beiläufig richtete er die Augen auf das gefällig drapierte Tuch um ihre Schultern. »Solche Kopftücher sind gerade sehr modern, hm?«

»Das ist ein Schal. Und ja, so was trägt man heute.« Von Hollywood bis Monaco, um den zarten Hals zu betonen oder die Frisur zu schützen. Doch den Männern im Dorf fehlte jeglicher Sinn für städtischen Chic. Fast allen zumindest. Pikiert entledigte Maria Baresi sich des zarten Stoffs. Mit einem Mal war er ihr unangenehm. »Pfoten weg!«, fauchte sie, als Lucio die Hand danach ausstreckte.

»Sehr wohl, Signora.« Gehorsam nahm er beide Hände hoch.

»Ein Geschenk vom Bürgermeister?« Andrea Antognoni am Nebentisch grinste unverhohlen, als Maria den Schal in ihrer Tasche verschwinden ließ. »Wirklich hübsch. Der Mann hat Geschmack und weiß, was einer Frau gefällt. Sagen Sie, Signora Baresi, wissen Sie, wo Paolo Zaccardo ist? Vorhin kam er mit dem Commissario aus der Bürgermeisterei. Hat der ihn immer noch am Wickel? Ich weiß auch nicht, warum mir gerade jetzt ausgerechnet Zaccardo einfällt – am guten Geschmack kann's nicht liegen.« Scheinbar absichtslos strich er mit beiden Händen über Nacken und Hals, und doch erinnerte die Bewegung an das Umlegen eines Tuchs, in das er vor der Brust einen Knoten schlang.

Irgendwer lachte.

»Halt dein loses Maul, Andrea.« Davide Tardelli kramte in

seiner Hosentasche. Es tat nicht gut, länger zu bleiben. »Wer nicht da ist, kann sich nicht wehren.«

»Wogegen denn? Dass Paolo keinen Geschmack hat, ist Allgemeinwissen.«

Davide legte eine Handvoll Lire auf den Tisch und hielt Ausschau nach dem Wirt. Seine Pause war beendet.

»Willst du schon gehen, Tardelli?« Andrea stand auf und schlenderte zu ihm rüber.

»Ich habe zu tun. Nicht jeder kann sich auf dem Geld seiner Familie ausruhen, ohne einen Finger krumm zu machen.«

»Dafür, dass dein Vater es nicht draufhat, kann ich nichts. Wieso bist du so schlecht gelaunt? Ich habe nichts Böses gesagt. Und für das, was andere denken, bin ich nicht verantwortlich. Du bist doch sonst nicht gerade dicke mit Paolo.« Unmittelbar vor Davide blieb Andrea stehen, neigte sich noch etwas näher heran und flüsterte: »Hast du Mitgefühl, weil du genau wie er beim Commissario antreten musstest, oder trägt etwa auch deine Frau seit Neustem so einen schicken Schal wie Signora Baresi und Paolos Sara?«

Davide packte Andrea am Hemd, presste die Lippen aufeinander, während er um Beherrschung rang, und stieß die Luft durch die Nase aus. Die Vorstellung, dass Kilian Rossi auch nur an seine Frau gedacht haben könnte, war ihm unerträglich.

»Wie war das noch mit dir und Rossi?«, fauchte Davide. »Weiß der Commissario von eurer unterschiedlichen Vorliebe für Raubvögel?«

»Keine Ahnung.« Andrea bog leicht angewidert den Kopf nach hinten weg, um Davides wütendem Atem auszuweichen. »Signora Baresi, weiß er das?«, rief er ihr zu und grinste dabei. Dann umfasste er locker die Fäuste vor seiner Brust. »Lass gut sein, Tardelli. Ich mach doch nur Spaß. Seid doch mal ehrlich, Leute: Keiner konnte Rossi leiden, diesen arroganten Wichser –

entschuldigen Sie den Ausdruck, Don Pietro. Ist deshalb gleich jeder mordverdächtig?«

Davide ließ ihn los.

»Selbst wenn der Commissario weiß, dass Rossi und ich gelegentlich ein Hühnchen – oder einen Bussard – miteinander zu rupfen hatten« – Andrea lachte über seinen eigenen Witz – »dann macht mir das so viel Angst wie …« Er überlegte demonstrativ. »Nein, tut mir leid. Es macht mir keine Angst. Erstens habe ich ein Alibi, zweitens kein Motiv, und drittens hätte ich ihm eins mit der Schrotflinte verpasst, wenn ich ihn hätte erledigen wollen. Und ich hätte es geschickter angestellt, sodass keiner die Leiche findet. Gift ist was für Feiglinge.«

»*Salute!*« Lucio Monzas Glas schnellte in die Höhe. »Genau meine Meinung. Feiglinge und Selbstmörder, die sich aus der Affäre ziehen: wie die Deutschen.«

Andrea grinste breit und winkte dem Wirt, der vor die Eingangstür getreten war, um nichts zu verpassen. »Noch einen Roten für Lucio, ich zahle. Ist ein guter Mann.« Dann wandte er sich wieder an Davide. »Wolltest du nicht gehen, Tardelli? Heim zu deinem Vater und deinem braven Frauchen?«

Davide fixierte den grün und grau gescheckten Stamm einer Platane und wünschte sich deren Standfestigkeit. Er musste an Andrea vorbei, wenn er sich nicht die Blöße geben wollte, ihm auszuweichen. Und das hatte er nicht vor. Er hatte den Ärger nicht angezettelt, aber er würde auch nicht zurückstecken. Wenn es sein musste, dann zog er das durch. »Du bist nur neidisch, weil du keine Frau hast«, zischte er, während sie Schulter an Schulter standen. »Wieso kaufst du dir keine?«

»Wer sagt denn, dass ich das nicht längst getan habe? Für zwischendurch, genau wie Rossi. Manche Frauen sind leicht zu kriegen.« Andrea antwortete absichtlich laut, deutete erneut das Umlegen eines Tuches an. »Grüß die deine von mir.«

Schon halb im nächsten Schritt machte Davide kehrt, geriet aber über ein flink ausgestrecktes Bein ins Stolpern. Er erwischte Andrea am Hemd, packte die gleiche Stelle wie zuvor, die erbarmungswürdig knirschte, hielt sich fest, riss ihn mit. Spielkarten stoben auf, wirbelten durch die Luft wie die vom Lärm aufgeschreckte Schar Spatzen, als die beiden auf dem Tisch aufprallten. Lucio sprang vom Stuhl, sein im letzten Moment gerettetes Glas in der Hand. Aus den anderen ergoss sich Rotwein über die beiden miteinander ringenden Männer, die gemeinsam von der Tischplatte rollten, erst auf den Schoß eines alten Mannes und dann auf den Boden. Um sie herum schlugen Flaschen und Gläser ein. Durch die Scherben wälzten sie sich weiter.

Am Rande der Bocciabahn steckte Ispettore Spadafero sein Notizbuch weg und löste sich aus dem Schatten einer Platane. Hätte er früher dazwischengehen sollen? Die allgemeine Debatte war spannend und durchaus erhellend gewesen, daher hatte er es vorgezogen, so lange wie möglich unbemerkt zu bleiben. Spadafero scheute den Gebrauch seiner Waffe, um für Ordnung zu sorgen. Damit herumzufuchteln nutzte wenig, und ein Schuss in die Luft erschien übertrieben, solange nur Fäuste flogen. Männer prügelten sich nun mal gelegentlich.

Andrea kniete auf Davides Schultern, der mit den Beinen strampelte und bockte, bis sein Gegner aus dem Gleichgewicht geriet und er wieder die Oberhand gewann. Unterlegt mit Anfeuerungsrufen schallte das Gebrüll der Kampfhähne über den Dorfplatz und bis in die Bürgermeisterei. Niemand mischte sich ein. Die Umstehenden beschränkten sich auf kleine Ausweichmanöver sowie darauf, ihren Platz mit guter Sicht gegen Neuankömmlinge zu behaupten, die von überall angerannt kamen. Don Pietros mahnende Worte, der sich händeringend mühte, den beiden Einhalt zu gebieten, blieben ungehört.

Erst das ohrenbetäubend schrille Geräusch einer Trillerpfeife beendete das Spektakel. Es kühlte die Gemüter wie ein Eimer kaltes Brunnenwasser. Spadafero hörte erst auf zu pfeifen, als Commissario Garibaldi aus vollem Lauf vor Andrea Antognoni und Davide Tardelli abstoppte.

»Was ist hier los?«

Die Spitzen seiner braunen Lederschuhe vor Augen, rappelten die beiden Männer sich langsam auf.

»Gar nichts, Signor Commissario.« Ungerührt strich Andrea Antognoni erst eine lange, schwarze Haarsträhne aus seinen Augen nach hinten, bis sie sich wieder in die Frisur einfügte, glättete den Winkelriss in seinem Hemd, dann klopfte er Davide Dreck von den Schultern. »Ein kleines Missgeschick. Nichts weiter. Sie wissen, wie schnell das geht: Einer stolpert, der andere steht unglücklich im Weg und kann ihn nicht abfangen, und schon geht ein bisschen Geschirr zu Bruch.«

»Ist das so?« Spöttisch verzog Lorenzo die Lippen, wandte sich Davide zu und wiederholte: »Ist das so?«

»*Si,* Commissario Garibaldi. Ich hatte es eilig, und dann, na ja …« Achselzuckend wischte Davide Blut aus dem Mundwinkel, das sich mit dem aus einem Schnitt an der Hand vermengte. »Halb so wild. Wo soll ich eigentlich Ihren Wagen hinbringen, wenn er fertig ist?«

»Sie werden mich schon finden«, sagte Lorenzo lapidar. Davide nutzte mit diesem Themenwechsel das gleiche billige Ablenkungsmanöver wie sein Vater Gino während der Befragung. Die gleiche verfluchte Lügerei! Lorenzo hob den Blick in die Runde, was genügte, um die Menge unruhig werden zu lassen. Nur Davides Kontrahent hielt seiner Musterung fast regungslos stand. Wenn überhaupt, schien er amüsiert.

Über alle Köpfe hinweg suchte Lorenzo nach Federica Pellegrini, die auf dem Höhepunkt des Geschreis gemeinsam mit ihm aus der Bürgermeisterei gerannt war. Doch seine *Verdächtige* mit dem Rattengift hatte den günstigen Moment genutzt, um sich abzusetzen. Immerhin schien sein Ispettore zu wissen, was es mit der Schlägerei, die keine gewesen sein sollte, auf sich hatte, und gab ihm entsprechend ein Zeichen.

»*Va bene*, dann können wir uns ja wieder unserer Arbeit widmen – und *alle* können jetzt gehen«, sagte er betont deutlich für jene, die auf eine Fortsetzung hofften. »Wir wollen niemanden weiter aufhalten.«

Davide Tardelli murmelte ein verlegenes *Ciao* und trollte sich eilig, während sein Gegner mit dem Riss im Hemd in aller Seelenruhe davonschlenderte – ein Lächeln auf den Lippen –, ohne sich vorgestellt zu haben.

Stühle wurden aufgerichtet und Scherben eingesammelt, der Wirt wischte den Tisch sauber, unter dem die Rotweinlache langsam versickerte.

»Überraschen Sie mich, Giovanni. Sagen Sie mir, dass es kein Fehler war, die Leute ziehen zu lassen. Dass der Vorfall nichts mit unserem Toten zu tun hat oder dass Sie die Lösung des Falls für mich haben.«

Spadafero blätterte in seiner Kladde. Einen Teil der darin enthaltenen Informationen zum Dorfgefüge verdankte er dem Ladenbesitzer Iannazzo sowie der gesprächigen Inhaberin des Friseursalons, anderes hatte er in der Trattoria und bei den Besuchern in Signora Pellegrinis Küche mitgehört. »Der Mann, der sich mit Tardelli geprügelt hat, ist Andrea Antognoni«, sagte er und räusperte sich nervös. Es kam selten vor, dass Garibaldi ihn beim Vornamen nannte. »Ältester Sohn des reichsten Mannes im Dorf. Ihm gehören nicht nur die meisten Olivenhaine der Gegend, sondern auch eine Destille, etliche Weinberge und ein Hotel. Antognoni hat den Streit herausgefordert, nachdem zuerst allgemein ausgeteilt wurde. Es ging um Frauen und Ehebruch und … Halstücher, soweit ich verstanden habe. Außerdem um

Raubvögel, aber das könnte auch eine Metapher gewesen sein, wegen denen er Ärger mit Signor Rossi hatte.«

»Hätten wir ihn da nicht besser vernehmen sollen?«

»Nein.« Spadafero tippte auf einen Eintrag. »Gift ist für Feiglinge«, zitierte er. »Antognoni bevorzugt Schrot. Und wenn Sie mich fragen ...« Spadafero verstummte, erschrocken über die forsche Formulierung.

»Nur zu, ich frage Sie.«

Nervös befeuchtete Spadafero sich die Lippen. »Ich glaube nicht, dass er uns mehr sagen wird, jedenfalls nicht die Wahrheit, genau wie zu der Rauferei. Wir haben es in diesem Dorf mit mehr als nur einem *sturen Hund* zu tun.«

Lorenzo Garibaldi lachte trocken auf. Eine verdammt richtige Beurteilung der Lage.

Vor dem Portal der Bürgermeisterei fuhr ein Streifenwagen vor, und Briatore stieg aus. Gleich würde er also dessen Version des potenziellen Giftfundes in Signora Pellegrinis Schuppen hören. Er war voreingenommen, was die Aussagekraft der Indizien betraf. Das hatte sie geschickt eingefädelt.

Die Kartenspieler machten sich bereit, nach drinnen umzuziehen, und Don Pietro ließ eilig seine Rechnung anschreiben. Die Situation war dem Pfarrer mehr als unangenehm. Mord und Totschlag, Glücksspiel – von dem er sehr wohl wusste – und Rauflust. Sodom und Gomorra herrschten in seiner Gemeinde, und er saß mitten unter den schwarzen Schafen und ließ sich am hellen Tag einen guten Tropfen schmecken. Herr im Himmel, was gab das vor dem Kommissar für ein Bild ab! Dabei mühte er sich redlich, wenn auch offenbar vergebens ... Schuldbewusst rang er den Impuls nieder, auf schnellstem Weg das Weite zu suchen.

»Commissario Garibaldi, ich kann mich nur für diese unschöne Szene entschuldigen, deren Zeuge Sie geworden sind.« Er steckte die Hände in die Ärmel seiner Soutane und hielt sich an den Unterarmen fest. »Seien Sie gewiss, dass ich in meiner Predigt am Sonntag die passenden Worte finden werde, und ich erwarte, alle – euch alle, hört ihr? – in den Bänken zu sehen!«

Lorenzo neigte anerkennend den Kopf. Ein löblicher Versuch, allein, ihm fehlte der Glaube an das Schuldbewusstsein der Anwesenden. Die Ansage half allenfalls dabei, den Menschenauflauf etwas schneller zu zerstreuen, um einer persönlichen Mahnung zu entgehen.

»Was geschieht denn nun mit dem armen Signor Rossi? Wann können wir die Totenmesse für ihn lesen und seinen Leib zur letzten Ruhe legen? Ich gestehe, ich weiß nicht einmal« – der Pfarrer hob die Schultern – »wem es obliegt, darüber zu entscheiden, ob er auf unserem Friedhof bestattet wird.«

»Wird er nicht«, sagte Spadafero und schaute vom Pfarrer zum Kommissar. »Die Kollegen in Bozen konnten vorhin endlich die Familie erreichen. Der Anruf kam rein, kurz nachdem Sie zur Befana aufgebrochen sind. Ich wollte Ihnen gerade berichten kommen, als hier das Durcheinander losging. Sobald die Freigabe erfolgt, wird Signor Rossis Leichnam nach Bozen überführt. Alles Weitere regeln seine Frau und seine Eltern. Sie wollen ihn zu Hause haben.«

»Seine Frau?« Don Pietros überraschter Ausruf brachte die Menge zum Stillstand. »Signor Rossi war verheiratet?«

Völlig unangemessen brach Lucio Monza in schallendes Gelächter aus.

*

Zwischen den Regalen in Iannazzos Laden herrschte mit einem Mal Leere. Federica war gegen den Strom hineingehuscht, obwohl sie gar nichts kaufen wollte. Links hinter dem Eingang lag ein Stapel Sonnenhüte neben einer kleinen Auswahl Souvenirs:

Miniaturen venezianischer Masken, Gondoliere aus bemaltem Gips, Porzellan-Madonnen mit Grüßen aus Rom, schiefe Türme, dazu ein Handbestand an Postkarten. Ganz Italien auf engstem Raum. Draußen verstummte die sich überschlagende Trillerpfeife. Federica betrachtete zerstreut die Waren und bunten Werbebotschaften. Was genau hatte sie veranlasst, abzubiegen, statt an Commissario Garibaldis Seite zu bleiben? War es die Angst vor der Ablehnung in den Augen der anderen? Das Kühlaggregat der Eistruhe brummte. Sie tanzte auf einem sehr dünnen Seil, und niemand würde sie auffangen. In einem Spiegel begegnete sie ihrem eigenen Gesicht. Ein wenig müde sah sie aus, die Frisur zerdrückt. Wenigstens wurde sie noch nicht grau. Sie stockte, strich eine Locke aus der Stirn, überlegte. Wen kümmerte es, ob ihre Haare dunkelbraun oder grau waren? Was machte die Farbe für einen Unterschied? Und wieso erschien ihr die Antwort mit einem Mal wichtig?

»Was darf's denn sein, Signora Pellegrini?«

Federica schreckte auf.

Angelo Iannazzo lächelte hinter seiner Kasse. Er war wohl der Einzige, der sich trotz des Geschreis auf dem Dorfplatz nicht vom Fleck bewegt hatte. »Kann ich helfen?«

»Schon gefunden«, behauptete Federica und hielt den nächstbesten Gegenstand hoch. Ein Haartonikum mit Lavendelduft, das stärkeren Wuchs und Attraktivität versprach. Auf der Packung schmachtete eine verzückte Dame die glänzende männliche Haarpracht an. »Gefunden«, bekräftigte sie und stellte die Flasche zurück. »Ich wollte nur nachsehen, ob Sie das vorrätig haben. Für einen meiner Gäste. Das war alles. Danke.« Sie fühlte sich seltsam ertappt und verabschiedete sich, bevor Iannazzo sie in ein Gespräch verwickeln konnte.

Durch den Stoff der Markise fiel ein grünlicher Schatten auf die Werbetafeln und Gemüsekisten vor dem Schaufenster. Spadaferos Kappe überragte den dicht gedrängten Menschenpulk vor der Trattoria, der Commissario Garibaldi vollständig verschluckt hatte. Ganz Pesaro del Monte piccolo Cattolica schien dort versammelt zu sein, und auch einige Urlauber hatten sich eingefunden. Signorina Wilk balancierte auf Zehenspitzen und reckte den Hals, Signorina Mauer nutzte ihren Sonnenhut als Fächer, und das englische Paar aus der Gasse posierte am Rande des Durcheinanders für ein Erinnerungsfoto.

Federica entfernte sich zügig in entgegengesetzter Richtung, obwohl das einen Umweg bedeutete.

Durch das Lochmuster in der geflochtenen Hutkrempe schaute Sonja ihr verwundert nach. Gewohnheitsmäßig hielt sie nach Mimo Ausschau, doch der ließ sich nicht blicken.

Als der Streifenwagen angefahren kam, zupfte sie an Elkes Bluse. »Da ist einer der Polizisten aus der Pension. Du, sieh doch mal! Und Frau Pellegrini kam eben aus dem Laden. Ist das nicht seltsam? Also, ich wäre ganz sicher nicht fortgegangen, solange die Polizei mein Haus durchsucht.«

Elke gab den wackligen Zehenstand auf und drehte sich um. »Eine richtige Hausdurchsuchung machen die nicht gerade. Es hieß, sie sichern nur Spuren bei Herrn Rossi, in der Küche und im Esszimmer. Wetten, dass wir heute Morgen Spannenderes zu Gesicht bekommen haben?« Sie imitierte das Vorhalten von Kleidungsstücken – Franz Schneiders Unterhosen, Annelieses Nachthemd – und verbiss sich ein Lachen. »Vermutlich sind die Polizisten einfach fertig mit ihrer Arbeit.«

»Das wäre fein.« Sonja seufzte. »Ich habe keine Lust auf Schnüffler, die um uns herumschleichen, und würde gern endlich von hier verschwinden.« Nach der Befragung und einem ausgiebigen Mittagessen waren sie auf den Dorfplatz zurückgekehrt und hatten eine gefühlte Ewigkeit unter den Bäumen gesessen. Allmählich war sie es leid. »Solange die Schneiders weg sind, braucht der Kommissar dich nicht zum Übersetzen. Wir könnten längst am Strand sein oder uns wenigstens auf der Terrasse in die Sonne legen. Er hat doch gesagt, er kommt dann am Abend in die Pension.«

Unter Sonjas ärmellosem Oberteil lugte der Träger ihres Büstenhalters hervor, keusches Weiß auf krebsroter Haut.

»Zuerst ein Eis«, entschied Elke. »Und das mit der Sonne solltest du heute besser lassen.« Sie ließ den Träger schnalzen, was Sonja einen Aufschrei entlockte.

»Auwei – entschuldige. Tut's sehr weh?« Elke verbiss sich das Lachen und hakte die Freundin unter. »Dafür lade ich dich ein. Komm schon – jetzt gibt es ein fabelhaftes Eis am Stil oder ein Waffel-Sandwich! Und dazu ein Viertelpfund Quark, gegen den Sonnenbrand.« Danach würden sie die Sache mit dem Zyankali durchdiskutieren, die sie eben aufgeschnappt hatte.

Und während vor den Tischen der Trattoria Bewegung in die Neugierigen kam, entschied Maria Baresi, nicht länger auf dem Dorfplatz zu verweilen. Ihren flinken Augen entging nichts. Der stattliche Beamte in Uniform, der gerade vor der Bürgermeisterei eintraf, schien den Kommissar in dringender Angelegenheit aufsuchen zu wollen. Sicher konnte er bei der Hitze eine Erfrischung vertragen. Es war ein Gebot der Höflichkeit, ihn schon mal hereinzubitten und ein wenig mit ihm zu plaudern. Gleich als Nächstes musste sie dann Sara Zaccardo einen diskreten Freundschaftsdienst erweisen, um sie und die Familie vor Schaden zu bewahren. Zwar waren sie nicht in direkter Linie verwandt, doch Saras Ältester war Marias Patenkind. Sollte Sara einen Schal besitzen, den andere für anrüchig halten konnten, dann musste der umgehend weg. Sonst kam Paolo noch ins Grübeln. Ihr Aldo war zu sehr Mann, um sich vor Konkurrenz zu fürchten. Kilian Rossi hatte ihm ohnehin nie das Wasser reichen können. Und der hübsche Schal … den hatte er ihr überlassen, obwohl er bei ihr auch mit seinem Naturschutz-Fimmel abgeblitzt war. Eine galante Geste, die ihr ein Seufzen entlockte. Bei allem Ärger, den er verursacht hatte, charmant war Rossi gewesen.

*

Rund eine Viertelstunde später endete Ispettore Briatores aufgeregter Monolog vor Commissario Garibaldi, in dem er von der flüchtigen Pensionswirtin und seinem Fund im Schuppen berichtete. Darauf zu warten, dass die Kollegen mit ihren weiteren kriminaltechnischen Untersuchungen – unnötiger Schnickschnack in Briatores Augen – endlich fertig wurden, schien ihm pure Zeitverschwendung.

Der Kommissar erteilte ihm die Genehmigung, das mutmaßliche Gift umgehend nach Pesaro ins Labor zu schaffen. Für Briatore reichte das als Beleg: Er hatte die Täterin enttarnt. Und dank des von ihm sichergestellten hochgefährlichen Pulvers würden sie den Fall zu einem schnellen Abschluss bringen können.

Mit durchdrehenden Rädern schoss der Wagen des Vice Ispettores durch den Torbogen der alten Befestigungsmauer. Briatore sah das Willkommensschild hinter sich im Spiegel kleiner werden, dann wurde sein Eifer unsanft ausgebremst. Einer der Reifen verlor schlagartig Luft, und der erhoffte vorgezogene Feierabend rückte in weite Ferne.

Nach zwei weiteren Minuten rückte Gino Tardelli aus, um ihn in seine Werkstatt zu schleppen.

Kapitel 14

Seine Knie waren weich wie ungekühlte Panna Cotta, und sein Magen spielte völlig verrückt. Enzo fühlte sich, als läge ein Minenfeld hinter und ein Loch mit Treibsand vor ihm.

Signor Zaccardo war mit denkbar schlechter Laune in die Küche gestürmt, hatte ihn beschimpft und am Ohr gezogen, ihm immer neue Arbeit aufgetragen, schließlich einen Holzlöffel nach ihm geworfen und ihn rausgejagt. *Verschwinde, stupido, und sieh zu, dass der Kommissar endlich deine Aussage kriegt!*

Um nur ja von niemandem angesprochen zu werden, war er wie mit Scheuklappen vom Restaurant zum Dorfplatz gerannt. Erst hatte er geraucht – eine amerikanische Zigarette, die ihm ein Gast geschenkt hatte – und so tief inhaliert, dass ihm die Luft weggeblieben war, dann einen Kaugummi eingeworfen. Auf der Kirchturmuhr rückte der Zeiger auf halb fünf, als er endlich die Bürgermeisterei betrat.

Zu Anfang war alles wunderbar gelaufen. Eine wortreiche Entschuldigung für sein spätes Erscheinen, ein paar Formalitäten und persönliche Daten fürs Protokoll, dann ging es auch schon los.

»Sie arbeiten für Paolo Zaccardo?«

»In der Küche und als Kellner.«

»Und wo waren Sie, als Signor Rossi gefunden wurde?«

»Da hatte ich Pause und wollte einen Freund treffen.«

Der Kommissar machte es ihm leicht, und er konnte alle Fragen genau so beantworten, wie es mit seinem Chef und den anderen schon am Totenbett abgesprochen worden war. Doch nun verlor er den Halt. Zum Glück saß er, sonst hätten seine Panna-Cotta-Knie wohl nachgegeben.

»Wann ist Ihnen die Platzwunde an Signor Rossis Kopf aufgefallen?« Auf der anderen Seite des mächtigen Schreibtischs stützte Commissario Garibaldi die Ellbogen auf, legte die Fingerspitzen aneinander und schaute ihn über diese hinweg an, geduldig wartend, ohne zu blinzeln.

»Zuerst gar nicht«, behauptete Enzo und traktierte den Kaugummi in steigender Frequenz. Dabei hatte er die Wunde vor allen anderen gesehen. Lange vorher … sogar zwei Mal.

Wie immer war er schon ganz früh aufgestanden und zur Bäckerei gegangen, getrieben von dem Wunsch, ein paar Minuten allein in Carmelas Nähe zu sein. Denn nur dann hatte er eine Chance, sie zu fragen, ob sie am Wochenende mit ihm ins Kino gehen wollte. Das konnte ja eigentlich nicht so schwer sein, doch jeden Tag schob er es wieder auf. Irgendwie war es einfach passiert, dass er gestern nicht auf der Straßenseite gegenüber stehen geblieben war, bis sie das Licht anknipste und den Laden aufschloss. Aus der Backstube hatte er wütende Stimmen gehört und einen kurzen heftigen Lärm, dann war Carmela rausgerannt, und er – er schämte sich in Grund und Boden – war in Deckung gegangen, statt ihr nachzulaufen oder der Sache in der Backstube auf den Grund zu gehen.

»Wir dachten doch alle, es sei sein Herz«, log er. Der Kaugummi klebte wie verunglückter Gnocchi-Teig zwischen Enzos Zähnen und schmeckte nach nichts. Nach altem, schäbigem Nichts, Spucke und Lüge und Blut … Blut, wie es unter Rossis Hand herausgesickert war, der sich fluchend einen Lappen an den Kopf presste. Knapp oberhalb des Ohres, ein wenig weiter hinten. In seinen Sportklamotten, mit denen der Angeber jeden Tag über den Hügel rannte, hatte er überhaupt nicht sportlich, sondern irgendwie fett ausgesehen, als er kurz nach Carmela aus der Backstube gekommen war. Und Enzo hatte wieder nichts getan. *Stupido* … Ja, er war wirklich ein Idiot.

Unwillkürlich ballte er die bandagierte Faust und verzog das Gesicht.

»Was ist mit Ihrer Hand passiert?« Der Kommissar klang freundlich. »Das scheint schmerzhaft zu sein.«

»Geht so. Nur 'ne kleine Verbrennung in der Küche.« Die ganze Handfläche fühlte sich wund an, rot wie rohes Fleisch. Trotz Nunzias Salbe, die die Befana angerührt hatte und die gegen alles half.

»Haben Sie sich die heute zugezogen?«

»Sonst hätte ich Rossi gestern kaum tragen können.« Enzo verschluckte sich und hustete, aber der Kaugummi war weg. Das klang ganz schön patzig, aber es war zur Abwechslung die Wahrheit. »Signorina Zaccardo hat's gesehen.«

Mit undurchdringlicher Miene schob der Kommissar den Unterkiefer vor. »Ja, klar. Mein Fehler. Natürlich. Also Sie und Davide Tardelli, Davides Vater und Ihr Chef haben Kilian Rossi gemeinsam transportiert.«

»Genau. Und vor dem Vento del mare ist er kurz zu Bewusstsein gekommen.« Enzo fuhr sich mit gespreizten Fingern durchs Haar. Verdammt, machte dieser Kommissar ihn nervös. »Außerdem war noch Signora Tozzi dabei. Aber die ist ja eine Frau. Und natürlich Signor Collina, aber er ist nicht mehr der Schnellste und sieht auch nicht mehr ganz so gut.« Er zuckte die Schultern. »Das Tragen ging prima zu viert.«

»Ist Signor Tardelli – Gino Tardelli – zu Fuß da gewesen? Seine Werkstatt ist doch ziemlich weit weg. Und er scheint mir nicht besonders sportlich zu sein.« Ein winziges Schmunzeln zuckte in Garibaldis Mundwinkel.

»Nein, er war mit der Vespa unterwegs, wie immer.«

»Und die ist dann am Fundort stehen geblieben?«

Enzo schwitzte. Schöner Mist, er war direkt in eine Falle gelaufen. Mimo war mit dem Roller gefahren. Mimo, den er auf keinen Fall erwähnen durfte, damit der Kommissar seinen Freund in Ruhe ließ. Und natürlich, damit ihm und den anderen ihre Lügen nicht um die Ohren flogen. Er war mehr als ein Idiot – ein Volldepp! Es war ihm anständig vorgekommen, dass sie alle Mimo gemeinsam aus der Schusslinie halten wollten. Geradezu heldenhaft. Was für eine dumme, sentimentale Annahme. Nächstenliebe war nicht Zaccardos Art. Oder für jemanden einzustehen, wenn es ihm keinen Vorteil brachte. Enzo spürte noch den schneidenden Blick, der sich in seinen gebohrt hatte. Aber er war zu aufgewühlt gewesen, um zu kapieren, und den anderen war es wahrscheinlich genauso gegangen: Zaccardos Sorge um Mimo war nur vorgeschoben. Sein Vorteil lag in Rossis Tod selbst, eine Stimme weniger – eine laute, nein: die lauteste –, die sich seinen Plänen entgegenstellte. Dass jemand diesen Tod hinterfragte, wie Signora Pellegrini, die Polizei einschaltete und das Wort Mord in den Mund nahm ... damit hatte Enzo in diesem Moment nicht gerechnet.

Siedend heiß rieselte ihm die Angst über den Rücken. Er hatte am Donnerstag seinen Kamm verloren. Das konnte zwischen den Aprikosenbäumen oder unten passiert sein – in der Nähe von Rossis Leiche –, als er vor allen anderen mit ihm allein gewesen war. Sollte Paolo Zaccardo den gefunden haben, war er ihm ausgeliefert.

»Signor Mangione – die Vespa, erinnern Sie sich? Es hilft mir, den Ablauf zu rekonstruieren. Sie blieb also am Wegrand stehen und wurde später geholt?«

Enzo befeuchtete seine trockenen Lippen. Er musste endlich antworten, egal, warum der Kommissar sich für diesen dämlichen Roller interessierte. »*Si,* so wird es gewesen sein. Bestimmt hat Davide den Roller später geholt«, sagte er und hoffte, dass er dem damit keinen Ärger machte. »Wär's meiner, dann wüsste ich's.« Ein starker Spruch. James-Dean-lässig wie die Jeansjacke mit dem aufgestellten Kragen, die klitschnass vom Schweiß an seinem Rücken klebte. Wenn nur Carmela ihn so hätte sehen können! Carmela, für die er Schuld auf sich geladen hatte, als ihm Rossis Platzwunde bei den Aprikosenbäumen zum zweiten Mal unter die Augen gekommen war. Er konnte es nicht länger verleugnen, mit seinen Lügen schützte er auch sich selbst.

*

Der ganze Umstand mit Rimini war für die Katz gewesen. Franz Schneiders Plan, lange genug auszubleiben, bis der Kommissar aus Pesaro sich in den Feierabend verabschiedet hatte, war nicht aufgegangen. Es erschütterte ihn geradezu, dass Garibaldi noch zur Abendessenszeit in der Pension auf sie wartete. Ein Italiener – an einem Freitagabend! Um ihn in die Mangel zu nehmen, entwickelte der offenbar einen ganz besonderen Diensteifer.

»Ich denke ja gar nicht dran!« Demonstrativ klemmte Franz beide Hände unter seine Achseln. »Sagen Sie dem Kommissar, er kann mich …« Mühsam unterdrückte er die angefangene Verwünschung, die sich gegenüber dem jungen Fräulein verbot. Außerdem hegte er Zweifel, ob der Polizist hinsichtlich seiner Deutschkenntnisse die Wahrheit sagte oder aus strategischen Gründen tiefstapelte. Den Vorwurf der Beamtenbeleidigung wollte er lieber nicht im Protokoll stehen haben. »Er kann mich nicht zwingen.«

Elke Wilk redete auf den bockigen Schneider ein, der sich von Anfang an gegen das Gespräch mit dem Kommissar gesperrt hatte. Getrennt von seiner Ehefrau befragt zu werden, empfand er als Zumutung – vor allem, dass seine Anneliese sich der Befragung ohne seinen Beistand aussetzen musste! Alle Besänftigungsversuche waren fehlgeschlagen. Auch die von Anneliese selbst, die überhaupt kein Problem darin sah, dem Kommissar einige Auskünfte zu geben.

»Ach Franz, ich bitte dich«, hatte sie ihn bekniet. »Der Kommissar macht doch nur seine Arbeit. Genau wie du, wenn du im Finanzamt Steuersünder jagst.«

»Da sieht man wieder, dass du keine Ahnung hast, wovon du redest! Ich überführe erwiesenermaßen Schuldige. Was dieser Herr da macht, ist, unbescholtene Bürger zu schikanieren.«

Lorenzo Garibaldi behielt auch jetzt seine undurchdringliche Miene bei, polierte scheinbar gelangweilt Stäubchen von seinen Fingernägeln und ließ den dicklichen Deutschen toben. Er verzichtete darauf, sich Schneiders Ausbrüche wörtlich übersetzen zu lassen. Sein aufbrausendes Temperament nahm er mehr als deutlich zur Kenntnis und würde es, wenn nötig, gegen ihn verwenden. Im Augenblick setzte Schneider sich damit nur selbst unter Druck, und ganz nebenbei schmorte auch Signorina Wilk noch ein wenig mit.

»Wenn er irgendwann Luft holt«, sagte Lorenzo ohne aufzusehen, »erinnern Sie ihn bitte daran, dass wir gern im Revier weitermachen können.« Mit leichter Drehung des Handgelenks legte er das Ziffernblatt seiner Armbanduhr unter der Manschette frei. »Meinetwegen können wir jederzeit losfahren – er und ich. Ihre Zeit, Signorina, will ich nicht länger als unbedingt notwendig beanspruchen. Dann lasse ich in Pesaro einen offiziellen Dolmetscher organisieren. Der kommt dann … nun ja, ich schätze: frühestens morgen Vormittag. So lange kann Signor Schneider sich als Gast der Polizia di Stato betrachten. Die Zimmer in der Questura sind allerdings weniger gemütlich und deutlich kleiner als die hier in der Pension.« Er formte mit den Händen ein winziges Rechteck. »Sie werden von außen verriegelt. Und über das Essen wollen wir lieber schweigen.«

Im Grunde sah er keinen Anlass, Schneider ernsthaft zu verdächtigen, egal was Lucio Monza und Paolo Zaccardo ihn gerne glauben gemacht hätten. Doch bei diesem kleinen Machtkampf ging es ums Prinzip. Keine der Aussagen, die er sich von Signorina Wilk übersetzen ließ, hätte er vor irgendeinem Gericht verwerten können. Natürlich nicht. Sein Fehler, dass er nicht früher einen offiziellen Dolmetscher angefordert hatte.

»Ich betrachte Signor Schneider lediglich als möglichen Zeugen für die Rekonstruktion von Kilian Rossis Todestag. Eventuell könnte ihm darüber hinaus etwas zu Ohren gekommen sein oder eine Begebenheit einfallen, die im ersten Moment völlig unbedeutend erscheint. Das heißt jedoch nicht, dass der Sachverhalt auch für *mich* unbedeutend ist.« Er richtete das Stempelkissen und die vorbereitete Karteikarte gerade zur Tischkante aus. »Die Fingerabdrücke dienen dem Ausschlussprinzip und somit der Entlastung Unschuldiger. Sollte ich zu der Auffassung kommen, dass mir – egal aus welchen Beweggründen – vorsätzlich Fakten vorenthalten werden, werde ich meine Einladung zur Questura erneuern.« Auf Lorenzos Zeichen hakte Ispettore Spadafero seine Handschellen vom Gürtel.

»Sie sind zu schnell«, reklamierte Elke und gab seine Ausführungen mit hochroten Wangen weiter. »Ich bin nicht sicher, ob ich alles ganz richtig übersetzt habe.«

»Oh, das denke ich schon. Signor Schneider hat mich gut verstanden.« Was unschwer an der Ader abzulesen war, die auf dessen Schläfe zu einer dicken, blauen Wulst anschwoll. »Selbstverständlich fasse ich mein Anliegen gern nochmal zusammen. Es ist ganz einfach.« Jetzt schaute er Elke so unmittelbar an, dass ein Missverständnis unmöglich wurde. »Ich will die Wahrheit hören. Von jedem Einzelnen. Niemand belügt mich ohne Folgen.«

»*Si,* Signore«, bestätigte Elke benommen. Die glänzenden Handschellen zogen ihren Blick magisch an, während sie übersetzte.

»Was erlaubt sich dieser Mann? Ich bin Beamter! Ich lüge nicht, mein liebes Fräulein – ich nicht!« Theatralisch hämmerte Franz Schneider sich auf die Brust, dann drückte er mit der Verachtung eines zu Unrecht Beschuldigten seinen Zeigefinger auf das Stempelkissen und reckte ihn vor Garibaldi hoch. »So, damit endlich Ruhe ist – und was jetzt?«

Kommentarlos nahm Lorenzo Abdrücke von Schneiders Fingerkuppen. Eine nach der anderen, in aller Ruhe.

»Am Dienstag war ich mit meiner Frau aus, in diesem Lokal, wo so ein Möchtegern-Gondoliere singt«, fuhr Schneider fort. Die Aussicht auf eine Übernachtung in Polizeigewahrsam machte ihn redselig. »Da hat Herr Rossi mit einem Mann debattiert, man könnte meinen gestritten. Aber wer kann das schon beurteilen? Die schreien sich ja immerzu an, diese Italiener.« Und für seinen Geschmack sahen sie einander auch alle ähnlich. Beschreiben hätte er den Mann jedenfalls nicht können. Wer guckte da schon so genau hin? »Was ist denn mit diesem Dingsda? Dem Burschen, der dauernd überall herumlungert? Sie wissen schon, Fräulein Wilk: der Kerl mit der Mütze, der morgens dieses blasse Brot und die Brötchen bringt. Den habe ich heute nicht gesehen.«

»Mimo?«, fragte Elke zurück und bereute es sofort.

»Genau: Mimo. Der ist doch nicht ganz koscher. Das hat Rossi übrigens auch gewusst. Und leiden konnten die einander auch nicht, weil der Junge ein Faulenzer ist.«

»Herr Schneider, ich glaube nicht …«

»Übersetzen Sie das mal schön.« Schneider schaute den Kommissar herausfordernd an und wiederholte in Zeitlupe, als ob das etwas nützte: »Mi-mo – Rum-trei-ber – nicht ganz ko-scher. Der sollte morgens Rossis Moped putzen. Morgens! Hat er aber nicht, dieser Mimo. Bis um elf war noch kein Handschlag getan. Moped put-zen. Brummbrumm.«

Die pantomimische Darstellung ließ in Lorenzo Garibaldis

Augen Fragezeichen zurück. Er gab Schneider einen Lappen, um sich die blauen Finger abzuwischen, was den zu einer weiteren Wischvorführung inklusive Gebrumm animierte.

»Jetzt sehen Sie sich das an, Fräulein. Wie soll ich denn die Farbe wieder loswerden? Aber um so was macht sich der Herr Kommissar wohl keine Gedanken. Oder? Jedenfalls hat Rossi allen Ernstes vorgeschlagen, der Bursche könnte auch meinen Kapitän polieren. Weil er zwar sonst nix kann, aber das schon. Dem hätte ich was gehustet, wenn der auch nur einen Finger an mein Auto … Kommt nicht in die Tüte, habe ich gesagt. Herr Rossi, wenn der sich wagt, dann mache ich Sie verantwortlich. Und Rossi fand das auch noch witzig.«

»Sind Sie sicher, dass ich das so übersetzen soll?«

»Meinen Kapitän, ja, den fass nur ich an! Niemand sonst. Also bin ich geblieben und habe aufgepasst, damit der nicht auf dumme Gedanken kommt, dieser Dings, Mimo. Den habe ich ja schon öfter verjagen müssen. Aber nichts, bis um elf. Um elf! Der ist einfach nicht erschienen. Herr Rossi hat ihm deswegen bestimmt gehörig den Marsch geblasen. Pünktlichkeit war ihm als Lehrer nämlich wichtig. Da fragt man sich doch, wo der Bursche später gewesen ist, als Rossi zu Tode kam.«

Elke wagte es nicht, noch einmal rückzufragen oder bei der Übersetzung zu schummeln. Den Namen Mimo hatte Schneider zu oft genannt, als dass er dem Kommissar entgangen sein konnte. Sonja würde sie hassen. Ganz bestimmt.

*

Lorenzo Garibaldi ging im Esszimmer des Vento del mare auf und ab. Der lange Tag forderte seinen Tribut. Seit dem Morgen schienen sich die beiden schmalen Falten um seinen Mund tiefer in die Haut geschnitten zu haben. Ein markanter Zug, der sich von Jahr zu Jahr stärker ausprägte. Noch verschwand er in der Nacht fast vollständig, doch irgendwann würde er bleiben.

Federica sah zu, wie er sich die Haare raufte. Anlässe dazu hatte es heute reichlich gegeben, dieser ging auf sie – seiner Meinung nach. Sie verschränkte die Arme vor der Brust.

»Wann wollten Sie mir sagen, dass Kilian Rossi sich mit der gesamten Gemeinde angelegt hat?« Seine Körpersprache verriet, wie aufgebracht er war, doch seine Stimme blieb erstaunlich ruhig. »Wann wollten Sie mir von den Plänen berichten, dem Tourismus Anschub zu verleihen? Wann wollten Sie erwähnen, dass Rossi als Naturschützer auftrat, der, wo immer möglich, gegen das Projekt Stimmung machte? Heute noch oder morgen, oder halt – ganz offensichtlich hatten Sie das überhaupt nicht vor. Sie werden verstehen, dass mich brennend interessiert, warum.«

»Ein Mord wegen ein paar Zelten auf irgendeiner Wiese? Ich bitte Sie, Commissario!«

»Sie haben es mir verschwiegen.«

»Jeder im Dorf hätte es Ihnen sagen können. Allen voran Bürgermeister Baresi. Doch der Zusammenhang ist lächerlich.«

»Sie – *Sie!* – hätten es mir sagen müssen.«

»Jetzt wissen Sie es ja.« Federica öffnete eine Schublade der Anrichte und runzelte die Stirn. »Von wem eigentlich?«

»Keine Sorge – niemand der braven Bürger von Pesaro del Monte piccolo Cattolica hat sich dazu herabgelassen. Es war Anneliese Schneider, der sicher nicht bewusst war, wie interessant ihr Wissen über die drohende Zerstörung des Lebensraums seltener Tiere und Pflanzen für mich ist. Es geht um deutlich mehr als ein paar Zelte und Wohnwagen, wie Ihnen bekannt sein dürfte. Wissen Sie, was ich glaube, Signora? Sie wollen, dass ich den Fall aufkläre, ohne selbst bei Ihren Nachbarn anzuecken. Erst treten Sie die Lawine los, dann wundern Sie sich über das Geröll? Es ist Ihr Schuttberg, aber statt mir zu helfen, ihn abzutragen, verstecken Sie die Schaufel! So läuft das nicht. Auf welcher Seite stehen Sie?«

Federicas Reservierungsbuch und die Mappe mit den Gästeregistrierungen klatschten auf den Tisch. »Bitte, nur zu, sehen Sie sich das an. Es reicht kaum zum Überleben. Wir brauchen einen Aufschwung! Jeder Einzelne von uns.«

Lorenzo ignorierte die Unterlagen. »Ich bin kein Buchprüfer. Zahlen überlasse ich anderen. Leuten wie Schneider.« Wenn sie beabsichtigte, sich selbst verdächtig zu machen, steckte sicher ein ausgeklügelter Schachzug dahinter, der am Ende das Gegenteil bewirkte. »Verzeihen Sie meine Skepsis. Doch mein Bild einer armen Frau deckt sich nur schwer mit Ihrer Erscheinung – ausgesprochen modisch, ein wenig kapriziös – und scheitert spätestens an Ihrem Cabriolet.«

Federica lachte trocken. »Sieh an, die Täuschung gelingt – *la bella figura*. Wo haben Sie Ihren Scharfsinn gelassen? Das Cabrio habe ich sehr günstig gebraucht erworben und trotzdem fast mein gesamtes Erbe dafür verwendet. Wieso? Für den schönen Schein! Um die Aasgeier abzuwehren, die jede Notlage eines anderen zu ihrem Vorteil nutzen. Einer finanziell unabhängigen Witwe machen Männer dagegen den Hof. Damit kann ich sehr gut umgehen. Und kein Schnorrer oder Heiratsschwindler zieht mich über den Tisch. Fragen Sie ruhig die Bank nach meinem Besitz. Das ist die Wahrheit. Ich sollte auf der Seite der Befürworter stehen, das garantiere ich Ihnen.«

»Heißt das, Sie sind dagegen?«

»Kilian Rossis Bedenken waren zum Teil berechtigt. Ein Campingplatz neben dem Dorf, vielleicht sogar Stellplätze am Strand, Straßenausbau, ein weiteres Hotel, ein größerer Laden … Fast jeder würde profitieren. Doch wenn wir die Wildheit der Klippen zähmen und jeden Winkel zugänglich machen, verlieren wir genau das, was den Reiz der Umgebung ausmacht. Und?

Glauben Sie, dass jemand auf meine Meinung Wert legt? Mir gehören die Pension und ein paar Quadratmeter Brachland. Meine Worte haben wenig Gewicht.« Sie zuckte die Achseln. »Ich stünde höchstens als Heuchlerin da, weil mein Land aus den Plänen ausgenommen ist. Die enden unmittelbar an der angrenzenden Wiese. Dabei finde ich nur, dass es eine Lösung dazwischen geben muss – einen Kompromiss.«

»Wer sind die treibenden Kräfte für den Ausbau?«

Trug sie das Stigma der Kollaboration nicht ohnehin längst auf der Stirn? Und hatte er nicht recht mit seinem Vorwurf, was das Geröll anbelangte? Die Wahrscheinlichkeit, dass ihre Rücksichtnahme sich auszahlte, tendierte gegen null.

»*Va bene.*« Sie seufzte. »Der Bürgermeister, Paolo Zaccardo, Angelo Iannazzo, die Tardellis, Mauro Capizzi, die Salettas … Wie viele Namen wollen Sie hören?«

Lorenzo wiederholte langsam: »Zaccardo und Tardelli. Was ist mit Enzo Mangione, Signora Tozzi und Cesare Collina?«

Federica strich mit der Handkante den seltsam zerknitterten Anmeldebogen der beiden deutschen Freundinnen glatt. Sekunden vergingen. Der ungeheuerliche Verdacht in seiner simplen Frage nahm ihr den Atem. Hatte man sich des unliebsamen Kritikers gemeinschaftlich entledigt? Darauf wollte sie auf keinen Fall eingehen, am besten nicht einmal erkennen lassen, dass sie diesem Gedanken überhaupt gefolgt war. »Das weiß ich wirklich nicht. Keine Ahnung. Bei Signor Collina denke ich, eher nein. Er pflegt die Tradition und ist kein Typ für große Veränderungen.«

»Gibt es weitere Skeptiker, direkte Rossi-Unterstützer?«

»Da fällt mir nur Antognoni ein. Wobei er kein Unterstützer, schon gar kein Freund Rossis ist, nur eben gegen das Projekt.«

»Andrea Antognoni – über den Davide Tardelli heute vor der Trattoria gestolpert ist?« Lorenzo zuckte mit einer Augenbraue. »Oh, ich vergaß, der Vorfall ist Ihnen entgangen, als Sie sich sehr plötzlich und ohne ein Wort davongemacht haben. Ein kleiner Ringkampf, den man für mich zu einem *Nichts* umdeklariert hat.«

Federica schwankte. Sollte sie einfach seine direkten Fragen beantworten oder auf sämtliche Andeutungen eingehen? Sie stand eindeutig im Kreuzverhör. »Ich meine seinen Vater. Andrea vertritt im Dorf dessen Ansichten. Ein verwöhntes, reiches Kind – auch mit dreißig Jahren noch. Er provoziert gern und nimmt sich alle Freiheiten, weil es nie Konsequenzen hat.«

Lorenzo knurrte verärgert. Das deckte sich genau mit der Einschätzung Spadaferos. Die Antognonis seien mächtig und im Grunde unangreifbar, hatte er gesagt. Bei der Begebenheit vor der Trattoria war es Andrea einzig und allein um eine Machtdemonstration gegangen. Er hatte kein Geheimnis daraus gemacht, dass er von Rossi als Mensch wenig hielt, aber unterschwellig meinte Spadafero Bewunderung herausgehört zu haben. Bewunderung für Rossis Schlag bei den Frauen, den dieser offenbar weidlich ausgenutzt hatte. Es machte ihm weder den einen noch den anderen sympathisch. Zwar konnte er nichts Falsches an einem Flirt finden – machte so ein kleines Geplänkel das Leben nicht erst lebenswert? –, doch schien Rossi weitergegangen zu sein. Zu weit, wann immer die Gelegenheit da gewesen war. Jedenfalls legten das die Gerüchte nahe, die Spadafero im Dorf für ihn gesammelt hatte. Federica Pellegrini konnte den Mann nicht kaltgelassen haben. Ihre sanft geschwungene Nackenlinie war wie gemacht für zarte Seidentücher, von denen ebenfalls die Rede gewesen war. Gemacht für auf die Haut gehauchte Küsse.

Lorenzo räusperte sich. Höchste Zeit für eine Pause mit deutlichem Abstand zum Fall. »Zwei Fragen noch, dann sind Sie mich für heute los. Wer ist Mimo, und wann war er gestern da, um Rossis Lambretta zu putzen? Und wussten Sie –«

»Mimo ist ein freundlicher junger Mann aus dem Dorf, der sich mit Gelegenheitsjobs durchschlägt«, fiel Federica ihm ins

Wort. Mit dem Fingernagel glättete sie einen Knick im Papier. »Er wäscht auch mein Auto und nach dem Putzen kommt er manchmal rein auf eine Limonade. Gestern habe ich ihn nicht auf dem Grundstück gesehen. Und nein, ich wusste auch nicht, dass Rossi ihn bestellt hatte. Was völlig normal ist, denn Mimo arbeitet selbstständig, er braucht keine Aufsicht.«

»Wussten Sie …«

»Das waren schon zwei Fragen. Und beantwortet habe ich sogar etwas mehr.« Federica lächelte schmallippig. »Meine Küche wartet – wenn Sie erlauben? Ihr Protokoll unterzeichne ich gern morgen, es wird ja sicher eins geben zu dieser Vernehmung.« Er würde es aus dem Gedächtnis ohne eine einzige Notiz anfertigen müssen. Sein fleißiger Ispettore war nicht da. »Davide hat Ihren Wagen gebracht. Bleiben Sie noch zum Essen oder fahren Sie vorher nach Pesaro zurück?«

»Kilian Rossi war verheiratet«, sagte Lorenzo unbeirrt. »Er hinterlässt eine Frau und drei Kinder.«

»Ach herrje.« Bestürzt legt Federica die Hand vor den Mund. Mit keiner Silbe hatte Rossi das je erwähnt. Was für ein Mistkerl. Drei Kinder! Sie stützte sich auf den Tisch und atmete schwer, als die Bilder sie heimsuchten. Der Trauerzug durch die Straßen, die vielen Menschen auf dem Friedhof, die anklagenden Gesichter von Matteos Eltern und das Unverständnis ihrer eigenen. Tage voller Schmerz, gefiltert durch einen schwarzen Schleier, den sie abgenommen hatte, sobald Sizilien hinter ihr lag. Im Schoß der Familie zu bleiben war keine Option gewesen. Eine Witwe, zur Trauer verdammt. Auf ewig, oder bis sich ein passender neuer Mann fand, der endlich für die fehlenden Nachkommen sorgte … Federica sammelte sich. Der Kommissar beobachtete sie und würde falsche Schlüsse ziehen. »Die arme Frau.«

»Sie wussten es wirklich nicht«, stellte Lorenzo Garibaldi fest und schob den Unterkiefer vor. »Ich hätte es Ihnen schonender beibringen können, aber Sie haben mich nicht gelassen. Es tut mir leid.«

»Es tut Ihnen leid?« In jähem Zorn baute sie sich vor ihm auf. »Mir tut es leid! Sie misstrauen mir die ganze Zeit. Jede Frage an mich ist eine Falle, ein Test, ob ich Sie belüge! Wahrscheinlich hätte ich wirklich einfach die Augen zumachen und die Klappe halten sollen. Gar nicht erst hinsehen. Dann hätte man Kilian Rossi im Sarg aus meinem Haus getragen und zu seiner Familie überführt, und alles Weitere wäre nicht mein Problem gewesen. Es hätte für niemanden überhaupt ein Problem gegeben.«

Sie wussten beide, dass das so nicht stimmte. Es sei denn, auch in Bozen hätte jemand Kilian Rossi lieber tot gesehen und dem Bestatter einen Obolus für diskretes Schweigen über seine Verfassung zugesteckt.

Lorenzo Garibaldi hängte seine Tasche um und setzte den Hut auf. »Vertrauen erreicht man durch Offenheit, Signora Pellegrini. Das Problem ist nun mal da, und es ist Ihres genau wie meines. Wir kämen besser voran, wenn Sie sich darauf festlegen könnten, durchgängig *mit* mir statt zwischendurch *gegen* mich zu arbeiten.«

Federica klappte die Mappe zu und legte sie in die Schublade, die sie lauter schloss als nötig. Leichtfertig zu sein oder arglos konnte sich bitter rächen. Mit jeder schlechten Erfahrung war sie vorsichtiger geworden und inzwischen ziemlich aus der Übung.

»Vertrauen ist keine Einbahnstraße«, sagte sie. Er glaubte, dass sie ihm vorsätzlich Schwierigkeiten machte. Dabei war das nie ihre Absicht gewesen – nur gelegentlich notwendig. »Geben Sie mir – uns – noch eine Chance?« Ihr Herz schlug schneller. Sie hätte es gern versucht. Doch es kam keine Antwort. Als sie sich umdrehte, war der Kommissar bereits gegangen. Federica straffte die Schultern. Nachlaufen würde sie ihm nicht.

Kapitel 15

Das Abendessen war vorüber, der Abwasch erledigt, und draußen auf den Tischen waren die Kerzen angezündet. Bei den Schneiders herrschte seit ihrer Befragung dicke Luft, und niemand verlor eine Silbe über Kilian Rossi. Anneliese war froh über die Gesellschaft der beiden Freundinnen, die sich rührend um sie bemühten. Sie entpuppten sich zunehmend als angenehme und aufmerksame Gesprächspartnerinnen. Ihre Freude an Büchern stellte mit Leichtigkeit eine Verbindung her, und Anneliese griff den am Morgen mit Fräulein Sonja begonnenen Austausch wieder auf, während Franz weiter schmollte. Erst als sie das Thema wechselte und von ihrem Ausflug nach Rimini schwärmte – wobei sie ihren Mann eine richtig gute Figur machen ließ –, taute er allmählich auf und organisierte eine Flasche Wein, die er eigenhändig entkorkte.

Federica verstaute den bauchigen Tontopf mit dem übrig gebliebenen Essen in der kühlsten Nische der Speisekammer. Von der Decke baumelten trockene, harte Räucherwürste und Bündel getrockneter Kräuter. Saures und Salziges lagerte in Steingutgefäßen neben den letzten Gläsern mit eingekochtem Obst vom Vorjahr.

Carmela war nicht gekommen. Dabei war Federica am Mittag sicher gewesen, dass sie einander verstanden hatten. Ein Handel in gegenseitigem Interesse. Noch so eine Kleinigkeit, die sie an Garibaldi vorbei arrangiert hatte. Federica zählte die eingelegten Sardinen. Natürlich hätte sie ihm davon berichtet. Hinterher. Falls etwas dabei herausgekommen wäre. Es war eine logische Entscheidung, so lange damit zu warten, redete sie sich zu, denn sie folgte lediglich einer vagen Annahme – einem Gefühl. Jetzt allerdings wurde ihr bewusst, dass sie etwas übersehen hatte: Carmela war auch heute nicht bei ihren Aprikosenbäumen gewesen. Was konnte sie davon abgehalten haben? Der Weg zum Hain führte unmittelbar unterhalb der Terrasse des Vento del mare vorbei. Wegen der Polizei im Haus war Federica heute bis in die Mittagsstunden unruhig herumgerannt – raus und rein und wieder raus –, hatte es kaum ertragen, die Männer alles anpacken zu sehen, und sie zugleich im Auge behalten wollen. Darum hätte sie Carmela bemerken müssen, wäre diese wie üblich in ihrer Pause unterwegs gewesen. Zwischen Federicas Besuch bei der Befana und dem Gespräch mit Sara Zaccardo bei ihrer Rückkehr war zu wenig Zeit vergangen, als dass sie einander verpasst haben konnten. Denn gleich im Anschluss, bei ihrer Flucht vor Briatore, war Carmela ihr aus dem Tor der Collinas buchstäblich in die Arme gelaufen. Nein, Carmela, die jede einzelne Frucht am Baum von der Blüte an hegte, war den zweiten Tag in Folge nicht dort gewesen. Stattdessen hatte sie Wäsche gewaschen und auf die Leine gehängt. Das war die Botschaft der flatternden Laken gewesen, die Federica vor ihrem Zusammenprall irritiert hatten: die Abweichung von der täglichen Routine.

Federica prüfte die Birnen im Weidenkorb auf schadhafte Stellen. Eine Handvoll Walnüsse dazu und etwas Käse … das reichte für eine leckere Pastafüllung. Sie schloss die Vorratskammer. Eine späte Einsicht.

Carmela hatte sich gewünscht, mutig zu sein. Mutig wie sie. Worauf bezog sich das? *Wollte* Carmela vielleicht sogar mit der Polizei reden? Hätte sie das Mädchen ermutigen und direkt zu Garibaldi bringen sollen? Hätte sie …? Federica gönnte sich das letzte Occhi di angeli, zerbröselte es ganz langsam mit der Zunge am Gaumen.

Es war gut möglich, dass nichts anderes hinter Carmelas Ausbleiben steckte als ihr Vater, der mit einem abendlichen Besuch im Vento del mare nicht einverstanden war. Ihr fiel eine ganze Reihe an Gründen dafür ein. Angefangen bei den altbekannten Vorbehalten ihr gegenüber bis zum Mordopfer unter ihrem Dach. Sie würde sich morgen nirgendwo im Dorf blicken lassen können, ohne sich dem neu befeuerten Getuschel auszusetzen. Maria Baresi war fleißig gewesen, und die Kunde vom Giftmord hatte inzwischen sicher jedes Mauseloch erreicht.

Ein jähes Flimmern vor den Augen ließ Federica nach Halt suchen. Sie lehnte sich an, presste die Hände aufs Holz der Arbeitsplatte. Etwas hatte sie gestreift. Ein Gedanke, so schnell verschwunden, wie er angeflogen war.

Ihre Unruhe wuchs.

Sie löschte das Licht in der Küche, versicherte sich bei ihren Gästen, dass diese gut versorgt waren, und wünschte eine gute Nacht.

Letzte, lange Schatten vereinigten sich zu ausgedehnten Flächen, bald senkte sich die Dämmerung herab. Keine Stunde mehr, dann würde es dunkel sein. Federica schob den Riegel am Schuppen hoch. Es würgte sie, wenn sie an diesen Briatore dachte, der sie an die Wand gedrängt hatte. Ein mehr als unangenehmer Mensch. Sie tastete sich voran, bis sie den Fahrradlenker erwischte, nahm dahinter die Jacke vom Haken, obwohl es viel zu warm dafür war. Ein nostalgisches Relikt aus Sizilien, wo Matteo in den kargen Bergen Ziegen gehütet hatte. Ein Teil von ihm war dort geblieben. Sie schmiegte sich in den groben Wollstoff, der immer noch nach Heimat roch. Ob sie sich jemals als Marchigiani fühlen würde, war fraglich.

Erst als sie sich auf den Sattel schwang, Matteos Mütze wie eine Tarnkappe über den Locken, stieß sie den angehaltenen Atem wieder aus. Niemand stellte sich ihr in den Weg und hielt sie auf. Sie musste nach Carmela sehen.

Über den Fahrweg kam sie mit dem Rad schneller voran als querfeldein auf der kürzeren Strecke durch Furchen und Löcher, die sie am Mittag zu Fuß genommen hatte. Schon nach wenigen Minuten erreichte sie die Rückseite des Grundstücks, dann das Tor. Leicht außer Atem betätigte sie die Klingel, die jenseits der Hauswand aufgeregt schepperte. Sie klingelte ausgiebig, bis endlich Cesare Collinas Schritte heranschlurften, und nahm die Mütze runter.

»Guten Abend. Ist Carmela da?« Überrumpelt wich er aus, als Federica das Schutzblech gegen sein Knie drückte und dann das Fahrrad im Hof an die Wand lehnte. »Sie wollte mich besuchen, ist aber nicht gekommen. Ich mache mir Sorgen.«

»Tut mir leid. Kann ich Ihnen irgendwie helfen? Meine Tochter fühlt sich nicht gut. Sie hat sich hingelegt.«

Das Haus musste einmal hübsch gewesen sein. Hier und da waren Reste von Farbe zu erkennen, gemalte Ornamente über den Fenstern, die den Stuck der feinen Leute nachahmten. Im Eingang war der Flur brusthoch mit verspielt gemusterten Kacheln gefliest. Eine verschnörkelte Lampe mit buntem Glas hing darüber, die zu Federicas Bedauern nicht eingeschaltet war. Sicher sah das bunte Licht besonders einladend aus.

»Hoffentlich ist es nichts Ernstes?«

»Nein, nein. Ich werde ihr ausrichten, dass Sie sich erkundigt haben, das ist sehr freundlich. Sicher geht es ihr morgen wieder besser.«

»Und wenn nicht?« Federica sah Cesare eindringlich an. »Signor Collina, ich will offen sein. Ich denke, es hat mit Kilian Rossis Tod zu tun, dass es Carmela schlecht geht. Und Sie wissen, dass ihr Problem nicht im Schlaf verschwindet.«

Niedrige Hecken unterteilten den Garten, in dem auf einer Seite üppige Blumen blühten, auf der anderen Gemüse in den Beeten spross. Tomatenpflanzen standen dicht an dicht, voll vielgestaltiger Früchte – gelb, tiefrot, fast schwarz. Kein Lüftchen regte sich. Die Laken hingen still.

»Es ist wie mit der getrockneten Wäsche. Sie hat sie vergessen, und über Nacht wird sie wieder feucht – aber sie ist immer noch Wäsche. Der Commissario wird irgendwann auch mit ihrer Tochter reden wollen.« Noch gab es keinen Anlass, aber das war nur eine Frage der Zeit. »Jeder weiß, dass sich Carmela mit Hingabe um die Aprikosen kümmert. Jeden Tag – aber weder gestern noch heute.«

Cesare Collina brummte resigniert und führte sie in ein kleines Zimmer mit Durchgang zur Küche, vor dessen Fenster der Garten in ganzer Pracht zu sehen war. Die Möbel stammten aus den Anfangstagen des Jahrhunderts, und über der gesamten Ausstattung lag die filigrane Anmutung des Stile Floreale, den Federica schon am Eingang hatte erahnen können, obwohl sicher nur wenige Stücke teuer gewesen waren. Eine Standuhr mit Schnitzerei, eine Kommode mit flachem Vitrinenaufsatz, zwei Sessel und ein Holzschemel, ein Tischchen auf gebogenen Beinen. Und eine Fotografie.

Cesare füllte schlichte Wassergläser fast bis zum Rand mit schwerem Rotwein.

»*Salute.*« Das alte Haus seufzte im Gleichklang mit seinen Atemzügen. Immer wieder glitt sein Blick zum gerahmten Porträt seiner Frau. Er trank und schwieg, trank und schwieg.

Federica schlug die Beine übereinander. »Carmela sieht ihr sehr ähnlich.«

»Wir haben uns so sehr ein Kind gewünscht. Doch alle sind sie uns weggestorben«, sagte Cesare dumpf. »Die einen noch vor der Geburt, die anderen kurz danach. Wir haben gebetet, sind nach Rom gefahren, um den Segen von Papst Pius zu empfangen. Doch es war und blieb wie mit den Pflanzen im Hain. Egal, was ich anfing, alles verdorrte.« Bedächtig bewegte er den Kopf hin und her. »Alles, bis auf einen alten, knotig verwachsenen Baum, der nur saure, bittere Früchte trug. Meine Familie hat die Aprikosen vor vielen Generationen gepflanzt. Als ich ein junger Mann war, hieß es, dieser Baum sei einer der ersten gewesen, womöglich hunderte von Jahren alt. Unsinn, ja, ja, unmöglich. Und dann war er der letzte. In meinem Zorn habe ich ihn angezündet, aber er wollte nicht brennen. Noch am selben Abend kam die Befana zu uns. Sie sagte: ›Ein Baum, der Früchte trägt, auch wenn sie dir ungenießbar erscheinen, ist etwas Heiliges. Ein Baum, der länger lebt als alle anderen seiner Art, ist etwas Heiliges. Ein Baum, der ein mutwillig gelegtes Feuer übersteht, ist etwas Heiliges. Du solltest seinem Lebenswillen und seiner Fruchtbarkeit mit Ehrfurcht begegnen.‹« Cesare trank einen großen Schluck Wein und schenkte sofort nach. »Ich wollte sie rauswerfen, aber meine Frau hinderte mich daran. Die Befana hat ihr ein Amulett geschnürt, das sie immer am Körper tragen und nie ablegen sollte. Ich bin kein Heide, Gott weiß das, und ich war dagegen! Doch bevor ich den Mund aufmachen konnte, hatte die Alte meine Gedanken schon gesehen. ›Gottes Segen liegt auf allen Dingen‹, sagte sie. ›Es sind seine Kräuter, die in der Erde des Klostergartens und in seiner freien Natur gedeihen. Glaubst du dummer Klotz, sie könnten deiner Frau schaden, wenn sie zur Kirche geht?‹ Meine Frau hielt meine Hand. ›Cesare‹, hat sie geflüstert, ›bitte tu es für mich.‹« Er wischte sich über die Augen. »Also hörte ich weiter zu und tat, was die Befana mir auftrug. Ich zog Setzlinge aus den Kernen des Baums, den ich … den ich um Verzeihung bat und um Beistand. Und als ich die winzigen Bäumchen pflanzte, eines für jedes tote Kind und eins für jenes, das noch ungeboren war, und gelobte, mich in Geduld zu üben, da geschah ein Wunder.« Seine Stimme brach. »Und dieses Wunder werde ich mein Leben lang beschützen, so wie Carmela die Bäume ihrer toten Geschwister beschützt, die süße Früchte tragen, wie es sie nirgendwo sonst gibt, und wir beide erweisen dem alten Baum die Ehre, die ihm gebührt.«

Federica lauschte in sich hinein. Schwermütig und doch hoffnungsvoll hatte sich alles zusammengefügt, fast wie ein Märchen. Und am Ende lebten alle glücklich … Leider war es nicht ganz so märchenhaft gekommen. Carmela war noch klein gewesen, als ihre Mutter starb.

Cesare Collina war ein freundlicher und traditionsbewusster Mann, genau wie sie es gegenüber Commissario Garibaldi behauptet hatte. Einer, dem sogar sie spontan vertraute. Wegen seiner schlohweißen Haare und den gütigen Fältchen in den Augenwinkeln. Doch es gab keinen Zweifel, weshalb er ihr die Geschichte der Bäume erzählt hatte. Er wollte, dass sie begriff: Dieses Kind, das Ebenbild seiner Frau, würde er bis zum letzten Blutstropfen verteidigen. Niemand stellte sich zwischen ihn und sie. Das war gut und schön, doch drängte sich ihr die Frage auf, weshalb er gerade jetzt der Ansicht war, sie habe es nötig.

»Sie werden Ihre Tochter nicht immer beschützen können, Cesare«, begann Federica vorsichtig. Der schwere, süße Aprikosenduft im Haus legte sich wie eine Decke um ihre Schultern. Sie stellte die Füße nebeneinander und neigte sich vor. »Ist es Carmelas Entscheidung, nicht mehr zu den Bäumen zu gehen, oder halten Sie sie von dort fern? Vielleicht … wegen dem, was dort passiert ist?«

Cesare schüttelte stumm den Kopf. In ihren klugen Augen sah er Mitgefühl, aber auch Wachsamkeit, und es erschreckte ihn, wie klar sie sah. Klarer wohl als er, der nur seinem Instinkt folgte, um Carmelas willen.

»Auf Dauer wird es unmöglich sein, Commissario Garibaldi zu täuschen. Er weiß ganz genau, dass jeder Einzelne, der dabei war, als Rossi in meine Pension gebracht wurde, lügt. Und er wird die Schwachstelle finden, denn in jeder Lüge steckt eine. War

Carmela bei Ihnen? Oder hat sie etwas beobachtet?« Federica spürte, dass sie nah dran war, Collina aus der Reserve zu locken, der nicht verbergen konnte, wie sehr ihre Worte in ihm arbeiteten.

Ein schwacher Luftzug strich durch den Raum, wie das Echo einer Bewegung. Eine offene Tür, ein Fenster oder nur Einbildung? Ihr kam es vor, als habe sich zugleich der Aprikosenduft verstärkt. Wenn nicht der Geist der verstorbenen Signora Collina hereingeschwebt war, dann saß wohl ihre Tochter hinterm Türspalt auf der Stiege und brachte den Geruch der Darre vom Dach mit. »Bitte, reden Sie mit mir, Cesare! Kann es sein, dass Carmela in letzter Zeit zerstreut ist, verschlossener oder verträumter als gewöhnlich? Ihre Tochter ist kein Kind mehr. Sie ist eine junge Frau, das wird Ihnen selbst aufgefallen sein, und auch andere haben es längst bemerkt. Sie wissen, welches Durcheinander die erste Liebe entfacht.«

»Liebe? Signora, das ist doch Unsinn. Völliger Unsinn!«

Federica zerstörte seine Illusion nur ungern. Für jeden Vater kam der Moment, an dem er erkennen musste, dass er im Leben seiner Tochter vom Mittelpunkt zum Rand gedrängt wurde.

»War Carmela im Aprikosenhain verabredet? Sind Sie deshalb ebenfalls hingegangen? Oder an Stelle Ihrer Tochter?« Ein Vater, der eifersüchtig über die Ehre wachte. Eine Abreibung für den ungebetenen Bewerber. Beides kam nicht selten vor und stieß verbreitet auf Verständnis. Selbst wenn es eskalierte.

»Die Schwachstelle, an der Commissario Garibaldi mit seinen Fragen ansetzt, könnte Carmela sein … oder Mimo.«

Nachdem sie ihn eben noch mit reichlich Worten bedrängt hatte, ließ Federica nun die Stille wirken.

»Aber von Mimo kann er doch gar nichts …« Cesare schnappte nach Luft und erstarrte. »Was wollen Sie andeuten – dass Carmela und Mimo … Grundgütiger! Sie sind ja verrückt.«

Federica entkräftete die Bemerkung mit einer knappen Geste.

Das war ihr nun wahrlich nicht in den Sinn gekommen. Cesares Versprecher dagegen hatte sie absichtlich provoziert. Egal, ob er gemeint hatte, Garibaldi könne nichts von Mimos Anwesenheit wissen oder aber nichts Brauchbares von ihm erfahren, es genügte ihr als Bestätigung: Mimo war definitiv in irgendeiner Weise beteiligt gewesen, als Rossi gefunden wurde – und sie war nicht die Einzige, die ihn aus der Schusslinie haben wollte. Fragte sich nur, ob dieser Wunsch in allen Fällen auf reiner Menschenfreundlichkeit beruhte oder was sonst dahintersteckte.

Federica war unwohl bei ihrem Verhalten, und doch sah sie keine andere Möglichkeit, der Wahrheit ein Stück näher zu kommen. Sie hoffte inständig, dass Carmela ihr Gespräch mit Cesare nicht als Verrat wertete. Im Gegenteil, wenn das Mädchen lauschte, wollte sie ihr einen deutlichen Wink geben. »Verzeihen Sie, dass ich ungefragt mit meiner Vermutung herausgeplatzt bin. Es ist nur … ich mag Carmela sehr gern. Meine Sorge um sie ist aufrichtig. Ich weiß, wie es ist, sich einsam zu fühlen.« Dunkelheit verschlang die Farben des Gartens und griff nach den Zimmerecken. Die Standuhr holte rhythmisch und unbestechlich mit ihrem Pendel aus. »Der Tod ist die schlimmste Form des Alleingelassen-Werdens. Zu verlieren, was man liebt …«

Ruckartig erhob sich Cesare Collina und stieß beinahe den Wein um. »Sie gehen jetzt besser, Signora. Gehen Sie nach Hause und kümmern Sie sich um Ihre eigenen Toten.«

»Aber …«

»Gehen Sie!« Mit erstaunlicher Kraft zerrte er sie auf die Füße und drängte sie ins Freie. Ihre eigenen Toten. Genau deshalb war sie doch hier. Weil sie Rossi dazuzählte, obwohl sie ihn nicht geliebt hatte.

Erst am offenen Hoftor wurde ihr klar, wie schrecklich Collina ihren Besuch missverstehen konnte. Neugier, Erpressung und Schlimmeres – eine Witwe, die von Liebe, Tod und Einsamkeit faselte, und ihre Sorge um Carmela nur ein Vorwand, garniert mit dem bösartigen Hinweis, dass sein Töchterlein sich die längste Zeit um ihn gekümmert hatte. Gott bewahre, wenn er sich einbildete, sie habe sich ihm an den Hals werfen wollen, weil ihr der Geliebte weggestorben war! Bei aller Sympathie war Cesare ihr gut und gern mindestens zwanzig Jahre zu alt. Es verbot sich von selbst, ihn das in dieser Deutlichkeit wissen zu lassen, vielmehr galt es jetzt für sie beide, das Gesicht zu wahren.

Federica stülpte die Kappe über und schaute ihm fest in die Augen. »Unsere Toten wird nie jemand ersetzen. Wir sind Nachbarn, Signor Collina, und könnten Freunde sein. Das ist alles, was ich mir wünsche.« Hinter einem der Fenster huschte ein Schatten vorbei. »Aber Carmela braucht mehr.«

Im ersten Impuls wandte sie sich nach rechts. Gleich würde sie über dem freien Feld den Mond sehen, vielleicht sogar schon die ersten Sterne. Zu Hause lockten ihr Bett und ein Schlummertrunk, den sie sich an diesem seltsamen Tag wahrlich verdient hatte. Collinas Wein war unberührt geblieben. Warum, konnte sie nicht sagen. Fürchtete sie sich vor der sentimentalen Schwäche, die sie beim Rotwein manchmal überfiel und die sie niemanden sehen lassen wollte? Vor ruhelosen Geistern oder etwa vor Gift?

Nach wenigen Metern machte sie kehrt. Es gab noch eine weitere Möglichkeit, wie sie mehr über Carmelas Gefühle und das Lügengespinst um Rossi herausfinden konnte. Es war spät, dennoch war es einen Versuch wert.

Keine fünf Minuten später saß sie in Ornella Tozzis Küche über der Bäckerei. Der Kontrast zum Haus der Collinas hätte kaum größer sein können. Von der zu hellen Lampe über dem Tisch bis zur Fotografie mit Trauerflor an der ansonsten kahlen Wand, von der ein gescheitelter Herr mit schmalem Schnurrbart streng auf sie herabsah.

»Meine Nichte verliebt?« Ornella füllte einen Krug mit Wasser. »Es wäre das richtige Alter für solche Flausen. Doch wenn es so ist, verbirgt sie es gut. Carmela ist ein ernsthaftes Mädchen und ein anständiges. Es ist nicht ihre Schuld, wenn sie den Männern den Kopf verdreht.«

»Also hat sie einen Verehrer?«

»Einen? Madonna, nein.« Ornella fasste sich ans Herz, tastete nach der dünnen Kette. »Es scheint ihr jeder zu verfallen, der ihre Occhi di angeli kostet.«

»Dann ist alles gut: Auch der Commissario hat die schon probiert.« Federica lachte trocken, dann wurde sie ernst. Die Nachdrücklichkeit, mit der Ornella stets die Tugendhaftigkeit ihrer Nichte betonte, schmeckte allmählich fad. »Tut sich denn einer mit seinen Avancen besonders hervor?«

»Nein, nein. Sie wissen doch, wie das ist. Sie selbst! Den Männer kullern fast die Augen aus dem Kopf wegen Ihrer Haare, Ihrem Gang, Ihren *Hosen,* und sie seufzen Ihnen sehnsüchtig hinterher, säuseln schöne Worte. Dabei ist alles nur Spielerei, nicht ernst gemeint. Genau wie bei Carmela. Und sie weiß das. Darum hört sie einfach nicht hin.«

Federica verstand sehr gut, was Ornella meinte. Sie kam damit klar, und ab und zu genoss sie die Vorzüge eines unverbindlichen Abenteuers. Kilian Rossis Werben zum Beispiel war eine Weile recht amüsant gewesen. Carmela dagegen war noch sehr jung – zu jung vielleicht, um derlei Aufmerksamkeit richtig einordnen zu können. Offenkundig versuchte ihre Tante, ihr dabei zu helfen, wenn auch auf eine etwas ruppige Art. Doch alle Belehrung und vermeintliches Verstehen schlossen keineswegs aus, dass das Mädchen Gefühle für einen Mann hegte. Unerwiderte, falsche Hoffnungen waren geeignet, ein Herz zu brechen oder im Affekt einen fatalen Fehler auszulösen. Benommen dachte sie an Carmelas Engelsaugen, ihren unschuldigen, fast kindlichen Blick und die Occhi di angeli, nach denen Rossi verrückt gewesen war.

»Ist Ihnen nicht gut, Signora Pellegrini?«

Der gleiche Schwindel, der sie schon zu Hause heimgesucht hatte, zwang Federica beinah in die Knie.

Er schätzte süße, kleine Dinge.

Süß und bitter. Marzipan-Atem.

Sie sah Carmela Collina in der Küche des Vento del mare sitzen. Ganz allein. Sie sah ein unbekanntes Einmachglas in der Hand des Polizisten.

Was ist da drin?

Gift, um kleine Nager zu töten. Rattengift, Zyankali.

Sie sah ungebetene Gäste im Vorratsraum ihrer Nonna, Spuren kleiner Pfoten im Mehl, Mäuse in einer Backstube.

»Signora Pellegrini?«

Ihr Mund fühlte sich trocken an, und sie trank gierig das Wasser, das Ornella ihr einschenkte.

»Ein langer Tag«, murmelte sie. »Und man findet kein Ende.« Was sollte sie von diesem seltsamen Gedankenstrudel halten, der gerade jetzt einen Seidenschal vorbeiflattern ließ? Und was genau waren Rossis Worte zu seinem Geschenk gewesen, die sie veranlasst hatten, ihn auf die zu wahrende Distanz hinzuweisen? Sie musste ihrer Erinnerung auf die Sprünge helfen. »Sagen Sie, Signora Tozzi, das Tuch, dass ich Ihnen heute Morgen gegeben habe, macht es Ihnen etwas aus, es zu holen? Ich müsste es kurz nochmal sehen.« Federica setzte das Glas an, um sich eine Denkpause zu verschaffen. Wie sollte sie diesen Wunsch erklären?

Doch Ornella stand auf, ohne nachzufragen, und verließ den Raum. Die Tür zur Schlafkammer öffnete und schloss sich, dann kehrte sie mit dem Tuch zurück.

»Sie können es wiederhaben. Ich werde es nicht tragen.«

»Aber warum denn nicht? Es sieht so hübsch an Ihnen aus.«

»Keine Frau kann es sich jetzt noch leisten, sich mit einem solchen Schal öffentlich zu zeigen. Haben Sie nicht gehört, was heute über den Dorfplatz ausgetragen wurde? Kilian Rossi war verheiratet! Und er hat mehr als einen davon verschenkt.«

»Dio mio!« Federica klatschte in die Hände. *»Quel stronzo* – so ein Schweinehund!« Wider alle Vernunft begann sie zu lachen. »Das mit den Tüchern war mir neu, doch wenn ich ehrlich bin, es wundert mich wenig. Soll man ihm dafür böse sein? Ich denke nicht. Für die Sache mit der verschwiegenen Ehefrau aber schon.«

»Es war selbst dem Pfarrer und Maria Baresi neu!«

Federica schaute Ornella nachdenklich an. Hörte sie da etwa Schadenfreude? Schon am Morgen hatte Ornella nachgefragt, wem das Tuch denn gehöre – ihr oder der Frau des Bürgermeisters. »Hat Signora Baresi das gleiche Tuch?«

»Ähnlich. Aber nicht identisch.« Ornella biss sich auf die blutleeren Lippen, die sich daraufhin kräftig röteten, und atmete durch die leicht geblähte Nase.

Sie hatte weder eine Schublade noch eine Schranktür bewegt, kein Licht benötigt, nicht eine Sekunde gezögert. Federica ließ den zarten Stoff über ihre Finger gleiten, der demnach griffbereit im Schlafzimmer gelegen hatte. Auf der Kommode, dem Nachttisch – oder auf ihrem Kopfkissen?

Ein weiterer Bilderstrudel suchte Federica heim, von dem sie sich nichts anmerken lassen durfte. Spuren von Grau in Iannazzos Spiegel. Die Art, wie Ornella das Tuch in Händen gehalten hatte. Andächtig, fast zärtlich.

»Ich leihe es mir aus – nur bis morgen. Dann gebe ich es Ihnen wieder. Bitte: Ich möchte wirklich, dass Sie es haben, und ich wünsche mir, dass Sie es tragen.«

»Wozu?«

»Weil es sehr gut zu Ihrer Haarfarbe passt. Die ist neu, oder? Ein wunderbarer Schimmer, wie reife Maronen. Ich habe gerade heute überlegt, das selbst auszuprobieren, sonst würde ich nicht so direkt fragen. Waren Sie dafür in Elizas Salon?« Sie hätte darauf gewettet, dass dem nicht so war. Eine heimliche, kleine Veränderung. »Es sieht ganz natürlich aus. Dazu wäre eine Spur Lippenstift perfekt.«

Ornella zuckte die Schultern. »Rausgeworfenes Geld.«

»Wenn Sie es für einen Mann tun, ja. Tun Sie es für sich selbst, dann ist es jede Lira wert.«

Die jäh aufflammende Röte in Ornellas Gesicht sprach für sich. Ein Volltreffer, der sich alles andere als gut anfühlte. Die Ärmste war in Kilian Rossi verschossen, doch der hatte sie einfach übersehen. Trotz der neuen Haarfarbe. Es erklärte die Bitterkeit in jedem ihrer Worte, in jedem Atemzug. Unter all den verschenkten Tüchern war keines für Ornella gewesen. Es schmerzte, auch wenn die Beschenkten Rossi nicht viel bedeutet haben mochten. Federica stand auf und verabschiedete sich schnell, um nicht zum zweiten Mal an einem Abend vor die Tür gesetzt zu werden.

Sie brachte es nicht über sich, das Tuch in Ornellas Gegenwart umzulegen, und steckte es ein. Verborgen unter ihrer Jacke brannte es geradezu auf ihrem Körper. Es gab keinen echten Grund, weshalb sie es an sich genommen hatte. Höchstens die Hoffnung, Ornella möge eine weitere Reaktion zeigen und sich ihr anvertrauen. Ja, wahrhaftig, sie wünschte sich jemanden, der ihr vertraute und ihr ganz unabhängig von diesem Fall nahe war, eine echte Freundschaft.

Federica beugte sich flach über die Lenkstange und raste durch die spärlich beleuchtete Straße auf den Dorfplatz zu, als sei der Teufel hinter ihr her. Die tief sitzende Kappe behinderte ihre Sicht, und sie schlug in letzter Sekunde einen Haken um die Bocciabahn, statt quer darüberzuschliddern. Unflätige Verwünschungen flogen ihr nach. Sie wich einem Wagen aus, sah aus dem Augenwinkel eine alte Frau zurück in den Schutz eines Eingangs springen. Dann endlich lag das Dorf hinter ihr, und über der freien Fläche projizierte ihr Unterbewusstsein jäh ein neues Bild in die Dunkelheit.

Ornella auf der Küchenbank im Vento del mare. Ganz allein.

Federica trat neben das Pedal, ihr Vorderrad schlingerte, brach aus. Mond und Sterne tanzten am blauschwarzen Himmel und sie bremste aus voller Fahrt. Ihr Haus, ein einzelner Lichtpunkt in der Ferne, schien noch eine Weile weiterzukreiseln, während der Bilderstrudel sich endlich entwirrte. Tante und Nichte waren beide bei ihr gewesen nach Rossis Tod und hatten allein in ihrer Küche gesessen. Viel wichtiger jedoch: Alle beide hatten das Haus allein verlassen und somit eine Gelegenheit gehabt, unbemerkt in ihren Schuppen zu gelangen und das Glas mit dem Gift dort zu verstecken. Sei es aus der Not heraus, es loszuwerden, oder als gezielt eingesetzte falsche Fährte. Mit zitternden Knien schob sie das Rad neben sich her. Was für eine unschöne Vorstellung, die sie als komplette Närrin dastehen ließ. Sorgte sie sich etwa um jemanden, der in Kauf nahm, ihr zu schaden, oder absichtlich den Verdacht auf sie lenkte, um die eigene Haut zu retten?

Eifersucht konnte übermächtig werden und Liebe in Hass umschlagen, unerfüllte Sehnsucht einen Menschen zum Äußersten treiben. *Wenn ich dich nicht haben kann, dann niemand.* Eine logische Schlussfolgerung, aber war es auch die Wahrheit?

Lorenzo Garibaldi konnte dieselben Argumente mit derselben Berechtigung gegen Federica ins Feld führen. Briatores Indizien, Gerüchte aus dem Dorf, die Zweifel entfachten. Das erleuchtete Fenster schaukelte im Näherkommen wie ein Glühwürmchen im Wind. Allein dass sie in Betracht zog, sie könne in eine Intrige geraten sein, die sie zum Sündenbock machte, führte Federica die eigene Verwirrung vor Augen. Wo blieb ihr Realismus? Cesare, Carmela und Ornella Tozzi, eine Familie – und Spielarten von Eifersucht als verbindendes Motiv. Enttäuschte Liebe, verschmähte Liebe oder Verlustangst und Fürsorge eines Vaters?

Es musste eine Möglichkeit geben, sich Klarheit zu verschaffen, ohne diese netten Menschen vorschnell in den Fokus der Polizei zu rücken. Sie wusste nur noch nicht, welche.

*

Über den verschachtelten Dächern Pesaros schwebten vereinzelte Stimmen, die melancholische Melodie einer einsamen Mandoline und vielfältige Essensdüfte. Egal, wie spät es war, irgendjemand schien immer am Herd zu stehen. Lorenzo Garibaldi streckte auf seinem Balkon die Beine aus. Der Anzug lag achtlos hingeworfen auf dem Bett, Krawatte und Hemd waren daneben gelandet, Schuhe und Socken ... Wen interessierte es? Seinem Rotwein fehlte das gewisse Etwas. Lag es daran, dass ihm die würzige Meeresbrise abging, die ihn gestern Abend vor Signora Pellegrinis Pension umweht hatte? Dennoch war er bereits beim dritten Glas, trank verbissen gegen den Ärger und die Unwissenheit an. Ihm schwirrte der Kopf. Eine große Auswahl an Verdächtigen lag vor ihm, die dutzende weiterer Befragungen nötig machte. Gehörnte Ehemänner, beleidigte Geliebte, wütende Eltern – auch von diesen war ihm dank Spadafero inzwischen zu Ohren gekommen –, Tourismusantreiber und Vogeljäger. Kilian Rossi, der brave Dorfschullehrer, schien eine Art Tausendsassa gewesen zu sein, der keine Gelegenheit ausgespart hatte, zu polarisieren. In den Genuss seines diplomatischen Geschicks waren wohl ausschließlich Frauen gekommen. Hatte er versucht, auch seine Flirts taktisch gegen den Tourismusausbau einzusetzen? Weiblichen Einfluss durfte man nicht unterschätzen. Und wenn Lorenzo den Gedanken weiterspann, wie verhielt es sich mit Rossis eigener Gattin? Eine heißblütige Frau fand Mittel und Wege, auch aus der Distanz Rache zu üben. Er schenkte das Glas noch einmal voll. Die Südtiroler waren fast Deutsche, und Deutsche mordeten mit Zyankali. Irgendwer hatte das behauptet und von Vendetta gefaselt. Es stand in einem von Spadaferos Protokollen. Wie der die Zeit gefunden hatte, in all dem Durcheinander und bei den vielen Aufgaben, die er ihm aufgetragen hatte, diese noch abzutippen, war Lorenzo ein Rätsel. Doch er hatte es getan und ihm alles vollständig ausgehändigt. Der Junge musste wunde Finger haben und lag in diesem Moment sicher bereits schnarchend im Bett. Liebevoll zugedeckt von seiner Frau. Ein netter Kerl wie Giovanni hatte bestimmt eine Frau. Es ärgerte ihn, dass er nicht mal das sicher wusste.

Mit verschwimmendem Blick starrte Lorenzo auf seine nackten, haarigen Beine und dachte seufzend an Federica Pellegrinis schlanke Fesseln. Er würde noch eine ganze Weile wach bleiben, wenn er nicht aufhörte, an sie zu denken. Die Hauptverdächtige, die längst mit Handschellen und in Ketten gelegt einsitzen sollte, wäre es nach Briatore gegangen. Aber der war ein Idiot. Und er auch. Denn eine Flasche Rotwein auf fast nüchternen Magen versprach sich morgen bitter zu rächen.

Lorenzo schloss die Augen und trank mit großen Schlucken weiter. Morgen war weit weg. Und ja, er würde gleich ungehörige Dinge denken, für die er sich schämen sollte.

Die Mandoline spielte einen feurigen Tanz, und als in seinem halbwachen Traum tatsächlich Handschellen einrasteten, seufzte Lorenzo noch einmal. Dann ließ er sich willig abführen.

Kapitel 16

Im Stall öffnete eine Henne ein Auge und gluckste verwundert, als die Befana aus der Haustür trat. Der Tag schien noch fern, der Himmel stockfinster, doch die Sterne waren bereits verblasst, und bald würde am Horizont das erste schwache Glimmen aus dem Meer aufsteigen.

»Ruhig«, brummte die Befana zum Stall hinüber, wo nun auch eine der Ziegen mit den Hufen scharrte. »Es ist nicht eure Zeit. Träumt weiter.«

Sie hüllte sich in ein schwarzes Wolltuch, das Haare und Schultern verdeckte, eine Gemme hielt es vor der Brust zusammen. Schwere Tautropfen lagen auf den für die Nacht verschlossenen Blüten, hingen wie Perlen in fein gewobenen Spinnennetzen am Stacheldraht und regneten schließlich vom ächzenden Gartentor. Befana schlug den Weg ins Dorf ein. Mensch und Vieh schliefen und sollten auch weiter ruhen. Unablässig murmelnd ging sie an den Resten der alten Festungsmauer entlang, hinter Wellblechverschlägen und an Gemüsebeeten vorbei. Eine Fledermaus flatterte hoch über ihr, kehrte vom Beutezug heim in den Schutz eines Hohlraums unterm Dach. Sonst war niemand unterwegs. Nur der Pfarrer würde wach sein und sich schon vor Sonnenaufgang für seinen Herrn bereit machen. Zwei Seiten einer Medaille – er und sie –, aber das wollte Don Pietro nicht begreifen. Es lag kein Widerspruch zwischen ihrem Morgengruß an Mutter Erde und seinem Gebet. In der Schöpfung der Natur, der sie huldigte, war alles eins.

Vor ihr tauchten die Umrisse der Kirche auf, dunkel und Ehrfurcht gebietend. Befana murmelte weiter, Zaubersprüche, Fürbitten, Beschwörungen. Ihre Gestalt verschmolz mit den schwindenden Schatten der Nacht. Vor dem Seitenportal zur Sakristei hob sie den Blick zum Himmel und seufzte. Nein, das war kein leichter Gang. Ihre Knöchel klopften ans Holz. Leise, dann lauter.

Endlich näherten sich drinnen Schritte, dann öffnete sich die Pforte einen Spalt. Im Luftzug tanzte Kerzenlicht über die weiß gekalkte Wand, ein Docht knisterte.

»Du?« Don Pietro erstarrte.

»Was guckst du so, hm? Sehe ich aus wie der Leibhaftige? Wir müssen reden, Padre.«

Don Pietro starrte immer noch.

»Soll ich hier draußen Wurzeln schlagen? Ich komme nicht ohne Grund! Die Kinder deiner Gemeinde sind in Aufruhr. Einige von ihnen mehr als andere.« Ihr faltiger Mund mümmelte, als müssten die nächsten Worte gut durchgekaut werden. Eine fast schon unverdauliche Kost. »Sie brauchen dich. Steh ihnen bei.«

»Wem?« Don Pietro machte die Tür weiter auf, und die Befana bekreuzigte sich, ehe sie über die Schwelle trat.

»Du wirst helfen?«

Die Holzpforte schloss sich geräuschlos.

»Du hast mein Wort.« Der Priester faltete die Hände vorm Bauch. »Die Kirche steht jedem offen, der um Gottes Hilfe bittet.«

»Deine reicht fürs Erste«, brummte sie und zog das Tuch vom Kopf. »Und du wirst schweigen, wie dein Amt es verlangt, obwohl das, was ich dir sage, keine Beichte ist?«

»Niemand wird erfahren, dass du mich aufgesucht hast, Benedetta.«

»Darum mach dir keine Sorgen.« Sie hatte ihre Vorkehrungen getroffen. »Ich fürchte um ihre Seelen. Und vielleicht sollten wir uns alle fürchten.«

*

Nach der Aufregung des Abends war der Schlaf überraschend schnell über Federica gekommen, traumlos und erfrischend, bis zum ersten Hahnenschrei. Summend stand sie vor dem Schlafzimmerspiegel. Ihr frisch gebürstetes Haar fiel weit über den nackten Rücken hinab. Sie zog den Reißverschluss ihrer hautengen Caprihose hoch, richtete die Taschen und fischte aus der einen ein weißes Papierfetzchen. Hatte sie das nicht beim Aufräumen in Rossis Zimmer eingesteckt? Mit spitzen Fingern drehte sie es hin und her. Eine gerade Kante, die anderen Seiten ungleichmäßig gerissen. Ein Stück von einem Umschlag, der ungeduldig geöffnet worden war. Sie steckte es wieder ein, streifte die Bluse über und drehte die Haare zu einem Knoten. Kilians Schal war vom Kleiderbügel mit ihrer Wäsche gerutscht, und sie hob ihn auf, legte ihn um. Wie einfältig man sich doch täuschen ließ von einem bisschen bunt bedruckten Stoff. Auf seinem Schreibtisch war ihr kein Brief aufgefallen. Überhaupt war nie Post für ihn angekommen.

Federica huschte über den Flur. Die Polizei war mit ihrer Spurensicherung fertig, sie tat nichts Unrechtes, wenn sie sich bei Rossi umsah. Ihr Haus, ihr Zimmer. Sie würde ohnehin bald seinen Besitz zusammenpacken müssen. Systematisch tastete sie sich voran, vom Schreibtisch zur Kommode, zum Schrank. Ihre Finger fuhren unter die Matratze. Nichts. Sie setzte sich aufs Bett. Es erschien unwahrscheinlich, dass ihm niemand jemals schrieb. Er war Lehrer, musste Kontakt zu Behörden haben oder mit ehemaligen Kollegen – und seiner Familie. Natürlich! Um das Geheimnis der unterschlagenen Ehefrau zu wahren, waren gewiss alle Briefe umgeleitet worden. Dienstliche Dokumente bewahrte er im Schulhaus auf, das hatte sie den Polizisten sogar noch gesagt und ihnen den Schlüsselbund gegeben. Sie sprang auf und ging zurück zum Schreibtisch. Die Adresse der Schule privat zu nutzen, war zu riskant. Eine Signora Rossi als Absender hätte den Postboten hellhörig gemacht und – Verschwiegenheitspflicht hin oder her – die Runde durchs Dorf. Sein Schlüsselbund lag wieder in der Stifteschale, und sie fächerte ihn auf. Einer für die Pension, je einer fürs Schulhaus und die Lambretta, zwei mit unbekanntem Zweck, aber definitiv nicht das, was sie suchte.

»Komm schon, Kilian. Wo ist er?« Sie trommelte mit den Nägeln aufs Holz. Ein griffbereites Versteck, dem unmittelbaren Blick entzogen. Wenn sie den Tisch abwischte, leerte sie den Aschenbecher aus, verschob Lampe und Stiftablage. Jene Stiftablage, in der gut sichtbar der Schlüssel zu Rossis kleiner Hausbar gelegen hatte. Ein wirklich geschickter Schachzug, dieses Häppchen zu platzieren, um die Neugier zu befriedigen.

»Dieser Fuchs hat es gemacht wie die Ägypter«, sagte sie anerkennend. »Zwei Grabkammern übereinander, von denen die falsche leicht zu entdecken ist. So bleibt der Pharao darunter verborgen.« Federica kippte die Stifte aus der länglichen Schale, die sich problemlos in ein Ober- und ein Unterteil zerlegen ließ. Klein, aber fein, mit einer oberhalb des Bartes eingravierten Nummer, steckte dort, was sie suchte.

»Kommt die Post nicht zu dir, dann kommst du zu ihr.« Den Herren von der Spurensicherung war der Postfachschlüssel entgangen. War das etwa ihr Fehler? »Nein, Commissario Lorenzo Garibaldi. Und wenn ich noch mehr finde, serviere ich es dir auf einem Silbertablett. Versprochen.«

Triumphierend versenkte sie das Schlüsselchen in ihrem Ausschnitt, ganz nah am Herzen, unter zartbeiger Spitze.

Bis sie aufbrechen konnte, würde es noch eine ganze Weile dauern, und sie beschloss, die Zeit vor dem Frühstück für überfällige Büroaufgaben zu nutzen.

Auf dem Esszimmertisch breitete sie die Unterlagen aus und verlor die Lust, noch bevor sie dem ersten Formular zu Leibe gerückt war. Vorsorglich wandte sie ihrem Bücherregal den Rücken, das sie bei Weitem mehr verlockte.

Erst als sie hörte, wie die Brötchen in ihrem Stoffbeutel auf die Schwelle vorm Haus plumpsten, hob Federica den Kopf. Schon wieder, dabei sollte Mimo die bestellten Sachen eigentlich auf dem Küchentisch ablegen. Er machte sich rar, ging ihr geradezu aus dem Weg. Einen Zufall durfte sie getrost ausschließen. Genau deshalb hätte sie gern ein paar Worte mit ihm gewechselt.

Der Türknauf am Eingang knackte. Hatte Mimo es sich überlegt und kam doch auf einen Sprung herein? Federica legte die Schreibarbeit beiseite, um nachzusehen. Die angelehnte Esszimmertür schaukelte in den Angeln, und sie schob einen Keil darunter, damit sie nicht von einem Windstoß zugeschlagen wurde und das ganze Haus aufschreckte.

An Stelle von Mimo fand sie Signorina Mauer in der Diele vor, die nackten Füße aneinanderreibend, unfrisiert und im Nachthemd. An den Stein des Türstocks gelehnt, spähte sie nach draußen. War sie gerade eben die Treppe heruntergeschlichen oder hatte sie etwa schon länger dort gewartet? Offensichtlich darum bemüht, unbemerkt zu bleiben, beugte die Signorina sich ein wenig vor, machte zwei kleine Schritte ins Freie. Federica ahnte, wonach sie Ausschau hielt, und folgte ihr.

»*Buon giorno*«, sagte sie, und Signorina Mauer zuckte zusammen. Oje, das arme Ding.

Auf dem Weg ins Dorf trieb Mimo mit einem Stock einen Stein vor sich her, sein Gang federte, und der Wind blies in seine schwarzen Locken, als er kurz die Mütze runternahm.

Federica schaute ihm nach, dann in Sonjas Augen, und schüttelte ganz langsam den Kopf.

»Ich weiß.« Sonja seufzte abgrundtief. »Ich sollte ihn vergessen. Nicht wahr?« Es war einfach unfair, dass sie sich immer noch nach seinem Lächeln sehnte. »Was stimmt denn nicht mit mir,

Signora Pellegrini? Ich war mir ganz sicher, dass er mich mag, und es hat auf beiden Seiten geknistert. Das spürt man doch.« Sie erwartete keine Antwort, musste sich nur endlich alles von der Seele reden. »Mittwochabend bin ich mit dem Roller ins Dorf gefahren. Weil er so schüchtern ist, dachte ich – also eigentlich war es Elkes Idee –, dass es besser wäre, wenn wir uns mal allein begegnen.«

»Sonja?« Drinnen knarrte die Treppe.

»Er hat mit ein paar Kindern gekickt und ist sofort rübergekommen, als ich abgestiegen bin.«

»Signorina«, unterbrach Federica sanft. »Soll ich das wirklich hören?«

In der Haustür erschien Elke Wilk, aber Sonja reagierte nicht auf sie.

»Wir haben uns an den Händen gefasst, und ich dachte, alles ist gut. Dann sind wir ein Stückchen gegangen, und weil er weiter nur lächelte, da … da habe ich ihn geküsst.« Ihre Zähne waren gegeneinandergestoßen beim ungeschickten ersten Versuch. Doch dann lagen seine rauen, warmen Lippen auf ihren, sie spürte seinen Atem in ihrem Mund und schmeckte den betörenden Reiz des Fremden. »Es war wunderschön, aufregend und perfekt. Für einen kleinen Moment, dann hat er mich plötzlich weggeschoben und losgelassen. Er hat sich ganz hastig umgeguckt, als wäre es ihm unangenehm, mit mir gesehen zu werden. Und dann, dann hat er sich mit dem Handrücken über den Mund gewischt.« Sie wiederholte seine Geste, die sie tief verletzt hatte. »Dabei hat er gelächelt, als wäre nichts. Gar nichts! Die Kinder haben ihn gerufen, und da ist er einfach gegangen und hat weiter Fußball gespielt. Ich habe mich noch nie so gedemütigt gefühlt.«

»Wieso hast du mir das nicht gesagt?« Elke konnte sich nicht länger zurückhalten. »Dem hätte ich gehörig die Leviten gelesen!«

Endlich wandte Sonja sich ihr zu. »Weil er mich nicht küssen mag?« Das wäre noch peinlicher geworden. »Tut mir leid, dass ich dich belogen habe. Ich wünschte, meine Ausrede wäre wahr, und ich hätte ihn an dem Abend wirklich nicht gefunden.«

Federicas magere Sprachkenntnisse genügten, um den entscheidenden Punkt des Dramas zu begreifen. Und dass weit mehr hinter dieser unglücklichen Begebenheit steckte, als ihr lieb war. Sie hob den Brötchenbeutel auf, scheuchte die beiden Freundinnen in die Küche und schloss die Tür.

Eine vertrackte Situation, die sie viel früher hätte erkennen müssen. Sie setzte die Caffettiera auf den Herd. Von Sonntag an bis zu Rossis Tod war Mimo auffällig häufig in der Nähe der Pension gewesen, hatte morgens getrödelt, irgendwo im Gras gesessen oder war auf dem Parkplatz herumgestreunt. Ja, ganz sicher, Mimo hegte ebenfalls zarte Gefühle für das deutsche Fräulein. Dennoch stand es schlecht um die kleine Romanze. Sie setzte sich Sonja gegenüber. Das Unvermeidliche hinauszuzögern nutzte nichts. Für die Klarstellung im Detail würde sie Elkes Übersetzung brauchen.

»Signorina Sonja«, sagte sie sanft. »Mimo wollte Sie ganz bestimmt nicht verletzen. Es ist nur so, dass er leider anders ist, als er aussieht: Mimo ist ein großes Kind.«

»Heißt das, er ist nicht ganz richtig im Kopf?«

»Seine Entwicklung ist … etwas verzögert.« Innerlich hinkte er weit hinterher, ein Zwölfjähriger mit dem Körper eines erwachsenen Mannes. Deswegen hatte Rossi ihn sich zur Brust genommen, genau wie Sara Zaccardo es beobachtet haben wollte. Es gab keinen Grund, länger daran zu zweifeln, nachdem Saras Geschichte von einem Kuss gerade bestätigt worden war. »So wie ich das sehe, ist Mimos Zurückweisung Kilians Einschüchterung geschuldet«, erklärte Federica und berichtete, was ihr zu Ohren gekommen war. »Rossi kann – er konnte – sehr bestimmend sein. Es liegt ganz sicher nicht an Ihnen, Signorina.«

Sonja schlang die Arme um die angewinkelten Knie und schluchzte. Ein schwacher Trost angesichts der Umstände. Elke streichelte den Rücken ihrer Freundin, ging zu einem geistesabwesenden Tätscheln über.

Federica wartete und goss den Caffè in Tassen. Den ersten Espresso konnten sie alle pur vertragen. Ein kleiner Schluck – heiß, stark, schwarz. Beim zweiten würde sie eine ordentliche Portion Milch und Zucker hinzufügen.

Etwas braute sich hinter der Stirn von Signorina Elke zusammen, die schließlich das Tätscheln einstellte und etwas ins Ohr der anderen flüsterte. Deren verheulte Augen glühten, als ihr Kopf nach oben schnellte.

»Wir brauchen Ihre Hilfe«, sagte Elke nach längerem Tuscheln. »Weil Mimo womöglich unsere braucht.«

Federica nickte, trank ihren Caffè, hörte und staunte.

»Am Donnerstag, als Herr Rossi starb, sollte Mimo für ihn den Roller putzen. Das hat Herr Schneider ausgesagt, und dass er selbst bis elf Uhr an der Pension gewartet hat. Aber Mimo kam nicht. Wenn der Kommissar jetzt erfährt, dass Mimo und Herr Rossi kurz vorher gestritten haben, dann denkt er bestimmt, Mimo könnte es gewesen sein. Das ist aber unmöglich. Herr Schneider ist nach elf durchs Dorf und über den Hauptweg zum Strand gegangen. Damit Mimo vor halb zwölf an der Pension angekommen wäre, hätten sie einander auf der Strecke begegnen müssen. Was nicht der Fall war. Der Roller muss also später geputzt worden sein – denn sauber ist er. Angenommen, Mimo wäre der Täter, dann hätte er ihn erst nach der Tat putzen können. Weil vorher die Zeit zu knapp war, um die Lambretta so glänzen zu lassen. Nur, wozu hätte er das noch tun sollen? Als Alibi wäre dafür ein Zeuge nötig gewesen. Und um nach einem Mord in aller Ruhe das Moped des Opfers zu polieren, müsste man schon ganz schön kaltblütig sein. Finden Sie nicht?«

Federica legte beide Hände um die Kaffeetasse. »Da liegt ein Missverständnis vor. Kilian Rossi ist kurz nach halb vier am Nachmittag verstorben. Die Vergiftung wird also nicht am Vormittag, sondern eher innerhalb der letzten Stunden zuvor stattgefunden haben.« Das nahm sie zumindest an, ohne genaue Kenntnis, wie lange Zyankali brauchte, um seine Wirkung zu entfalten. Mimo war um kurz nach zwei in ihrem Rückspiegel aufgetaucht und hätte somit reichlich Zeit gehabt, sich zuerst um den Roller zu kümmern. Dennoch hielt sie den Gedanken an Mimo als Giftmörder immer noch für einen schlechten Witz. Rossis Platzwunde traute sie ihm schon eher zu, dazu reichte eine unbeherrschte Sekunde. Es rührte sie, wie sehr sich die beiden jungen Frauen für Mimo ins Zeug legten. Signorina Mauer bewies ein großes Herz, trotz der erlittenen Schmach.

»Es ist so weit«, wisperte Elke und legte den Arm um Sonjas Schulter. »Bereit?«

»Bereit.« Unter dem dünnen Nachthemd zitterten Sonjas Knie.

»Die eigentliche Sache ist die: Wir haben den Commissario belogen, als wir behauptet haben, dass wir den ganzen Tag am Meer gewesen sind und uns nur mal kurz in den Schatten gesetzt hätten«, sagte Elke fast feierlich. »Es war kurz vor zwölf, als wir vom Strand losgezogen sind. Wir hatten ja eigentlich einen Ausflug geplant. Und weil diese Aprikosen am Hang so wunderbar duften, wollten wir uns noch rasch welche pflücken. Nur zwei, drei, es sind ja so viele. Es war so ein schöner Tag, wir haben gesungen und konnten die Kirchturmglocke hören. Als wir über das Mäuerchen klettern wollten, da wurde es mit einem Mal ganz still.« Die Glocken und ihr Gesang waren gleichzeitig verstummt. Eine Träne kullerte unversehens über Elkes Wange und tropfte von ihrem Kinn. »Ganz still hat er da gelegen. Uns war sofort klar, dass er tot ist.« Ein surrealer Moment unter strahlend blauem Himmel, dem das Trällern eines Vogels im Geäst über ihnen die Krone aufgesetzt hatte. »Spuckeblasen vorm Mund und die kirschroten Augen und Lippen, das konnte nur Blausäure gewesen sein – Sonja weiß so was. Sie merkt sich alles, was sie in einem Krimi liest. Also haben wir nichts angefasst und sind weggerannt. Zurück an den Strand, weil der Mörder ja noch in der Nähe sein konnte. Es schien uns am sichersten, nichts zu wissen und nichts gesehen zu haben. Jetzt aber … wir können doch nicht zulassen, dass Herr Schneider es Mimo anhängt! Der kann es unmöglich« – sie stockte – »fast unmöglich gewesen sein. Für Herrn Schneider wäre es leichter gewesen, und der ist ziemlich cholerisch. Womit ich natürlich nicht behaupten will, dass er es war.«

»Sicher ist jedenfalls, dass Herr Rossi schon um zwölf tot war«, bekräftigte Sonja, die gelegentlich Stichworte eingeworfen hatte. »Und dass er unter dem dicken alten Aprikosenbaum lag, das können wir beschwören. Unterm Baum – und nicht unten auf dem Weg!« Elke übersetzte auch das.

»Ach du liebes bisschen.« Federica rieb sich die Stirn. Garibaldi würde alles andere als entzückt sein. Die Aussage der beiden Fräulein stellte sämtliche Überlegungen auf den Kopf. »Das müssen wir dem Commissario schonend beibringen«, sagte sie und seufzte. »Sehr schonend.«

Diese heikle Aufgabe würde sie persönlich übernehmen. Im Büstenhalter spürte sie Rossis kleinen Schlüssel, mit dessen Hilfe sie hoffentlich etwas Griffiges in die Hand bekam, womit Garibaldi sich besänftigen ließ.

Die Küchenuhr zeigte sieben Minuten vor acht. Ihr blieben noch maximal zehn Minuten, um aus dem Durcheinander im Esszimmer eine Kaffeetafel zu machen. Entschlossen klatschte sie in die Hände.

»*Va bene.* Wir haben keine Zeit zu verlieren. Anziehen und frisieren, dann wird gefrühstückt. *Avanti, avanti!* Oder wollt ihr Signor Schneider im Nachtgewand begegnen?« Sie zog das Halstuch aus und warf es in die Luft, wo es sich wie eine Wolke bauschte. Eine Idee nahm konkrete Gestalt an. »Gleich danach fahren wir nach Cattolica. Was wir dort machen, erkläre ich euch unterwegs.«

*

Vor dem hinteren Kücheneingang wetzte Paolo Zaccardo sein Zerlegemesser. Blutige Arbeiten erledigte er am liebsten gleich morgens, solange Sara sich nicht in der Restaurantküche aufhielt. Sie ekelte sich vor dem Geruch, vor allem, wenn sie schwanger war.

»Cesare Collina habe ich an der kurzen Leine.« Er war stolz auf sich und erwartete deutlich mehr Begeisterung für sein Vorhaben, als Andrea Antognoni bislang zeigte. Der saß auf einem umgedrehten Eimer und rauchte gelangweilt. »Im Ernst, ein Fingerschnippen genügt und wir kriegen sein Gelände zum Spottpreis. Die Gelegenheit ist günstig. Cesare steht mächtig unter Druck. Nur sollten wir uns schnell entschließen, bevor er argwöhnisch wird.«

»Was sollen wir mit dem Aprikosenhain? Eine kleine Fläche an einer so steilen Stelle ist völlig nutzlos. Für eine Hand voll Zelte mache ich mir nicht ins eigene Nest. Ich dachte, wir ziehen zusammen was Großes auf.«

»Das tun wir auch. Aber viele große Dinge fangen klein an.« Paolo hielt die Klinge ins Licht. Andrea ging ihm auf die Nerven mit seiner Besserwisserei. Das vorgeschlagene Zusatzgeschäft würde ihre übrigen Campingplatzpläne nicht beeinträchtigen. Und wer konnte schon vorhersehen, wie sich alles entwickeln würde? Vom Dorf aus gesehen war der Weg am Vento del mare und dann am Aprikosenhain vorbei ein Umweg zum Strand. Doch genau daraus konnte ein Geheimtipp werden. Romantischer Ausblick, Tiere, Pflanzen – all das, wofür Rossi sich so begeistert hatte. Die Gäste würden es sehen können, und vom Sehen und Baden und Herumklettern wurde der Mensch nun mal hungrig. Und er, Paolo, konnte dieses Bedürfnis an Ort und Stelle befriedigen. Wenn ihm der Hain gehörte und er dort bauen durfte. Wozu er die Genehmigung des Gemeinderats und Geld von Andrea brauchte.

»Ja, manche Dinge fangen sehr, sehr klein an, da muss es dann die Menge bringen.« Andrea linste in die Küche und deutete mit der Hand einen runden Bauch an. »Du bist fleißig.«

»Solltest du auch mal versuchen.«

»Wer weiß.« Andrea zuckte mit den Schultern. Nach dem Willen seines Vaters neigte sich seine Zeit des Hörnerabstoßens tatsächlich dem Ende zu. »Wenn dir an Collinas Gelände so viel liegt, ruinier dich ruhig. Ich leih dir Geld und krieg am Ende alles. Andererseits könnte ich dir einen Teil der Investition einsparen.«

»Wie?«

Andrea wackelte mit seinem Ringfinger und grinste. »Indem ich die zauberhafte Carmela eheliche und die Aprikosenbäume als Mitgift einkassiere. Das hübsche Töchterlein wäre ein feiner Bonus.«

»Geiler Bock.« Paolo zog eine Grimasse. Sollte er ihm von dem Biscotti aus Rossis Hosentasche erzählen? Das Nunzia wie eine Trophäe überreicht und von Rattengift geflüstert hatte, bevor irgendwer sonst im Dorf davon eine Ahnung gehabt hatte? Dann verging ihm vielleicht die Lust auf die kleine Bäckerin.

In der Küche wurde es laut, jemand lärmte und schimpfte.

»Paolo?« Einen Korb im Arm, schaute Nunzia aus der Tür. »Wo ist der Fenchel, Paolo? Ich kann ihn nirgendwo finden, und Papa mag den so gern.«

»*Buon giorno.*« Andrea zwinkerte. »Noch ein Töchterlein.«

»Was tust du denn hier? Ach, ich weiß schon: Es geht wieder

ums Geschäft, darum habt ihr euch versteckt, und ich soll verschwinden.«

»Wer wird denn immer noch beleidigt sein?« Andrea nahm das mitgebrachte Bündel von seiner Schulter. Wachteln und Rebhühner, an den erstarrten Füßen zusammengebunden. »Ein leckeres Geschäft. Aus dem du deinem Papa eine Suppe kochen kannst.« Er zupfte eine Feder aus und versuchte ihr diese ins Haar zu stecken, aber Nunzia schlug ihm auf die Finger.

»Autsch. Siehst du, Paolo: So macht man das.« Andrea lachte. »Dein Bruder ist und bleibt ein Würstchen, selbst mit einem Schlachtmesser in der Hand. Er hat nicht halb so viel drauf wie du, Nunzia.«

»Das meint er nicht so.« Paolo zog das Messer wie einen Degen durch die Luft.

»Und ob ich das so meine.« Andrea grinste unbeeindruckt. »Ein Würstchen, dessen Pelle bald mir gehört, weil er sie für seine irren Ideen verpfändet.« Noch stand Paolos Restaurant bei seinem Vater so tief in der Kreide wie Andrea in dessen Schatten. Noch, aber nicht mehr lange.

»Der Fenchel ist in der oberen Kiste ganz hinten. Komm nachher wieder runter und hilf beim Rupfen.« Mit einem knappen Nicken schickte Paolo seine Schwester ins Haus. Ihre Information über das Biscotti, das Carmela belastete, hatte ihm gefallen, und vielleicht würde sie noch nützlich sein. Doch an seiner Haltung zum Geschäftlichen änderte sie nichts. Das war seine Sache, nicht ihre.

Nunzia griff sich eine der Wachteln. »Für Papa.«

Kopfschüttelnd sah Andrea ihr nach. »Ein bisschen humorlos ist sie manchmal schon, deine Sorellina«, sagte er so laut, dass sie es noch hören konnte. Kurz darauf knallte die Tür. »Trotzdem wäre mir eine wie sie lieber als die kleine Zuckerbäckerin. An der Oberfläche ist Nunzia kalt, aber sie hat Feuer im Blut.«

»Vorsicht.« Paolo legte die Messerspitze an Andreas Schlüsselbein und biss die Zähne aufeinander. Über seine Haut konnte der ruhig Witze reißen. Wenn es um seine Schwester ging, verstand er jedoch keinen Spaß.

*

Das offene Cabrio flog im Sonnenschein durch den Vormittag. Federica steuerte mit einer Hand, den Ellbogen im Fenster, mit der anderen Hand untermalte sie ihre Ausführungen. Auf dem Beifahrersitz mühte Elke sich darum, den Sonnenhut festzuhalten, und Sonja beugte sich von der Rückbank zwischen den Sitzen hindurch. Ihre Haare flatterten wild vor ihren Augen, zerteilten die Landschaft in abstrakte Bruchstücke aus Feldern, Bäumen und Häusern, Himmel und Straße. Wie ein Picasso-Gemälde. Elke brüllte gegen den Fahrtwind mal in die eine, mal in die andere Richtung, und als alles besprochen war, stimmte sie ein Lied an, das nicht länger mit Kilian Rossis Tod verbunden bleiben sollte. War er ein guter Mensch gewesen oder ein schlechter? Sie würden es herausfinden und seinen Tod aufklären. Weil sie es wollten, weil sie es konnten, weil sie unbesiegbar waren! Die schnelle Fahrt pumpte Adrenalin durch ihre Adern, das seltsamerweise jegliche Furcht davonspülte.

Federica eignete sich den einfachen, eingängigen Refrain leicht an, und so sangen sie vor den Toren Cattolicas zu dritt: »Komm ein bisschen mit – nach Italien! Komm ein bisschen mit – ans blaue Meer!«

In der Via Carducci, von der aus man das besungene Meer schon fast sehen konnte, trennten sich ihre Wege.

»Wir sehen uns in einer Stunde.« Federica rückte die Sonnenbrille zurecht, hupte und trat auf Gas.

Elke und Sonja flanierten an kleinen und größeren Souvenirläden vorbei, in der Tasche Kilian Rossis vermutlich letztes Geschenk. Jenen Schal, den er Federica überlassen hatte und über den sie mehr herausfinden wollten. Es konnte interessant werden, vielleicht sogar wichtig. Aber das würde sich später zeigen. Rossis gesprächige Art erwies sich jetzt als hilfreich, hatte er doch gern die Vorzüge des Städtchens und seine persönlichen Geheimtipps angepriesen: das beste Restaurant, die schönste Aussicht, den süffigsten Wein. All das fand sich in einem relativ kleinen Bereich, den Federica ihnen auf dem Stadtplan ihres Reiseführers eingekreist hatte und der sich bequem zu Fuß abklappern ließ. Es lag nahe, dass Rossi seine kleinen »Mitbringsel« ebenfalls in dieser Gegend erstanden hatte. Schneller als gedacht wurden sie fündig.

Natürlich erinnerte sich die Dame hinterm Verkaufstresen gut an den stattlichen und charmanten Stammkunden mit der blonden Haartolle. In seinen blauen Augen blitzte immer ein Zwinkern, ein Scherz lag auf seinen Lippen, und diese hauchten beim Abschied einen Kuss über ihre Hand.

Elke band ihr einen mächtigen Bären auf, der Rossi zu ihrem Onkel und alle folgenden Fragen zum Gegenstand einer harmlosen Wette werden ließ. Ihre Leichtigkeit kombiniert mit Sonjas Fachwissen ergab eine gute Mischung.

»Die Tücher sind nie und nimmer aus echter Seide, das sind Kunstfasern.« Sonjas Mutter war Schneiderin, das hatte ihren Blick geschult. Schon seit sie ganz klein war, kannte sie sich mit der Beschaffenheit von Stoffen aus. »Ganz modern, schwer zu verarbeiten. Feiner als Georgette, fester als Organza. Der Stoff hat sogar einen ganz besonderen Geruch.« Es machte Eindruck, wie sie mit geübtem Griff die gesäumten Kanten und verwahrten Fäden begutachtete, und die Verkäuferin stimmte zu. Onkel Kilian hatte beim Material geflunkert. Und doch nahm sie ihn in Schutz, die preisgünstigeren Tücher waren so viel praktischer als empfindliche Seide.

»Sieben Stück«, konstatierte Sonja am Ende, als hinter ihnen die Ladentür ins Schloss fiel. »Und keins genau wie das andere. Ich wüsste zu gern, was er damit bezweckte und was er dafür bekommen hat.«

»Alles Präsente für seine lieben Tanten daheim in Bozen.« Elke feixte. »Die Dame wusste ganz genau, dass das gelogen ist. Bestimmt denkt sie, dass er sich damit bei uns rausgeredet hat. Aber dass seine Nichten als Nächste von ihm ein Tuch kriegen, wenn sie herausfinden können, wo und was der gute Onkel Kilian eingekauft hat – das hat sie mir geglaubt.« Und mit Aussicht auf das Geld gern geredet.

*

Unterdessen betrat Federica durch die Schwingtür das Vestibül des streng symmetrischen Postgebäudes, das mit seiner hohen Decke und der monumentalen Freitreppe Größe vorgaukelte. Die Ausstattung war dagegen ebenso bescheiden wie die Ausführung des Baus aus den späten 1930er Jahren. Der Duce hatte mit den modernen Postpalazzi ein Zeichen des Fortschritts setzen wollen, ohne sich für die Finanzlage der Städte zu interessieren, die diese errichten sollten.

In der Schalterhalle ließ Federica sich von einer Angestellten die Schließfächer zeigen. Es kribbelte in ihren Fingerspitzen, als sie den Schlüssel drehte, doch hinter dem Türchen fand sie nichts.

»*Porca miseria*«, zischte sie ärgerlich. »Verdammter Mist.« So konnte sie bei Garibaldi nicht punkten. Er würde ihr die Hölle heiß machen und sie am Spieß rösten für all ihre Verfehlungen. Schwungvoll drehte sie sich um und schaute der Postangestellten ins Gesicht, die wenige Meter hinter ihr stehen geblieben war. Eine Fremde mit einem Schlüssel behielt man besser im Auge.

Federicas Absätze klapperten in herausforderndem Takt. Gut, dann eben so. Sie hielt der Frau den Schlüssel vor die Nase. Eine schmale, spitze Nase im herzförmigen Gesicht einer etwa Dreißigjährigen.

»Nummer 42. Können Sie mir etwas über den Mieter sagen?«

»Bedauere, das verstößt –«

»Kilian Rossi«, unterbrach Federica. »Ein sehr charmanter Mann, groß, gutaussehend, der seine Lambretta immer direkt vor dem Eingang parkt.« Letzteres war nur eine Vermutung, doch sie wusste, dass er unnütze Wege verabscheute, wenn es sich nicht gezielt um eine sportliche Betätigung handelte. »Ich möchte nur wissen, wann er zuletzt hier war. Könnte das am Donnerstag gewesen sein, und ist da etwas Besonderes vorgefallen?«

Die Angestellte knibbelte an den blanken Knöpfen ihrer Postuniform und bewegte sich millimeterweise rückwärts. »Sind Sie etwa seine Ehefrau?«

»Madonna, nein!« Federica verdrehte die Augen. Darum also die Fluchttendenz: Die kastanienbraunen Locken entsprachen genau Kilian Rossis Geschmack. »So charmant ist er nun auch wieder nicht.« Sie lächelte verschwörerisch über die falsche Zeitform hinweg. »Sagen wir, ich fühle ihm ein wenig auf den Zahn in einer pikanten Angelegenheit.«

»Steckt er in Schwierigkeiten?«

»Hm.« Abwägend bewegte Federica die flache Hand. »Jetzt nicht mehr. Und Sie bekommen auch keine Schwierigkeiten. Keine Sorge. Wie sollten Sie? Ich kenne ja nicht mal Ihren Namen.«

»Sind Sie von der Polizei?«

Federica wiederholte die vage Handbewegung. Amtsanmaßung wollte sie ungern auf ihren Sündenzettel schreiben. Aber in gewisser Weise handelte sie ja *für* die Polizei, der sie ihre Erkenntnisse umgehend mitzuteilen gedachte. Eine kleine Irreführung, mit der sie gut leben konnte. Sie schaute zur Uhr über den Schaltern. Komme gleich, Commissario, hauchte sie tonlos, sodass es gerade eben auf ihren Lippen abzulesen war. Als sei sie in Eile, ohne es ihr Gegenüber merken lassen zu wollen. Ihr Auftreten machte Eindruck.

»Puh, also gut.« Die Postlerin atmete tief durch. Diese Dame schien ohnehin eine ganze Menge über Signor Rossi zu wissen, da kam es wohl nicht mehr darauf an. Vielleicht war sie die Sekretärin eines Kommissars und zog für ihren Vorgesetzten diskret Erkundigungen ein? Was für ein aufregender Gedanke. »Signor Rossi war tatsächlich vorgestern zum letzten Mal da, gleich morgens bei Schalteröffnung. Davor kam er täglich. Ungefähr zwei Wochen lang. Er muss auf wichtige Post gewartet haben.«

»Und die ist dann am Donnerstag gekommen?«

»Das nehme ich an. Jedenfalls war ein Brief im Fach. Über den hat er sich wohl ziemlich geärgert. Ich dachte, er zerreißt ihn auf der Stelle, aber dann hat er ihn doch in seine Jacke gesteckt.«

»Haben Sie mit ihm gesprochen?« Federica deutete das Versiegeln ihrer Lippen an. »Von einem kleinen Flirt muss ja niemand erfahren. Im Dienst ist das unerwünscht, aber gegen Komplimente ist man machtlos. Sie bringen uns zum Lächeln, nicht wahr? Und ein Lächeln kann keiner verbieten.«

»Genauso war es. Ich habe mich erkundigt, ob er eine schlechte Nachricht erhalten hat. Da fing er gleich wieder an, Späße zu machen, und wollte mich einladen.«

»Er war also genau wie immer?«

»Nein. Leider überhaupt nicht! Ich gab ihm wie üblich einen Korb. Da fing er plötzlich an, ganz schrecklich zu fluchen. Unverschämt, wie ich es ihm niemals zugetraut hätte. Er hat mich und alle Frauen aufs Übelste beschimpft. Dann ist er mit Vollgas davongebraust.«

Alle Frauen … Das konnte auf unschöne Zeilen seiner Gattin hindeuten. Ein kurzfristig angekündigter Besuch, eine störende Frage, warum er sich trotz der Ferien nicht bei ihr blicken ließ. Federica wischte eine lose Strähne beiseite und benötigte ganz in Gedanken zwei Versuche, um diese wieder in den Knoten einzufügen.

»Seltsam. Das hat er auch gemacht.« Die Angestellte imitierte ihre Handbewegung.

»Er hat sich an den Kopf gefasst?«, fragte Federica zur Sicherheit, da Haare hochstecken bei Rossi wohl ausschied.

»Die Frisur gerichtet, sogar mehrfach, dabei saß sie einwandfrei. Na ja, bestimmt ist das unwichtig.«

Federica nickte, obwohl sie anderer Meinung war, und verabschiedete sich. Nichts war von vornherein unwichtig. Auch nicht die Seite, auf der jemand einen Scheitel zog.

*

Nebeneinander saßen Elke und Sonja auf der Kühlerhaube des Cabrios, die Gesichter der Sonne entgegengereckt, und ließen sich zur Belohnung für ihre erfolgreiche Mission echte italienische Eiscreme schmecken, die sie in der Gelateria gegenüber erstanden hatten. Der Treffpunkt, an dem sie auf Signora Pellegrini warteten, war perfekt. Auf der runden Piazza vor ihnen plätscherte die *fontana delle sirene*. Das obere Becken des Springbrunnens ruhte in den Händen dreier vollbusiger und fast nackter Meerjungfrauen. Der Sockel darunter war mit großen steinernen Muscheln verziert. Ein prächtiger Anblick mit dem großen Hotel dahinter, auf dem zu ihrer Verblüffung das deutsche Wort Kursaal prangte.

»Fabelhaft hier, was, Elke?« Sonja knuffte ihre Freundin in die Seite, und Elke knuffte zurück.

»Weißt du«, fuhr Sonja fort, drehte die Eiswaffel und leckte mit der Zungenspitze rundherum. »Wenn ich ein eifersüchtiger Mann wäre, der es Herrn Rossi so richtig heimzahlen will, dann wollte ich auch, dass er weiß, wofür er büßt. Vielleicht hätte ich ihm das Tuch unter die Nase gehalten und ihn zur Rede gestellt – und das Tuch ist sehr stabil. Auf Gift wäre ich bestimmt nicht gekommen. Das ist viel zu umständlich.«

»Du hättest ihn erwürgt?« Elke zog eine Grimasse. »Wie scheußlich.«

»Stranguliert«, korrigierte Sonja. »Strangulieren macht man mit einem Hilfsmittel, erwürgt wird nur mit den Händen. Oh, sieh mal, da kommt Federica!« Aufgeregt winkte sie der Signora, die sie jetzt beim Vornamen nennen durften.

Ihr Übermut wirkte ansteckend, und bevor sie ihren Ausflug beendeten, baten sie einen Passanten, mit Elkes Apparat ein Foto zu schießen. Drei Sirenen im und drei vor dem Brunnen – Kilian Rossi wäre entzückt gewesen, hatte er diese Skulpturen doch ganz besonders gemocht.

Federica betrachtete die Meerjungfrauen mit gemischten Gefühlen. Das Modell des Bildhauers für die verführerische Pose war dessen neunzehnjährige Tochter gewesen. Neunzehn, wie Carmela, unter deren geheimnisvoll-magischem Aprikosenbaum Rossi sein Leben ausgehaucht hatte.

Federica wandte den perfekt geformten Körpern den Rücken, doch die Assoziation blieb, und sie drängte die Signorinas zum Aufbruch und zum Bericht.

Und während das Cabriolet sich über die Nebenstrecke hügelaufwärts schlängelte, griff Sonja ihre Ausführung zum Strangulieren und zum Gift wieder auf. »Gift ist nicht weniger scheußlich, aber es ist weniger persönlich, finde ich. Man muss nicht dabeibleiben, bis das Opfer tot ist. Es ist doch gewiss entsetzlich, wenn unter deinen Händen jemand um sein Leben ringt.«

»Na, du bist gut.« Elke schüttelte sich. »Umgekehrt wird es erst richtig schlimm! Deinem Mörder ins Gesicht zu sehen …«

»Ihr habt beide recht«, stellte Federica fest. Der Schluss, der sich Commissario Garibaldi daraus aufdrängen würde, war einfach nachzuvollziehen: Beides sprach für eine Täterin.

Kapitel 17

Pane & dolce. Schon das Schild über dem Schaufenster der Bäckerei in Pesaro del Monte piccolo Cattolica ließ Lorenzo Garibaldi das Wasser im Mund zusammenlaufen. Der Kommissar in ihm schauderte zugleich. Letzteres verdankte er Vigliani, dem Assistenten des Rechtsmediziners, der ihn an diesem Samstagmorgen mit den neusten Erkenntnissen vertraut gemacht hatte, während der Dottore wie erwartet durch Abwesenheit glänzte. Vigliani war zuvorkommend und sich der Schwächen seines Vorgesetzten voll bewusst. Darüber hinaus schätzte er knappe Sätze ohne Firlefanz und Ausschmückungen, was Lorenzo entgegenkam. Seine Fantasie lief ohnehin auf Hochtouren. Tod durch Zyanid und als letzte Mahlzeit süßes Gebäck. Brösel davon waren auch in Rossis Hosentasche und der Jacke gefunden worden. Ein ursächlicher Zusammenhang lag nahe, doch diesen Schluss durfte nur der Doktor endgültig ziehen. Amaretto oder sonstiger Alkohol war dagegen nicht nachgewiesen worden, was er der Vollständigkeit halber erfragt hatte. Rossi musste das Gebäck regelrecht verschlungen haben, wie die vielen, teils nur grob zerkauten Kerne in seinem Magen zeigten, bei deren Erwähnung Lorenzo sofort Cantuccini vor sich sah, mit großen Nuss- oder Mandelstücken. Eine Überdosis, dachte er grimmig, welch seltsamer Tod durch Völlerei und welche Missachtung des Geschmacks. Hatte Zucker das bittere Gift überdeckt?

Lorenzos spontaner Speichelfluss ließ selbst bei dem Gedanken nicht nach, dass er gestern im Büro des Bürgermeisters und am Abend davor bei Signora Pellegrini völlig arglos Cantuccini und andere himmlische Biscotti gegessen hatte, die höchstwahrscheinlich aus derselben Quelle stammte wie die, die Kilian Rossi ins Jenseits befördert hatten.

In der Bäckerei stand Ornella Tozzi hinter der Theke, lief hin und her, wog, verpackte, kassierte. Lorenzo nahm den Hut ab und wartete, bis die letzte Kundin das Geschäft verließ. Sie musterte ihn verstohlen und eilte grußlos davon. Es war an der Zeit, ein paar Worte mit der Bäckerin zu wechseln.

Ornella empfing den Kommissar einsilbig und mit steifer Höflichkeit. Sein Erscheinen im Laden machte keinen guten Eindruck auf die Kundschaft und kam ihr mehr als ungelegen. Sie begann, still darum zu beten, er möge verschwinden. Je schneller, desto besser.

»Ich kann mich nicht entscheiden«, behauptete Lorenzo. Auf den Zehen wippend betrachtete er die Auslage, die Hände mit dem Hut hinter seinem Rücken. »Welche davon waren Signor Rossis Lieblingsplätzchen? Es sind welche mit groben Haselnüssen gewesen, nicht wahr? Oder waren es Mandeln?« Der Hut klopfte leise gegen seinen Oberschenkel. »Die möchte ich gern probieren.«

Ornella zählte die unterschiedlichen Sorten auf und zeigte sie ihm. »Eigentlich mochte er alle.«

»Was ist mit den – wie heißen sie noch –, die Sie eben ausgelassen haben: Occhi di angeli? Eine besondere Spezialität, habe ich gehört.«

»Ja.« Ornella lächelte verkrampft. »Die natürlich auch.«

»Die Engelsaugen gibt es nicht an jedem Tag?«

»Nein, Signore, aber ich empfehle …«

»Das interessiert mich«, fiel Lorenzo ihr ins Wort. »Es ist Ihre Nichte Carmela, die diese kleinen Köstlichkeiten backt. Ist sie da? Ich hatte noch keine Gelegenheit, sie zu sprechen.«

»Nein, sie ist heute … sie ist gerade … nicht da, leider.«

»Wann kommt sie wieder?«

»Das kann ich nicht sagen.«

»Sie wissen es nicht«, hielt Lorenzo fest. »Schade.« Er reckte den Unterkiefer vor. Äußerst unglaubwürdig. Mehlstaub an ihrer Stirn, ein Fleck auf der Schürze – doch im Durchgang hing eine saubere –, zwei leere Körbe hinter Glas, in denen heute noch keine Ware gelegen hatte. Er nahm das Hutklopfen und Wippen wieder auf, das sichtlich an ihren Nerven zehrte. Signora Tozzi war schon den ganzen Morgen allein gewesen, und Carmela Collina fehlte, wenn er die Zeichen richtig deutete, unentschuldigt.

»Jeder im Dorf liebt Ihre Biscotti, Signora. Und jeder kann sie kaufen. Und weil auch jeder weiß, dass Signor Rossi bei Süßem nie Nein sagte, kann ihm so ziemlich jeder vergiftetes Mandelgebäck untergeschoben haben.«

Signora Tozzi riss die Augen auf und fasste sich an den Hals. »Er wurde vergiftet – mit meinem Gebäck?«

»Signor Rossi hat davon gegessen, kurz bevor er starb. Und alles spricht dafür, dass das Zyanid darin enthalten war. Hatte ich das nicht erwähnt?« Er heuchelte ein schlechtes Gewissen, sah sie abwechselnd blass und rot werden, als sich ihr die Tragweite seiner Worte erschloss. Ob sie sich wohl erinnerte, wer in den letzten Tagen vor Rossis Tod bei ihr Süßes eingekauft hatte?

»Mich interessieren vor allem die Käufer der begehrten Occhi di angeli. Denn bei denen konnte man ganz sicher gehen, dass Rossi zugreifen würde. Habe ich recht? Es sei denn …« – Lorenzo blickte sekundenlang an ihr vorbei – »unser Täter – er oder sie – kannte seine Vorlieben noch genauer.« So wie Ornella Tozzi oder Federica Pellegrini. Und natürlich Carmela. »Es wäre besser, wenn Sie für eine Weile die Tür abschließen, bis wir alles besprochen haben.« Lorenzo drehte sich zur Schaufensterscheibe und winkte Spadafero herein.

*

In Sichtweite der Pension setzte Federica die Freundinnen ab. Sie fuhr direkt weiter, um ihr Versprechen einzulösen und Ornella Tozzi das Tuch zurückzubringen. Eins von sieben, über deren Verbleib und Bedeutung sie noch rätselte. Ihre Erleichterung, weder Commissario Garibaldis Wagen noch einem anderen Polizeifahrzeug zu begegnen, währte nur kurz. Beide parkten am Straßenrand vor der Bäckerei. Das gefiel ihr ganz und gar nicht, dennoch schwenkte sie in die Zufahrt ein.

Der Laden war leer, die Tür verschlossen. Ungewöhnlich für den späten Samstagmorgen, normalerweise blieb er mindestens bis um zwei geöffnet. Hinterm Fenster im ersten Stock regte sich nichts. Kurzentschlossen lief sie ums Haus und verfluchte zum ersten Mal an diesem Tag die hohen Absätze, zu denen sie sich für den Stadtausflug hatte hinreißen lassen.

Im Gras zirpte eine Zikade, und weit entfernt glaubte sie Musik aus einem Radio zu hören. An der Hausecke baumelte das Fallrohr der Regenrinne über einem offenen Fass. Ein alter Gartenstuhl stand der Sonne zugewandt unterm Ofenrohr, daneben ein rostiger Beistelltisch, und im Aschenbecher lagen drei weit heruntergerauchte Stummel. Federica widerstand der Versuchung, sich eine Zigarette anzustecken, und legte stattdessen das Ohr an die Backstubentür. Zwei männliche Stimmen, eine weibliche, der eine deutliche Erregung anzumerken war – nur leider war sie viel zu leise. Federica fackelte nicht lange, klopfte, trat einen Schritt zurück und wappnete sich mit einem Lächeln.

»Ispettore Spadafero – *buon giorno!*« Der Himmel war ihr wohlgesonnen, dass er es war, der öffnete. Ihn konnte sie leichter überrumpeln als den Kommissar. »Wie geht es Ihnen?«

»Gut, danke, Signora Pellegrini.«

»Ist der Commissario auch da drin?«

Spadaferos unsicherer Schulterblick genügte Federica, um

sich im engen Durchgang an ihm vorbeizuschieben. Ihre Nase streifte über sein Hemd, das schwach nach Waschmittel roch.

»*Buorn giorno,* Signor Garibaldi, Signora Tozzi.« Begeisterung sah anders aus als der Ausdruck auf ihren Gesichtern, doch Federica ließ sich nicht beirren. Es galt, möglichst viel in kürzester Zeit zu erfassen. Angespannte Mienen, verkrampfte Körperhaltung, unerwartete Unordnung – kreuz und quer gestapelte Backbleche, offen herumstehende Zutaten, obwohl der Backofen nur noch abklingende Hitze verströmte. Spadafero, das bemerkte sie erst jetzt, hielt eine Art Spachtel in einer Hand. Er war dabei gewesen, etwas zu tun, während die anderen beiden zusahen. Aus deren Standort rechts leitete Federica die Blickrichtung nach links ab. An der Wand waren übereinander Regalbretter für die vorbereiteten Backwaren angebracht. Die oberen Bretter standen etwas weiter hervor, und daneben auf dem weißen Putz gab es einige kleine Flecken. Winzige bräunliche Punkte, wie Brotkrümel oder die Reste lästiger Stechmücken, denen man dort den Garaus gemacht hatte. Oder aber …

»Blut?« Bestimmt hatte Spadafero sich das gerade ansehen wollen. Der Glückliche brauchte dazu keinen Hocker. In verlockender Nähe stand der dreistufige Holztritt, den Carmela gelegentlich auch im Verkaufsraum benutzte, um an die oberen Regale heranzureichen.

»Denken Sie nicht mal dran, Signora Pellegrini«, wies Lorenzo Garibaldi sie zurecht. »Keinen Schritt weiter.«

»Aber das ist doch Blut?« Unbeirrt blieb sie stehen.

»Weshalb sind Sie hier?« Lorenzo hielt dagegen. Sollte sie nur einen Fuß auf den Tritt setzen, würde er sie eigenhändig nach draußen befördern. Egal ob im Schwitzkasten oder zappelnd über seiner Schulter. »Wohl kaum, um einen Blut…, um einen Fleck von der Wand zu putzen.«

»Wohl kaum.« Federicas Mundwinkel zuckten, dann wandte

sie sich Ornella zu. »Kann ich Ihnen irgendwie beistehen, Signora Tozzi? Zwei gegen eine, das finde ich unfair.« Sie nahm das Tuch von den Schultern, knüllte es beiläufig zusammen. Es war der falsche Moment, um es zurückzugeben, doch es anzubehalten ein genauso falsches Signal. »Ist das eine offizielle Durchsuchung, wird Ihnen etwas vorgeworfen?«

Ornella schüttelte stumm den Kopf.

»Wie Sie selbst festgestellt haben, könnte es sich bei der Anhaftung an der Wand um Blut handeln, was wir zu überprüfen haben. Das ist alles. Kein Vorwurf, keine unfaire Behandlung. Und wenn Sie kein Anwaltsdiplom aus Ihrem Rock zaubern und Signora Tozzi Sie mit ihrer Vertretung beauftragt, stöckeln Sie jetzt umgehend dahin, wo Sie hergekommen sind. Und ich werde nicht bitte sagen.«

Er hatte ein Problem mit ihrer Bekleidung? Darüber konnten sie gern ein andermal diskutieren. »Gut, dass Sie es ansprechen: Wo ich gerade herkomme, ist Cattolica. Und dort habe ich wirklich interessante Dinge herausgefunden.«

»Gehen Sie weg«, sagte Ornella plötzlich. Dumpfe Verzweiflung verschleierte ihre Augen. »Gehen Sie einfach. Ich brauche Ihre Hilfe nicht. Sie wissen gar nichts und machen alles nur schlimmer. Für alle. Für alle!«

Federica zuckte wie unter einer Ohrfeige. Unauffällig ließ sie Rossis Halstuch in einen der leeren Brotkörbe gleiten, dann ging sie ohne ein weiteres Wort. Ihre Gedanken überschlugen sich. Für alle? Wen meinte Ornella damit? Und das Blut … Aber natürlich! Das Regalbrett hing bestimmt einen Meter siebzig hoch. Weder Ornella noch ihre Nichte konnte sich an der Ecke gestoßen haben. Im Gegensatz zu Kilian Rossi, der fast so groß wie Spadafero gewesen war. So fügte sich alles zusammen – und es passte zu den Beobachtungen der pfiffigen Fräulein, von denen die beiden ihr während der Fahrt nach Cattolica berichtet hatten. Sonja hatte

Rossi in aller Frühe seine Laufrunde in Richtung Dorf beginnen sehen – da konnte er in der Backstube gewesen sein –, und Elke war beim Frühstück eine Veränderung an seiner Frisur aufgefallen: der spiegelverkehrt gezogene Scheitel, unter dem er selbst die ganz frische Platzwunde versteckt hatte. Ein solcher Seitenwechsel war gewöhnungsbedürftig, weshalb Rossi auf der Post in Cattolica den richtigen Sitz wiederholt kontrolliert hatte. Beim Herrichten der Leiche war der Scheitel einfach übernommen worden. Was die Befana und Nunzia nicht freisprach, da sie sowohl die Wunde als auch alle weiteren Ungereimtheiten ignoriert hatten. Und das, wie sie vermutete, absichtlich.

Federica schlupfte aus den Pumps, rollte die Nylons von den Beinen, um sie nicht zu zerreißen, und rannte mit Schuhen und Strümpfen in der Hand zum Cabrio. Schlimmer für alle … Das wollte sie nicht auf sich sitzen lassen. Wenn Ornella ihre Hilfe ausschlug, dann war es Zeit, an anderer Stelle einzugreifen. Barfuß trat Federica aufs Gas, scheuchte ein verschlafenes Huhn auf und wummerte gleich darauf an Cesare Collinas Tor. An den Pfosten gelehnt zog sie die Schuhe wieder an und richtete ihre Kleidung.

»Wo ist sie?«, schleuderte sie Cesare entgegen, als er öffnete. »Ich muss Carmela sprechen, jetzt sofort! Ganz egal, ob sie unpässlich ist. Commissario Garibaldi wird sehr bald hier sein. Und es wäre besser, wenn er sie nicht unvorbereitet erwischt.«

»Was wollen Sie denn damit sagen?«

»Dass sie in Schwierigkeiten steckt. Wo finde ich sie? Ich komme gerade aus der Bäckerei, und dort ist sie nicht.«

»Nicht?« Cesare bekreuzigte sich. »Madonna!« Er schwankte so sehr, dass Federica ihn schnell unterhakte.

»Reißen Sie sich zusammen, Cesare, bitte. Und verkaufen Sie mich nicht für dumm. Irgendetwas wird Ihre Tochter Ihnen doch gesagt haben. Hat Ornella sie nach Hause geschickt?« Federica stockte. Dieses Durcheinander in der Backstube … »Carmela ist heute doch zur Arbeit gegangen?«

»Ja, natürlich«, sagte Cesare mit Nachdruck. »Als ich aufgestanden bin, war bei ihr alles still, wie immer.«

»Ganz sicher?«

Cesare hob die Schultern. »Wir sehen uns morgens nie, sie fängt ja zu nachtschlafender Zeit an. Aber … vorhin dachte ich tatsächlich, ich hätte oben etwas gehört.« Er ging voraus, führte Federica über die enge Stiege hinauf, während er nach seiner Tochter rief. »Carmela? Bist du da, Principessa?«

Ihr Zimmer war leer. Ein sehr ordentliches Zimmer. Zu ordentlich. Keine einzige Falte im Laken, kein Knick im Kissen. Wenn Carmela ihr Bett nicht im Halbdunkel vor Sonnenaufgang frisch bezogen hatte, fiel Federica dafür nur eine Erklärung ein. »Sie ist die ganze Nacht weg gewesen. Cesare! Das müssen Sie doch bemerkt haben. Herrgott, nun reden Sie endlich! Ich stehe auf Ihrer Seite.«

»Ich habe angenommen, sie wäre zu ihrer Tante gegangen«, seufzte Cesare. »Weil die nun mal eine Frau ist, und Sie vielleicht doch recht hatten, dass meine Kleine verliebt ist.« Zitternd strich er sich über die Augen. »Aber wenn Carmela nicht bei ihr ist – wo ist sie denn dann?«

Federica sah sich außer Stande, ihm eine schlüssige Antwort zu geben. »Im Garten, auf dem Dach oder – im Aprikosenhain?« Siedend heiß überfiel sie die Furcht, einen schweren Fehler begangen zu haben. Machte sie wirklich alles schlimmer? War Carmela ihretwegen davongelaufen, bloßgestellt durch das abendliche Gespräch Federicas mit ihrem Vater? Oder hinkte ihre Vorstellungskraft der Realität hinterher?

Behutsam sprach Federica dem verstörten Cesare zu, kochte für ihn Caffè und ging rastlos auf und ab. Wo blieb Garibaldi so lange? Er musste doch dieselben Schlüsse ziehen wie sie: Tod durch Rattengift, Blut in der Backstube – Motiv und Möglichkeit. Wer einen Mord verübte, befand sich im Ausnahmezustand, im Kampf ums eigene Überleben. Irgendwie war Carmela in Rossis Tod verwickelt, und ihr Verschwinden wirkte wie eine Flucht. War sie eine Mörderin, oder wusste sie etwas und war dadurch selbst in Gefahr?

Im Garten vor dem Fenster pickte ein Vogel im Beet nach Würmern. Fressen und gefressen werden. Ein grausamer und zugleich unschuldiger Kreislauf, in dem es weder Mitleid noch Hinterlist gab.

Zur selben Zeit pickten die Wartenden vor der geschlossenen Bäckerei im Dunkel der Ahnungslosigkeit. Aus dem Küchenfenster im ersten Stock sah Ornella Tozzi auf sie hinab. Wie hätte sie nein sagen können, als der Commissario darum bat, sich kurz in ihren Privaträumen umsehen zu dürfen? Um zu prüfen, ob Carmela sich dort aufhielt. Ihr gegebenes Wort – nein, das war in diesem Fall zu wenig. Unfassbar, dass das Mädchen ihr ausgerechnet dadurch den Ruf ruinieren konnte, dass sie fort war. Wie oft hatte sie sich das insgeheim gewünscht? Ihre geliebte Nichte einfach fort. Fort, fort, fort! Dieses bildschöne, blutjunge Geschöpf, in das sich alle Männer verliebten. Die neben ihr aufblühte, während sie welkte. Und nun würde die Kunde wie ein Lauffeuer durch Pesaro del Monte piccolo Cattolica eilen, dass die Polizei ihr den Laden zugesperrt hatte und ihr Haus durchsuchte – vom Keller bis zum Dachboden. Wie sollte sie das erklären?

»Vielen Dank für Ihr Entgegenkommen«, sagte Lorenzo Garibaldi hinter ihr. »Verzeihen Sie die Unannehmlichkeiten. Ich bringe das in Ordnung«, fügte er mit Blick auf die Straße an. Auf der Treppe waren die Stiefel des Ispettore zu hören. »Es war ganz richtig, uns von Signor Rossis Besuchen an der Hintertür zu erzählen.« Ergänzt um die Randbemerkung, dass Carmela sich dann zumeist allein in der Backstube aufgehalten hatte. Ganz zufällig. Nun, das glaubte Signora Tozzi sicher genauso wenig wie Lorenzo. »Und es ist völlig normal, wenn auch unnötig, dass Ihre Nichte angesichts einer Mordermittlung eingeschüchtert ist. Unsere Fragen dienen lediglich dazu, Lücken in Signor Rossis Tagesablauf zu schließen. Keine von Ihnen beiden steht unter Verdacht. Und ich wäre Ihnen sehr verbunden, wenn Sie Ihrer Nichte das in meinem Namen versichern, sollte sie sich melden.«

Ornella Tozzi stieß einen ungläubigen Laut aus, und Lorenzo konnte es ihr nicht verdenken. Er gab Spadafero einen stummen Wink zum Abmarsch. Die Lüge war leicht durchschaubar.

Unten angekommen versicherte er sich seines untadeligen Äußeren, dann drückte er den Wartenden aufgesetzt leutselig sein Bedauern über die Verzögerung aus und wusch dabei Signora Tozzi so rein wie eben möglich, ohne inhaltlich etwas zu den Ermittlungen preiszugeben.

»Bleiben Sie noch ein wenig in der Nähe, Giovanni«, instruierte er seinen Ispettore. »Halten Sie die Ohren offen für alles. Bringen Sie in Erfahrung, wo wir diesen Mimo finden, und – wenn es sich einrichten lässt – beschaffen Sie mir noch ein paar Amaretti morbi.« Ein Mittel gegen seine Kopfschmerzen hätte er noch dringender gebraucht. Doch die stammten von seinem abendlichen Rotweinexzess, für den er sich kein Mitleid zugestand. Weitere Selbstgeißelung hielt er jedoch für übertrieben. Er hatte niemandem geschadet außer sich selbst. »Nehmen Sie die mit Aprikosenstücken. Die sind verboten gut.«

Lorenzo setzte den Hut ab, bevor er in den Wagen stieg, und strich die Haare nach hinten. Eine Ahnung sagte ihm, dass ihn auch seine persönliche Geißel sehr bald wieder heimsuchen würde. Und so fluchte er nur verhalten und ohne jede Überraschung, als ihn vor Cesare Collinas Haus das Cabrio erwartete.

Federica, die neben dem in Schweigen versunkenen Cesare auf das Geräusch des Motors gelauert hatte, empfing ihn am Tor.

»Sie sind überall. Anhänglich wie eine Klette, die sich an den Kleidern verhakt. Wie Sand in den Schuhen – nicht loszukriegen«, begrüßte er sie uncharmant.

»Neidisch, weil ich zuerst hier gewesen bin?« Ihr Lächeln währte nur kurz. »Kommen Sie, Commissario Garibaldi, seine Sie nicht kleinlich: Wir müssen wirklich reden.«

»Ich stehe schnellstmöglich zur Verfügung. Aber noch sind Sie nicht an der Reihe. Und so lange ist mein Platz drinnen, Ihrer draußen.«

Die Lampe im Eingang schaukelte, als er darunter herging. Bunt schillernde Sonnenflecken fielen durch die getönten Glasscheiben, gebrochen wie in einem Kaleidoskop.

Federica gab ihm einen Vorsprung, zählte die Sekunden, bis eine halbe Minute vergangen war.

»Ich mische mich nicht ein«, murmelte sie. Wiederholte es feierlich und melodisch bei jedem Schritt. Der ernste und eindringliche Tonfall, in dem der Kommissar jetzt sprach, jagte ihr einen Schauer über die Haut. Egal, was er behaupten mochte, bei diesem Besuch handelte es sich um alles andere als eine Routinebefragung. Leider konnte sie vom Flur aus weder Garibaldis Fragen noch Cesares Antworten verstehen. Als die Männer sich in Bewegung setzten, presste Federica sich im Winkel neben dem Schrank an die Wand. Automatisch schloss sie die Augen, zog den Bauch ein, hielt die Luft an. Eine Treppenstufe knarrte. Nach oben? Also kamen sie nicht an ihr vorbei. Erleichtert stieß sie die Luft aus, schlug die Augen wieder auf – und schaute direkt auf Lorenzo Garibaldis oberen Hemdknopf. Ertappt hob sie den Kopf. Vorgeschobenes Kinn, leicht zuckende Nase. Sein Blick konnte vieles bedeuten.

»Sie sind die Pest, Signora.« Er packte ihren Arm, fest, aber nicht hart, zog sie aus ihrem Versteck und scheuchte sie vor sich her. »Damit ich weiß, wo Sie sind. Ihnen sollte man besser nie den Rücken zudrehen.«

Cesare führte sie bis aufs Dach, zeigte dem Kommissar die Darre, in der die Aprikosen trockneten, Holzgestelle, Schüsseln, Keramiktöpfe und einen kleinen Tisch, der Carmela als Arbeitsplatz diente. Unübersehbar war außer ihnen niemand da. Federica neigte sich über die gemauerte Brüstung, die eine schräge Reihe Tonziegel vor eindringendem Regen schützte. Von oben sah der Garten fast noch schöner aus. Ein lebendes Mosaik, zu dem eine steile, schmale Holzstiege hinabführte. Eine Einladung zum unbemerkten Davonschleichen.

Lorenzo sah es auch, nickte ihr zu und wandte sich an Cesare, der ihm gebrechlicher schien als gestern. Grau, trotz der weißen Haare, und kraftlos. »Darf ich nun das Zimmer Ihrer Tochter sehen?«

Im Gänsemarsch stiegen sie ein Stockwerk hinab. Lorenzos Fingerzeig verbannte Federica hinter die Schwelle auf den Flur.

Der kleine Raum strahlte Behaglichkeit aus. Hier und da hob er etwas an, öffnete den Schrank, lupfte die bestickte Decke am Fußende des Bettes. An der Wand waren kleine, durchscheinende Rückstände sowie Abrieb von Druckerschwärze zu erkennen. Er beugte sich vor, kratzte mit dem Fingernagel die Ecke eines Klebestreifens los und zog ihn ab. Elastisch, weder vergilbt noch spröde, darunter Papierfaserreste. Drei Streifen markierten den Platz, an dem etwas fehlte, der vierte hatte eine Lücke in der Wandfarbe hinterlassen. Eine Belanglosigkeit, doch bei seinem kritischen Blick wurde Cesare Collina nervös, was Lorenzo sehr genau registrierte. Er sank auf die Knie und spähte unters Bett. Da war etwas. Er machte sich lang, Schulter und Kopf verschwanden, während er herumtastete.

»Es war ein Zeitungsausschnitt«, sagte Cesare. »Das Bild einer reichen Schauspielerin in Paris oder New York.«

Holz und Stein, Staub, dann Papier, deutlich dicker als eine Zeitungsseite.

»Ein Brief.« In Lorenzos dunklem Haar hing ein seidiger Spinnwebfaden. »Adressiert an Kilian Rossi, Postfach 42, Cattolica.« Noch auf den Fersen kauernd, holte er sein Taschentuch hervor und schickte sich an, den Briefbogen aus dem Umschlag zu nehmen.

»Halt!«, fuhr Federica ihn an. »Dürfen Sie das? Was ist mit dem Postgeheimnis?«

»Das Postgeheimnis erlischt mit dem gewaltsamen Tod eines Menschen – zumindest gegenüber der Polizei. Des Weiteren erscheint es mir irrelevant, bei einem geöffneten Umschlag unter einem fremden Bett. Für den Fall, dass Sie sich um die Privatsphäre der Signorina sorgen – der Brief stammt nicht von ihr und ging sie dementsprechend wohl auch nichts an. Es handelt sich um ein amtliches Schreiben, wie dem Stempel zu entnehmen ist.« Lorenzo kam auf die Füße und drehte ihr den Umschlag zu, den er vorsichtig nur am Rand berührte. »Irgendeine Idee, Signor Collina, weshalb Ihre Tochter ein an Kilian Rossi gerichtetes Schreiben der Schulbehörde unter ihrem Bett aufbewahrt?«

»*Maledetto!*« Der überraschte Ausruf blieb Federica im Halse stecken, verkümmerte zu einem Krächzen. Die Umschlaglasche war auf einer Seite ausgerissen, und sie besaß ohne Zweifel das fehlende Stück. Es musste genau der Brief sein, den Kilian am Tag seines Todes erhalten hatte. Und da er sich jetzt bei Carmela befand, mussten die beiden einander nach seiner Rückkehr aus Cattolica getroffen haben.

Lorenzo Garibaldis Stimme schlich sich in ihr Ohr. »… bedauern, Ihnen eine abschlägige Antwort erteilen und Ihren Antrag auf Versetzung in den Bezirk Bozen ablehnen zu müssen«, las er vor und ließ dann den Brief sinken. »Ich bedaure ebenfalls, Signor Collina. Für einen Moment war ich guter Dinge, Rossi könne sich für Ihre Tochter eingesetzt haben, um ihr einen weiteren Schulbesuch zu ermöglichen.« Umständlich faltete er das Blatt mit dem Taschentuch, um keine Spuren zu verwischen. »Schade.«

»Was denn? Was denn nur? Ich versteh überhaupt nicht, was hier vor sich geht!«

»Kein Wunder.« Federica schaute Cesare mitfühlend an. »Was der Commissario andeutet, ist ausgemachter Blödsinn. Und nein, Signor Garibaldi, die Aussage bedauere ich nicht. Obwohl ich weder die Logik noch die Indizien leugnen kann. Es bleibt Blödsinn!«

»Rossi wollte nach Hause zu Frau und Kindern. Das ist ein Motiv.«

»Sein Antrag wurde abgelehnt. Das haben Sie gerade selbst vorgelesen.«

»Aber er wollte weg von hier – von ihr. Das allein reicht. Frau und Kinder reichen im Übrigen auch.«

Federica warf zornig die Arme in die Luft. »Trotzdem …«

»Nein, Signora Pellegrini. Es gibt kein Trotzdem. Ich mache meine Arbeit schon seit einer ganzen Reihe von Jahren, und Sie versuchen dieses komplexe Geschäft innerhalb von zwei Tagen zu erlernen. Ihr Ehrgeiz verdient meine Achtung. Doch das funktioniert bei einer Mordermittlung nun mal nicht.«

Sein immer noch freundlicher Tonfall trieb sie zur Weißglut, und am meisten störte sie, dass er seine Worte offenbar ehrlich meinte. Ohne jeglichen Groll. So konnte man unmöglich miteinander streiten! Sie fischte den abgerissenen Papierfetzen aus der Hosentasche, den Schlüssel aus dem Büstenhalter und knallte ihm beides vor die Brust, wo er es überrascht auffing, als sie losließ.

»Mit besten Wünschen. Sollte Sie mein *Trotzdem* später doch noch interessieren, wissen Sie, wo Sie mich finden.« Sie umarmte den völlig verwirrten Cesare. »Carmela kann es unmöglich gewesen sein. Das wird der kluge Commissario mit all seiner Erfahrung schon noch begreifen. Auch wenn ich ihm ganz einfach erklären könnte, wieso.« Vom Zeitablauf her hielt sie es schlicht für ausgeschlossen. Erneut verabschiedete sie sich mit einem Knicks, eilte die Stufen hinunter und lief am Tor Spadafero in die Arme, dem beinahe eine Papiertüte mit Cantuccini entglitt.

»Ispettore!«, rief sie und schüttelte die Richtung Himmel erhobenen Hände. »Wie halten Sie es nur mit ihm aus?«

Kapitel 18

Stunden gingen ins Land, in denen Federica sich zum Nichtstun verdammt fühlte, geplagt von ihrem Stolz und ihrem Gewissen, das sie drängte, dem Kommissar auf die Sprünge zu helfen. Dabei war es sein Fehler, ihr nicht zuzuhören.

Halbherzig erledigte sie Hausarbeiten, bereitete das Abendessen vor, die Zeiger der Uhr stets im Blick. So viel vergeudete Zeit!

Dennoch eilte sie Garibaldi diesmal nicht entgegen, als er am späten Nachmittag vorfuhr. Die Autotür klappte, Schritte im Flur, dann hinter ihr. Ein Hauch Aftershave. Sie wischte weiter das Esszimmerfenster und ignorierte ihn.

»Gestern Abend wurde ein geheimnisvoller Mann im Dorf gesehen«, sagte er. »Man munkelt, es könne Mimo gewesen sein.«

»Ach?«

»Genau das dachte ich mir auch. Ach? Jener nette junge Kerl aus dem Dorf, den jeder kennt und über den mir gegenüber kaum jemand mehr als diesen einen Satz verliert.«

»Und das macht Mimo geheimnisvoll?« Federica drehte sich um. »Was war denn an dem Mann gestern Abend so besonders?«

»Er hat die Leute erschreckt, schoss auf einem Fahrrad mit hoher Geschwindigkeit über den Dorfplatz und durch die Gassen. Das Gesicht unsichtbar unter einer Kappe verborgen. Eine Kappe, wie sie dieser Mimo wohl ständig trägt. Nur hat der kein Fahrrad. Einige sprechen sogar von einem Geist.«

»Ein kopfloser Reiter auf einem Drahtesel?« Federica lachte leise. »So was werden Sie ja wohl kaum glauben!«

»Er wurde identifiziert als Ihr ruheloser Ehemann, Signora Pellegrini. Dessen Leichnam niemand je gesehen hat.«

»Weil er nicht hier gestorben ist und dem Wunsch seiner Eltern entsprechend nach Sizilien überführt wurde. Eine kleine Parallele zu Kilian Rossi, den allerdings genügend Leute besichtigt haben dürften. Eine Geistererscheinung ist kein stechender Beweis gegen mich.«

»Das wollte ich damit auch nicht sagen. Dennoch interessieren mich Mimo, der seltsamerweise ebenso unauffindbar ist wie Carmela, und der kopflose Reiter. Und ich frage mich, ob ein Zusammenhang zwischen den dreien besteht. Eine Kooperation zu Kilian Rossis Nachteil – eine Verschwörung mit tödlichem Ende. Die beiden jungen Leute scheinen einander zu kennen und zu mögen.«

»Jeder mag Mimo. Ich weiß, was Sie sagen wollen: jeder außer Rossi.« Federica legte den Lappen weg und trocknete sich die Hände ab. »Kommen Sie, ich bringe Sie zum kopflosen Reiter – wenn Sie sich trauen.«

Merkwürdig, wie oft sie in diesen Tagen zum Schuppen ging, den sie zuvor so lange nicht betreten hatte. Vielleicht war es ein weiteres Zeichen, dass sie endlich mit dem Aufräumen ihrer Vergangenheit beginnen sollte.

»Unter einem der Regale dort hat Ispettore Briatore das Glas mit dem angeblichen Rattengift gefunden«, sagte sie beim Eintreten und wies vage nach links.

Lorenzo überging die Bemerkung und wartete, während sie im Halbdunkel Jacke und Mütze anzog. Eine Hand auf dem Sattel, drehte sie sich zu ihm. »Darf ich vorstellen: der große Unbekannte. Kein Geist.«

»Im Gegenteil, sehr lebendig«, bestätigte er. »Und eher … klein.« Im Zusammenspiel mit der Hose und den flachen Schuhen, die sie jetzt wieder trug, ging sie im Halbdunkel und auf Entfernung betrachtet leicht als Mann durch. Noch dazu auf einem Herrenrad. Das Auge sah eben das, was es erwartete. »Warum haben Sie sich kostümiert und den Leuten Angst eingejagt?«

»Es war keine Absicht.« Die Kleider eine Mischung aus Sentimentalität und dem Instinkt, nicht erkannt werden zu wollen, das Erschrecken reine Unachtsamkeit. »Sie haben vorher gewusst, dass ich es war. Das war schon wieder ein Test, ob ich die Wahrheit sage.«

»Bleiben Sie von jetzt an dabei.« Lorenzo Garibaldi ging nach draußen.

Breitbeinig stand er dort, die Arme auf dem Rücken, und blinzelte zum Himmel, während Federica den Riegel vorschob.

»Haben Sie Zeit für einen kleinen Spaziergang, Signora Pellegrini?«

»Habe ich eine Wahl?«

»Wenn Sie mich so fragen: nein.«

Unterhalb der Terrasse gingen sie das erste Stück schweigend, obwohl es viel zu sagen gegeben hätte, und schlugen dann den Weg zur Hügelkuppe ein. Am höchsten Punkt hielt Federica an. Es war der beste Platz, um in alle Richtungen Ausschau zu halten. Abgesehen von der Klosterklippe vielleicht, aber von dort sah man nur senkrecht hinunter direkt auf die Felsen im Meer, wo es keinen begehbaren Strand gab. Ob das Kloster auch mit einem Leuchtfeuer vor den tückischen Felsen gewarnt hatte, war nicht überliefert. Es gab sogar Stimmen, die in den Klosterbrüdern eher gewiefte Freibeuter sahen, die mit falschen Signalen Schiffe ins Verderben führten, um sich nach der Havarie zu bereichern. Eine nette Anekdote, mit der Federica das Schweigen beendete.

Lorenzo zog eine Grimasse. »Wieso bin ich geneigt, diese Geschichte eher zu glauben als eine von frommen Ordensmännern in Pesaro del Monte piccolo Cattolica?« Er beschattete die Augen mit der flachen Hand und drehte sich langsam auf der Stelle.

Die Rundumsicht war tatsächlich fantastisch, sie gewährte an der Pension vorbei einen Blick auf das Dorf mit dem Kirchturm in der Mitte, die Anbauflächen zur Landseite und ein gutes Stück vom Weg zum Strand. »Oder heißt es doch piccola Cattolica? Signorina Wilk hat mich neulich danach gefragt, weil es auf dem Schild am Ortseingang schwer zu erkennen ist. Der Buchstabe hat ein Loch.«

»Die einen sagen so, die anderen so.« Federica schlang die Arme um die eigene Mitte. Ein eiliger Versuch, sich zu erden, den Halt nicht zu verlieren. Eine trügerische Leichtigkeit schlich sich in ihre Unterhaltung, von der sie sich nicht einlullen lassen durfte. In Lorenzos Wange zuckte ein Muskel, und sie wandte sich ab. Ja, er spürte es auch. Diesen hinterhältigen Hauch des Vertrauens, der durch nichts gerechtfertigt war und den sie sich beide besser nicht leisten sollten.

»Ein Schelm, wer bei dem Loch an einen Einschuss denkt«, fuhr sie fort. »Niemand weiß genau, woher der Name stammt. Ich finde, er klingt ein bisschen unentschlossen. Tatsache ist, dass in alten Dokumenten verschiedene Schreibweisen vorkommen. Welche davon echt sind oder von den Freibeutern – beziehungsweise Mönchen – gefälscht wurden? Sie würden staunen, mit welcher Ernsthaftigkeit erwachsene Männer sich heutzutage darüber streiten – laut und bisweilen handgreiflich. Wohin gehen wir jetzt?«

»Zum Aprikosenhain«, sagte er und stand mit einem Mal sehr dicht hinter ihr. »Wie gut kennen Sie sich im Gelände aus?«

»Gut genug, um mir beim Spazierengehen nicht die Knochen zu brechen.« Sie zuckte leicht. Ein blöder Satz in Anbetracht von Kilian Rossis Sturz, auch wenn der nicht tödlich gewesen war. »Ich meine, um zu wissen, wo man aufpassen muss und sich keinen Fehltritt erlauben kann.« Sie lief ein paar Meter voraus. »Ich habe ein paar Jahre gebraucht. Aber Kilian kannte sich schon nach wenigen Wochen aus. Er hat die Steilküste und das Klettern geliebt. Er fand es hier leichter als in den Alpen. Und besonders reizvoll mit dem Meer zu Füßen.« Über die Schulter schaute sie den Kommissar scharf an, auf dessen Rücken die unvermeidliche Umhängetasche tanzte. »Nicht wieder falsche Schlüsse ziehen, was unsere Beziehung angeht.«

»Wie käme ich dazu?« Lorenzo schlidderte ihr nach, hielt sie an der Wegbiegung oberhalb des Hains zurück, zu dem ein Trampelpfad führte. »Hier entlang.«

Gras und Wiesenblumen standen hoch zwischen den Bäumen, die ihre Äste in gleichmäßig schön gewachsenen Kronen ausbreiteten. Lorenzo ging zu der kniehohen Begrenzung aus scheinbar wahllos gestapelten Steinen. Keiner glich dem anderen in Form und Farbe, kein Mörtel hielt sie zusammen.

»Nehmen Sie Platz.« Er schwang die Beine auf die andere Mauerseite und reichte Federica die Hand. »Ich wäre bereit für Ihr *Trotzdem* bezüglich Carmela Collina. Dies scheint mir ein angemessener Ort. Oder stört Sie der Ausblick?«

Unten am Weg war eine polizeiliche Markierung übrig geblieben, ein Pflock mit daran befestigter Schnur. Federica sah sich mit leisem Unbehagen um. Wollte der Kommissar sie hochnehmen, oder wusste er schon wieder mehr? Nicht weit von ihnen stemmte sich der uralte Baum gegen den Hang. Es rauschte in seinen Blättern. Dort also …

»Mein *Trotzdem* basiert auf einer Lüge.« Sie nahm die angebotene Hand an und setzte sich. »Die Ihnen einen hässlichen Strich durch all Ihre Ermittlungen machen wird. Sie dürfen die Wahrheit hassen – doch bitte verschonen Sie die Überbringerin und öffnen Sie Ihr Herz für zwei verängstigte Lügnerinnen.«

Alle Leichtigkeit wich aus seinen Zügen, während sie ihm die Beobachtung der Fräulein auseinandersetzte. Ihre Nachforschung im Postamt Cattolica fügte sie gleich an, gehörte doch beides zwingend zusammen, um den angenommenen Ablauf von Kilian Rossis Todestag vollständig zu demontieren.

»Er starb vor zwölf Uhr, und zwar hier im Hain. Innerhalb der Mauer. Das spricht Carmela frei, denn die hat zu dieser Zeit in der Bäckerei gearbeitet. Der Täter muss noch da gewesen sein, als die Signorinas Wilk und Mauer ihn fanden, denn wie sonst sollte Rossi sich danach fortbewegt haben? Sind die Augen erst gebrochen, steht keiner mehr auf und spaziert herum. Um sich aus eigener Kraft Hilfe zu holen, hätte er außerdem nicht den Weg zum Strand gewählt.«

Lorenzo wiegte den Kopf hin und her. »Ein Sturz über die Mauer? Erinnern Sie sich an seine zahlreichen kleinen Abschürfungen?« Er trommelte missmutig auf seine Oberschenkel. »Auch wenn Carmela vielleicht nicht stark genug ist, eine Leiche zu bewegen, ihr Vater ist es. Er hat Rossi angeblich gefunden, was inszeniert gewesen sein kann. Bedenken Sie, wie sehr er seine Tochter liebt. Würde er zögern, wenn sie ihn um Hilfe bittet? Nein. Würde er für sie lügen? Definitiv. Was die zeitliche Diskrepanz anbelangt, gebe ich zu, das ist knifflig. Jedoch wird es auch dafür eine logische Erklärung geben. Bedienen wir uns einfacher Fakten. Der Brief, den Kilian Rossi an seinem Todestag erhielt, wechselte zwischen seiner Rückkehr aus Cattolica und dem Todeszeitpunkt von seiner in Carmelas Hand. Die vergifteten Occhi di angeli nahmen den umgekehrten Weg. Rossi ist tot, Carmela verschwunden. Was fehlt in der Rechnung?«

Federica öffnete den Mund, doch ihr Einwand verstummte unter seinem Zeigefinger auf ihren Lippen.

»Die richtige Frage ist, *wer* fehlt. Und das ist Mimo. Der nette Kerl, den jeder gern für Hilfsarbeiten bucht. Der perfekte Handlanger, um beispielsweise Liebesbotschaften überbringen zu lassen oder tödliches Gebäck. Und schon hat Carmela ein wunderbares Alibi für den Todeszeitpunkt.«

Leider hörte sich das ziemlich clever und plausibel an. Federica zog seinen Finger beiseite. »Warum sollte Mimo Carmela den Brief gebracht haben, der sie jetzt belastet?«

»Guter Punkt. Kann es sein, dass der Taugenichts – so hat Rossi ihn vor Schneider genannt – Analphabet ist?«

Natürlich konnte das sein. Aber das erklärte nichts. Hatte Rossi ihr den Brief als gute Nachricht zukommen lassen, dass er doch länger bliebe? Hatte er Carmela im Hain treffen wollen? Federica winkelte ein Bein an und balancierte sich auf der schmalen Mauer aus.

»Und Mimo kommt auch selbst als Täter in Betracht.«

»Sie wollen mir die Laune verderben«, murrte sie halbherzig. Das komplizierte Plädoyer, das Elke zu Mimos Verteidigung vor ihr ausgebreitet hatte, wiederholte sie lieber nicht. Es ließ sich allzu leicht entkräften. »Wie steht es denn um die Beweislage? Egal, zu welchem Täter.«

Lorenzo lächelte gequält.

»Also schlecht.« Eigentlich hätte ihr das gefallen müssen, doch gab es auch nichts, was seine Theorie eindeutig widerlegte. Ihr Blick wanderte übers Meer zum Horizont, dann zu Cesares Wunderbaum. Wenn Rossi dort gestorben war, wie die Fräulein behaupteten …

»Sie vertrauen den beiden Signorinas?«

»Ja.« Sie sah keine Veranlassung, es nicht zu tun. Elke war sogar so weit gegangen einzugestehen, dass ihre Fingerabdrücke auf der Amarettoflasche sie um ein Haar zu einer großen Dummheit verleitet hätten. Wenigstens hatte der Likör selbst sie nicht zu etwas viel Dümmerem bewegt. Rossi war wirklich jede Gelegenheit recht gewesen.

Der Kommissar stand auf und zog sie mit sich. Er war ihrem Blick und dem unausgesprochenen Gedankengang gefolgt. Unter dem Baum konnte die Antwort liegen, das bedurfte keiner Worte.

Gemeinsam arbeiteten sie sich voran. Langsam und akribisch. Der Baum flüsterte raschelnd, irritierte mit Schattenspielen und warf eine kleine, harte Frucht direkt vor Federica auf den Boden.

»Ich schätze, ich habe da etwas.« Sie wies mit dem ausgestreckten Arm auf die Stelle. Magensäure stieg ätzend durch ihre Speiseröhre auf, und Rossi musste es ähnlich ergangen sein. »Etwas Ekliges.«

»Wunderbar.« Lorenzo sank neben ihr auf die Knie. »Das hatte ich schon vermisst. Eine Vergiftung über ein Nahrungsmittel ist ohne Erbrechen äußerst suspekt.« Er klappte die Umhängetasche auf und fotografierte die unappetitliche eingetrocknete Lache. »Das hier ist bemerkenswert. Sehen Sie mal.«

Kreuz und quer lagen Grashalme über dem Erbrochenen.

»Ausgerissen und drübergestreut?« Federica ging in die Hocke. Wenn schon, dann wollte sie alles sehen. »Getarnt.«

»Ja, das würde ich genauso interpretieren. Unterm frischen Gras war es gut verborgen, aber das ist jetzt verdorrt.« Mit seinem Stofftaschentuch griff Lorenzo eine Probe fürs Labor, zum Vergleich mit Rossis Mageninhalt. Er würde Vigliani darum bitten. Der Assistent des Dottore schien ihm kompetent und war deutlich engagierter als der Doktor selbst.

Federica rümpfte die Nase. »Es kommt mir wenig vor.«

»Da stimme ich schon wieder zu. Und unten am Weg war gar nichts.« Ihm gefiel, wie ihre Gedanken einander ergänzten. »Ehe wir weitersuchen, möchte ich Sie um etwas bitten.« Er legte die Tasche ab und streckte sich dann auf dem Boden längs der Mauer aus. Auf dem Rücken liegend schaute er sie an. »Probieren Sie es aus.«

»Ich soll Sie runterwerfen?«

»Schritt eins wäre, mich auf die Mauer zu hieven. Runterwerfen wäre Schritt zwei, den dürfen Sie weglassen.«

Federica hob die Augenbrauen. »Nein, Commissario, halbe

Sachen sind nicht meine Art.« Sie packte ihn am Bein und am Arm, nacheinander unterm Rücken und an beiden Schultern. Schritt eins misslang.

»Danke, Signora, Sie haben den praktischen Nachweis erbracht: Für diesen Teil des Geschehens scheidet Carmela aus. *Quod erat demonstrandum*. Sie beide haben eine ähnlich zierliche Statur. Womöglich spricht das auch gegen Cesare. Aber ...«

Federica drehte eine Haarsträhne um den Finger und steckte sie mit einer wellig gebogenen Klammer fest. Gemeinsam und mit weniger Rücksichtnahme hätten Vater und Tochter es wohl bewerkstelligen können.

»Was macht Sie unzufrieden?« Er setzte sich auf, die Ellbogen auf den Knien, und sah sie prüfend an. »Dass ich die beiden nicht ganz ausschließe? Das ist leider unmöglich. Carmela ist abgehauen. Cesare lügt. Von hier oben hätte er Rossi nie und nimmer dort unten liegen sehen. Er kann es gut verbergen, aber zumindest auf einem Auge ist er fast blind durch die Trübung der Pupille. Auch wenn er sich im Gelände geschickt bewegt. Ich wäre ein schlechter Beobachter, wenn mir das entgangen wäre.«

»Könnten wir trotzdem noch über andere Täter nachdenken? Meine beiden deutschen Fräulein haben für uns herausgefunden, dass Rossi mehr als ein halbes Dutzend angeblicher Seidenschals – die sind nämlich in Wirklichkeit aus Kunstfaser – gekauft und offenbar alle verschenkt hat. Oder haben Sie in seinem Zimmer welche gefunden? Ich jedenfalls nicht.«

»Sie nicht?« Lorenzo verdrehte die Augen und wunderte sich am meisten darüber, dass ihn die Aussage noch überraschte. »Dann sollte ich also Ihrer Meinung nach ein Dorf voll möglicher Giftmörderinnen in Betracht ziehen? Es könnte Wirbel verursachen, an jedem Haus zu klopfen und mir sämtliche Kopftücher der Damen zeigen zu lassen.«

»Sie machen sich lustig.« Federica schnaubte. »Und Sie ruinieren sich Ihren hübschen Anzug mit Grasflecken, wenn Sie noch lange da sitzen bleiben.« Sie schlüpfte unter die tief herabhängenden Äste des alten Baumes, die im Frühling von rosa Blüten übersäht waren, während die anderen sich in weiße Wolken verwandelten. Ein lebendes Wesen, schorfig und vom Alter gezeichnet, aber wo war die Magie? Sie legte die Hände an seine Rinde, tastete am Stamm entlang. Sich überkreuzende Wurzeln formten ein wulstiges Dreieck, überzogen von einem matten Glanz. In der Vertiefung dazwischen lag schwarze Asche. Federica bückte sich. Wollte sie wissen, was hier in Flammen aufgegangen war? »Wir erweisen dem Baum die Ehre, die ihm gebührt«, hatte Cesare gesagt. Und wie das zu geschehen hatte, wussten sie von Befana. Ihr Herz schlug schneller. Dem Baum und der Befana war es zu verdanken, dass Carmela lebte …

»Wachsreste.« Lorenzo brach ein Stück aus der glänzenden Schicht. »Ein Opferplatz für heidnische Rituale?« Es bedurfte nur wenig Fantasie, sich vorzustellen, wer diese ausübte und wer sie anleitete. Er zerrieb Aschebrösel zwischen den Fingerspitzen, roch daran und hielt sie Federica unter die Nase. »Kommt mir vertraut vor. Oder ich rieche inzwischen überall Rosmarin.«

Federica unterdrückte den unsinnigen Drang, ihm zu widersprechen. Sie arbeiteten miteinander, nicht gegeneinander.

»Was soll ich davon halten: eine junge Frau, die alle mit ihrem Backwerk *verzaubert,* und die Kräutermischung der Befana. Wieder mal eine Verbindung, die mir neu ist. Eine enge Verbindung womöglich?«

Federica nickte. Die Schlussfolgerung war klar. Wo, wenn nicht dort – bei der Frau, deren Fähigkeiten sie angeblich ihr Leben verdankte –, sollte Carmela sich verstecken? Ärgerlich stöhnte sie auf. Sie hatte es übersehen, obwohl sie es seit gestern wusste. Das würde sie dem Kommissar erklären müssen.

»Unser gemeinsamer Ausflug endet hier, Signora Pellegrini.

Es sei denn, Sie begleiten mich weiter, auch wenn es kein Spaziergang mehr ist.« Lorenzo hätte es sehr begrüßt, sie an seiner Seite zu haben. Wenn er versuchte, sie abzuhängen, kam sie ihm womöglich zuvor, weil sie eine Abkürzung nahm, und außerdem kannte sie Carmela und konnte positiv auf die Frau einwirken. Er schlug also zwei Fliegen mit einer Klappe. Drei Fliegen, korrigierte er sich. Denn nicht zuletzt schätzte er ihre Meinung.

*

Die Winden neigten ihre honigduftenden Kelche am aufschwingenden Gartentor, das laut ihre Ankunft verkündete. Eine Ziege meckerte und folgte ihnen bis zum Haus.

Die Befana schlurfte über die Schwelle.

»Sieh an, sieh an«, sagte sie mit leisem Glucksen und kraulte die Ziege zwischen den Hörnern. »Zwei vom gleichen Schlag. Noch immer auf der Suche.«

»Ist Carmela bei dir?«, platzte Federica heraus. »Der Commissario muss mit ihr reden. Wenn sie einfach verschwindet, macht sie das nur verdächtig.«

Durch den Türspalt schlängelte sich eine Katze, strich der Alten zwischen den Knöcheln hindurch, rieb sich an Federicas und dann an Lorenzos Beinen.

Seufzend nahm er die Katze hoch. »Ich dachte, ich hätte Sie als ausgleichendes Element für die leisen Töne und weibliche Diplomatie dabei«, raunte er ihr zu. »Da habe ich mich wohl getäuscht.«

Auf den Holzplanken vorm Haus klapperten die Ziegenhufe. Auch drinnen bewegte sich etwas, leise, undeutlich scharrend.

»Jeder Mensch kann zur selben Zeit nur an einem Ort sein, und an allen anderen ist er nicht.« Die kleinen Augen der Befana nahmen Federica ins Visier. »Manchmal ist es besser, anderswo zu sein. Bist du verschwunden, als du ins Dorf gekommen bist?« Sie gluckste wieder. »Siehst du: Niemand verschwindet, auch wenn er geht. Jemanden ganz verschwinden zu lassen, vermag nicht einmal der Tod.«

Ein schmerzhaftes Ziehen verengte Federicas Brust, riss eine Sehnsucht an die Oberfläche, die niemals gelindert werden konnte, und mit ihr die Endgültigkeit des Verlustes, die ewig währende Erinnerung.

»Wo ist sie, Signora Benedetta?« Lorenzo war nicht gewillt, sich auf die Taktik der alten Frau einzulassen, in deren Worten immer mehr steckte, als sich sofort offenbarte. Gab es eine Hintertür, durch die Carmela genau in diesem Moment entwischte? Von einem Ort zum anderen. »Ich würde mich gern selbst davon überzeugen, dass sie nicht hier ist.« Die Kundschaft der Befana und deren Anliegen waren ihm gleich. Darüber würden sowohl er als auch Signora Pellegrini Stillschweigen bewahren. Musste er das betonen? Jemand war im Haus, ganz sicher. »Wenn Carmela sich nicht bei Ihnen versteckt, ist vielleicht Mimo da drin?«

Die Katze sprang von seinem Arm, und die Befana schüttelte den Kopf. »Er kann das Gute nicht vom Bösen unterscheiden, selbst wenn es ihm gegenübersteht!«

»Was daran liegen mag, dass mir bisher keiner der beiden gegenübergestanden hat«, gab er lapidar zurück. »Darf ich?«

Die Befana trat zur Seite.

»Weißt du etwas darüber, wo die beiden sind?«, fragte Federica flüsternd, während Lorenzo zum Haus ging, doch die Alte brabbelte nur ähnlich wirres Zeug wie bei ihrem letzten Besuch. Ihre Ziege verfolgte die Schritte des Kommissars aus ihren waagrecht liegenden, rechteckigen Pupillen.

Lorenzo stieß die Tür auf, atmete benommen die aromengeschwängerte Luft ein. Ein Lichtstreifen fiel durchs Fenster, von Staub durchtanzt, versetzte den Rest der Stube in Halbdunkel.

Dort lehnte regungslos eine schlanke Gestalt am Tisch. Er zuckte zusammen. Große Augen, schwarz wie Kohlestücke in einem blassen Gesicht. Verständnislos und vorwurfsvoll.

»Wie können Sie bloß denken, dass Carmela etwas mit Signor Rossis Tod zu tun hat? Ich wüsste niemanden, der anständiger ist als sie.«

Lorenzo brauchte eine Sekunde, um sich zu sammeln. Nunzia, die Leichenwäscherin? Auf die war er nicht vorbereitet. »Signorina Zaccardo, *buona sera.*« Er sparte sich einen Verweis auf die Unhöflichkeit, fremde Gespräche mitzuhören. »Gegenfrage: Sind Sie mit Carmela befreundet?«

»Nein, nicht direkt.« Nunzia schlang die dünnen Arme um ihren Leib. »Wir haben als Kinder miteinander gespielt, ich kenne sie schon ihr ganzes Leben lang. Ich bin fünf – nein – sechs Jahre älter. So wie Mimo. A… aber der ist auch nicht hier. Wieso suchen Sie ihn?«

»Ein Missverständnis«, wiegelte Lorenzo ab.

»Carmela würde niemals jemandem absichtlich schaden«, fuhr Nunzia fort, als Federica hereinkam, und schaute zu Boden. »Ihre Art der Hexerei macht die Menschen glücklich.«

»Ihre Art der Hexerei?«

»Ich weiß, das klingt dumm. Aber Signora Pellegrini kann Ihnen bestätigen, dass das so ist. Nicht wahr? In Carmelas Händen steckt Magie, und die fließt in das, was sie backt. Und jeder liebt sie.« Für einen Wimpernschlag traf Nunzias Blick Lorenzos Augen. Federica dagegen wich sie weiter aus. Ihr wenig harmonisches Zusammentreffen an Rossis Totenbett hing greifbar zwischen ihnen, und Federica begann sich zu fragen, ob sie Nunzia Unrecht getan hatte, ihr bei der Leichenwäsche Sensationslust zu unterstellen. War es nicht ein Jammer, dass sie ihr Dasein im Haushalt ihres Bruders fristete, um den bettlägerigen Vater zu pflegen? Für eine solch deprimierende Aufgabe war sie mit Mitte zwanzig viel zu jung. Der strenge Zopf und das formlose Kleid riefen eine seltsame Regung in Federica wach, die sie schwer zuordnen konnte. Einen schwachen Widerhall des Erkennens …

»Das ist Unfug, und du weißt es besser, Nunzia!«, tadelte die Befana sie ungewöhnlich scharf. »Hört nicht auf sie. Bei Carmela ist so wenig Hexerei im Spiel wie bei mir. Meine Kraft liegt in den Kräutern, die die Natur uns schenkt, und im Wissen, wie sie zu verwenden sind. Ebenso verhält es sich mit Carmelas Gebäck: Die Magie darin besteht aus Zucker und gutem Handwerk. Es gibt Dinge, die wir bewirken können, und solche, über die niemand Macht besitzt. Kein Biscotto macht für immer glücklich. Und auch meine Mittel sind begrenzt. In den meisten Fällen können sie nur unterstützen und verstärken, was da ist. Ein Liebestrank kann einem Mann den Kopf verdrehen, aber er wird keinen auf Dauer halten. Das wäre wahrlich Zauberei – genau wie jemanden komplett verschwinden zu lassen, Commissario.«

Die Ziege trabte an ihnen vorbei zum Tisch, von dem das grüne Kraut frisch geernteten Gemüses hing, und begann daran zu fressen. Die Befana ließ sie gewähren.

»Sie dich nur um. In meinem Haus kann sich kein Mensch verstecken, höchstens eine der Hennen. Ja, die kannst du wohl finden.«

Lorenzo war längst klar, dass es stimmte. Das Haus bestand aus einem einzigen Raum, vollgestopft bis unter die Decke, von der büschelweise trocknende Pflanzen baumelten. Kamille und Salbei schaukelten an seinem Ohr. Ein Schrank mit vielen Auszügen unterschiedlicher Größe, der ihn an eine Apotheke erinnerte, dominierte die Wand hinterm Tisch. Links befanden sich Spülstein und Herd mit rußigem Ofenrohr und Wäschestange, rechts Regale mit abgegriffenen Büchern und von einem Vorhang abgetrennt ein Bett, unter dem keine Handbreit Platz war. Darauf plusterte sich tatsächlich eine Henne.

Die Befana wickelte einen gemischten Bund Kräuter in ein Tuch und strich etwas Salbe aus einem Tiegel in ein kleineres Gefäß, packte beides in Nunzias Korb. »Es lindert, Kind. Helfen kann es deinem Vater nicht mehr.«

»Gar keine Zauberei für mich?«

Die Alte tätschelte stumm ihre Wange, und Nunzia grinste schief. »Dann werde ich ihm einige von Carmelas Amaretti besorgen, für das schnelle, kurze Glück. Ich komme ja nie zum Backen. Und für alles Weitere ... zünde ich bei Don Pietro eine Kerze an.« Sie hängte sich den Korb über den Arm und hob die Stimme. »*Buona sera,* Commissario Garibaldi – Signora Pellegrini.«

»Auf Wiedersehen, Signorina Zaccardo.«

»*Ciao,* Nunzia und ...« Federica schluckte die Grüße, die sie automatisch auf der Zunge gehabt hatte, herunter. Zaccardo senior hatte sie nie gemocht, und jetzt ging es offenbar bald mit ihm zu Ende. »Alles Gute«, schob sie nach. Ein schaler Geschmack blieb zurück, als hätte sie Nunzias Vater gerade den Tod gewünscht.

Nach einer kurzen Stallkontrolle drängte auch Federica zum Aufbruch. Bestimmt warteten ihre Gäste bereits auf das Abendessen. Deren Geduld wollte sie nicht überstrapazieren. Für Signor Schneider würde sie zur Besänftigung einen Extra-Grappa springen lassen.

Wenig später setzte Lorenzo Garibaldi sie an der Pension ab. Heute ließ sich schwerlich noch etwas ausrichten, wollte er nicht mit einem Großaufgebot das Dorf überrollen und in jedem Haus das Unterste nach oben kehren, um Carmela Collina aufzuspüren. Eine unverhältnismäßige Maßnahme, die zu begründen ihm stichhaltige Beweise fehlten und die einer Vorverurteilung gleichgekommen wäre. Hexe oder Heilige? Darüber konnte er sich kein Urteil erlauben, schon gar nicht, ohne je mit ihr gesprochen zu haben. Motiv und Möglichkeit machten sie nicht zwangsläufig zur Täterin. Ein Giftmord ließ eine Frau vermuten, doch konnte ein schlauer Mörder sich genau das zu Nutze machen. Niemand durfte sich in Sicherheit wiegen.

Seine Liste mit Kandidaten, bei denen Rossi angeeckt war, war noch immer lang. Bürgermeister Baresi schuldete ihm noch einen Lageplan und eine detaillierte Übersicht der Vorhaben zur Dorfentwicklung. Beides würde er jetzt einfordern und dann auf Viglianis gesicherte Erkenntnisse und die Auswertung aus dem Labor der Spurensicherung warten. Unterdessen konnte er Spadafero ins Wochenende entlassen und selbst in aller Ruhe seine Gedanken sortieren.

Ein gutes Essen, morgen ein paar Sonnenstunden am Strand, das sollte dennoch drin sein. Vielleicht sogar ein Kinobesuch. Seine Aussichten hätten schlechter sein können. Und am Montag würden sie mehr wissen.

*

Pastellfarbene Abenddämmerung wischte über die Landschaft, kaschierte wie mit einer Puderquaste alle Härten. Ein friedvoller Moment, von denen es viel zu wenige gab. Nunzia wickelte sich enger in ihre Strickjacke, obwohl es noch immer warm war. Sie hatte ihren Vater gefüttert, mit der Salbe der Befana eingerieben und zum Schlafen gebettet. Paolo und Sara waren mit dem Restaurant beschäftigt, die Terrasse war voll, so war es leicht gewesen, sich davonzustehlen. Zwischen den Olivenbäumen knatterte ein Roller heran, dem sie ungeschickt in den Weg lief und dann beiseitesprang. Der Roller hielt an.

»Du lieber Himmel, Mimo!«

»Tschuldigung.« Er stellte die staubigen Füße auf den Boden. Seine Schuhe klemmten auf dem Gepäckträger. »Ich wollte dich nicht erschrecken.«

»Wo kommst du denn her?«

»Vom Bahnhof.« Er kratzte sich unter der Mütze.

»Sag mal, weiß Gino, dass du seinen Roller geliehen hast?«

»Ich darf das.«

»Weiß er es?«

»Ich darf das«, wiederholte Mimo bockig und spuckte im hohen Bogen ins trockene Gras.

»Und dein Bruder, hast du dem gesagt, wo du bist?«

»Der ist mit dem Kutter rausgefahren. Dabei wollte Papa heute kommen.« Er hatte den ganzen Samstag am Bahnsteig in Cattolica verbracht. Bis der letzte Zug abgefahren war. Sein Vater hatte versprochen, im Sommer da zu sein. Doch irgendwie kam immer was dazwischen, und es hieß: nächste Woche. Eine nach der anderen verging, und sein Bruder war das Warten leid. Darum war er allein losgezogen.

»Schade, dass es nicht geklappt hat.« Nunzia legte zögernd die Hand auf seine. Der arme Tropf hatte mit seinem Vater womöglich noch weniger Glück als sie. Ihrer war wenigstens immer da. »Du, Mimo, ich muss dir was sagen: Die Polizei hat nach dir gesucht.«

»Warum?«

»Wegen Signor Rossis Tod natürlich, du Schussel. Dieser Commissario Garibaldi ist hartnäckig wie sonst was. Nach Carmela sucht er auch.« Sie legte die Stirn in sorgenvolle Falten. »Der wird bestimmt morgen bei euch auftauchen und dir und deinem Bruder dumme Fragen stellen.«

»Soll er doch kommen«, schnaubte Mimo. »Soll er die Wand fragen oder meine Schuhe oder mein Bett, die wissen nix, genau wie mein Bruder.«

»Und was wirst du ihm sagen?«

»Der wird mich nicht finden, wenn ich nicht will.«

»Ja, schon …« Im Gegensatz zum Commissario kannte Mimo jeden Winkel im Dorf und auf den Klippen. »Trotzdem denke ich, das ist keine gute Idee. Niemand kann sich ewig verstecken.« Und sie musste allmählich weiter. »Mach keinen Mist, ja? Du gehst nicht fort von hier – versprochen?«

»Versprochen.« Mimo klopfte sich zur Bekräftigung auf die Brust, dann zog er am Gashebel.

Nunzia ahnte, wohin er wollte, und klopfte ebenfalls knapp oberhalb des Herzens, wie sie es schon als Kinder gemacht hatten. Wie gut, dass sie ihm begegnet war. In der schwer zugänglichen Felshöhle an der Klippe, in der sie damals mit Davide und Mimos Bruder oft heimlich gewesen waren, würde er vor der Polizei sicher sein. Nunzia schaute ihm nach, dann nahm sie die Beine in die Hand, sie musste sich sputen. Die Pastellstimmung des Abends kippte allmählich schon ins Graue.

An der Einfahrt zum Anwesen der Antognonis lehnte sie sich gegen den Pfosten, ihr Puls schlug hoch, klopfte überlaut in ihren Ohren. Hatte sie es rechtzeitig geschafft? Andrea ging samstags oft aus, zum Feiern in die Stadt, in die Spielbank oder zu anderen Vergnügungen, über die sie sich nachzudenken verbot. Sie spähte durch die verschnörkelten Gitterstäbe. Sein Motorrad und das Auto parkten vorm Haus.

Eine Hand legte sich auf ihre Schulter.

»Erwischt!« Andrea drehte sie zu sich um. »Hätte nie gedacht, dass ich mich mal erfolgreich an *dich* anschleichen könnte.« Er ließ den Hund von der Leine, der wachsam an seiner Seite verharrte. »Ist dein Bruder im Garten?«

»Ich bin allein. Können wir reden?«

»Klar.« Andrea öffnete das Tor und schickte den Hund mit einem Fingerschnippen voraus. »Worüber denn?«

»Deine Geschäfte mit Paolo. Ich kann euch helfen.«

»Was weißt du denn über unsere Geschäfte?«

»Nicht viel, aber genug.« Nunzia zwirbelte ihren Zopf. Details würde sie nicht ohne Weiteres preisgeben. »Im Dorf wird behauptet, dass Carmela Rossis Mörderin ist. Das halte ich für Unsinn und du bestimmt auch.« Abwartend sah sie Andrea an, bis er zustimmte. Paolo schien ihm nichts von dem Biscotto bei Rossis Leiche verraten zu haben, das das Gegenteil nahelegte. »Jetzt kommt's: Die Polizei hat heute bei Signora Pellegrini verstecktes Rattengift gefunden.«

»Was hat das mit mir zu tun?« Eine kleine Verunsicherung schlich sich in seine Stimme. Er war auf der Hut, aber auch neugierig. Nunzia tippte mit dem Zeigefinger an seine Brust. »Der Mord an sich? Nichts, hoffe ich. Allerdings wäre es für eure Geschäfte doch fein, wenn die Signora überführt würde. Sie geht in den Knast, und ihr kauft das Vento del mare.«

»Das Vento del mare? Klingt ja abenteuerlich. Woher hast du deine Informationen – und die Idee, wir würden das wollen?«

»Maria Baresi hat das mit dem Gift gestern an Sara weitergetratscht«, erklärte sie wahrheitsgemäß. Bei einem Caffè auf der leeren Terrasse. Fast leer. Die hatten sie hinter einer der Säulen einfach übersehen, und Nunzia war nicht so blöd gewesen, einen Ton von sich zu geben. Wobei die Sache mit dem Halstuch ihr ohnehin die Sprache verschlagen hatte. »Du planst etwas mit Paolo, aber das Einzige, was der im Kopf hat, ist seine *Expansion* – ein Campingplatz, ein zweites Restaurant. Also musst du die Seiten gewechselt haben, pro Tourismuserweiterung. Damit stellst du dich gegen deinen eigenen Vater und gegen Rossi, das war nicht schwer zu begreifen.«

»Wieso erzählst du mir das? Soll das eine Erpressung werden? Ich zahle für dein Schweigen, oder du verpfeifst mich bei meinem Alten? Zieh dir den Schuh lieber nicht an.«

»Keine Sorge, von mir erfährt niemand was. Du hast gesagt, ich hätte mehr drauf als Paolo. Ich beweise dir nur, dass es stimmt. Das Vento del mare hat die perfekte Lage, viel besser als der Aprikosenhain, wenn du deinem Vater … ans Bein pinkeln willst.«

»Du bist ja ein Früchtchen.« Andrea prustete ungläubig, biss kurz auf seine Lippe, dann nickte er. »Federica Pellegrini – was weißt du noch dazu?«

Nunzia verschränkte die Arme vor der Brust, schaute zum immer dunkler werdenden Himmel. »Eigentlich muss ich los, aber … Was soll's.« Es fühlte sich seltsam gut an, ihn zappeln zu lassen. Seine volle Aufmerksamkeit galt ihr allein. »Das Gift war im Schuppen unter einem Regal voller Metallteile. Signora Baresi hat es so genau beschrieben, als wäre sie dort gewesen.« Jedes Detail herausgequetscht aus einem stolzen und mitteilsamen Ispettore – unter dem brüchigen Siegel der Verschwiegenheit.

»Interessant.« Andrea grinste. »Sehr interessant.«

Kapitel 19

In ihrem kleinen Zimmer unterm Dach schlug Elke die dünne Decke zurück und sprang aus dem Bett. In übermütiger Laune rüttelte sie Sonja wach. »*Carpe diem* – nutze den Tag!« Am Fenster, durch das sie in der Nacht die Sterne funkeln sehen konnten, sog sie die frische Morgenbrise in ihre Lungen. Ein fabelhafter Tag, ganz gewiss. Und heute endlich würden sie den lange geplanten Ausflug in eines der Küstenstädtchen nördlich von Cattolica machen.

Sie putzten sich heraus mit kurzen Hosen und luftigen Blusen, packten Creme und Sonnenhüte ein und frühstückten in Windeseile.

Um halb neun machte Elke die Bella startklar. »Bereit?«

Sonja nickte und runzelte zugleich die Stirn. »Guck mal, der Schuppen steht offen.«

»Na und? Hat der Polizist wohl gestern zu schließen vergessen.«

»Ich mache schnell den Riegel runter, damit kein Tier reinläuft und sich einsperrt. Manchmal stromert hier eine Katze vorbei.« Sonja lief hinüber. Die Tür schaukelte in den Angeln. »Hallo? Miezmiez – ist da wer?« Sie verstummte und stand still.

»Was ist denn?«

Über die Schulter winkte sie, drehte sich um und winkte wieder. »Komm«, wisperte sie tonlos.

Wenn da jetzt kein Wurf süßer Katzenbabys lag … dann wollte ihre Freundin sie wohl veralbern. Elke ging trotzdem rüber und linste an Sonja vorbei. Auf dem Boden lag tatsächlich etwas – jemand – eingerollt in einer Haltung, die nun wirklich unbequem sein musste. »Bestimmt ein Landstreicher«, flüsterte sie. »Lassen wir ihn schlafen.«

»Ja.« Sonja nickte, dann schüttelte sie den Kopf. »Nein, warte – sieh dir die Schuhe an, die Hose.«

Beides wirkte sehr sauber und kaum abgetragen. Ehe Elke es verhindern konnte, ging Sonja weiter.

»Hallo?« Vorsichtig stupste sie den Mann mit dem Fuß an. Ein Mal, zwei Mal. Und plötzlich wurde aus dem friedlich schlafenden ein unnatürlich gekrümmter Körper, der wohl nie mehr wach werden würde.

»Ist er tot? Bitte sag, dass wir ihn nicht kennen.« Von der Tür aus konnte Elke wenig sehen, was ihr ganz recht war.

»Tot«, bestätigte Sonja und atmete tief durch. »Kein Bekannter, aber gesehen haben wir ihn schon. Freitag bei dem Tumult auf dem Dorfplatz.«

»Puh, Gott sei Dank.« Elke stieß einen Stoßseufzer aus. »Ich will nicht herzlos klingen, aber wenn das jetzt, sagen wir, Herr Schneider oder der dünne Ispettore gewesen wäre, das hätte ich nicht verkraftet.«

»Das hätte man gleich gesehen. Der Ispettore ist viel größer und Schneider dicker, außerdem war der eben noch beim Frühstück, und der hier ist schon ziemlich kalt«, bemerkte Sonja nüchtern und ganz vertieft in ihre Tatortanalyse. Diesmal fiel es ihr leichter, den Toten anzusehen, obwohl ihr die Knie zitterten. »Es war kein Zyanid.« Der Mann sah völlig anders aus als Rossi. Seine Haut war fahl, wie man es bei einer Leiche erwartete, die Augäpfel unter den halb geschlossenen Lidern matt und wenn überhaupt, dann eher gelblich als gerötet. Nur die Lippen waren etwa kräftiger gefärbt. Sie hob neben dem Toten etwas auf und schnupperte daran. »Ein Mandelplätzchen.«

»Lass das liegen und komm da weg.« Elke machte einen unschlüssigen Schritt auf sie zu, dann einen schnellen zweiten und packte ihre Freundin am Arm. »Oder willst du dich auch noch vergiften?«

»Bäh!« Sonja ließ das Plätzchen fallen und guckte bestürzt auf ihre Finger. »An ein Kontaktgift habe ich überhaupt nicht gedacht.«

»Siehste!« Höchste Zeit, sich zu verziehen. Elke scheuchte Sonja hinaus. »Du gehst dir die Hände waschen, ganz gründlich. Und ich hol Federica. Dann ist der Tote nicht mehr unser Problem. Schließlich ist es ihr Schuppen.«

Heute würden sie nach Cesenatico fahren oder bis Ravenna, Hauptsache weg, das konnte auch eine Leiche nicht verhindern.

*

Am Empfang der Questura in Pesaro lief Federica Pellegrini Runden. Zum Leidwesen des diensthabenden Beamten, der sie nicht dazu bringen konnte, sich hinzusetzen. Ihr Anblick und das Klappern ihrer Absätze, vor allem eine schmale Laufmasche im Strumpf auf ihrer linken Wade, störten seine Konzentration. Immer wieder musste er den hauchfeinen Streifen betrachten, um zu ergründen, ob er sich nach unten zum Schuh oder nach oben zum Rocksaum ausdehnte. Aus reinem Selbstschutz zog er schließlich die Reißleine.

Als Commissario Garibaldi hereinstürmte, abgehetzt, die Krawatte in der Hand, das Hemd unordentlich in der Hose steckend, stand er automatisch stramm.

»Wo ist sie?« Lorenzo drehte sich um sich selbst. »Sagen Sie nicht, sie hat es sich anders überlegt! Man hat mich von meinem Sonntagsfrühstück weggeholt.«

»In Ihrem Büro, Signor Commissario. Sie hat hier alle verrückt gemacht. Ich wusste nicht, wohin mit ihr.«

Lorenzo wedelte im Weiterrennen mit der erhobenen Hand,

was einen breiten Interpretationsspielraum offen ließ. Es konnte sowohl »Danke« als auch »Vollidiot« bedeuten, und spontan hätte er sich ungern festgelegt. Federica Pellegrini allein in seinem Büro! Zum Glück hatte er am Abend alle wichtigen Unterlagen – illegalerweise – in seine Umhängetasche gepackt und mit nach Hause genommen. Über der Lektüre war er eingeschlafen.

»Ich hoffe, Sie haben einen richtig guten Grund.« Lauter als angemessen knallte er die Tür ins Schloss.

Federica lehnte am Fenster, pustete den Rauch ihrer Zigarette ins Freie und zuckte die Schultern. »Entscheiden Sie: Es gibt schon wieder einen Toten. Ich tippe auf Gift. Ist das Grund genug?« Sie drückte die Zigarette an der Fensterlaibung aus, während er am Riemen seiner Tasche nestelte. »Das Hinsetzen können Sie sich sparen. Wir sollten möglichst rasch losfahren.«

»Ach ja?« Lorenzo hielt in der Bewegung inne. »Wieso haben Sie nicht einfach angerufen?«

»Dazu hätte ich den Bürgermeister aus dem Bett klingeln müssen. Und ich wollte Aufsehen vermeiden.«

»Das sind ja ganz neue Töne.«

»Können wir das Geplänkel sein lassen? Ich wollte sichergehen, dass der Fall bei Ihnen landet – auch am Sonntag –, und man mir nicht als Erstes Ispettore Briatore vorbeischickt.«

»Also gut.« Lorenzo stopfte die Krawatte in die Jackentasche und wies mit der anderen Hand zur Tür. »Wie sicher sind Sie?«

»Hundert Prozent.« Federica schloss den Fensterflügel und setzte Lorenzo nach, der schon mit einem Fuß draußen war.

»Wieder eine Überdosis Occhi di angeli?«

»Möglich. Aber ein anderes Gift.«

»Wer ist der Unglückliche?« Er bremste abrupt. »Oder die?«

Federica prallte gegen seine Schulter. »Der.« Sie saugte an ihrer angeschlagenen Lippe und redete nuschelnd weiter. »Andrea

Antognoni, der sich am Freitag vor der Trattoria mit Davide angelegt hatte – Sohn des Großgrundbesitzers.«

»*Maledetto*«, knurrte Lorenzo und winkte den Kollegen am Empfang heran. »Ich brauche Spadafero, einen Arzt, der sich aufs Erkennen von Todesursachen versteht, und die Spurensicherung. Und zwar *subito*.«

»Es ist Sonntag, und Spadafero …«

»Hat die längste Zeit Wochenende gehabt. Er soll Davide Tardelli gleich mitbringen und … Geben Sie mir Zettel und Stift.« Er kritzelte seine Instruktionen aufs Papier. »Wir treffen uns wo genau, Signora Pellegrini?«

»Vento del mare«, antwortete sie und fing seinen ungläubigen Seitenblick mit einer entschuldigenden Grimasse auf. »Mir wäre es auch lieber, Antognoni läge woanders als in meinem Schuppen, glauben Sie mir.«

»*Va bene*«, seufzte Lorenzo und meinte das Gegenteil. Gar nichts war gut, und er lehnte sich weit aus dem Fenster, wenn er aufgrund einer Vermutung der Signora am Sonntag gleich die ganze Kapelle ausrücken ließ. »Einen Arzt und Spadafero«, wiederholte er und gab dem Diensthabenden seinen Wunschzettel. Das war das Minimum. Alles Weitere würde sein Ispettore schon regeln.

*

Cesare saß an Carmelas Arbeitstisch auf dem Dach und rieb mit der flachen Hand übers Holz. Wieder und wieder, fast zwanghaft. Sein kleines Mädchen war auch in dieser Nacht fortgeblieben. Er war dankbar für Ornellas Beistand und doch wünschte er, sie würde endlich gehen und ihn allein lassen.

Mit dem Rücken zu ihm stand sie an der Brüstung und schaute in die Ferne, ließ den Blick schweifen.

»Siehst du etwas? Kommt sie?«, fragte er, das Herz schwer

vor Kummer und unsinniger Hoffnung, die ihr Kopfschütteln zunichtemachte.

»Zwei Wagen fahren über den Weg am Olivenhang raus zur Pension. Federicas Cabrio und dahinter der Commissario. Haben wir denn keinen Tag mehr Ruhe vor diesem Mann? Ich fürchte, solange er hier ist, wird Carmela bleiben, wo auch immer sie ist.« Ornella wischte matt über ihre Stirn. »Das arme Kind.«

Verzweifelt rang Cesare nach Atem. Spätestens nach Federica Pellegrinis Besuch am Freitagabend hätte er sich eingestehen müssen, dass seine geliebte kleine Prinzessin dabei war, ihm zu entgleiten. Doch er hatte es vorgezogen, Federica zu verjagen und den Kopf in den Sand zu stecken. Er wusste schon seit Langem nicht mehr, was Carmela dachte oder fühlte. Darum – nur darum – erschien es ihm möglich, dass sie den Aprikosenhain wirklich an Zaccardo verkaufen wollte, wie der behauptet hatte. Die Saat des Zweifels, die Paolo gesät hatte, war in seinem Herzen aufgegangen, hatte sich vermehrt, strafte ihn mit einer Angst, die weit über den Verlust der Bäume hinausging. Er fürchtete die Wahrheit, weil er bereit war, das Schlimmste in Betracht zu ziehen. Wenn da etwas gewesen war zwischen Carmela und Rossi, diesem dreckigen Hund, diesem Ehebrecher …

Ganz ruhig stand er auf, ging hinunter ins Schlafzimmer und kleidete sich um. Das gute Hemd, die beste Hose. Den Schlips ließ er weg. Der Knoten gelang ihm nie ordentlich.

»Du gehst aus? Wo willst du hin, Cesare?« Ornella kam ihm auf der Treppe ins Erdgeschoss nach.

Im Vorbeigehen strich er über die Sessellehne, dann küsste er das Portrait seiner Frau, drückte es an sein Herz. Sein ganzes Leben hing an Paolos Schweigen. Carmelas Leben.

»Ihr wird nichts geschehen, Carissima«, murmelte er.

Commissario Garibaldi war im Grunde ein anständiger Mann, davon war er überzeugt.

»Cesare, rede mit mir!«

»Du hast ein Auge auf Carmela, ja?« Er wandte sich nicht um. »Geh zur Kirche, Ornella, die Messe fängt bald an. Leg da oben« – er hob den Zeigefinger – »ein gutes Wort für mich ein und zünde eine Kerze an.«

»Was soll das denn nun heißen? Cesare! Du machst doch keine Dummheiten?«

»Alles wird gut.« Der alte Mann lächelte. »Vertrau mir.«

*

Lorenzo Garibaldi legte Hut und Umhängetasche ab, und Federica schloss die Schuppentür. Er schaltete seine Taschenlampe ein, um für ausreichende Beleuchtung zu sorgen. Langsam umrundete Lorenzo die Leiche mit dem Lichtstrahl. Für eine physische Umrundung war es zu eng. Er hätte über den Toten steigen müssen, was er lieber sein ließ. Ein unnötiger Vorgriff in die Arbeit der Spurensicherung mit dem Risiko, ungewollt etwas zu verfälschen.

»Was sagen Sie, Commissario? Er scheint keine äußerlichen Verletzungen zu haben, soweit ich erkennen konnte.« Federica bemühte sich um die nötige Distanz, während sie Andrea betrachtete. Sie hatte ihn kaum gekannt. Er war etwa dreißig gewesen, sportlich und gesund, auf der Sonnenseite geboren. Und nun lag er unerklärlicherweise tot in ihrem Schuppen. »Ich habe ihn nicht berührt.«

»Könnten Sie bitte mal für mich an ihm riechen? Zum Vergleich mit Signor Rossi. Ob Sie an seinen Lippen diesen Bittermandelgeruch feststellen können.«

Federica musterte den Kommissar kritisch. »Weil Sie mich gern auf den Knien sehen möchten?«

»Meine Nase lässt mich in der Beziehung leider im Stich. Bittermandel ist eine Duftnote, die nicht jeder Mensch wahrnehmen kann.«

»Oh? Das heißt, Sie brauchen mich!« Federica zuckte mit den Augenbrauen. »Fein, dafür gehe ich auch auf die Knie.«

»Und wenn Sie schon unten sind, riechen Sie doch auch gleich an dem Mandelplätzchen. Bitte ohne es anzufassen.«

»Nicht übertreiben, mein lieber Garibaldi!« Für mehr Bewegungsfreiheit zog sie den engen Rock weit über die Schenkel hoch, kniete sich hin, kroch vorwärts. Wie eine Katze über einer Schale Milch senkte sie den Oberkörper flach zum Boden. Ihr Strumpfhalter und ein Zentimeter Haut blitzen auf. Obwohl es inzwischen überall nackte Frauenbeine zu sehen gab, nahm dieser klitzekleine Streifen Lorenzo fast die Balance. Die Position war seine Schuld. Er sollte sie darum bitten, sich umzuziehen, ehe die Verstärkung eintraf. Und er dankte der Laufmasche, die ihm einen Vorwand bot, seine Unzulänglichkeit zu vertuschen.

Federica näherte sich Andrea vorsichtig. Erschlafft und zugleich steif, glich sein Gesicht einer Maske, die ihm ähnelte. Doch was da vor ihr lag, das war er nicht. Nicht mehr. Sie schloss die Augen und schnupperte. Kroch noch näher ran, schnupperte wieder, dann testete sie den Geruch des Plätzchens. Sie richtete den Oberkörper auf und drehte den Kopf zu Lorenzo, der nicht mehr hinter ihr stand, sondern ein wenig seitlich neben Andrea getreten war.

»Ja, ich rieche Bittermandel, aber viel schwächer als bei Kilian Rossi. Es liegt noch ein anderer Geruch drüber. Muffig wie feuchte Wäsche, die tagelang im Keller vergessen wurde, oder moderig.« Sie zuckte mit den Schultern. »Kein Wunder, das hier ist ein alter Schuppen, voller alter Dinge.«

Das Plätzchen auf dem Boden kam ihr größer vor als üblich. Vorsichtig drückte sie auf die Oberfläche, die sofort einbrach.

»Ich sagte, nicht anfassen!«

»Das Amaretti ist frisch. Höchstens von gestern.« Federica streckte Lorenzo die Hand hin, um sich aufhelfen zu lassen. »Und ich denke, es ist zu groß, um von Carmela zu sein, die im Übrigen gestern nicht in der Backstube war. Ihre Tante musste alles allein machen und darum …«

»Darum gab es keine Amaretti morbi, ich weiß.« Spadafero hatte ihm nur Cantuccini mitgebracht.

»Sehr richtig, mein lieber Garibaldi.«

»Hören Sie damit auf. Auch wenn Sie sich für einen weiblichen Sherlock Holmes halten, bin ich nicht Ihr Doktor Watson.«

Federica hob ergeben die Hände. Dann eben nicht, obwohl ihr die ganze Situation mit ein wenig Humor erträglicher gewesen wäre. Immerhin hatte er die Anspielung verstanden. »Gibt es hier sonst noch etwas höchst offiziell zu beschnüffeln? Wenn nicht, wären mir ein paar Atemzüge Frischluft sehr angenehm.« Sie presste einen Finger unter ihre Nase, um ein Niesen zu unterdrücken.

Lorenzo öffnete die Schuppentür, schloss sie gleich darauf hinter ihnen wieder und legte den Riegel vor. Es nagte an ihm, dass er nie mit Andrea Antognoni gesprochen hatte. Ein endgültiges Versäumnis. An den geparkten Fahrzeugen vorbei gingen sie zur Hausecke.

»Moment mal.« Federica tippte sich an die Stirn. »Wie haben Sie das vorhin ausgedrückt? Ich solle für Sie an dem Mandelplätzchen riechen, weil Sie das Aroma nicht erkennen. Aber Carmelas Amaretti und Occhi di angeli sind keine Mandelplätzchen. Sie verwendet hauptsächlich gemahlene Aprikosenkerne. Das ist ihr Geheimnis, von dem weiß nur …«

»Ja?«

»Ihre Tante«, sagte sie langsam.

»Und Sie.«

»Und ich«, bestätigte Federica. »Weil Ornella mir davon erzählt hat. Habe ich schon wieder ein Problem?«

»Ich bin nicht Briatore.« Lorenzo schaute angespannt an ihr vorbei. Dieses Wissen war delikat. Und es konnte sowohl Federica als auch Ornella Tozzi in ernste Schwierigkeiten bringen, falls Aprikosenkerne in den tödlichen Plätzchen enthalten waren. Ein Täuschungsmanöver, das Carmela in Verdacht bringen sollte, war das Biscotto neben Andrea so oder so. »Warten wir das Laborergebnis ab und behalten dieses Detail bis dahin für uns. Sieht übrigens so aus, als bekämen Sie Besuch. Ist das dort vorn auf dem Weg nicht Cesare Collina?«

»Im Sonntagsanzug«, bemerkte Federica überrascht. So was trug man in Pesaro del Monte piccolo Cattolica nur zu ganz besonderen Anlässen wie Hochzeiten oder Beerdigungen. Die Glocke von San Francesco bimmelte zu seinen Schritten, rief die Gläubigen zum Kirchgang. Er war in der falschen Richtung unterwegs, wenn er dorthin wollte. Für einen irrwitzigen Moment wünschte sie, er käme mit Blumen in der Hand, um ihr seine Aufwartung zu machen. Dann seufzte sie. »Ich fürchte, er kommt Ihretwegen.«

Lorenzo fluchte unterdrückt. Ein ungünstiger Augenblick. Er musste dringend telefonieren, um Vigliani zu einem Sonntagseinsatz zu überreden, und anschließend Andrea Antognonis Familie über den Tod ihres Sohnes informieren. Ein Gang, den er gern noch ein wenig aufschob.

Mit rotierendem Blaulicht brauste nun auch ein Streifenwagen heran, kurz dahinter kam Spadafero. Wenigstens das schien zu klappen, auch wenn es nicht so aussah, als hätte er Davide Tardelli schon dabei. Stattdessen meinte er Mitarbeiter der Spurensicherung zu erkennen. Das war im Grunde sogar noch besser. Sobald die Kollegen den Tatort absicherten, konnte er sich zur Bürgermeisterei aufmachen.

»Übernehmen Sie Cesare für ein paar Minuten, Signora Pellegrini? Und bitte: Halten Sie sich zurück. Keine Auskünfte, keine Fragen.«

Und während Cesare die letzten Schritte auf sie zukam, der Streifenwagen das Licht abschaltete und Federica ihre Lippen versiegelte, rannte der Fischer Lucio Monza mit fliegenden Rockschößen zum Dorfplatz. Dort begegnete er Ornella Tozzi, die unschlüssig stehen blieb und auf seine drängenden Fragen schließlich resignierend nickte. Am Portal unter dem Turm San Francescos schöpfte Lucio kurz Atem, ging für das Weihwasserkreuz in die Knie, dann schlupfte er links in die Bankreihe zwischen die anderen Männer. Ehe der letzte Glockenton verklungen war und Don Pietro seinen Platz eingenommen hatte, war die Kunde an jedes Ohr vorgedrungen: Die Polizei aus Pesaro war gekommen, um Cesare Collina zu verhaften, der sich freiwillig gestellt hatte.

*

Anneliese Schneider kontrollierte sämtliche Schubladen und den Schrank, um nichts zu vergessen, was ihnen gehörte. Die Koffer waren gepackt. Obwohl sie den vorgezogenen Aufbruch bedauerte, konnte sie Franz auch verstehen, der am Kaffeetisch einem Herzanfall nahe gewesen war. Ein Toter im Schuppen, das war endgültig zu viel. Es beruhigte ihn keineswegs, dass er den Mann nicht gekannt hatte. Franz duldete keinen Aufschub, und nun musste alles hopplahopp gehen. Ein gefährliches Pflaster, dieses Italien, er hatte es gewusst, er hatte sie gewarnt. Anneliese würde den Urlaub im Vento del mare trotz alledem auch in guter Erinnerung behalten.

Sie legte den zarten Schal, den Herr Rossi aus Cattolica mitgebracht hatte, um ihre Schultern. Ein unerwartetes Präsent, über das sie sich gefreut und es ihrem Franz verschwiegen hatte. Ein Tuch, was war schon ein Tuch? Ob es aus Italien stammte oder aus Koblenz, Franz konnte das sowieso nicht unterscheiden. Die Heimreise würde ein wunderbarer Abschluss sein und ein Kompromiss: ein letzter italienischer Tag in Venedig, dann ging es über die Alpen, und ihr Kapitän Franz durfte mit seinem Opel Kapitän den Rest des Urlaubs in Berchtesgaden verbringen.

Sie trug den kleineren Koffer die Treppe hinunter, stellte ihn im Flur ab, um Signora Pellegrini zu suchen. Ohne Abschied fortzugehen, kam nicht in Frage. Auch wenn Franz zur Eile drängte. Bei der Rückkehr des Kommissars wollte er das Dorf schon weit hinter sich gelassen haben. Und wie lange der wegbleiben würde, konnte man schlecht voraussehen.

In der Küche saß der nette, weißhaarige Herr, den sie von der Totenwache kannte. Mit kummervoller Miene starrte er vor sich hin und nickte zu dem, was der junge Ispettore ihm von einem Blatt vorlas, das sehr amtlich aussah.

»Sind Sie ganz sicher, dass Sie das Protokoll so unterschreiben wollen, Signor Collina?«

»*Si,* Ispettore. Mehr habe ich nicht zu sagen.«

Anneliese winkte den beiden zu und ging nach draußen. Unberührt von dem in der Zufahrt parkenden Streifenwagen und den herumwuselnden Polizisten, die den Fundort der Leiche untersuchten, schoben drei Männer in Sportkleidung ihre Fahrräder aufs Grundstück. Der Ausblick von der Terrasse beeindruckte sie deutlich mehr. Um das zu begreifen, musste Anneliese ihre Worte nicht verstehen, und es stimmte sie wehmütig. Die Landschaft, das Meer, den Himmel, die Pracht der Farben und Düfte – all das würde sie sehr vermissen.

Kapitel 20

Lorenzo Garibaldi traf den Bürgermeister zu Hause an, der sich vor Don Pietros Predigt drückte und das Beten seiner Gattin überließ. Nach kurzem Zögern händigte Baresi ihm den Schlüssel zu seinem Büro aus. Wieso sollte er den Arbeitseifer des Kommissars bremsen? Wichtige Anrufe am heiligen Sonntag erweckten zwar seinen Argwohn, doch da ein persönlicher Einsatz nicht erforderlich war, ließ er es dabei bewenden.

Und Lorenzo behielt den zweiten Toten vorläufig für sich, wie auch das überraschende Geständnis von Cesare Collina, den er in Spadaferos Obhut gelassen hatte. Es brauchte eine Reihe umständlicher Telefonate und Erklärungen, bis er Vigliani endlich an der Strippe hatte. Es dauerte so lange, dass die Glocke von San Francesco die Messe bereits wieder ausläutete. Doch die Mühe lohnte sich, und Lorenzos Anliegen fiel auf vorbereiteten Boden. Vigliani hatte die Arbeit aus eigenem Antrieb bereits wieder aufgenommen und war sofort bereit, seiner Bitte nachzukommen.

»Richten Sie sich schon mal auf eine zweite Leiche ein, mit der ein Vergleich anzustellen ist«, warnte Lorenzo ihn abschließend vor.

Als er zur Pension zurückkam, stand die Sonne senkrecht über dem Vento del mare. Flimmernd bildeten sich Schlieren in der heißen Luft, unter der das Gras zu brennen schien. Am Schuppen sammelten die Kollegen Spuren, unterstützt von Briatore, der selbstgefällig herumstolzierte. Zweifelsohne sah er sich durch den zweiten Mord bestätigt. Lorenzo gestand sich ein, dass er sich auf Briatores Gesicht freute, wenn dessen Theorie hoffentlich bald zerplatzte. Die Männer würden ihre Kreise weiter ziehen müssen. Antognonis Körperhaltung sprach für Magenkrämpfe, doch hatte er sich nicht im Schuppen erbrochen. Eine unappetitlicher Ansatz, aber hilfreich, um festzustellen, von wo er gekommen war.

Im Haus war die Luft frisch und kühl, als hätte sich der Seewind, nach dem die Pension benannt war, in den Mauern niedergelassen. Lorenzo schloss die Augen. Hörte er ihn nicht rauschen, so wie man das Meer im Innern einer großen Muschelschale hört? Ein Gefühl tiefen Friedens erfüllte ihn, bis er die Augen wieder aufschlug. Die Realität sah anders aus, und er kam sich fast betrogen vor angesichts der Todesfälle, die diesen Ort heimsuchten.

In der Küche saß immer noch Cesare Collina mit Spadafero, den er herausrief, um ihm neue Anweisungen zu erteilen. Gleichzeitig trat Federica aus dem Esszimmer.

»Sie werden erwartet, Commissario Garibaldi. Wenn Sie etwas brauchen, ich bin … hier. In Rufweite.« Sie öffnete die Tür und machte einen Schritt zur Seite. »Sie ist vor zwei Minuten eingetroffen und will ausschließlich mit Ihnen reden. Ich habe keine Ahnung, worüber.« Federica senkte die Stimme und hielt ihn im Vorbeigehen fest. »Eins noch: Sie weiß nicht, wer nebenan sitzt, und umgekehrt.«

Stirnrunzelnd schaute Lorenzo von ihr zu der jungen Frau, die sich im Esszimmer von einem Stuhl erhob.

»Mein Name ist Carmela Maria Armeniaca Collina, und ich möchte ein Geständnis ablegen«, sagte sie.

Lorenzo ließ sich seine Überraschung nicht anmerken. Während Federica laut nach Luft schnappte, trat er ein und schloss hinter sich die Tür.

»Bitte, setzen Sie sich.« Das war sie also: Carmela, die begnadete Bäckerin. Er nahm ihr gegenüber Platz. »Sie wurden vermisst, Signorina Collina. Seit Freitagabend schon, wo sind Sie gewesen?«

Im Flur lehnte Federica sich an die Wand, unmittelbar neben dem schmalen Türspalt. Sie konnte nichts dafür, dass die Tür erst beim zweiten Drücken richtig einrastete.

»Ich musste nachdenken«, sagte Carmela ausweichend. In Panik war sie zur Befana geflohen, aufgewühlt von Mimos Fragen zu den Lügen um Rossis Tod und dem, was sie am Abend im Gespräch zwischen Signora Pellegrini und ihrem Vater belauscht hatte. Und die Befana hatte sie später zu Don Pietro gebracht, weil die Macht der Polizei an der Kirchenpforte endete. »Es ist nicht wichtig, wo ich war.«

»Das sehe ich anders, aber bitte, fahren Sie fort. Was genau wollen Sie gestehen?«

»Ich habe Kilian Rossi getötet.«

»Interessant.« Lorenzo packte sein Schreibzeug aus.

»Ich habe ihn vergiftet.«

»Etwas genauer, bitte.«

»Mit meinen Occhi di angeli. Er kam morgens in die Backstube und hat welche mitgenommen, fast alle.«

»Wussten Sie, dass er kommen würde?«

»Nein, ich meine: ja. Er kam fast täglich, oft während ich noch beim Backen war. Darum war ich vorbereitet.«

»Wie konnten Sie sicher sein, dass er die Plätzchen selbst essen würde und Sie niemand anderen damit vergiften? Es hätte jeden treffen können, mit dem er teilte.«

»Er hat nicht geteilt.« Carmela sammelte sich kurz. »Außerdem hätte sie sonst keiner haben wollen, weil sie viel zu bitter waren. Aber Signor Rossi mochte sie so.«

»Warum haben Sie es getan?«

Carmela schloss die Augen, umfasste mit einer Hand die zierliche Kette mit dem Kreuz um ihren Hals, ein Erbe ihrer Mutter, mit der anderen das Amulett der alten Befana in ihrer Rocktasche. Die Befana und Don Pietro meinten es gut und wussten beide doch nichts. Jetzt gab es kein Zurück mehr. »Er hat mich belästigt«, sagte sie. Brennend wie Ameisenbisse überflutete sie die Scham. »Immer wieder.«

Federica unterdrückte einen Aufschrei und presste sich fester an die Wand, als Spadafero mit Briatore am Eingang auftauchte. Doch Briatore verschwand in der Küche, ohne sie zu bemerken, und auch Spadafero ging wieder. Die Stille im Esszimmer wurde von einem Räuspern gebrochen.

»Das ... tut mir leid.« Lorenzo hustete. »Dagegen gab es keine andere Abhilfe als Mord? Sie hätten Ihren Vater um Beistand bitten können oder Ihre Tante.«

»Tante Ornella wusste es doch!«, entfuhr es Carmela, und sie biss sich auf die Zunge. Sie musste es gewusst haben, war sie doch mindestens zweimal dazugekommen, als Rossi sich an sie gedrängt hatte – angeblich nur, um besser bei ihrer fingerfertigen Arbeit zusehen zu können. Aber Carmela hatte genau gespürt, auf unangenehmste Art, dass sein Grund ein anderer gewesen war. Unwillkürlich rieb sie über die Stelle an der Hüfte, doch die Erinnerung ließ sich nicht wegwischen.

»Vielleicht«, verbesserte sie sich, um kein schlechtes Licht auf ihre Tante zu werfen. Ornella war, von dieser Sache abgesehen, immer gut zu ihr gewesen. »Sie dachte wohl, ich bilde es mir nur ein, oder hätte gern, dass es so wäre.«

»Also haben Sie nie mit ihr darüber gesprochen und auch mit niemandem sonst? Keiner hatte eine Ahnung davon?«

»Was tut das denn zur Sache?«

»Mitwisser wären gut für Ihre Glaubwürdigkeit. Denn sehen Sie, wir haben tatsächlich einen dringenden Tatverdacht gegen Sie. Allerdings mit einem Motiv, das weniger nachsichtig stimmt als Ihre Version: Eifersucht.« Lorenzo breitete den Brief vor ihr aus. »Ein abgelehnter Versetzungsantrag. Der hätte Sie ja eigentlich beruhigen können, denn dadurch wäre Ihr Geliebter im Dorf geblieben. Andererseits kann aus dem Brief auch abgeleitet werden, dass Signor Rossi nicht bleiben wollte.«

Carmelas Augenbrauen zogen sich über der Nasenwurzel zusammen. »Was ist das? Den Brief kenne ich nicht.«

»Ich vermute mal folgenden Ablauf des Donnerstagmorgens. Kilian Rossi besuchte Sie wie so oft in der Backstube, ganz früh, um von niemandem dabei gesehen zu werden. Und an diesem Morgen eröffnete er Ihnen, dass Ihre Beziehung eine kleine Affäre bleiben und er das Dorf verlassen würde, sobald sich die Gelegenheit bot. Vermutlich rechnete er mit einem positiven Bescheid der Schulbehörde. Sie wurden wütend, wollten es nicht einfach hinnehmen, von ihm zurückgelassen zu werden. Hatte er Ihnen die Ehe versprochen? Vielleicht sogar an dem Morgen endlich zugegeben, dass er dieses Versprechen nie hätte halten können, weil es schon eine Signora Rossi gibt?« Lorenzo beugte sich vor. »Sie sind klein und zierlich. Doch im Zorn oder in Bedrängnis entwickeln Menschen ungeahnte Kräfte. Sie stießen Kilian Rossi von sich, der rückwärts gegen das Regal in der Backstube prallte und sich eine Platzwunde zuzog. Ein paar kleine Blutspritzer haben Sie beim Putzen danach übersehen. Damit war sein Entschluss endgültig besiegelt, und erst jetzt fassten Sie den Ihren, dass er sterben sollte.«

Carmela begann leise zu beten. Wozu sollte sie dem Kommissar die Wahrheit sagen? Er hielt sie für schuldig und das genügte, um alle anderen vor Schaden zu bewahren.

»War es seine Idee oder Ihre, sich später nochmal bei den Aprikosenbäumen zu treffen? Versuchte er den Bruch zu kitten, nachdem feststand, dass er doch länger bleiben musste?«

Carmela betete lauter. »Ave Maria …«

»Was ist dort geschehen?« Lorenzo wurde leiser, je lauter Carmela betete. »Ich kann kaum glauben, dass Sie Rossis Tod gewollt haben. War das Gift schneller als seine Reue oder als Ihre

Bereitschaft, ihm zu verzeihen? Ich kann weiter über die Wahrheit spekulieren: dass Sie nach der Tat nach Hause gelaufen sind und Ihren Vater um Hilfe gebeten haben. Eine schlüssige Erklärung, warum er Signor Rossi gefunden hat. Obwohl er sonst kaum noch in den Hain geht. Ich nehme an, Sie wissen, dass Ihr Vater den Mord ebenfalls gestanden hat. Und genau deshalb sind Sie hergekommen. Offen gesagt halte ich Ihren Vater für unschuldig. Aber seine Geschichte ist gut.« Er bluffte. »Besser als Ihre.«

Federica war versucht, in Carmelas Ave Maria einzustimmen. Das konnte Garibaldi nicht ernst meinen! Ihr Herz schlug fast zu laut, als dass sie ihn verstehen konnte.

»Ist der Commissario da drin?«

Die Frage erwischte sie kalt, trotz des warmen Windstoßes von draußen, der sie begleitete, und Federica nickte. »Aber beschäftigt«, korrigierte sie schnell. »Sehr beschäftigt.«

»Ist mir egal.« Enzo Mangiones sonst so sorgfältig frisierte Haartolle hing ihm zerrauft ins Gesicht. Es war eindeutig ein sehr kurzfristiger Entschluss, der ihn direkt von den Kochtöpfen im Restaurant hierhergetrieben hatte. Er überging Federicas Einwände, und nach einem kurzen, von Flüstern begleiteten Ringkampf mit ihr klopfte er.

»Jetzt nicht!«

Die nicht wirklich geschlossene Tür gab nach, und Enzo polterte ins Zimmer. »Signor Commissario, ich muss Sie sprechen.«

»Ich sagte: jetzt nicht. War das für Sie nicht deutlich genug?«

Carmela fuhr auf dem Stuhl herum und starrte Enzo mit offenem Mund an. Ihre Blicke streiften sich, glitten erschrocken wieder auseinander.

»*Ich* habe Signor Rossi umgebracht«, sagte Enzo fest.

Aufstöhnend legte Lorenzo die Stirn in beide Hände. Drei Täter. Das wurde ja immer besser. Es klopfte erneut.

»Was?«, schnauzte er. »Na los doch: herein. Es kümmert ohnehin keinen, was ich sage. Will noch jemand ein Geständnis ablegen?«

»Nein. Eigentlich nicht.« Federica legte eine Hand aufs Herz. Genau in diesem Moment war sie tatsächlich mit der Störung beauftragt worden. Ihr vorhergehendes Lauschen setzte sie als bekannte Tatsache voraus. »Signor Collina lässt fragen, wann er endlich ins Gefängnis gebracht wird. Er wird allmählich ungeduldig, genau wie Ihr Kollege.«

Commissario Garibaldi seufzte. »Bitte, dann machen wir das jetzt ganz anders. Briatore soll ihn herbringen.«

»Sehr wohl.« Federica huschte davon und kehrte mit den Männern im Schlepptau wieder zurück.

»Papa!« Carmela sprang auf.

»Hinsetzen!«, kommandierte Lorenzo und wies Enzo und Cesare Plätze zu. Briatore stand wie eine Mauer breitbeinig an der Tür, obwohl keiner ein Interesse hatte zu fliehen. Federicas amüsierter Blick erschwerte es Lorenzo, Haltung zu bewahren. Ihr inneres Feuer schlug permanent Funken.

»Ich will nicht kleinlich sein«, sagte er in die Runde und ließ dabei Federica nicht aus den Augen. »Aber es wäre schön, wenn Sie sich einigen könnten, wer es getan hat. Und wenn Sie unbedingt alle einen Mord für sich verbuchen wollen – ich hätte noch die Stelle des Mörders von Andrea Antognoni frei. Hat jemand Interesse?«

In die folgende erschrockene Stille platzte Spadafero.

»Die Antwort aus der Gerichtsmedizin ist da.«

Lorenzo winkte ihn heran und überflog, während er zuhörte, Spadaferos Mitschrift von Viglianis Rückruf.

»Gut.« Er wandte sich seinen drei Mördern zu. »Kein Freiwilliger im Fall Antognoni? Schade. Wenn wir bezüglich Signor Rossi keine Lose ziehen wollen, um den Täter zu ermitteln, dann fangen wir von vorn an. Ich möchte haargenau wissen, wie Sie es angestellt haben.«

Enzo Mangione sprang auf, und Briatore hielt ihn mit einer Hand auf der Schulter fest.

Lorenzo bedeutete ihm locker zu lassen. »Sprechen Sie.«

»Ich habe ihn in den Hain gelockt.«

»Wie?«

»Ich habe behauptet, dass Carmela ihn sehen will. Aber sie hat nichts damit zu tun. Es war meine Idee. Meine allein.«

»Zur Kenntnis genommen. Weiter.«

Enzo zuckte die Achseln, unter seiner verrutschten Elvis-Tolle bildeten sich Schweißtröpfchen. »Hab ihm eins übergezogen. Das musste sein, er war ja stärker als ich. Der Rest war einfach.«

»Bitte, ich möchte es trotzdem von Ihnen wissen. Wie haben Sie Signor Rossi dazu gebracht, das Gift zu sich zu nehmen?«

»Er lag am Boden, und ich musste nur noch …« Enzo zupfte an der vor seinem Bauch verknoteten Schürze. Zuletzt hatte er die Minestrone gerührt. Das würde er so schnell nicht wieder tun. Vielleicht nie mehr. Seine Finger bebten. »Mund auf und rein. Ich habe ihn festgehalten und gezwungen. Wie denn sonst?«, sprudelte er los. »Mit den Occhi di angeli und den Mandelkernen im Mund dachte ich, es sieht aus, als sei er dran erstickt. Einfach so. An seiner Gier erstickt.« Je schneller er sprach, desto deutlicher trat sein Lispeln hervor.

Carmela brach in Tränen aus.

Lorenzo ließ sich nicht beirren. Rohe Gewalt war eine denkbare Lösung und hätte die nur grob zerbissenen Stücke im Magen erklärt. »Weiter, Signor Mangione. Beschreiben Sie mir, wo das alles passiert ist, bevor wir zum Motiv kommen.«

Enzo stellte sich gerade hin, als sei ihm just etwas klar geworden. Gefasst sah er aus und zugleich traurig. »Unterm alten Aprikosenbaum. Ich habe gewartet, bis er tot war, seinen Mund abgewischt und ihn dann über die Mauer gerollt. Dann bin ich runtergelaufen und habe ihn noch ein Stück unter den Busch geschoben und – keine Ahnung – bin weggelaufen.«

Federica setzte sich wie betäubt an Carmelas Seite. Es passte beängstigend gut. Als Enzo sich durch die Haare fuhr, plötzlich zitternd wie Gras auf dem windigen Hügel vor dem Vento del mare, schlug Carmela die Hände vors Gesicht.

»Ich hab's für dich gemacht!« Enzo ballte die Fäuste. »Damit er dich in Ruhe lässt, dieser schmierige alte Sack! Dauernd hat er an der Backstube auf dich gelauert. Du … du … du hast geweint, seinetwegen.« Seine Stimme überschlug sich.

»Klingt gut.« Lorenzo lehnte sich zurück. »Die Geschichte ist gekauft. Oder hat jemand Einwände?«

Federica hob einen Finger. Der abgewischte Mund störte.

»Noch jemand außer Signora Pellegrini? Nein. Dann bitte: Sie haben das Wort.«

»Wenn es aussehen sollte, als sei er an den Occhi di angeli und den *Mandelkernen* erstickt, wieso hast du nicht ein paar davon dort herumliegen lassen?« Federica bemerkte, wie Lorenzos Wange bei ihrer Betonung der Mandelkerne zuckte. Sie waren sich einig: Enzos Täterwissen reichte weit, aber womöglich nicht weit genug.

»Na, weil ich … Da war ein Geräusch, als ob jemand kommt, und ich bin abgehauen. Außerdem … ich hätte nie gewollt, dass Carmela verdächtigt wird. Nie.«

»Das ist Ihnen wohl reichlich spät eingefallen. *Va bene,* Signor Enzo Mangione, dann werde ich Sie jetzt verhaften.« Auf Lorenzos Zeichen hakte Spadafero die erste Handschelle um Enzos Handgelenk. »Wo wir gerade dabei sind: wie spät eigentlich? Um welche Zeit hat sich das alles, was Sie gerade beschrieben haben, abgespielt?«

Man konnte zusehen, wie Enzos Gedanken rotierten. Jeder,

der halbwegs bei Verstand war, musste erkennen, in welchem Zwiespalt er steckte.

»Hab nicht auf die Uhr gesehen«, behauptete er. »Und sonst sage ich nichts mehr. Ich war's. Das reicht doch.«

»Ihre Entscheidung. Abführen!«

»Nein!« Carmela schrie entsetzt auf. »Enzo war das nicht. Ich hab es getan. Genau wie ich es Ihnen vorhin geschildert habe. Und das im Hain war so, wie Enzo gesagt hat, nur dass ich es war.« Sie schaute in seine Augen, ihre Lippen bebten. »Danke, Enzo, danke. Du hast nur einen kleinen Fehler gemacht. Es sind bittere Aprikosenkerne gewesen«, flüsterte sie. »Das konntest du nicht wissen. Aprikosen, keine Mandeln.«

Lorenzo plusterte die Backen auf und ließ die Luft stoßweise entweichen. Das war ja herzergreifend. Aber seine Geduld war erschöpft. Er zuckte an Federica gewandt mit den Schultern. Was sollte er bei so viel Opferbereitschaft machen?

»Na gut. Signorina Carmela Maria Armeniaca Collina – Sie verhafte ich jetzt auch. Cesare Collina: Sie verhafte ich nicht. Gehen Sie nach Hause, legen Sie die Füße hoch und warten Sie ab.«

Die beiden jungen Leute fügten sich klaglos, Cesare wurde von Spadafero mit nach draußen genommen.

Federica blieb am Tisch sitzen, bis sich der Auflauf verzogen hatte. »Das wird keine schöne Nacht für die drei.«

»Aber eine lehrreiche.«

»Das ganz gewiss.« Federica lächelte. »Sie sind ein Schlitzohr, Commissario Garibaldi. Und ich glaube allmählich, Sie sind ein guter Mensch.«

Seine abschwächende Geste konnte ihre Meinung nicht ändern.

»Also, was meinen Sie? Warum wurden die Amaretti bei Rossis Leiche sorgfältig weggesammelt, aber rund um den toten Andrea liegen gelassen?«

»Versuchen Sie es, ich überlege gerade noch, wie diese Märchenstunde einzuordnen ist.« In komischer Verzweiflung schüttelte er den Kopf, und Federica lächelte.

»Das ist doch leicht: unter dem Stichwort Liebe, Unterkategorie unerfüllt. Darauf gebe ich Brief und Siegel. Die beiden Täubchen sind so richtig verknallt. Und darum glaube ich Enzo auch. Nicht den Mord, aber dass er Rossi über die Mauer geschubst hat. Haben Sie seine Oberarme gesehen? Enzo hat allemal Kraft genug. Er muss gefürchtet haben, Carmela könne es gewesen sein, darum hat er die Spuren verwischt, die ihm jetzt in der Plausibilitätskette fehlen. Er hat Plätzchen und Kerne aufgesammelt, Rossi sogar das Erbrochene aus der Mundhöhle entfernt – Signorina Wilk hat von Schaum gesprochen, aber der war später nicht mehr da –, und was er nicht wegwischen konnte, hat er mit Gras abgedeckt. Der Clou eben war, dass er auch die Platzwunde für sich reklamiert und nicht auf den Sturz geschoben hat. Damit konnte er Carmela zu verstehen geben, dass er von ihrem Zusammenstoß mit Rossi am Morgen wusste. Enzo hat sie weinen sehen. Das hat das Fass zum Überlaufen gebracht, er musste was unternehmen.«

»Ja, fast wäre er damit durchgekommen, sich als Mörder für seine Liebste zu opfern.« Lorenzo lachte leise auf. »Was für eine verdrehte kleine Welt Ihr Dorf doch ist, Federica.«

»Was werden Sie jetzt tun?«

»Den wahren Täter – oder die Täterin – vorläufig in Sicherheit wiegen. Zwei Verhaftungen sollten dafür wohl genügen.« Er hatte Carmela beobachtet. Ihr Erschrecken bei Enzos Aussage, diese Angst, er könne es getan haben, war ihrem tiefsten Herzen entsprungen. Unverstellt und ehrlich. Was im Umkehrschluss bedeutete, dass auch sie die Tat nicht begangen hatte.

»Speziell Carmelas Verhaftung! Denn die bei Andrea herumliegenden Amaretti sollen sie belasten. Jemand wollte uns direkt mit der Nase drauf stoßen.« Federica korrigierte sich mit schelmischem Augenaufschlag. »Die Polizei drauf stoßen – die dann meine Nase brauchte.«

Lorenzo applaudierte. Diese verdammt hübsche Nase mit der Tendenz zur Einmischung – und dazu, immer einen Schritt voraus zu sein. »Für das Detail mit den Aprikosenkernen haben Sie im übertragenen und im wörtlichen Sinn den richtigen Riecher bewiesen. In der Nachricht, die Spadafero vorhin reingebracht hat, wurden sie für Rossis Mageninhalt bestätigt.«

»Ein Lob aus Ihrem Mund! Darauf würde ich sehr gern mit Ihnen anstoßen.« Der Wasserkrug in der Tischmitte war nicht das, woran sie dabei dachte.

»Daraus wird nichts. In Ihrem Schuppen liegt immer noch ein Toter. Und was den Täter in beiden Fällen angeht, sind wir kein Stück vorangekommen.«

»Für Ihren Optimismus muss man Sie einfach lieben, Commissario Garibaldi.« Federica rollte die Augen, beugte sich über den Tisch und tippte seine Nase an. Markant, klassisch römisch und wie gemacht, um ihm von Zeit zu Zeit darauf herumzutanzen. »Wir tun es, wenn die Sache erledigt ist. Darauf will ich Ihr Wort.«

*

Don Pietro tastete die Knopfleiste seiner Soutane entlang. Dreiunddreißig schwarze Knöpfe, die er jedes Mal beim Ankleiden in meditativer Langsamkeit schloss. Irgendetwas war diesmal schiefgegangen, und nun hing das ganze Gewand ebenso schief an ihm. Eine Unachtsamkeit, die ihm der Herrgott angesichts der Umstände verzeihen mochte. Ganz Pesaro del Monte piccolo Cattolica stand Kopf. Ein solches Getuschel wie heute war ihm in seiner Kirche noch nie untergekommen. Im Nachhinein bewunderte er die Haltung, mit der Ornella Tozzi erschienen war, um eine Opferkerze anzuzünden. Und ihm war nichts Besseres eingefallen, als Carmela gleich im Anschluss von alldem zu berichten. »Sei stark im Glauben, Kind. Es wird sich alles klären.« Wie töricht war er doch gewesen, sie danach aus den Augen zu lassen, um das Messgewand abzulegen und in die schon etwas abgewetzte Alltagstracht zu schlüpfen! Und langsam war er noch dazu – im Geiste wie im Körper. Als er begriffen hatte, war sie längst weg.

Nun stand er doppelt fassungslos auf dem Parkplatz am Vento del mare. Er hatte den Kommissar aufgespürt, um Schaden abzuwenden, und sah sich stattdessen mit einem weiteren gewaltsamen Tod konfrontiert. »Commissario Garibaldi, so haben Sie doch ein Einsehen!« Er rang die gefalteten Hände. »Signorina Collina ist so unschuldig wie ein neugeborenes Lamm. Ich verbürge mich für sie. Es ist unmöglich, dass sie dem armen Andrea etwas angetan hat! Sie hat die letzten Tage unter meiner Obhut verbracht und das Pfarrhaus kein einziges Mal verlassen.« Sein Blick glitt zum Schuppen. »Ist es wirklich das Rattengift gewesen?«

»Wie kommen Sie denn darauf?«

»Nun ja.« Der Pfarrer zögerte mit seiner Antwort. »Im Dorf weiß jeder, dass ein Ispettore welches in Signora Pellegrinis Schuppen gefunden hat, und da dachte ich …«

»Verstehe.« Ein Schelm, wer jetzt noch einen Zufall in Betracht zog, dass Antognoni ausgerechnet dort gestorben war. Lorenzo haderte mit sich. Don Pietro war ein Mann Gottes, der schweigen können sollte. Doch in einem Dorf, in dem ständig jemand lauschte, war es mit dem Schweigen so eine Sache. Vorsicht war angebracht, wie Don Pietros Aussage zum Giftfund belegte. Was einer wusste, wussten alle. Lorenzo musste den Pfarrer über den Ermittlungsstand im Unklaren lassen, ihn vielleicht sogar auf eine falsche Fährte locken. Entschlossen kehrte er zum

Thema Carmela Collina zurück, ohne die Frage nach dem Gift zu beantworten.

»Schließt Ihre Obhut auch die ganze Nacht mit ein? Das Lämmchen ist schon einmal in der Dunkelheit davongelaufen – unbemerkt, aus dem Haus ihres Vaters, bevor sie zu Ihnen kam.« Don Pietro hatte wohl kaum bis zum Morgengrauen gemeinsam mit Carmela im Beichtstuhl gesessen. »Heute kommen Sie jedenfalls zu spät. Signorina Collina ist schon auf dem Weg nach Pesaro. Alles sieht danach aus, dass Andrea Antognoni mit ihrem Gebäck vergiftet wurde, genau wie Kilian Rossi.« Sein Blick verfing sich an der Soutane, die merkwürdig schräg über den Schuhen des Pfarrers hing. »Da wir gerade bei nicht auffindbaren Mitgliedern Ihrer Gemeinde sind: Haben Sie zufällig auch Mimo unter Ihren Fittichen und ein Alibi für ihn parat?«

»Nein, bedauere. Wobei mir Mimo am Tag, als Signor Rossi starb, in der Tat für eine Weile im Garten hinter der Kirche zur Hand ging. Er kann nie Nein sagen. Selbst wenn er eigentlich andere Pläne hat.« Don Pietro lächelte. »Es war ein spontaner Entschluss, einen alten Wurzelstock auszugraben, der dann mehr Mühe machte als vorhergesehen. Wir haben unterbrechen müssen, als es Zeit für meine Mittagsandacht war. Nur leider nutzt das dem Jungen wohl wenig. Oder?«

Entweder war der Pfarrer sehr genau im Bilde, für welchen Zeitraum Mimo ein Alibi benötigte – dann spielte er bloß den Ahnungslosen und zahlte Lorenzo seinen Sarkasmus heim –, oder er war tatsächlich arglos. Den Kirchgarten umzugraben hätte jedenfalls erklärt, weshalb Mimo nicht pünktlich an der Pension gewesen war, um Rossis Roller zu putzen. Lorenzo seufzte. Mit diesem Mimo hätte er wirklich gern ein paar Worte gewechselt.

»Wenn Sie mich nun entschuldigen? Ich muss der Familie Antognoni die traurige Nachricht überbringen.«

»Erlauben Sie, dass ich mich Ihnen anschließe? Seelischer Beistand könnte hilfreich sein.«

Lorenzo nahm dankend an. »Die Familie wird das sicher zu schätzen wissen.«

Don Pietro schüttelte nachsichtig den Kopf. »Nein, lieber Commissario Garibaldi: *Sie* könnten mich nötig haben.«

*

Nachdem der Kommissar und der Pfarrer fort waren, widmete Federica sich ihrer Küche. Zum ersten Mal seit Langem empfand sie es als wohltuend, am Herd zu stehen. Während ihre Hände wie von selbst Nudelteig kneteten und zu langen Strängen auszogen, drehten, schleuderten, schlugen – kamen ihre aufgewühlten Gedanken zur Ruhe.

Sie beneidete Garibaldi nicht um die Begegnung mit Andrea Antognonis Vater – außer ihm würde er niemanden von der Familie zu Gesicht bekommen. Und wenn er annahm, dass der im Schmerz zusammenbrach, würde er eine Enttäuschung erleben. Federica teilte den Teigstrang ein weiteres Mal.

Sie konnte sich lebhaft vorstellen, wie der alte Antognoni den Kommissar und den Pfarrer vor sich stehen ließ, ohne ihnen einen Platz anzubieten, als wären sie Bittsteller. Wie er sie mit dem Feuer und Schwefel seines Zorns überzog. Wer auch immer Andrea auf dem Gewissen hatte, wollte ihn damit treffen und sollte sein Schwert spüren. Und doch konnten es nicht seine Geschäfte sein, die damit in Zusammenhang standen. Niemand anders als die undankbaren Dorfleute kamen in Frage. Allen voran Aldo Baresi, der Bürgermeister persönlich, mit seinen albernen Plänen, den Tourismus anzukurbeln. Damit wollte er nichts weiter, als dem Hotel der Antognonis schaden. Seine Gäste abwerben und sein Geld einstreichen. Aber da war Gott vor, das konnte

Don Pietro sich hinter die Ohren schreiben. Das ließ er sich nicht gefallen. Da machte er lieber mit einem dahergelaufenen Südtiroler wie Rossi gemeinsame Sache, der irgendwelche dummen Viecher schützen wollte.

Federica reihte die langen Nudeln nebeneinander auf eine über dem Tisch gespannte Schnur und setzte im Topf Schmalz und Zwiebeln für die Soße auf.

Sie erinnerte sich gut, wie sie mit Matteo bei Antognoni vorstellig geworden war und um einen kleinen Kredit angefragt hatte. Weil jeder im Dorf zuerst zu ihm ging. Ihr grauste immer noch vor der kompromisslosen Härte, mit der er ihr Ansinnen abgeschmettert hatte. Wie konnte in einer solchen Umgebung ein Kind zu einem anständigen Menschen heranwachsen? Sie fühlte doppeltes Mitleid mit dem toten Andrea.

Ihr werdet nicht bleiben, hatte der Alte ihnen gesagt. Verschwindet aus meinem Dorf. Aber die Zeiten hatten sich geändert. Das Dorf war nicht mehr seins. Und ihre sture sizilianische Mentalität konnte mit dem Starrsinn der Marchigiani problemlos mithalten.

Nein, Garibaldi war nicht zu beneiden.

*

Spät am Abend saß Federica mit Sonja und Elke auf der Terrasse unter den Sternen. Heißhungrig nach dem langen Tag stürzten sich die beiden auf die Reste der Nudeln. Die belgischen Radfahrer waren früh zu Bett gegangen, weil sie gleich am nächsten Morgen weiterwollten. Der Rotwein machte die Frauen schläfrig, die Zikaden füllten die Dunkelheit mit ihrer zirpenden Musik, und wäre nicht die Leiche im Schuppen gewesen, hätte sich ihr Gespräch wie eine fröhliche Plauderei unter Freundinnen angefühlt.

Kapitel 21

In der Questura in Pesaro begann die neue Woche in fieberhafter Geschäftigkeit. Ungewohnt früh für einen Montagmorgen saß Lorenzo an seinem Schreibtisch, stand seinem Vorgesetzten Rede und Antwort und telefonierte sich persönlich die Finger wund. Giovanni Spadafero hielt sich stets dicht an seiner Seite, ahnte die Aufträge des Commissarios voraus, rannte über die Flure und Treppen zwischen Büro und Labor, egal, wie oft er es verlangte. Den Bericht aus der Gerichtsmedizin nahm Lorenzo allerdings persönlich vor Ort entgegen, lauschte der abschweifenden Rede des Dottore und bedankte sich anschließend bei Vigliani, der den Hauptteil der Arbeit geleistet hatte.

Nach Sektion beider Leichen waren die Übereinstimmungen und Abweichungen zwischen den Todesfällen klar. Ebenfalls eindeutig konnte festgehalten werden, dass Carmela Collina keine Schuld nachzuweisen war. Sie musste auf freien Fuß gesetzt werden, und auch für Enzo Mangiones Behauptung, er habe Kilian Rossi gewaltsam Gift verabreicht, gab es keinen Beleg. Vigliani hatte das auf seinen ausdrücklichen Wunsch ein zweites Mal geprüft und keine entsprechenden Druckstellen am Kiefer oder im Halsbereich gefunden. Niemand hatte Rossi in den Schwitzkasten genommen oder ihm rabiat den Mund geöffnet. Abgesehen von Lorenzo selbst, *post mortem*, was sich jedoch eindeutig unterscheiden ließ. Die Analyse der hochgefährlichen Substanz aus Federica Pellegrinis Schuppen versüßte ihm den Morgen. Er war gespannt, welche Erklärung ihr dafür einfiel. Oder für irgendetwas anderes.

Lorenzo raffte die wichtigsten Notizen zusammen und stopfte

sie in seine Tasche. Trotz aller Fakten tappte er im Dunkeln, und doch lag ein Lächeln auf seinen Lippen.

»Sind Sie bereit, Giovanni? Ich lade Sie zum Essen ein.« In seinem Kopf sang Domenico Modugno *Volare,* und er fühlte den unsinnigen Wunsch, die Melodie laut zu pfeifen. Einen Zusammenhang mit der bevorstehenden Fahrt nach Pesaro del Monte piccolo Cattolica schloss er kategorisch aus.

*

Wie jeden Montag, wenn das Restaurant geschlossen hatte, aßen sie mittags gemeinsam. Sara kochte, und wenn die Kinderhorde abgefüttert war, setzten die Erwachsenen sich an den Tisch. Doch wie bei einem Abzählreim waren sie dabei immer weniger geworden. Nunzias Mama und die Nonna fehlten schon viele Jahre, nach und nach waren bis auf Paolo auch alle Geschwister weggegangen. Wie jeden Montag, seit ihr Vater nur noch im Bett lag, hasste Nunzia es. Heute noch mehr als sonst.

»Meinst du, Signora Pellegrini hat Andrea ermordet? Wo er doch bei ihr gefunden wurde …« Sie stocherte auf ihrem Teller herum, ohne aufzusehen. Ein schrecklicher Schmerz plagte sie, den sie nicht wahrhaben wollte. Nie wieder sein Lachen, seine Sticheleien … Paolo und Sara glotzen stumm wie Fische vor sich hin. Die Stille am Tisch dröhnte in ihren Ohren, also redete Nunzia weiter. Weiter, weiter. Einer musste doch darauf reagieren, etwas sagen, irgendwas. Verdammt nochmal, Andrea war tot! Grässliche Bilder drängten sich ihr auf. »Es könnte auch Davide gewesen sein. Obwohl ich mir das schwer vorstellen kann, ich meine, mit ihm war ich in der Schule. Allerdings soll Andrea seine Frau beleidigt haben, bei der Prügelei auf dem Dorfplatz. Angeblich hatte sie was mit Kilian Rossi.« Ihr Blick sprang zwischen ihrem Bruder und ihrer Schwägerin hin und her. Wurde

Sara wenigstens rot? Kapierte Paolo denn gar nichts, oder war es ihm egal? »So gesehen hatte Davide einen Grund, alle beide zu hassen. Aber Rossi, den hat ja wohl Carmela auf dem Gewissen. Obwohl die immer so brav aussieht. Ich hab sie am Samstag noch in Schutz genommen. Und unseren Enzo hat sie auch noch mit reingezogen.«

»Tut mir leid, Sara, ich krieg nichts runter.« Paolo schob den Teller von sich. »Carmela und Enzo wurden vorhin freigelassen. Der Kommissar hat sie nach Hause gebracht.«

Nunzia klappte das Kinn herunter, und Sara stand auf und begann den Tisch abzuräumen. Ihr Blick fühlte sich feindselig an.

»Du siehst nicht aus, als ob dich das freut.«

»Doch, natürlich«, murmelte Nunzia. »Aber dann läuft der Mörder ja noch frei herum.«

»Dir fällt doch bestimmt noch jemand ein, der es gewesen sein könnte.« Paolo war mehr als gereizt.

Wütend knallte Nunzia ihr Besteck auf den Tisch und sprang auf. »Ja!«, brüllte sie ihn an. »Ja, leider!«

»Du meinst jetzt aber nicht mich, Sorellina? Das wäre lächerlich.«

Er fand sie lächerlich. Sie – nicht das, was sie sagte. Nunzia las es in seinen Augen, die sie anstarrten, als sei sie verrückt. Sorellina, verrückte Sorellina. Mühsam schüttelte sie den Kopf. Mimo war immer noch untergetaucht. Was, wenn er …? Sie schüttelte den Kopf mit mehr Nachdruck, doch das änderte nichts. Der Gedanke war da und blieb.

Paolo nahm sie in den Arm, und sie lehnte sich an seine Schulter. Nur für einen Moment, es tat so gut. Seine Nähe, seine Wärme, wie früher, als sie klein gewesen war. Auch wenn Sara hinter ihnen besonders laut mit dem Geschirr herumlärmte.

»Mimo?«, wisperte Nunzia. Es tat weh, er war ein Freund.

»Unsinn«, flüsterte Paolo zurück. »Wieso sollte er?«

Seufzend ließ sie ihn los. Leider behielt Andrea wohl recht. Sie hatte mehr drauf als ihr Bruder.

*

Die Kante des Sonnenschirms flatterte, knatternd wie eine Reihe von Fehlzündungen. Federica saß in seinem Schatten und pulte Erbsen. Die belgischen Radfahrer waren weitergezogen, ihre Wäsche gewaschen. Im Minutentakt suchte sie den Weg zum Dorf mit den Augen ab, auf dem sich den ganzen Morgen niemand hatte blicken lassen. Nach der Aufregung der letzten Tage kam es ihr vor, als träume sie einen hinterlistigen Traum, der ihr Sicherheit vorgaukelte und im Verborgenen die nächste Gemeinheit vorbereitete. Um kurz vor acht war sie zur Bäckerei gegangen, um Brot fürs Frühstück zu holen. Ornella sah furchtbar aus, sie konnte kaum geschlafen haben, und Mimo hatte nicht nur das Vento del mare bei der Auslieferung weggelassen. Er war ganz ausgeblieben, wie auch ein Großteil ihrer üblichen Kundschaft.

Federica ließ die Erbsen durch die Finger gleiten. Das hier war die Ruhe vor dem Sturm. Und der knatternde Sonnenschirm ein erster Vorbote.

Als sich wenig später der Kommissar zu ihr gesellte, schob sie die Schüsseln beiseite. Er zog das Jackett aus, krempelte die Ärmel hoch und legte die unvermeidliche Umhängetasche auf den Tisch. Sein breites Grinsen überraschte sie.

»Sie sehen fröhlich aus. Ist der Fall gelöst?«

»Keineswegs. Ich habe nur gerade unsere beiden – nach momentanem Stand – unschuldigen Mörder bei ihren Eltern abgeliefert. Ein Wunder, dass Sie das noch nicht wissen! Danach war ich bei Davide Tardelli, dem ich so manches zutraue – aber Mord gehört nicht dazu. Und nun, das wird Ihnen gefallen, möchte ich Ihre Meinung einholen.«

Oh ja, das gefiel ihr außerordentlich. »Wenn ich helfen kann, sehr gern. Schießen Sie los.«

»*Va bene.* Zyanid, Zyankali, Blausäure – für die meisten Menschen ist das alles das Gleiche. Die chemischen Zusammensetzungen weichen jedoch voneinander ab. Zyankali, das Kaliumsalz der Blausäure, findet sich in Rattengift – und konnte in Andrea Antognonis Magen nachgewiesen werden. Bei Kilian Rossi dagegen ist die tödliche Blausäure erst im Magen entstanden, als das Amygdalin aus den verzehrten Aprikosenkernen mit der Magensäure reagiert hat.«

»Ich verstehe nicht ganz. Sie wurden mit dem gleichen Gift, aber auf unterschiedliche Art ermordet?«

»Es wird noch komplizierter. Antognoni hat zwar Zyankali zu sich genommen, gestorben ist er aber an einem anderen Gift, nämlich an Taxin. Beides steckte auch in dem Mandelplätzchen, das wir neben ihm fanden.«

»Aber keine gemahlenen Aprikosenkerne«, hielt Federica fest und schob sich eine Erbse zwischen die Zähne. »Das spricht Ornella frei, es sei denn, sie hätte mit dem zweiten Mord nur ihre Nichte entlasten und eine falsche Fährte legen wollen. Finde ich allerdings weit hergeholt. Carmela fällt als Täterin sowieso aus, weil sie für die Nacht, in der Andrea starb, ein Alibi hat. Es sei denn, sie hatte einen Komplizen und hat absichtlich die Rezeptur geändert. Puh, mein lieber Garibaldi – ach nein, das soll ich ja nicht sagen –, verehrter Commissario, Ihr Schmunzeln lässt mich hoffen, dass Sie noch mehr für mich haben. Und zwar bitte etwas, woraus ich kein weiteres ›Es sei denn‹ ableiten kann.«

Lorenzo grinste breiter, obwohl er ihr diesen Gefallen nicht tun konnte. Es war so viel besser, hier zu sitzen, als in seinem Büro zu brüten oder die Befragungen durchzuführen, die der alte Antognoni selbstherrlich und an Gehorsam gewohnt von ihm verlangt hatte. Alle seine Feinde im Dorf, die Liste war lang, am besten sofort verhaften! Lorenzo versprach sich wenig davon, und Spadafero kam damit auch ohne ihn klar. »Was würden Sie sagen, wenn Kilian Rossi gar nicht ermordet wurde?«

»Weil das Gift nicht in den Amaretti war …« – Federica hob die Augenbrauen – »… sondern ausschließlich aus den Aprikosenkernen stammt? Das wäre … ziemlich sonderbar.«

»Aber korrekt. Obwohl Vigliani, das ist der Assistent in der Gerichtsmedizin, es undenkbar fand, dass jemand freiwillig eine ausreichende Anzahl Kerne verspeist. Und für Zwang, wie ihn Enzo ausgeübt haben will, gibt es keine Anzeichen. Doch Kilian Rossi mochte es bitter, wie mir inzwischen sogar seine Mutter bestätigt hat.« Trotz ihrer Trauer hatte sie sich am Telefon dazu hinreißen lassen, ihrem Sohn außerdem Unmäßigkeit und Jähzorn zu attestieren. Sein Charakter schloss Selbstmord aus.

Federica holte Gläser und einen Krug kühle Limonade, in der Zitronenviertel schwammen. Die Worte der Befana ergaben wie so oft jetzt einen Sinn: *Viele sorgen sich. Das ist gut. Und ist es nicht.* »Rossis Tod wirkte also nur wie ein Mord, weil zu viele Leute geglaubt haben, Anzeichen dafür zu sehen, und sich die beste Mühe gaben, diese zu vertuschen. Zuerst Enzo, dann die anderen beim Transport der Leiche, weshalb sie den Todeszeitpunkt eigenmächtig verschoben haben. Und Carmela muss gleich um zwei geliebte Menschen gebangt haben: ihren Vater und den heimlich angehimmelten Enzo.«

»Ende gut, alles gut.« Lorenzo trank einen großen Schluck.

»Aber es ist nicht das Ende.« Das wäre zu schön gewesen.

»Nein. Denn wir dürfen die, die im Fall Rossi verdächtig, aber unschuldig waren, bei Antognoni nicht ausschließen. Sein Mörder hat sich klar an Rossis Tod orientiert.«

»Also sollte es so aussehen, als ob derselbe Täter zweimal zuschlägt. Nur ist der Nachahmer von falschen Vorraussetzungen ausgegangen, darum das Rattengift und die Amaretti. Was ich nicht verstehe, ist das zweite Gift. Was genau ist Taxin?«

»Es ist das Gift der Eibe und unter anderem ein Bestandteil der sogenannten Hexensalben, mit deren Hilfe sich angeblich fliegen lässt.«

»Ich glaube nicht, dass Andrea einen nächtlichen Flugversuch unternommen hat.« Entschuldigend legte Federica eine Hand vor den Mund. »Wollen Sie etwa die Befana verdächtigen? Sie ist eine Heilerin, die Leben schützt.«

Das Thema war Lorenzo unangenehm, doch konnte er es nicht umgehen. »Taxin wird in Form eines Extrakts aus Eibennadeln manchmal verwendet, um ungewollte Schwangerschaften zu beenden. Allerdings ist es hochriskant. Auch die Frau kann leicht ihr Leben verlieren. Man muss sehr verzweifelt sein, wenn man dazu greift.«

Federicas nahm eine der Erbsenschoten in die Hand. Hülle und Frucht. Eine heimliche Liebschaft mit unerwünschten Nebenwirkungen.

»Ein Leben zu schützen kann sehr unterschiedlich interpretiert werden«, sagte Lorenzo sanft. »Ich maße mir darüber kein Urteil an und will auch niemanden bezichtigen.«

Und doch stellte er einen heftigen Verdacht in den Raum.

»Nehmen wir an, so war es.« Rossi hatte man Affären nachgesagt, Andrea sich damit gebrüstet. »Da beschließt also eine unglückliche Frau – vielleicht verheiratet oder als Geliebte abserviert –, nicht nur das Kind, sondern auch den Kindsvater mit dem gleichen Mittel loszuwerden?«

»Das würde erklären, warum Taxin verwendet wurde. Das Rattengift diente dann nur zur Verschleierung. Oder sie war unsicher bei der Dosierung. Die Kombination erhöhte die Erfolgsaussicht.«

Federica fischte ein Stück Zitrone aus ihrem Glas und saugte daran. Die frische Säure belebte ihre Sinne, die leichte Süße des eingestreuten Zuckers milderte den Schrecken, der hinter ihren Überlegungen lauerte. »Die Frage ist also, wer über alle nötigen Informationen für die Inszenierung – inklusive der falschen –, einen Zugang zum Gift und ein Motiv verfügte. Und am besten noch einen Groll gegen mich hegt. Mir eine Leiche in den Schuppen zu legen, nehme ich irgendwie persönlich.«

»Guter Punkt.« Lorenzo öffnete seine Tasche. »Lassen wir die Befana außen vor, denn die Giftgewinnung ist einfach: Den Sud aus Eibennadeln kann jeder herstellen. Wie also passen Sie ins Spiel? Sie sind eine emanzipierte Frau, selbstbewusst, attraktiv – das gefällt nicht jedem. Und dann wurde in Ihrem Schuppen angeblich ein Glas mit Rattengift gefunden. Das ist eine prima Vorlage, Ihnen etwas anzuhängen.« Er stellte ein Schraubglas auf den Tisch. »Erkennen Sie es wieder? Briatores Substanz, von deren hoher Gefährlichkeit er völlig überzeugt war. Mit freundlichen Grüßen zurück aus dem Labor, wo man viel Spaß damit hatte. Das *Gift* da drin ist Borotalco.«

»Borotalco?« Mit dem Wort wehte Federica der feine Duft des Körperpuders an, nach dem Matteo immer gerochen hatte. Sein Wundermittel nicht nur gegen Schweiß. »Na so was.«

»Sie lächeln.«

»Mein Mann hat auf Borotalco geschworen. Ich hatte völlig vergessen, dass er immer etwas umgefüllt und im Schuppen deponiert hat, um beim Arbeiten die Hände trocken zu halten.« Sie sah das dunkelgrüne Etikett mit roter Schrift und umrahmt von goldenen Schnörkeln vor sich. Sogar das dünne Haar auf seiner Halbglatze hatte er damit wieder zum Wachsen bringen wollen. Und sie hatte gelacht.

»Sie sprechen wenig über ihn.«

»Matteo hat nichts mit Ihrem Fall zu tun.«

»Darf ich trotzdem fragen …«

»Wie er gestorben ist?« Sie sah Briatores süffisantes Grinsen vor sich und redete eilig darüber hinweg. »Das ist kein Geheimnis. Ein Autounfall, er war allein unterwegs. Das Wrack ist ausgebrannt und übrig blieb, was niemand mehr identifizieren konnte – bis auf seinen Ring und eine Kette, die er seit Kindertagen trug. Sie werden verstehen, dass ich ungern daran denke.«

»Es tut mir leid.« Lorenzo schaute auf seine Hände. Es war nicht seine Absicht gewesen, sie mit seiner Neugier zu verletzen. Und doch drängte es ihn, mehr zu erfahren. »Wie hat es Sie beide denn aus Sizilien hierher verschlagen?«

»Wir sind geflüchtet. Unsere Familien waren sich spinnefeind.«

»Romeo und Julia also?«

»Nein, Commissario Garibaldi.« Federica lachte leise auf, dann wurde sie ernst. »Keine tragische Liebe. Meine Ehe war ein Kuhhandel, um Frieden zu schließen. Und eine elegante Lösung für unsere Eltern, die schwer vermittelbaren Kinder loszuwerden, die endlich unter die Haube mussten: den stillen Eigenbrötler und die Eigenwillige, die nie still war. Nichtsdestotrotz haben wir einander schätzen gelernt. Wir saßen in einem Boot und haben das Beste daraus gemacht – möglichst weit weg. Ich vermisse ihn oft.« Sie rieb sich den verspannten Nacken. »Können wir bitte wieder zum Thema zurückkommen?«

»Natürlich.« Lorenzo knackte eine Erbsenschote und nagte die kleinen grünen Kugeln einzeln heraus. »Gleich zwei Spuren zu legen – eine zu Carmela und eine zu Ihnen –, ist dick aufgetragen. Was halten Sie davon: Die Spur zu Carmela war eine doppelte Irreführung.«

»Jemand belastet sie, der genau weiß, dass sie ein Alibi hat?«

»Jemand, der sie liebt. Der bereit ist, alles für sie zu tun. Ob sie es weiß? Ob sie es wollte? Keine Ahnung. Helfen Sie mir,

Federica. Denken Sie mit mir weiter. Heilige oder Hexe? Mich hat sie sofort für sich eingenommen, so was macht mich stutzig. Andrea Antognoni war ein reicher Erbe, der ihr ein Leben im Luxus hätte bieten können. Aber vielleicht hatte er das nicht vor, als sie in Not geriet. Ja, das ist reine Spekulation. Und dann ist da immer noch der, den jeder kennt und der mir so geschickt aus dem Weg geht wie kein anderer.«

Mit geschlossenen Augen massierte Federica weiter ihren Nacken. »Mimo wäre nie in der Lage, so eine komplizierte Nummer durchzuziehen.«

»Mir scheint, als ob dieser Mimo überall einen Sonderstatus genießt. Niemand nimmt ihn richtig ernst, folglich passt wohl auch keiner so genau auf, was er in seiner Gegenwart sagt. Macht ihn das wütend? Durch seine Handlangertätigkeiten hat er im Prinzip überall Zugang. Soll ich weitermachen? Er liefert für die Bäckerei Waren aus, hat also regelmäßig Kontakt mit Carmela. Wenn er nicht clever genug ist, selbst einen Mord zu planen, hatte er vielleicht Hilfe. Oder einen Auftrag.«

»Er ist in Signorina Sonja verliebt. Er hat sie sogar geküsst.« Federicas Herz schlug schneller. Geballte Fäuste. Ein falsches Wort zur falschen Zeit. Mimos Streit mit Rossi. Sara hatte behauptet, es sei dabei um Sonja gegangen. Sara, die sie im selben Atemzug mit dem Kuppeleivorwurf zum Schweigen erpresst hatte, um ihrem Mann ein sinnloses Alibi zu verschaffen. War es in dem Streit wirklich um Sonja gegangen? *Sie* hatte *ihn* geküsst. Aber Mimo war gegangen.

»Sagen Sie was, Signora Sherlock Holmes.«

»Ich kann es nicht leiden, wenn Sie recht haben.«

*

Hinter ihnen schlug das dornige Gestrüpp zusammen. Mimo setzte seine Mütze auf und zog die Hosenträger, die seitlich herunterbaumelten, über die Schulter hoch.

»Wohin gehen wir, Nunzia?«

»Hab ich doch gesagt: Das wird nicht verraten. Du magst doch Überraschungen?«

»Schon, aber ...« Mimo blieb stehen. »Da geht es zum Strand.«

»Ja. Na und? Sei kein Baby, Mimo. Du bist fünfundzwanzig!«

»Ich soll nicht zum Strand.«

Nunzia verdrehte die Augen. Sie musste aufpassen, wie sie die Sache am geschicktesten anging. Mimo war kräftig, aber sie kannte seine Schwachstellen. Sie wusste, wie sie ihn zu nehmen hatte. Paolo würde staunen und alle anderen auch. »Es ist Montagnachmittag, da ist fast niemand am Strand. Jedenfalls keiner aus dem Dorf, der dich verpetzen kann. Und ich halte dicht. Ehrenwort. Weißt du, ich will dir helfen. Da ist doch dieses Mädchen, die Brünette, bei Signora Pellegrini in der Pension. Du hast dich blöd angestellt mit ihr, hab ich gehört. Ich bring dir bei, wie du's beim nächsten Mal besser machst.« Sie knuffte ihn. »Du willst sie doch nochmal küssen? Oder küsst du lieber eine andere?«

Mimo kaute auf seiner Lippe. In seinem Bauch grummelte es, und er runzelte die Stirn. »Dich will ich nicht küssen.«

Nunzia lachte. »Das wäre ja noch schöner. Nein, Mimo, das lassen wir schön bleiben.« Mit einem scharfen Blick tastete sie den Weg und den Hügel ab. Sie waren allein. Es fühlte sich an wie früher. Als sie Kinder waren und einander Mutproben gestellt hatten. Diese würde die härteste von allen werden. »Ziehen wir's durch, Mimo.«

*

Die zerbröselten Amaretti versanken in der warmen Milch, kreiselten im Strudel des Löffels und lösten sich langsam auf. Sara Zaccardo rührte einen gleichmäßigen, weichen Brei für ihren Schwiegervater an. Halb aufgerichtet lag er in seinen dicken Kissen, sein Atem ging röchelnd. Er aß nur noch wenig, aber das süße Gebäck mochte er immer noch, das konnte man sehen. Etwas blitzte auf in seinem starren Blick. Sie fütterte ihn mit winzigen Portionen, von denen die Hälfte aus seinen Mundwinkeln lief, der Rest landete schmatzend am Gaumen, wurde dann laut geschluckt. Sara kämpfte den Widerwillen nieder. Mit dem Gestank des nahen Todes kam sie nicht gut zurecht. Wenn sie Nunzia eines zugutehielt, dann die Geduld, die sie für die Pflege ihres alten Vaters aufbrachte. Ein wahrer Akt der Liebe angesichts des unaufhaltsamen Zerfalls.

Bei einem Kind war das viel einfacher, es wuchs irgendwann aus den Windeln heraus. Sie tauchte den Löffel in den Brei. In einem Kind wohnte Zukunft und Hoffnung. In jedem Kind. Ob es erwünscht war oder nicht. Es bewegte sich schon ab und zu in ihrem Bauch. Es war stark, stärker als sie. Doch Paolo schwieg. Als sei es gar nicht da. Und sie betete jeden Tag, dass seine Haare nicht blond sein würden.

*

Wild hupend preschte Gino auf dem Roller heran und fuhr, ohne das Tempo wesentlich zu drosseln, auf die Terrasse.

»Signor Commissario, Signor Commissario!«

Federica stieß ihren Stuhl zurück, die Schüssel machte einen Satz, Erbsen kullerten über den Tisch. »Sind Sie noch zu retten?«

»Schnell, kommen Sie, Garibaldi! Mimo ist gesehen worden – auf dem Weg runter zum Strand. Es heißt, er hat ein Messer und jagt eine Frau.« Ginos Wangen bebten. Obwohl es ihm widerstrebte, den Kommissar einzuschalten, sagte ihm sein Instinkt, dass es nötig war. Darum war er zur Pension rausgefahren, statt Davide zu Hilfe zu holen. Die Zeit drängte, um ein Unglück zu verhindern.

»Wie bitte? Das ist doch absurd!«

»Und doch ist es so, Signora.« Einer der Jungs, mit denen Mimo immer Fußball spielte, war Gino gerade fast unter die Räder geraten, so aufgelöst, dass sich jeder Zweifel an seiner haarsträubenden Geschichte verbot. »Steigen Sie auf, Commissario Garibaldi.«

Federica schüttelte den Kopf. »Vergessen Sie's.« Hinter Ginos massigem Körper hätte nicht mal sie sitzen können.

Lorenzo griff nach Jackett und Tasche. »Ich nehme den Wagen und folge Ihnen.«

»Vergessen Sie das auch. Der Weg ist zu schmal.« Federica rannte ins Haus und in Rossis Zimmer, schnappte dort seinen Schlüsselbund vom Schreibtisch und machte auf dem Absatz kehrt. »*Avanti!* Fahren Sie schon, Signor Tardelli. Die Lambretta ist sowieso schneller!«, rief sie Gino zu und rannte weiter zum Parkplatz, wo sie den Motorroller startete und wendete. Ohne Umschweife nahm Garibaldi auf dem Sozius Platz. Es war keine Zeit für Diskussionen, nicht mal zum Nachdenken.

»Gut festhalten!«

Die Strecke ins Dorf schien von noch mehr Schlaglöchern durchsetzt als bei seiner Ankunft mit Davide, schüttelte ihn auf dem unbequemen Sitz durch. Sobald sie auf die Dorfstraße einbogen, begann Federica zu hupen, bis sie hinter dem Ristorante Zaccardo in den Hauptstrandweg einbogen. Niemand durfte ihnen in die Quere geraten. Sie legte sich in die Kurven, streifte haarscharf am sattgelben Ginster vorbei, reckte dabei den Hals, um so bald wie möglich zum Strand schauen zu können. Ihr

Fahrstil war ebenso atemberaubend wie halsbrecherisch, und bald schon klebten sie am Hinterrad von Ginos Roller.

»Konzentrieren Sie sich auf die Straße, um Himmels willen!« Lorenzo hielt ihre Taille fest umschlungen.

Aufgeschleuderte Steinchen prasselten in die Büsche, und nach dem Überholen wurde erst Gino Tardelli, dann ein Mann mit Fahrrad von einem Staubwirbel verschluckt. Erst im letzten Moment, ehe sie den feinen Sand erreichten, bremste Federica.

Sofort suchten ihre Augen den Strand ab. Wo war Mimo, wo war die Gefahr? Ein paar Kinder ins Spiel vertieft, Laken, auf denen Leute aufrecht saßen, ein Grüppchen stehend, gestikulierend. Sie folgte deren Blickrichtung zum Meer. »*Maledetto* – sehen Sie, da!«

Am Ende der Bucht, nahe der vorspringenden Klippe, wo schroffe Felsen emporragten, an denen sich die Wellen brachen, watete Mimo ins Wasser. Eine Hand lag auf dem Rücken einer Frau. Beide waren komplett bekleidet.

Federica wuchtete die Lambretta auf den Ständer.

»Was zur Hölle soll das werden?« Lorenzo stapfte durch den Sand. Das blasse Kleid kam ihm bekannt vor. »Wen hat der Kerl da bei sich? Carmela ist es nicht.«

Federica ging dicht an seiner Seite. »Das gefällt mir nicht.«

»Meinen Sie etwa, mir?« Wenn die Bestätigung seiner Theorie mit einem weiteren Leben bezahlt wurde, wäre er lieber im Unrecht gewesen. »Was will er von der Frau?«

»Nein. Sie verstehen nicht: Mimo geht nie an den Strand. Schon gar nicht ins Meer.« Federica zog die Schuhe aus, um im Sand besser vorwärtszukommen. Lorenzo rannte bereits. »Er hatte einen Unfall beim Tauchen. Da war er zwölf. Vorher war er völlig normal entwickelt. Mimo hat nur knapp überlebt, aber er war ziemlich lange ohne Sauerstoff.« So wie bei einer Uhr, die man ins Wasser drückt, zuerst die Zeiger, dann die Rädchen im komplizierten Werk aussetzten, so war sein Geist im Salzwasser zum Stillstand gekommen. »Seitdem geht er nicht mehr baden.«

»Nun, offensichtlich hat er es sich anders überlegt. Auch wenn ich es nicht baden nennen würde, was er da macht.«

Federica keuchte dem Kommissar hinterher. Nur noch wenige Meter, dann waren sie am Strand auf gleicher Höhe mit Mimo, der sich im hüfthohen Wasser mit seiner Geisel umdrehte.

»Du liebes bisschen, das ist ja …«

»Gehen Sie weg, sonst bringt er mich um!« Das Messer lag an Nunzia Zaccardos Hals. »Gehen Sie weg!«

»Nunzia?« Ein markerschütternder Schrei hallte über den Strand, begleitet vom Scheppern eines achtlos fallen gelassenen Fahrrades. »Ist das meine Schwester? Ist sie das wirklich?«

Lorenzo fluchte. Der fehlte ihnen gerade noch. Angehörige waren selten eine Hilfe. Vom Weg, wo sie die Lambretta zurückgelassen hatten, stolperte Paolo heran, fiel auf die Knie, rappelte sich auf, stieß Gino Tardelli beiseite, winkte und brüllte. »Nunzia … Nunzia, ich bin hier!«

Mit ausgebreiteten Armen versuchte Lorenzo, ihn zu beschwichtigen. »Ganz ruhig, Signor Zaccardo. Ich habe das im Griff, überlassen Sie das Verhandeln mir.« Müßig sich zu fragen, woher er Bescheid wusste. Vielmehr stand zu befürchten, dass ihm bald weitere Leute folgten, sobald das Drama auf dem Dorfplatz kursierte. Zum Meer gewandt hob Lorenzo die Stimme. »Was wollen Sie, Mimo? Was sollen wir tun, damit Sie Nunzia freilassen?« Er musste ruhig bleiben und sich doch beeilen.

Mimos Lippen bewegten sich, doch was er sagte, war nicht zu hören.

»Sie müssen lauter sprechen. Oder noch besser, kommen Sie zu mir, damit wir uns unterhalten können. Ich weiß, Sie mögen das Meer nicht. Wir können uns an den Strand setzen.«

Nunzia umklammerte Mimos Handgelenk, die Klinge blitzte vor ihrer Kehle. Er stand hinter ihr, drückte sie eng an sich.

Wie in Trance war Sonja von ihrem Handtuch aufgestanden und mit Elke zu Federica gelaufen. »Er blutet!«

An Mimos Ärmel vor Nunzias Brust war eindeutig ein Blutfleck zu sehen. Doch das konnte kaum mehr als ein Kratzer sein.

Federica stutzte. »Er hat das Messer in der linken Hand«, raunte sie Lorenzo zu. »Ich habe ihn noch nie mit links arbeiten sehen.« Der rechte Arm hing locker an seiner Seite herab. Die Erkenntnis überfiel Federica mit jäher Wucht: Mimo hielt Nunzia überhaupt nicht fest!

»Sie lagen mit Ihrer Diagnose ziemlich richtig«, sagte sie heiser. Nicht ernst genommen, oft nicht mal bemerkt, untergeordnet, verschmäht … und wütend. Sehr wütend. »Bis auf einen entscheidenden Punkt.« Er hatte dabei an die falsche Person gedacht.

»Signor Zaccardo – verwenden Sie eigentlich Rattengift, um Ihr Restaurant vor Nagern zu schützen?«, fragte sie unvermittelt, während Lorenzo einen neuen Anlauf startete, Mimo zum Reden zu bringen.

Paolo sah sie verständnislos an. »Was soll das? Sind Sie noch bei Verstand? Meine Schwester hat ein Messer am Hals!«

»Tut mir leid, vergessen Sie's.« Federica ruderte zurück. Der Zeitpunkt war ungünstig gewählt, aber er würde die Frage später beantworten müssen. Es war besser, wenn sie sich auf das konzentrierten, was sich vor ihnen im Wasser abspielte.

»Warum hast du es getan?«, rief sie. »Wieso musste Andrea Antognoni sterben?«

Das Messer rutschte an Nunzias Kehle einige Zentimeter nach unten, wurde wieder nach oben gerissen. Sie schrie auf.

»Andrea war gemein zu Mimo. Er hat gesagt, er ist ein Idiot. Und er wollte ihm sein Mädchen wegnehmen«, antwortete Nunzia an seiner Stelle und schluchzte laut. »Gehen Sie endlich! Du auch, Paolo, er wird mir nichts tun. Nicht wahr?« Ihr Ellbogen drückte in Mimos Seite.

»Ja.« Mimo nickte. »Ja, genau.«

Federica zupfte an Lorenzos Ärmel. »Haben Sie das gesehen? Nunzia gibt ihm Anweisungen! Sehen Sie in Mimos Gesicht. Er weiß überhaupt nicht, was gerade mit ihm geschieht.«

Paolo hieb die Fäuste in den Wind. »Ich bring ihn um, wenn er ihr auch nur ein Haar krümmt! Tun Sie endlich was, Garibaldi!« Nur mit Mühe hinderte Gino Tardelli ihn daran, auf den Kommissar loszugehen.

Schritt für Schritt ging Federica weiter, bis ihre Zehen feuchten Sand berührten. Das Meer rollte vor und zurück, wie ein atmendes Wesen.

»Wir wissen, dass Mimo unschuldig ist!«, rief sie.

Lorenzo stieß halblaute Verwünschungen aus und eilte ihr nach. »Was zum Teufel haben Sie vor?«

»Fällt Ihnen auf, dass Ihr Geiselnehmer rein gar nichts unternimmt? Geben Sie mir noch einen Moment.« Sie legte die Hände wie ein Sprachrohr an ihren Mund. »*Du* hast Andrea getötet, Nunzia. Und wenn du *uns* nicht sagen willst, wieso, dann sag es deinem Bruder. Du wohnst in seinem Haus, ihr seid eine Familie: dein Vater, deine Schwägerin Sara, deine Nichten und Neffen, du und Paolo. Er hat es verdient, die Wahrheit zu erfahren, meinst du nicht auch?«

»Sie sind ja verrückt! Völlig verrückt!« Nunzias Stimme wurde schrill. »Los, sag ihnen die Wahrheit, Mimo! Du hast versprochen, du ziehst es durch.«

»Hör auf zu schreien«, bat Mimo so leise, dass nur sie es hörte. »Ich kann nicht leiden, wenn jemand so schreit. Das ist kein lustiges Spiel, Nunzia. Ich mag deine Überraschung nicht.«

»Für Carmela«, keifte Nunzia und klatschte ihm im Umdrehen eine Ohrfeige ins Gesicht. »Das sollst du sagen, du Trottel!

Du hast es für Carmela getan!« Sie riss das Messer an sich, packte Mimo am Schopf und drückte die Spitze in die Kuhle über seinem Schlüsselbein. »Sieh mich nicht so an!«

Nunzia schrie weiter, ihr Blick flatterte von Mimos erschrockenen Augen über die plätschernden Wellen zum Strand. Da standen sie alle und glotzten. Die reichen deutschen Fräulein, die nie etwas anderes tun mussten, als in der Sonne zu liegen. Der Kommissar, die Signora, der fette Gino – sogar der Ispettore und Don Pietro kamen jetzt angerannt. Und dazwischen stand Paolo. Der klügste und zugleich dümmste Mensch unter der Sonne, der ihr das Liebste war und immer sein würde …

»Er hat dich ein Würstchen genannt. Er wollte dich ausnehmen, das Restaurant fertigmachen. Dir die Haut abziehen.«

»Aber – aber das war doch nur Spaß!«

»Er hat behauptet, dass Sara dich betrügt, dass es nicht dein Baby ist – und du hast ihn reden lassen. *Paolo ist ein Würstchen.* Nie hast du dich gegen ihn gewehrt! Hast gekuscht vor ihm.«

»Sorellina, du irrst dich. Andrea wollte mir nicht schaden. Wir hatten gemeinsame Pläne, der Campingplatz: Das war unser Projekt. Er wollte mit seinem Geld einsteigen.«

»Du hast mehr drauf als Paolo, hat er zu mir gesagt. Und bei Gott, ich habe es ihm bewiesen. Niemand beleidigt meinen Bruder! Er wollte Carmela heiraten und das Geschäft allein machen – ohne dich. Das hat er dir einfach so ins Gesicht gesagt, ich habe es selbst gehört.«

»Ein Witz!« Fassungslos rang Paolo die Hände. Sie hatte gelauscht und alles falsch verstanden. »Weißt du nicht, dass Andrea dich mochte? Wenn du gewollt hättest – wenn du ihn gewollt hättest …«

Nunzia hielt sich die Ohren zu, das Messer noch in der Faust. »Das ist nicht wahr. Er wollte Carmela, nicht mich! Alle wollen Carmela. Mich nicht. Mich nicht!«

Mit einem Mal war Mimo frei. Doch statt sich in Sicherheit zu bringen, streckte er die Hand aus, als wollte er Nunzia den Kopf streicheln, und nahm ihr vorsichtig das Messer ab. »Tu dir nicht weh an deinem Ohr.«

Ihr wilder Aufschrei ließ ihn zurückweichen.

»Niemand – ich bin niemand!« Sie wandte sich den Felsen zu, warf sich mit einem Hechtsprung vorwärts und versank.

Am Horizont kreuzte ein Schiff.

»Nunzia? Nunzia!« Paolo ging in die Knie. »Helft ihr, bitte helft ihr! Ich … ich kann nicht schwimmen«, stammelte er. »Ich kann nicht schwimmen.«

Lorenzo riss sich das Jackett herunter, verhedderte sich in den Ärmeln, schleuderte die Schuhe von sich.

Mimo drehte sich um sich selbst. Hörte das Rufen vom Strand, seinen Namen, ohne den Worten Beachtung zu schenken.

»Madonna, nein, mach das nicht, Mimo!«

Die Wellen schwappten um ihn herum, klatschten an seinen Bauch und die Brust. Hell und dunkel, kristallklar – blau, türkis, grün. Schicht um Schicht drang sein Blick in die Tiefe, wo schnelle Fische davonzischten, ein Stück Stoff wehte wie ein Schleier. Kopfüber tauchte er hinterher, die Augen weit geöffnet.

Das Wasser griff nach Lorenzos Beinen, zäh wie tiefer Morast, der Stoff seiner Hose sog sich voll, umwickelte Waden und Schenkel. Viel zu langsam kam er voran, während Nunzia und Mimo unter der Oberfläche verschwunden blieben. Er stieß sich ab, schwamm mit kräftigen Zügen, tauchte in schneller Folge unter und wieder auf, Salz brannte in seinen Augen. Gischt spritzte über die Felsen, an denen sich die Brandung brach. Halt suchend klammerten Sonja und Elke sich aneinander. Don Pietro betete. Und Federica hielt die Luft an, zählte die Sekunden.

»Da – hinter Ihnen, Lorenzo – da ist er wieder!«

Mit einer mächtigen Fontäne schoss Mimo aus der Tiefe

empor, Nunzia unterm Arm, die spuckte und zappelte. Lorenzo drehte sich im Kreis, durchpflügte die Wellen, rang an seiner Seite nach Atem. »Bist du in Ordnung, Junge?«

»*Si*, mir geht es gut.« Mimo schnaubte Salzwasser aus seiner Nase. »Ich hab's dir gesagt, Nunzia. Ich kann immer noch besser tauchen als du.«

»*Vaffanculo, malledetto imbecille. Vai al diavolo!*«

Lorenzo nahm Mimo die um sich schlagende Nunzia ab und ignorierte ihre Flüche, die sich nun gegen ihn richteten. »Man hat mir gesagt, du hättest Angst vor dem Meer, wegen eines Tauchunfalls. Danach sah das eben aber nicht aus.«

»Das Meer hat doch keine Schuld. Ich hab nur meinen Eltern und meinem Bruder versprechen müssen, wegzubleiben.« Mimo hob die Schultern. »Versprochen ist versprochen, Signore. Ich liebe das Meer.«

Lorenzo klopfte ihm auf den Rücken und grinste.

Bis zu den Knien im Wasser, nahm Federica sie in Empfang und überreichte Mimo seine Mütze, die sie aus den Wellen gefischt hatte. Lorenzo nickte ihr stumm zu, und sie nickte zurück. Wenigstens dieses Ende war ein gutes.

Am Ufer wartete Paolo auf seine Schwester, die endlich keinen Widerstand mehr leistete. Sein Gesicht war grau, er schien binnen Minuten um Jahre gealtert.

»Sorellina«, flüsterte er. »Was soll ich denn unserem Papa sagen? Er braucht dich doch.«

Lorenzo gab Spadafero ein Zeichen, sich mit den Handschellen noch für einen Moment im Hintergrund zu halten. Er ließ Nunzia los, die ihrem Bruder sanft über die tränennasse Wange strich.

»Nichts, Paolo, nichts. Mach dir keine Sorgen mehr.« Sie beugte sich zu ihm und flüsterte: »Ich habe mich gekümmert. Habe ich das nicht immer getan? Ich habe selbstgebackene Amaretti für ihn dagelassen. Sara hat versprochen, sie ihm zu geben. Er wird gut schlafen, wenn du wieder kommst.«

»Nein …« Schwankend wich Paolo zurück, während Nunzia in Gelächter ausbrach.

Sie lachte selbst dann noch, als Spadafero sie abführte.

Elke reichte Federica einen Beutel aus weißer Baumwolle. »Den hat sie in den Sand geworfen, bevor sie ins Wasser gegangen sind.«

Federica pfiff beim Blick hinein durch die Zähne. »Das sollten Sie sich ansehen, Commissario Garibaldi. Mir scheint, Nunzia war wirklich hervorragend vorbereitet. Obwohl sie ziemlich schnell umdenken musste, nachdem Carmela heute wieder freigelassen wurde.«

»Was haben Sie da?«

»Das ist ein Stoffbeutel aus der Bäckerei, mit dem Mimo Brötchen ausliefert. Und drin ist ein Schraubglas mit einer weißen Substanz, von der ich nicht annehme, dass es sich um harmloses Borotalco handelt. Rattengift mit Taxin, würde ich vermuten. Darauf finden Sie bestimmt Fingerabdrücke von Mimo, aber wahrscheinlich keine von Nunzia.«

»Außerdem Amaretti und Mandelkerne?«

»Wie haben Sie das bloß erraten?« Federica hob die Augenbrauen und reichte ihm den Beutel, der alles enthielt, was es gebraucht hätte, um Mimo als Täter zu belasten. »Darf ich Ihnen eine Mitfahrgelegenheit anbieten?« Sie schüttelte den Motorradschlüssel vor Lorenzos Nase. »Oder wollen Sie gleich hier noch Mimos Aussage aufnehmen? Wo ist er überhaupt?«

»Dort.« Lorenzo deutete diskret zur Seite. »Könnte sein, dass wir gerade stören.«

Um Mimos Schultern lag Sonjas Handtuch, und sie trocknete ihm damit die Haare.

»Ich weiß, ich bin dumm.« Mimo knautschte die tropfende

Mütze und senkte den Kopf. »Darum kann ich wohl keine feste Freundin haben. Aber wenn, dann würde ich nur dich wollen.«

Sonja strahlte. Er war ein Held. Ganz sicher ein Held.

Lorenzo wandte sich ab. »Sie versteht nicht, was er sagt, oder?«

»Kein Wort.« Federica hob ihre Schuhe auf. »Kommen Sie, mein lieber …«

»Sagen Sie es nicht!«

Sie hakte ihn unter. »Und was, wenn doch?«

Kapitel 22

»Nel blu dipinto di blu!« Sonja und Elke sangen den italienischen Schlager aus vollem Hals mit. Gemeinsam hatten sie im Frühjahr beim Grand Prix Eurovision de la Chanson mitgefiebert und den dritten Platz des italienischen Beitrags als gutes Omen für ihre bevorstehende Reise angesehen. Gleichwohl war diese Reise dann alles andere als gewöhnlich verlaufen. Doch jetzt schien ihnen die Welt wieder in Ordnung. Es war Mittwochabend, und sie drehten sich auf der Tanzfläche des Musikschuppens in Cattolica, in den Federica sie eingeladen hatte, und konnten gar nicht genug davon bekommen. *»Voooolare – oh-oh!«*

Federica beobachtete ihre ausgelassene Fröhlichkeit und hob ihr Rotweinglas. *»Salute.«*

»Salute!« Lorenzo Garibaldi prostete ihr zu. »Sie wollen nicht mittanzen?«

»Später. Erst will ich noch ein paar Antworten haben.«

»Was zu befürchten war. Gönnen Sie mir nie meinen Feierabend?«

»Beeilen Sie sich einfach.« Über den Glasrand blinzelte sie ihn an. »Sie wissen doch, was ich hören will.«

»Va bene.« Er seufzte theatralisch. »Im Grunde ist es die Tragödie einer doppelt fehlgeleiteten Liebe. Nunzia ist das jüngste Kind der Zaccardos, eine Nachzüglerin mit zehn Jahren Abstand. Sie vergöttert ihren großen Bruder ebenso wie er sie. Nur ist es kein Leben, wie sie immer in der zweiten Reihe zu stehen, während er eine Familie gründet.«

»Ist Ihnen aufgefallen, wie groß die Ähnlichkeit zwischen Nunzia und Sara ist? Ich frage mich, ob das von Anfang an so war, oder ob eine sich der anderen angeglichen hat.« Die Haare, die Kleider, fast hätten sie Zwillinge sein können.

»Mit Andrea Antognoni kam offenbar erstmals ein Mann in Nunzias Leben, der neben Paolo bestehen konnte. Doch schien es, als wolle er nichts von ihr wissen. Seine Neckereien hat sie nicht verstanden, fühlte sich verletzt und abgelehnt – und noch dazu litt sie unter der chronischen Krankheit aller Bewohner dieses *nur ein bisschen* katholischen Dorfs auf dem Hügel: Sie hat ständig andere belauscht. Und aus dem Zusammenhang gerissene Bemerkungen falsch interpretiert. Andrea und Paolo wollten gemeinsam den alten Antognoni austricksen, damit Paolo seine Schulden bei ihm loswerden und Andrea sich endlich vom Joch des Vaters frei machen konnte. Andrea war wirklich an Nunzia interessiert, und ich muss gestehen, dass sie eine Art hat, einen anzusehen, die außergewöhnlich ist.«

Federica beugte sich vor. »Sie hegen Sympathie für eine *Femme fatale*, wer hätte das gedacht.«

»Seien Sie nicht albern. Nunzia hat Andrea vom Giftfund in Ihrem Schuppen erzählt und ihm den Mund wässrig gemacht, dass er die Pension leicht in seine Hände bekommen könnte, wenn Sie als Mörderin hinter Gittern säßen. Sie hatte ihn schnell so weit, dass er vor Ort erkunden wollte, ob es sich lohnte, falsches Belastungsmaterial zu platzieren. Nunzia bestand darauf, ihn beim Einbruch zu begleiten, und verwöhnte ihn mit selbstgebackenen Amaretti. Erinnern Sie sich, wie sie im Haus der Befana beiläufig vor uns erwähnte, dass sie nie selbst zum Backen kommt? Ein kluger Schachzug. Nun, der Ausgang des gemeinsamen Ausflugs unterm Sternenhimmel ist bekannt. Andrea muss sie wirklich gern gehabt haben, denn er hat eine ganze Menge Amaretti gegessen, ohne sich über den bitteren Geschmack zu beklagen. Als er anfing, sich zu übergeben, war es zu spät. Dennoch hat er ihren Beteuerungen vertraut und sich bis in den Schuppen locken lassen.«

»Furchtbar. Wenn er ihr doch einfach vorher mal gesagt hätte, dass er sie mag! Dann wäre nichts passiert, und sie könnten jetzt miteinander glücklich sein.«

»Manche Menschen sind wohl nicht dafür gemacht.«

Unwillkürlich musste Federica an Franz Schneider denken. Ob der überhaupt wusste, welchen Schatz er mit Anneliese an seiner Seite hatte? Vielleicht ganz tief im Herzen … Die Band spielte einen Mambo, und der Kommissar legte sein Jackett ab.

Federica sah abwesend zu. In *Rossis* Jackett hatte das Schreiben der Schulbehörde gesteckt. »Sagen Sie, wie kam eigentlich Rossis Brief zu Carmela?«

»Nunzia hat sich am Samstagmorgen über die Außentreppe vom Garten ins Haus geschlichen. Das war es, was Cesare gehört hat. Sie hat den Brief hinterlassen, um Carmela zusätzlich zu belasten. Paolo hatte ihrem Drängen nachgegeben und verraten, dass er Carmela an Rossis Fundort gesehen hat, und Cesare damit erpresst. Paolo wollte auf keinen Fall, dass bekannt wurde, warum er dort war, und das hat er auch Nunzia nicht verraten.«

»Und warum war er dort? Ach, Commissario – Sie wollten sich doch beeilen!« Sie mochte seine Gründlichkeit und auch die einzelne graue Strähne hinter seinem linken Ohr, aber seine Erklärung war ihr zu langsam.

»Andrea und Rossi waren an der Ruine verabredet. Paolo ist chronisch misstrauisch und wollte sich überzeugen, dass alles vereinbahrungsgemäß über die Bühne ging, also hat er sich dort auf die Lauer gelegt. Rossi hatte signalisiert, unter gewissen Umständen seinen Widerstand gegen die Tourismusbestrebungen aufzugeben, und Andrea sollte die Verhandlungen führen. Doch weder er noch Rossi haben sich blicken lassen. Eher zufällig ist Paolo dann im Aprikosenhain Zeuge geworden, wie Enzo neben der Leiche am Weg kniete, und direkt nach ihm kam Carmela. Die wiederum hat Enzo nicht gesehen, aber seinen Kamm gefunden.«

Federica legte den Kopf in den Nacken. »Oh, ich verstehe – daher der Teufelskreis, in dem jeder jeden für verdächtig halten musste. Und Mimo stand ganz am Ende der Kette. Erst hat Paolo ihn vorgeschoben, und alle wollten ihn schützen, dann hat Nunzia in ihm ihren letzten Ausweg gesehen: ein Sündenbock, dem sie alles anhängen konnte – nur hätte er dafür sterben müssen. Er war naiv genug, ihr zu vertrauen und an den Strand zu folgen. Mir hat Mimo gesagt, sie wollte ihm zeigen, wie man selbstbewusst auftritt, und ihm einige Lektionen beibringen, wie er vor Fräulein Sonja als Mann dastehen kann. Lektion eins: saubere Fingernägel. Lektion zwei: Lass dich nie von deinem Weg abbringen. Lektion drei: Überwinde deine Angst.«

Lorenzo stellte sein Glas ab und prüfte seine Nägel. »Lektion eins bestanden.« Er lächelte und erhob sich. »Zwei und drei lassen sich gemeinsam erledigen. Darf ich bitten?«

»Wenn Sie mir verraten, wie.« Sie nahm die angebotene Hand und ließ sich von ihm auf die Tanzfläche ziehen.

»Ich kann nicht tanzen«, sagte er. »Aber ich will.«

Federica ging in Position. »Keine Sorge, das ist ganz leicht. Tun Sie einfach nur, was ich Ihnen sage!«

Epilog

»Vergib mir, Vater, denn ich habe gesündigt.« Ornella Tozzi kniete im Beichtstuhl. Hinter dem hölzernen Gitter sah sie Don Pietros Schatten.

»Sprich, mein Kind.«

»An dem Tag, als Kilian Rossi starb, kam ich morgens in die Backstube, um nach Carmela zu sehen. Sie war nicht da, nur er. Ihm lief Blut über die Schläfe, er war wütend und stopfte sich die Taschen voll mit Occhi di angeli, mit Amaretti und bitteren Aprikosenkernen. Er meinte, das sei das Mindeste an Entschädigung für seine Platzwunde, weil Carmela ihn gegen das Regal geschubst hatte. Besonders die geschälten Kerne wollte er alle haben – nachtragend wie ein Kind. Vermutlich, weil sie ihre wichtigste Zutat sind. Sie hat nie welche herausgerückt und ihm gesagt, die könne man nicht pur essen.« Ornella atmete langsam ein und aus. »Vielleicht hätte er mir geglaubt, dass in den bitteren Kernen ein gefährliches Gift steckt. Aber ich habe dazu geschwiegen und ihm einen guten Appetit gewünscht.« Sie presste ihr Gesicht in ein weiches, seidiges Tuch, schloss die Augen und tränkte es mit ihren Tränen. »Er wird schon rechtzeitig aufhören, wenn ihm schlecht wird, dachte ich. Er hört schon auf, bevor es zu spät ist …«

Und während Don Pietro mit seiner Bestürzung rang und über eine angemessene Buße grübelte, drehte ein kleiner Vogel seine Runde über Pesaro del Monte piccolo Cattolica. Er kreiste vom Dorfplatz zum Häuschen der Befana und zu Cesares Aprikosenhain, blickte auf Federicas Vento del mare und landete schließlich wieder auf dem Sims des Kirchturms von San Francesco. Dort steckte er den Schnabel unter seinen Flügel und schlief ein.

Nachwort und Dank

Das Dörfchen Pesaro del Monte piccolo Cattolica – gelegen über einer steilen Klippe unweit des Monte Bartolo in der Region Marken und nur einen Steinwurf entfernt von der Grenze zur Emilia Romagna – ist mit all seinen Bewohnern frei erfunden. Doch könnte es so oder ganz ähnlich am Ende der 1950er Jahre existiert haben, als die Marchigiani und die Touristen einander kennen und schätzen lernten, was sicher nicht immer ganz reibungslos vonstatten ging.

Danken möchte ich an erster Stelle Italien und den Italienern für ihre Lebensart und ihr Temperament, eine Sprache wie Musik, den Zauber der Leichtigkeit, das unvergleichliche Essen – und für den Duft von Aprikosen, Kräutern und Ginster im salzigen Seewind.

Ich freue mich sehr, dass Sie, liebe Leser*innen, meine Figuren begleitet haben, und ich hoffe, es ist mir gelungen, ein wenig vom Flair der Landschaft, der vergangenen Zeit und ihrer Menschen einzufangen.

Unterstützt wurde ich dabei von Patrizia Zannini-Holoch, Elke Weimer, Laura Gambrinus sowie Lauras freundlichen Nachbarn – und von meinen wunderbaren Eltern: Mille grazie!

Ein großes Dankeschön geht an meinen Verlag für das mir entgegengebrachte Vertrauen, namentlich an Martina Wielenberg, durch die dieses Buch zustande kam; an meine Lektorin Gisela Klemt für ihren klaren Blick und ihre Geduld und natürlich an meinen Agenten Michael Wenzel.

Danke auch an Sonja Mauer und Elke Wilk, deren Namensschwestern ich auf eine abenteuerliche Reise schicken durfte.

Inspiriert haben mich: Angela und Giovanna, Lorenzo, Gino und Mario, Gianni, Giuseppe, Johnny, Domenico Modugno, Gina Lollobrigida und Sophia Loren, um nur einige zu nennen.

Ein besonderer Dank geht an Angelika Besseling und Frank Schneider für das gemeinsame Frühstück inklusive Brainstorming an ihrem Fünfziger-Jahre-Tisch, der besser nicht hätte passen können, um sich daran Franz und Anneliese auszudenken – nicht zu vergessen den Opel Kapitän. Ehrensache, dass Franz genau diesen Wagen fährt!

Zum Schluss danke ich meinem Mann, der für mich Leib und Seele zusammenhält; der mich bekocht, mich aufbaut und mich immer wieder glücklich macht!

Mit herzlichen Grüßen
Ihre
Margherita Giovanni